El hombre de los juncos

Ediciones Destino
Colección
Destinolibro
Volumen 314

Título original: *Der Mann im Schilf*
Traducción: Alfonsina Janés

Consell de Cent, 425. 08009 Barcelona
Primera edición: julio 1974
Primera edición en Destinolibro: octubre 1991
ISBN: 84-233-2090-1
Depósito legal: B. 34.653-1991
Impreso por Limpergraf, S.A.
Carrer del Riu, 17. Ripollet del Vallès (Barcelona)
Impreso en España - Printed in Spain

Cleón

Llovía de manera espantosa, sencillamente entumecedora, como si alguien, con una persistencia fabulosa, vaciara un cubo inagotable sobre la ventana del compartimento. Con esos aguaceros también las montañas eran terraplenadas desde lo alto. El agua se deslizaba por ellas deprisa y formando ríos, por esas montañas sin volumen alguno, planas y todo menos imponentes, por esas enormes superficies indefinibles. El tren se hundía entre ellas como si cayera, se deslizara hasta el fondo, hacia algo enormemente esquemático, de lo cual, por lo que respecta a la sensibilidad, sólo podía decirse que era frío, de una frialdad en cierta manera nebulosa y húmeda.

Loraine, que había limpiado la ventana con el pañuelo, tenía la vista fija en un punto del cristal, opaco debido a la humedad, como si su actividad no hubiera sido inútil y viera por fin allí algo que a Robert sólo le permanecía oculto porque no quería mirar hacia allá.

—Y un buen día se descubre que la libertad es una ilusión vana, un engaño del que uno se avergüenza, que a lo sumo existe una especie de libertad, la libertad de algo...

—De alguien —se oyó decir Robert a sí mismo, pero sin dejar de mirarla de soslayo.

—Está bien, de alguien. También de eso se harta uno un día.

Eso abría paso a varias perspectivas. Robert eligió la menos peligrosa y dijo ingenuamente:

—Por ser militar se ha portado de una manera extraordinaria.

—¿Militar? Desde luego que no deja pasar por alto ninguna oportunidad de hablar mal de mí. Mi marido, del que estoy divorciada.

—¿Desde cuándo?
De repente Robert la miró y dijo una vez más:
—¿Desde cuándo?
Un destello, el comienzo de una sonrisa de satisfacción; después Loraine dijo con gran indiferencia dirigiéndose al cristal:
—Desde hace poco. Desde Creta. El asunto se arregló poco antes de nuestra marcha.
—¿Por qué...? Quiero decir... ¿Había algún motivo especial?
Loraine, concentradamente ausente, tenía la vista fija en el cristal y su voz pudo hacerse aún más indiferente:
—Ah, probablemente sólo para no descuidar nada que pudiera hacerte más difícil la despedida.
Robert supo en el acto a dónde quería ir a parar; demasiado bien lo entendió, pero dijo:
—No comprendo.
—Ya ves con cuán poca cosa me conformo. Me quedo con lo menos esencial, quiero la paja más pequeña. Verdaderamente me conformo con muy poco.
Él en su interior sintió bullir, discrepante y amenazador, la cólera y... no, no era repulsa ni nada que tuviera que ver con la reflexión, sino una agresión activa, algo iracundo que... bien, había ejemplos suficientes con los que terminaba, aun cuando ella no apoyara sus piernas contra él con tal fuerza y con esa provocativa decisión. Por otra parte era la resistencia más tentadora, la más belicosa docilidad imaginable.
—Ése... no militar o lo que sea, tu marido, del que estás divorciada, que no sé desde cuándo te deja hacer lo que quieres... —dijo Robert de repente con calor sintiendo un extraño asombro, cierta confusión por ello— no hubiera tenido nada que objetar a que llevaras por la noche a la tienda a ese muchacho griego...
—Seguro que no; suponiendo que se hubiera dado cuenta.

Ahora asomó de nuevo aquella sonrisa, pero esta vez con mayor claridad, y antes de que desapareciera dijo ella:
—Pero tú sí te diste cuenta, tú sí tuviste algo que objetar.
—¡No lo suficiente, no lo suficiente!
Robert encontró que su tono de voz era innecesariamente brusco. «No es la manera que me gusta, se dijo, ella hace que me salga, ella me incita... es curioso, y no obstante no es algo que nos separe, al contrario.» Sus miradas se evitaron mutuamente.
Ella empezó de nuevo a limpiar el cristal con el pañuelo como si a toda costa hubiera que dejarlo transparente, abrir un panorama. De repente preguntó:
—¿Cuánto tiempo hacc en realidad que no estás en casa?
—Dos años..., algo más.
—Regresas con un paquete de cartas y toda clase de esperanzas...
Él notó que ella no se sentía bien intentando ser irónica. No obstante replicó sin dilación:
—Sí... para encontrarme con el famoso «ser humano vivo» que no cuadra con ninguno de los dos, ya sé.
—Yo no estoy tan segura.
Robert permaneció en silencio y Loraine sonrió con excesiva naturalidad.
—Pero en Viena iremos cada día a la ópera.
Tal vez fue sólo por la figura que luchaba con la puerta rebelde por lo que Robert preguntó:
—¿Con Sir Gerald?
—Sin él —y en seguida para atenuar—: Tú tienes que hacer en Viena, ¿no?
Sir Gerald, que había vencido en su lucha con la puerta, apareció ante ellos. De repente notaron el olor a comida y el hecho de que el vagón restaurante se había ido llenando poco a poco. Y ahora los platos humean-

tes eran como un alivio, una desesperada posibilidad de sentir la ilusión de bienestar y un poco de calor. Robert contribuyó con mucho vino tinto de Voslau, mientras que Loraine creaba esa ilusión de la botella de brandy. Sólo Sir Gerald parecía tener suficiente con el filete empanado que había en el plato delante suyo.

Probablemente apoyaba la insensibilidad de Sir Gerald respecto al frío el hecho de que, su yo anímico, había cambiado ya en Innsbruck el julio alpino por el Mediterráneo, pues el palacio minoico tardío de Creta no ofrecía suficientes argumentos convincentes a cambio de la falta de esculturas monumentales, mientras que por otra parte... Por ese «por otra parte» trabajaba Sir Gerald desde hacía varios años con denuedo y cada vez le costaba grandes sudores. ¿Qué aspecto tenían, mirándolo bien, los puntos de apoyo de las grandes figuras que él con tanto dolor echaba de menos?

Robert, que desde hacía tiempo conocía el tema de memoria hasta su más remota variante, se encogió de hombros:

—Si las hubiéramos encontrado pertenecerían probablemente a otro período.

—Pero no las habéis encontrado, esta vez no habéis encontrado absolutamente nada notable —observó Loraine con objetiva dureza.

—Yo no lo afirmaría de una manera tan rotunda —repuso Sir Gerald, y la respuesta podía ir dirigida a los dos.

Para Sir Gerald muchas otras cosas carecían de importancia, además de la humedad y el frío y el duro menú del vagón restaurante, cuando se trataba de problemas de su limitado campo de trabajo. De ninguna otra manera hubiera podido poner Loraine en duda con mayor claridad el derecho moral de viajar en compañía de Sir Gerald que intentando ocultar cada vez menos su desagrado. Sí, volvía a estar claro, y a pesar de la mar-

cada despreocupación de Robert resultaba algo difícil pasar por alto el hecho de que su interés por las explicaciones de Sir Gerald estaba relacionado a lo sumo con los planes de Robert respecto al futuro.
¿Iba Robert a acompañarle? Al parecer el otoño es en Creta atractivo en más de un aspecto. Tal vez también ella... pero como ya he dicho aún no había nada seguro...
Robert procuraba dividir su atención de manera adecuada, y su éxito hubiera sido discutible si Sir Gerald no hubiera sido uno de aquellos seres que piensan en voz alta en forma de monólogo y que cuando están intensamente ocupados con su tema pueden prescindir incluso con gran facilidad de la presencia corporal de su interlocutor.
También Robert dejó en la mayor incertidumbre si en otoño iría a Creta con Sir Gerald. Durante esta estancia en Austria no quería emprender nada que Loraine pudiera considerar a su manera como decisiva. Se reclinó, bebió y dio insistentes muestras del dolor que le producían el frío y las explicaciones de Sir Gerald. Loraine vino a hacerle en eso comprensible compañía en seguida, y antes de envolverse mejor en el abrigo para reclinarse igualmente en silencio, agarró el vaso de vino tinto que permanecía intacto desde que Robert lo había llenado y lo vació de un trago.
La fuerte mano de Sir Gerald acompañaba sus suposiciones con un lento gesto de imitación y apareció luego inmóvil sobre el borde de la mesa como el torso de una escultura colosal; al mismo tiempo no dejó de mirar a Robert como si fuera la prueba de la época minoica que había encontrado por fin. Los movimientos de Sir Gerald solían pasar a la rigidez de una manera muy particular. Robert suponía que sucedía en los momentos culminantes de la discusión, en los momentos de intensa ocupación con una idea, pero le sucedió como cada

vez: de repente le llamó la atención el gesto inmóvil sin que hubiera podido decir cuándo había empezado. A menudo Robert no lo notaba hasta que Sir Gerald enmudecía, y entonces sucedía que éste, siguiendo la mirada de Robert con claras señales de perplejidad, incluso de vergüenza, volvía a encauzar esa curiosa rigidez o la transformaba en una quietud natural. Robert miró, pues, la mano carnosa de Sir Gerald, cuyos dedos con sus anchas uñas estaban extendidos como para conjurar, una mano cubierta de pecas y de pelos rojos, robusta y sensible, una mano prudente y que decididamente no parecía brutal.

Robert estuvo un buen rato mirándola pensativo.

Al final se sorprendió a sí mismo con el pensamiento no en la mano de Sir Gerald, sino en los ojos de Loraine. Exactamente el mismo color gris que había descubierto esta mañana en sus medias. El recuerdo resultó en cierto modo desilusionador en lo que se refería a las intenciones otoñales de Loraine, como si Robert hubiera descubierto un último complemento colorístico a la molesta monotonía de su belleza que la elevara definitivamente al prerrafaelismo. No hay que acostarse con un cuadro de Burne-Jones, pero en el caso de Loraine uno puede atenerse siempre a las piernas. Y como si ella hubiera comprendido dónde se encontraba su oportunidad, sintió él cómo una de sus largas piernas de corredor salía a tientas y de manera vacilante del abrigo, debajo de la mesa, hasta que quedó quieta muy cerca de la suya.

—¡Pero si hay soldados allí fuera!

¿Acababa de notar ahora su presencia o encontraba que ya era suficiente para Robert? Sea como fuera la pierna desapareció, con lo que, de no haber estado la mesa, sin duda alguna al volverse bruscamente hacia la ventana se hubieran podido confirmar todas las conjeturas hasta más arriba de la rodilla de la manera más inmejorable. Robert lo conocía perfectamente, pero jamás se negaría a participar en el juego.

—¿Por qué nos vigilan así? Créame, algo están haciendo con nuestro tren... ¡con este tiempo!

Los soldados se encontraban a lo largo de la vía a intervalos de un kilómetro al parecer, hombres de mediana edad que la lluvia limpiadora plantaba en el suelo. Algunos se habían puesto sacos viejos en la cabeza y en las espaldas y eso, aunque no tenía un aspecto particularmente militar, parecía al menos ser una especie de protección contra la humedad. Por otra parte, en lo que respecta a la impresión marcial, a pesar de las bayonetas caladas no había absolutamente nada que hacer; esa gente llevaba una lamentable mezcla de andrajoso ropaje civil y piezas de uniforme deterioradas.

Loraine dijo, como quien se encuentra entregado al recuerdo:

—Sea como sea son tropas del gobierno. ¿Recuerdas... entonces, en la frontera de Afganistán, hace cuatro años...?

Se dirigió a Sir Gerald y no consiguió tejer un paralelismo con Afganistán, pues Sir Gerald, bajo su mirada y la de Robert, como si le hubieran atrapado, empezó a hacer desaparecer bajo la mesa su estatura colosal para hacerla aparecer de nuevo con una mano sosteniendo una pipa llena. Y mientras con una sonrisa algo tímida se mostró inclinado a confirmar las exóticas comparaciones de Loraine, Robert dijo súbitamente:

—No se apure por la geografía. Aquí tenemos realmente una especie de Afganistán. Yo, personalmente, si pudiera elegir, preferiría no obstante el otro.

En vez de mostrar a Loraine su conformidad, Sir Gerald se la manifestó solícito a Robert, el cual encontró que ella debería servirse más a menudo de esa sonrisa, a pesar de su pequeño resabio burlón, pues de este modo sus labios se hinchaban un poco más.

—Por lo que dice de su país no parece que sienta usted entusiasmo alguno.
—No —dijo Robert—, desde luego que no.
Y al hablar de este modo parecía desear dejar este tema.

No podía negarse que Sir Gerald se encontraba perplejo. Tras haber levantado de nuevo su cerco arqueológico porque en el lugar donde hubiera debido estar la escultura monumental minoica no había nada, no era más que un sitio vacío que podía llenarse a lo sumo con gastadas hipótesis; habiendo llegado, pues, a este punto le dominaba al parecer la sensación de que estaba en deuda con su ayudante por su paciencia. Frente al presente confuso los arqueólogos, incluso siendo inteligentes, se sienten inclinados a lamentar resignados la desaparición del estado político y social ideal y sencillo de las culturas antiguas que ellos investigaban. Pero esta vez Sir Gerald hizo sólo algunas observaciones acerca de los métodos drásticos de emplear la libertad política que al parecer se habían puesto de moda en algunos países, a pesar de que en la actualidad era imposible imaginar ni siquiera el inconsciente del hombre europeo sin esa libertad política, que tenía además desde hacía tiempo sus buenos ejemplos.
En el fondo Robert hubiera debido darse cuenta de que las frases de Sir Gerald estaban llenas de confesiones que pretendían ser simpáticas. Además desprendían una indulgente benevolencia detrás de la cual se escondía la esperanza de que Robert insinuara al menos con una sonrisa hasta qué punto estaba informado de la participación inglesa en esos ejemplos. Pero Robert no hizo ese cumplido y en vez de ello dijo:
—Intente imaginarse un gobierno que manda encerrar a todos los que consideran que sus miembros son tontos o incluso tontos corrompidos.
Aunque para Sir Gerald eso no era más que una para-

doja que había salido mal y que reclamaba a lo sumo benevolencia, se esforzó por sonreír:

—Pero la mayoría de los políticos son tontos. Y en cuanto a la corrupción... probablemente depende de lo que hay en juego. Cuando se trata de cantidades de cierta envergadura, en cuyo caso la forma de envío tiene su importancia, esa denominación no se estila.

Loraine sonrió insegura:

—Cuéntenos... hablemos de la situación de aquí, de su país.

—Eso es lo que acabamos de hacer —dijo Robert.

Ella se había animado de repente.

—Ah, se presenta un nuevo aspecto... ¿De modo que es usted de la oposición?

Incluso al brillar sus ojos parecían carecer de profundidad, pero sus labios consiguieron hincharse un poco más. En el fondo era una de esas mujeres monstruosas en las que se produce una combinación infernal de amor y arte; el entusiasmo por alguna obra de arte es en ellas la condición indispensable para lanzarse al erotismo. Para ellas el hombre que no comparta esa fase de entusiasmo artístico no entra en consideración. Estaba en la edad en que llama la atención el hecho de que una mujer en realidad parezca tan joven. Dios sabe cuánto tiempo hacía que se paseaba por las ruinas y museos de este mundo; el salto de la obra de arte al erotismo probablemente lo había probado con las más distintas parejas. Tal vez por ello se sentía inclinada a abandonar la antigua combinación para pasar a una nueva cuyo punto de partida era la política. La manera como Robert aseguró su desconfinza en asuntos políticos, con la aprobación de Sir Gerald por otra parte, fue con toda certeza lo que la hizo permanecer en actitud provocativa y al mismo tiempo cada vez más defensiva, como si notara que él no iba a participar en esa combinación. Se cercioró:

—Bien, supongamos que tuviera que decidirse por fuerza. ¿De qué lado estaría?
En un tono completamente nuevo, serio, y mirando hacia la ventana, a través de la que no podía verse más que la lluvia, Robert dijo:
—De modo que desea claridad... Creía que usted sabía comprender lo difícil que es tomar una posición terminante...
Ella contestó con un abrir de ojos, demasiado rápido para servir de respuesta, atento y lleno de curiosa sorpresa. Pero Sir Gerald, que sin duda alguna se encontraba de nuevo en el período minoico, dijo:
—Claridad, sí..., pero depende del momento, de si uno sigue la lógica de una idea o es sencillamente un loco obstinado...
Robert, sorprendido, frunció las cejas. ¿Quería eso decir que Sir Gerald renegaba de la escultura monumental que andaba buscando, que renunciaba a ella, que con argumentos igualmente impetuosos se transformaba en defensor de su inexistencia?
Sir Gerald prosiguió:
—En el fondo en nuestro trabajo no se puede decir nada con certeza. Nosotros conocemos sólo a los locos que se salen con la suya, por lo cual son aclamados como testimonio glorioso de su idea investigadora. Tal vez no exista el punto, el momento en que el camino se bifurca y se decide si uno es de ésos o de los otros. Pero en caso de que exista, ¿cómo se nota?
Loraine dijo con buena intención, y al hablar asomó durante unos segundos su larga y puntiaguda lengua:
—Sin duda alguna en tu campo la tendencia a esas reflexiones es un defecto. Al fin y al cabo si no se ve confirmada por la realidad, la concepción más ingeniosa parece pura fantasía. Menos ingenio y más sentido de la realidad, querido, eso es lo que importa.
Sir Gerald dijo:

—Realidad e Historia, si se unen... hija mía, ¿sospechas al menos qué monstruosidades llevarán a cabo?
Sin embargo, Robert se dio cuenta de que los ojos de Sir Gerald no seguían mirando a Loraine, sino que pasaban a él y los abarcaban a ambos mostrando una expresión cuya desconfianza era difícil de negar. Robert intentó dirigir el significado de esa mirada al lugar en el que podía corresponder a la ilación de pensamientos que tenían ocupado a Sir Gerald:
—Y si estuviera claro desde un principio, si supiéramos sencillamente a qué grupo pertenecemos, no habría más problemas, sería el espacio vacío que no existe, la certeza sin impulso motor, sería... ah, imaginémoslo: ¡Si empezáramos a saber sin necesidad de esforzarnos por entender!
Pocos minutos después el aspecto de Sir Gerald era tal que Robert hubiera podido hacer alarde de un éxito diplomático, de no haber existido el brazo inmóvil de aquél, su mano con la pipa en el movimiento que de repente se había detenido en su camino hacia la boca.
Antes de dirigirse a Robert, Loraine observó a Sir Gerald por el rabillo del ojo:
—Tal vez le interese oír mis reservas...
Robert tomó la manta de viaje del respaldo de la silla y de una manera muy ceremoniosa envolvió con ella las piernas que ella le tendía provocativa. Él contestó con la misma voz baja, casi en un susurro:
—¿Esperas que las rebata? Como es natural pueden rebatirse. Mis palabras contra las tuyas. ¿Qué es lo que ha de decidirse?
Él encontraba sus propios manejos fuera de lugar, vergonzosos en el fondo, el compromiso fatal entre el sí y el no, esa ostentosa brutalidad, algo erotizada a pesar de todo, con la que apartaba sus piernas y las hacía invisibles. Y mientras malhumorado vacilaba aún en confesarse a sí mismo que de esta manera no hacía más que

debilitar sus palabras, dijo ella como si expresara los sentimientos de él:
—Claro que no tengo en nada las palabras, sino más bien tu manera de ocuparte de mis piernas. Eso es no sólo mucho más interesante, sino también más auténtico.
El enojo y algo así como inseguridad confirieron hiriente dureza a su tono al decir:
—¡Qué bien nos conocemos!
La respuesta de ella hubiera podido ser burlona e incluso alegre, pero sonó acusadora, casi vengativa:
—¿Amor o costumbre? O, para que ninguno salga perdiendo y no necesite sentirse ofendido, otra cosa que nos hemos creado allá abajo, hemos producido solos y a la que no podemos dar nombre o no nos atrevemos a dar nombre. Eso de ahora, al volver a nuestra situación normal, se rompe en pedazos produciendo algunas pérdidas de equilibrio. Sí, parece verdaderamente como si tuviera que terminar así y pertenecer al pasado. ¿Por qué, en realidad?
Había hablado con insonora violencia, sin vacilar; tanto a ella como al parecer también a él le era indiferente que Sir Gerald estuviera sentado a su lado y pudiera oírlo todo si quería y se lo permitía su ocupación interna consigo mismo. ¿El sentido de lo que ella quería decir o su manera de hablar sin rodeos con la que al mismo tiempo le invitaba a poner en claro algo que ella sentía y que él sentía, que concernía a ambos de igual modo? De repente se encontró cerca de ella, no sólo corporalmente, como sorprendido o conmovido por lo mismo. Y a pesar de ello susurrando, ambos en el mismo secreto, como si fuera un silbido, dijo:
—Ese muchacho griego.
La palabra celos no se cruzaría entre ellos, no se pronunciaría; tan claro y fuera de dudas estaba aquello de que se trataba, y ella sabía y él sabía que ya se les había

tendido la trampa, ambos la veían y conocían su significado.
Ella se estremeció como para poder mirarle mejor a la cara, sorprendida, incapaz de ocultar su alegría, y ya estaba a punto de decir: «Regresas a casa, vuelves a encontrarte con una de la que ni siquiera sé el nombre, y a pesar de ello y de mala gana, y eso es lo mejor del asunto, me despides así»; pero notando el poco éxito con que conseguía parecer indiferente, dijo:
—Ah, Cleón, supongo que te refieres a Cleón...
Y ahora la expresión del rostro de él, esa desesperada perplejidad, como si desistiera para siempre de procurar que ella le comprendiera, hizo que su voz se transformara y hablara como si lo hiciera para sí misma o como si cambiara el plano de la conversación:
—Sí, sí, perdona, ya sé que a ti no te importa lo real.
Pero ¿qué era lo real? ¿La roja altiplanicie que ardía sin sombra con los pocos alcornoques debajo de los cuales había algo parecido a la yerba, duro y metálico, racimos de grueso alambre de latón? ¿El trabajo apresurado de los hombres al amanecer y al atardecer, la plúmbea inmovilidad durante el día detrás de las paredes de la tienda? ¿El azul de la noche, extenso e insondable, en el que lo verdadero no eran las personas y las cosas, sino los olores, el olor de la cabra y del odre, del queso y de los sudorosos cuerpos morenos alrededor de la corrosiva columna de humo de los troncos de agave y excrementos de oveja en llamas? Entre todo esto había una muda analogía. En voz alta prosiguió:
—Pero entre nosotros, con vosotros no había ninguna homogeneidad, ni con él ni por supuesto contigo. ¡Oh!, no digas nada contra él.
Sus ojos se deslizaron completamente hacia el extremo, Robert tenía la vista fija en dos fisuras de párpado tímidamente llenas de un blanco azulado que brillaba sin ver, mientras que las pupilas examinaban con atención

el desinterés de Sir Gerald: es más un gorila romántico que un snob científico, y la exclusividad con que se aferra a una idea es terrible. ¡Hasta qué punto puede llegar a torturarle! De vez en cuando tiene que apartarla, suavizarla, o intenta olvidarla durante unas pocas horas, si es que eso es posible, cosa que no creo. Para eso y por una extraña casualidad me tiene a mí. Igual que tú hubiera podido hacer ciertas excursiones al puerto o procurarse en Heraclia todo aquello que desea bastante más abajo del corazón, de todas las edades y con todos los matices, desde la llamada castidad hasta... bien, ya sabes hasta dónde, pero para ello me necesita realmente a mí. Tal vez es la misma idea fantástica que nos ha invadido a ambos, se lo digo a menudo... como con un gorila... atractivo de todos modos...

Sus largos y estrechos labios se arquearon, la boca entreabierta, pensativa y como expresando un sentimiento, una experiencia para la que no existen palabras, se estremeció, un movimiento muy suave y tembloroso, con el que sus labios se hinchaban cada vez más, pareció continuar su confidencia. Robert la observaba asombrado y fascinado, también él bajo la influencia de lo que transformaba de tal manera la boca de ella. Él parecía un extraño, como si perteneciera a otra; de repente la realidad ofrecía más de lo que sus deseos hubieran considerado posible. Ella respiró profundamente, casi como si lanzara un gemido:

—Oh sí, muy atractivo...

Y de repente cara a él, con vivacidad y dureza:

—Fíjate, a mis tres niños los tuve en Mablethorpe como consecuencia de unos cuantos tés benéficos.

En este momento Robert se volvió un poco hacia Sir Gerald y en una fracción de segundo atrapó una dura mirada de sus pequeños ojos salientes entre arrugadas ojeras, atentos, lejos de toda sorpresa y sin duda alguna al corriente de las confesiones de Loraine, y que acto

seguido volvieron a perderse en el ensimismamiento del desinteresado. Y como esta mirada había advertido la preocupada prudencia de Robert y a Sir Gerald no era fácil atraparle ni sorprenderle, se levantó sumido en sus pensamientos y durante unos segundos consiguió que Robert se convenciera de que todo había sido una ilusión, fruto de su desconfianza y conciencia de culpabilidad.
Estaban casi solos en el vagón restaurante. Mientras sus miradas seguían a Sir Gerald, Loraine dijo sin reflexionar y en voz alta, como si le llamara a gritos:
—Es que este tema le aburre. Tal vez ha tenido tanta paciencia porque esperaba oír algo nuevo, alguna variante, un nuevo punto de vista. Es realmente un gorila, por eso lo aguanto en todas partes, incluso en el mar. Ya sabes, el mar no es para mí un medio ambiente, una morada. Es la armonía absoluta que no necesita someterme. Y si estuviera sola... pero no estuve sola, él siempre estaba conmigo... como obstáculo. Sonríes —Robert la contemplaba serio, casi pensativo— cuando digo: el hombre y el mar, encuentras que no pueden compararse, que no es posible ningún punto común. Allá abajo el mar estaba muy lejos, pero había un lugar en el que en determinado momento de la mañana y del atardecer uno imaginaba verlo, cuando se apagaban lentamente esos intensos colores de transición y el horizonte adquiría una suavc tonalidad verde manzana aunque estaba bastante lejos, al menos a diez millas de distancia. Era un olor tibio, un olor a vientos extraños, Cleón decía que era un olor africano. Al atardecer estaba siempre allí, yo me di cuenta de ello demasiado tarde; después de marcharme él se quedaba aún largo rato, me fijé bien.
Como si tras una digresión quisiera encauzarla de nuevo hacia el tema, Robert dijo:
—A decir verdad, no había mar alguno. Ese muchacho, Cleón...

—Estaba sentado mirando fijamente la raya verde manzana que podía ser el mar, y aquella vez única en que me acerqué tanto a él y le hablé vi cómo le temblaba la nariz, cómo olfateaba en el viento.

—No mezcles al mar en eso. No había mar allí, al parecer por eso le fue tan fácil adaptarse a tu armonía.

—¿Armonía? —Loraine soltó una carcajada—. De eso no había entonces ni la más remota huella.

Le miró desde abajo de manera poco sincera, hostil, como si estuviera reflexionando dónde debía limitarse.

—Fue un intento de huida —dijo por fin— y no afirmo que saliera bien.

En aquel momento era consciente de que estaba revelando demasiadas cosas, no obstante prosiguió:

—Y lo que ahora tiene lugar sigue siendo una fuga. Sí, hablo de mí. Pero esta vez saldrá bien.

Era demasiado y además falso, pero no podía remediarse. Con un claro arranque de odio fijó la vista en el rostro de Robert que se mostraba en tensa expectativa y se asustó al sentir que él la culpaba de aquello que ella era incapaz de olvidar, que ni siquiera podía aguantar sin pensar en el desquite.

—Cuando se quiere vivir con dos hombres... al final el tercero resulta inevitable.

Diciendo esto apartó la vista de él; sabía qué era lo que él se proponía con su silencio. Su silencio se hacía cada segundo más inaguantable; hablaría, pues, únicamente para escapar a este silencio, dando vueltas cada vez más cercanas a lo esencial hasta que al final... de repente sonrió, despierta y para sí misma, y pidió un cigarrillo. Fumaron en silencio.

Volvió su mirada desde el rabillo del ojo, le observó rebosante hasta los bordes, estallando por el impetuoso deseo de hablar, de explicarse... El rostro de él, esa certeza de que sólo necesitaba esperar, lo hacían imposible. Tal vez lo que de una manera árida e indecible ardía en ella —una penetrante sequedad, llenó por segunda vez su vaso y lo vació de un trago—, lo reprimido con grandes esfuerzos, el deseo instintivo y contrario a toda consideración razonable de hacerlo volver todo atrás, no era más que un fenómeno que aparecía conjuntamente con la decisión de poner fin a sus relaciones, de las que, ahora que pronto pertenecerían al pasado como algo irrecuperable, tantas cosas se habían hundido en el anhelo y casi habían llegado a realizarse. Pero precisamente a causa de este «casi» era necesario que la totalidad perteneciera al pasado, a causa de ese «casi» como estado perpetuo, como finísima frontera entre el ocaso, la nada, el agotamiento y la locura que ni siquiera parecía ser la suya propia, sino que pertenecía a Gerald. Lo sintió como una especie de liberación, un suave apartamiento y alejamiento que no era más que recuerdo vigoroso, de extraordinaria superclaridad y no obstante como en sueños, cuando lo verdadero surge bajo las últimas envolturas del día. Por ello daba lo mismo que siguiera en silencio o que hablara:

—Me pareció que yo era la causa de su locura y al mismo tiempo el medio para combatirla que lo mantenía dentro de límites soportables. Soportables para los demás. Lo que me pasaba a mí —aplastó ceremoniosamente la colilla de su cigarrillo y dirigió a Robert una mirada que hizo fijar la de él— eso no lo has preguntado nunca. Has preguntado siempre demasiado poco. Cuando aparecía para comer, después de trabajar, yo ya sabía si vendría por la noche. ¿Te has dado cuenta de que algunos días sus ojos parecen ciegos? Como si no tuviera pupila, sólo una membrana gris, exactamente igual que muchos ciegos. Entonces mal asunto, entonces ya no basta con el alcohol, entonces además ha de tenerme a mí. No sé si puedo hacértelo comprender, si soy capaz de ello. ¡Qué desamparado está entonces...! Sencillamente acabado. Tú sólo le has visto durante el día yendo de un lugar a otro, con esa muda y prepotente seguridad, como si supiera exactamente qué es lo que os hace extraer y dónde hay que buscarlo, como si viera debajo de la tierra. Y eso es tan auténtico como lo otro, cuando no es más que aquello en que le han transformado media docena de botellas y esas excavaciones inútiles.

Se detuvo frunciendo el ceño, con el rostro descompuesto y los ojos semiabiertos como si en el recuerdo volviera a vivir una fatiga que a pesar de serle familiar desde hacía tiempo no podía explicarse ni apoyar con razones, en todo caso no podía comunicarse al otro. Estaba sentada sin darle la cara, como si su rostro no concordara con sus palabras o como si sus palabras fueran demasiado débiles, demasido descoloridas para confirmar lo que expresaba con cada uno de sus rasgos faciales. Sus labios se habían encogido totalmente, una hendedura o una línea, ya no tenía boca. Tras esa hendedura, o línea, gemía y podía hacerse entender:

—¡Dios mío, sólo te pido que me creas!

De repente se volvió hacia él, exaltada y muy hostil:

—¡Tienes que creerme, tienes que hacerlo! Aun cuando yo sea incapaz de decirlo de tal manera que tú lo admitas de verdad. No creas que de mí recibía la fuerza para ser aquél al que tú veías durante el día, no creas que él lo haya dicho o que yo me lo haya imaginado. Lo importante era su desamparo, del que no he podido darte una idea clara. Era imposible dejarle en la estacada. Imposible.

Volvió a esperar, y esta vez bastante rato. Al parecer la transformación de su rostro iba efectivamente en consonancia con lo que ocurría en su interior. Su rostro se puso terso y rígido y adquirió un rasgo enérgico, algo decisivo. Muy tranquila, en un tono nuevo para Robert, casi tímido, dijo:

—Y, sin embargo, lo hubiera hecho, le hubiera echado

por la puerta como a un borracho cualquiera. Estaba decidida a hacerlo. Dame un cigarrillo.

Fumaron los dos, era como una discusión muda y parecía que de este modo ella se libraba de algo. De repente y de manera concluyente, como cuando se hace un resumen, dijo:

—De modo que no lo quisiste. No lo aceptaste, sino que preferiste ir esos días a Heraclia. Tanto si había siroco como si no, te lo comunicaron, todo el mundo podía notarlo. Oh, tu...

Levantó el puño; no fue tanto un gesto de amenaza como el intento de expresar lo que él le había hecho y cómo lo había sentido ella. Tal como se abandona algo muy íntimo, no el pudor o la autoconfirmación sino la prueba definitiva, toda la profundidad de la resistencia, la grandeza del sacrificio contra el que ya no existen más objeciones ni justificaciones, dijo:

—Sin embargo, lo dejé en la calle. Pasó la noche echado afuera, la gente lo cubrió con su propio abrigo.

Echó una rápida ojeada sobre su rostro como si buscara la huella, el efecto de esta confidencia, su arrepentimiento, su vergüenza, tal vez incluso el deseo de ser perdonado. Por fin dijo, de manera objetiva, como si lo que tenía que alegar fuera en el fondo un asunto que ya no le concerniera:

—Eso fue entonces, cuando permaneciste cuatro días en Heraclia. No intentes disimular, sobre todo no intentes utilizar tu sorpresa como argumento. No digas nada, déjame hablar, he permanecido demasiado tiempo en silencio. No digas tampoco que Gerald no te interesa, que te refieres a Cleón.

Entonces, respirando con fatiga, se interrumpió. Robert pudo imaginar que estaba tomando conciencia de lo que le iba a costar hablar ahora de Cleón. Tal vez Robert era también culpable de ello; en esta conversación estaba haciendo más de lo que debiera para no tener razón.

Más adelante pensó en la disonante situación del frío y húmedo vagón restaurante desierto como en una decisión que por fin se había logrado provocar a pesar de que no se decidió nada en absoluto, sino que desde aquel momento todo fue complicándose más. Desde Creta se había mantenido en silencio, pero ¿por qué callaba precisamente en el momento más funesto, en el asunto que por lo visto Robert consideraba como el más importante y que al parecer era el que más atareado le tenía? Ella se lo explicó diciéndose que Robert jamás le había resultado tan profundamente antipático, que no se había sentido alejada de él por repugnancia física. Y cada vez se acordó de la frase que por así decir hizo visible el límite extremo de su apartamiento, de su decepción y de su vengativa tortura, a pesar de que ella jamás fue capaz de recordar la frase literalmente, la respuesta de Robert (que ella sólo hubiera podido denominar tontería cínica para cualquier otro hubiera tenido este nombre si la objeción no hubiera procedido de Robert) que más o menos contenía la afirmación de que al menos en este aspecto Sir Gerald no le interesaba y que además hacía tiempo que se encontraba en la lista de los permitidos. Dijo en efecto «en la lista de los permitidos», mientras que Cleón, por tanto... No dijo si permitidos por él... Ella sintió un escalofrío de felicidad y aliento, de repente sabía por qué había intentado seguir hablando, conseguir que él adquiriera una idea de Cleón medianamente exacta.

—Tienes toda la razón, no había mar. Entonces sentía un gran deseo de verlo, o quizás deseaba sólo aquello que tú llamas mi «estado vegetativo», del cual siempre afirmas que el mar no es más que un pretexto para hacerlo venir, el «disparador». Cleón... no fue un sustituto del pretexto, fue algo más que el «disparador», significaba la cosa en sí, el estado...

¿Adónde iba a parar? Sintió un escalofrío y un entumecimiento que, sin embargo, sólo afectó a sus palabras, sus pensamientos siguieron su curso con insospechada rapidez. Ese estado doble compuesto por reposo externo y movimiento interno, clarividente y que penetraba sin esfuerzo y como si fuera natural el oscuro tejido de sus vanidades, los débiles bastiones del autoengaño y las duras murallas de su engaño, no duró mucho rato, apenas algo más que la observación de Robert de que al parecer en esta conversación se enteraría de todo lo referente a Gerald y de nada acerca de Cleón, pero que a pesar de ello no le gustaba interrumpirla. Dijo «interrumpirla», no «darle fin». Al principio ella no comprendió qué quería decir, estaba rebosante y rodeada por completo por su sentimiento, por el estado doble, por encima de sí misma y no obstante más que nunca en sí misma, y *veía*; era en efecto más una visión que pensamiento o imaginación.

Ella había introducido las horas de reposo en la tienda —entonces ya tenían una casa de piedra en el lugar en el que estaban excavando pero ella dormía en la tienda—, o más bien hacía ver que dormía, pues la casa estaba apartada y Robert tenía que pasar junto a la tienda al irse a Heraclia. Al salir y preguntar a Robert qué intenciones tenía creyó ella misma que la había despertado el ruido del coche. Entonces tomó su chal más llamativo —de un rojo claro brillante— y se puso inmediatamente en camino. El chal podía verse desde lejos, a Robert le era imposible *no* percibirla antes de desaparecer en la curva del otro lado, entre los bloques de piedra color ocre. Una vez creyó incluso que él le había hecho señas para que se acercase. Desde entonces eligió un atajo por el que desde luego él podía verla con no menor claridad.

El lugar en el que Cleón estaba sentado formaba una especie de declive abrupto, unos cuantos palmos de siemprevivas, estramonio y áloe quedaban ahogados por los guijarros; entonces la meseta descendía poco a poco formando amplios arcos planos, roja tierra agrietada con ligeros toques del gris plateado de los olivos hacia la suave raya verde manzana que no podía ser más que el mar. ¿Cleón o lo que Robert le había dejado, lo que quedaba de él, el aire cálido y seco, la ardiente paralización que precedía al siroco, ese peso tan insoportable que uno hubiera querido gritar? Y una vez había gritado de verdad. Iba andando a cierta distancia, Cleón estaba siempre sentado en el borde, gritó detrás suyo de repente y de un lado a otro, un estridente sonido inarticulado, un grito de socorro, una columna de miedo acústico y grotesco, en todo caso la única posibilidad de que disponía para conseguir que se volviera.

¿Cómo podía hacerle comprender a Robert que incluso entonces no le había hecho ni el menor caso? Ella permaneció de pie allí mirando su espalda, el torso desnudo de color de madera de limonero oscurecida, el cogote extendido con el cabello oscuro y mate, y esperó con angustia.

Dejó de gritar y siguió esperando.

Por fin llegó al punto de poder dirigirse hacia él con lentos y rígidos movimientos. Tenía que salir al borde extremo si quería permanecer delante de él, sintió sus rodillas rozando sus propias piernas. Tampoco entonces volvió él la cabeza, ni un solo movimiento atravesó su rostro, sólo levantó la vista, alzó sus párpados de azulado oscuro. Ni el menor indicio de curiosidad, sorpresa o burla, ella pensó incluso que por su parte la burla hubiera sido posible: de cuán posible era por parte de él no se dio cuenta hasta dos segundos después. Él no necesitaba adivinar nada porque ya *sabía*; esa impresión que se le comunicó acto seguido con muda insistencia permaneció, ni aumentó ni disminuyó. Naturalmente lo que veía en él era un espejismo suyo, se lo dijo a sí misma con suficiente frecuencia, y desde el principio, en vano. Desde el principio estaba todo como dispuesto y decidido para siempre.

Bajó la vista para mirarle y huelga decir que ella no había lanzado el grito ni él lo había oído. Ella preguntó:

—¿Es el mar?

Mientras él bajaba los párpados de manera apenas perceptible ella no señaló con la mano ni volvió la cabeza. A pesar de todo, dominada un poco por la convención, por la costumbre de mantener una conversación, dijo además:

—¿Le gusta el mar?

Enmudeció bajo su mirada; de repente resultaba terriblemente penoso, de desamparo, casi de humillación, mirarle a la cara, a esa cara que no mostraba ningún movimiento, ninguno en absoluto. No podía más, no quedaba más remedio que agacharse a su lado. Ambos miraron el mar, que ahora existía de verdad, si bien no como algo que podía verse; pero allí estaba su efecto. Se apoderó de ella tal como ya se había apoderado de él.

¿Era capaz de hacérselo comprender a Robert? Dijo:

—Cleón, fue... bueno, si hubiera habido mar no hubiera necesitado a Cleón.

Lo que hubiera necesitado no lo poseía él en absoluto. Su mudo apartamiento de toda confesión personal, el rechazo instintivo de todo lo que desde siempre había llenado y movido su acostumbrada manera de pensar, de todas las relaciones tejidas del campo del sentimiento y del espíritu. Lo que tenía valor para él estaba mucho más oculto. Ella dijo:

—Esos griegos isleños tienen mucho de oriental. ¿No estuvieron durante varios siglos bajo la dominación turca?

Siguió hablando siempre inútilmente al rostro sorprendido de Robert:

—Al final quiso aprovecharse de una mujer. Tú estabas en Heraclia y Gerald...

De repente soltó una breve y cortante carcajada. Se vio dominada por unas ganas paradójicas de describírselo.

Cleón, que acababa de entrar hacía unos pocos minutos en silencio y con esa suave tranquilidad e intangibilidad interior... y ahora le llamó la atención: ¿por qué había evitado entonces la tienda y dormido en la casa y había pasado las tardes incluso entre sus paredes? ¿A quién dio la oportunidad? ¿A quién deseaba obligar a acercarse con ese mudo grito de auxilio? Fuera los ruidos de la tarde, una voz monótona junto al fuego, los gritos, sin eco, sordos, los mulos amontonados en sus estacas, de vez en cuando un resoplido, ruido de cascos como debajo de envolturas de tela, aún no había llegado la noche silenciosa sino el cuarto de hora que la precede, cuando ha desaparecido la fina raya naranja en el oeste y el mundo es como el interior de una gigantesca bola color plomo porque aún no lucen las estrellas.

Unos segundos conteniendo la respiración: seguro que no son los pesados pasos arrastrados de Gerald delante de la puerta y con toda certeza el mango permanece inmóvil. Mientras pensaba en su olor a whisky y en sus ojos «cegados» dirigió la vista hacia la puerta cuyo mango no se había movido, dirigió la vista hacia allí y de repente se encaminó hacia la puerta y su mano no pudo apretar el mango hacia abajo porque alguien desde fuera lo mantenía sujeto: la resistencia de fuera cedió, Loraine abrió la puerta con violencia.

Se apartó en seguida, no lo invitó con palabras —¿qué hubiera debido decir en esta situación?—, sino que se apartó, a Gerald nada le impedía entrar. No podía ver a Cleón, pero sin duda sabía que Cleón se encontraba en la estancia, probablemente lo había seguido, ambos habían perseguido la misma meta y al parecer también habían andado por el mismo camino. Loraine y Gerald se encontraban frente a frente, es decir, Loraine se encontraba al lado, junto a la puerta mirándole a los ojos con sus membranas grises. Luego, su desolada faz se contrajo varias veces y sin decir palabra dio media vuelta. ¡Así era Gerald... sí! ¿Debía decírselo a Robert para que contestara, obstinado y testarudo, porque él seguía queriendo apartarla de lo que para ella era lo importante y verdadero, de sí misma, o porque Gerald se encontraba «en la lista de los permitidos»? En todo caso es muy posible que él dijera:

—Creo que poco a poco deberíamos ir empezando ya con Cleón.

Y ella, nerviosa e irritada, pondría punto final:

—Con Gerald hay bastante. ¿He de hablar de dos hombres cuando cada uno de ellos es una declaración de amor a ti? Deja a Cleón en paz. En su lugar pon el mar si es que quieres ocuparte de las consecuencias en vez de interesarte por las causas.

¡Qué poco simpático era en el fondo! Ella se sentía abandonada de una manera tan cruel que tal vez realmente no le quedaba más remedio que ser la más fuerte. Conocía las reglas del juego, era un papel ya ensayado: la mujer que había llevado a la tienda a ese muchacho, no importa cómo se llamara, tal vez se llamara efectivamente Cleón. Deplorable. Se encontraba en un plano demasiado bajo para poder resistir a Robert con su propio mimetismo. Se levantó apresurada, miró por la ventana con demasiada indiferencia:

—Salzburgo —dijo—, vamos a entrar.

Con Loraine delante se abrieron paso a través de húmedos abrigos de loden hasta llegar a su compartimento. Gerald se dirigió a Robert con una mirada:

—Teníais que deciros un montón de cosas.

Robert repuso:

—Sí, y sin embargo aún no hemos empezado con lo más importante.

Loraine dijo:
—Hemos vuelto a hacer nuestros solitarios, hemos recapitulado por centésima vez lo que sabíamos hacía tiempo. Pero puedes estar tranquilo, tampoco esta vez han salido bien.

I

La idea de que Hanna estaba esperando en el andén le aislaba de todo, crecía en su interior y le envolvía, esperanza y temor, exactamente como si de repente Loraine y Sir Gerald fueran lejanos recuerdos. Loraine le cogió de la mano la correa de la manta y la ató a su maleta:

—Oh, no se moleste.

Como si él fuera un compañero de viaje desconocido. Lo que añadió sonó aún más duro; su voz, su rostro, sobre todo su voz:

—Mejor sería que se diera prisa.

Sonrió con excesivamente amistosa indiferencia, fina máscara transparente como el cristal: todos se veían empujados a la vía que exigían las circunstancias y cuyo sentido ficticio ha de afirmarse de vez en cuando para poder colaborar con paciencia. Gerald se iría a Londres para recibir la medalla de la Academia que estaba esperándole allí desde la primavera, ella iría a Mablethorpe a ver a su familia, Robert volvería a ver a su prometida o novia de la adolescencia, quizás se casaría incluso con ella. En resumen, su propia estancia en Creta sería principalmente una comunidad de intereses y de trabajo con muchos episodios dignos de ser recordados, una simpática camaradería. Se tambaleó un poco y tuvo que asirse.

Curioso este contacto, aún ahora incluso... Robert notó con sorpresa que no había posibilidad alguna de salvarse de él. Como si la percepción de mayor intensidad fuera precisamente la de aquellos movimientos que intentaban ocultarse mutuamente con el máximo cuidado. La lluvia era más fina, Sir Gerald observó sonriendo:

—Aquí es el tiempo normal.

Loraine miró hacia fuera, en la misma puerta había ya un guardia. Contrariada exclamó:
—¡Esos dichosos soldados!
Robert dijo:
—Sí, parece que eso quiere decir algo. La gente no habla de otra cosa.
Una temerosa mirada a lo largo del andén, quedó sepultada por una ola de decepción. Loraine miró en seguida a su alrededor con ánimo de ayudar y muy preocupada:
—¡Ah sí, tu amiga! Por desgracia no tengo el placer...
Lamentable, francamente humillante que se conocieran tan bien, que hasta en lo más íntimo se complementaran tan bien... el mismo Sir Gerald creyó que tenía que poner fin a esa situación:
—Sea como fuera tomaremos una habitación para usted.
Robert se atuvo enérgicamente al arte, al que confirió sus derechos de costumbre. Mientras los mandaba hacia el Europe, dijo a Loraine:
—En caso de que hoy mismo vayáis a ver algo... cuando os encontréis delante de los macizos de piedra del jardín Mirabell mejor será que olvidéis que Bernini existió en su día. Pasad de largo también por la fachada de la catedral. Pero entrad para oír el órgano. Es una maravilla.
Sus esfuerzos fueron inútiles, Loraine señaló con una sonrisa el andén y susurró:
—¿Por qué no lo intentas otra vez? ¡Había tanta gente allí! Sencillamente, no puedo creer que no haya venido.
Robert permaneció al borde de la calzada lanzando un suspiro. Ese sentimiento de reproche inconfesado, de descuidado prejuicio, se extendía incluso al hermano, a pesar de que sólo le había dejado entrever su llegada con muy poca precisión. Se dirigió al río; a derecha e izquierda las calles, tan familiares como le habían sido antaño y siempre, las persianas verdes, claveles rojos y

geranios rosas en las ventanas, la gente... con la gente había cierta dificultad. ¿Era sólo su estado de ánimo lo que le hacía ver los semblantes tan deprimidos y reservados? Empezó a fijarse en la gente que pasaba por allí. Demasiados militares, oficiales de presuntuosa arrogancia; también las mujeres parecían estar todas atareadas con cosas que las preocupaban, y todo el mundo tenía prisa. Curioso es que había muchos campesinos, una multitud de aldeanos. ¿Qué hacían en la ciudad? Hoy no era día de fiesta.

Al otro lado se elevaba la montaña con pesadamente vaporosos colores de lluvia; a pesar de su claridad y frescor el aire era como una funda corporal que recubre las cosas. Un nuevo destacamento volvió a pasar calle arriba; la gente se agolpaba en el antiguo portal, como si estuviera citada aquí, y desapareció estrepitosamente en el interior. Ese ruido, en el que por una extraña casualidad no se oía ninguna voz, aumentó la impresión de tristeza y depresión, y Robert luchó contra ella y constató hasta qué punto la manera de andar y la actitud de la gente respondía a sus costumbres y al paisaje. Estaban completamente moldeados por el pesado trabajo en las montañas, su ropa formaba parte esencial del cuerpo, que era preferible no imaginar desnudo, de un cuerpo agotado con largos brazos musculosos y huesudos puños. Vacilando daban un paso tras otro, los jóvenes ya algo inclinados, como si ascendieran monte arriba. También resultaba depresivo el hecho de que no mostraran redondez alguna, todo en ellos era anguloso y como dedicado a una resistencia constante en la que Robert se sintió incluido de oscura manera y con una sensación de infructuosa simpatía. Sin querer les siguió a la taberna.

Había puesto una cara dispuesta para saludar, la sonrisa que busca contactos a la que los habitantes de las montañas generalmente contestan, pero ésos parecieron fi-

jarse apenas en él. Un hombre rechoncho en mangas de camisa y con un prominente vientre debajo del chaleco miró hacia allí, colocó los vasos delante de los que habían pedido bebidas y desapareció en la cocina. Permanecieron sentados alrededor de las mesas en silencio, como gente que está esperando. Robert se dio cuenta de que ahora todas las miradas estaban fijas en él: no preguntaban ni desconfiaban, nada que prometiera un cambio de actitud, únicamente impersonal e intransigente hostilidad. De repente uno de ellos se encontró delante suyo, evidentemente no era un campesino; Robert se vio cara a cara con un rostro lívido y carente de cejas, nervioso y amargado, con una cartera nueva de cuero de cerdo, y al principio no comprendió que el muchacho era uno de ellos. El muchacho dijo:
—Ésa es una reunión privada.
Y como Robert no se levantara en seguida, añadió irónicamente.
—¿Posee acaso una invitación el señor? Antes tendría que enseñarla.
Robert dijo: «¡Ah, vaya!», y se sentó fuera en el jardín de delante de la casa, que estaba separado de la calle por unas paredes con un poco de hiedra, y desde el cual podía verse el río. El viento había hecho correr las nubes hacia las montañas; a través de la hendidura aumentaba por momentos un gigantesco trozo de azul que fue como un consuelo y el fenómeno que por fin hizo que se sintiera feliz de haber regresado a la patria. Una alegría nublada y reprimida debido a la preocupación por Hanna, que no había venido. ¿Vacilación, casualidad, una cadena de circunstancias fatales? Hasta que se fijó en los dos policías. Al parecer iban de ronda, pasaron lentamente a lo largo del jardín, estuvieron un buen rato contemplando a Robert sin el menor disimulo, echaron una ojeada al comedor en el que el rubio y lívido muchacho estaba tratando de convencer a

la gente y repartía papeles escritos que iba sacando de la cartera. Por un momento pareció que se cruzaran sus miradas, como si el muchacho notara, molesto, la presencia de Robert. Hizo un violento gesto con el brazo en dirección al mostrador, entonces apareció el dueño por debajo del alero, hizo avanzar su vientre con toda ceremonia, sonrió pérfidamente:

—Ahí fuera no se sirve, por desgracia.

La mirada de Robert se deslizó sobre las blancas mesas y sillas. El posadero dijo:

—Es que... esta parte está cerrada.

De repente dejó de ser casual el hecho de que los dos policías permanecieran en actitud de espera a espaldas de Robert, detrás de la hiedra. Robert no vio lo que decían con la mirada, pero sí lo que les decía el posadero con la suya. Se levantó, se dirigió sin querer al hotel, de mal humor, atormentado porque ese incidente tan tonto le dominara de tal manera. Parecía casi que tuviera que ver de un modo incomprensible con Hanna, que no había venido. ¿Por qué? ¿Cuál podía ser la causa? Iba andando, con algo así como obstinada satisfacción debido a su desengaño, en una soledad cuya inalterabilidad las circunstancias le habían hecho comprender una vez más. A través de una nube de amargura vio las aglomeraciones y las evitó. Siempre había dos policías observando como si formaran parte de ellas y tuvieran la misión de proteger a aquella gente que permanecía de pie y casi en silencio, mantener alejado a Robert de los suyos —si es que los había—. Pero al parecer no los había; Robert era el único que quedaba excluido.

Arrimándose a la pared llegó a la puerta de la tienda y entró. Ya desde un principio hubiera debido sorprenderle que dentro hubiera tanta gente. La masa salía hasta la calle, que es donde se desarrollaba el suceso; no era una discusión, no era nada para lo que se necesitaran opiniones, ni siquiera era necesario que se hablara. Los mantenía unidos algo incomprensible y hostil, una mezcla confusa de maligna reserva y maliciosa alegría que se deshacía en forma de risotada siempre que alguien lanzaba un grito que para ellos debía tener un significado especial.

Mientras se abría paso hacia delante lo examinaron con maligna curiosidad y siguieron interceptándole el camino con sus firmes espaldas. Quizás por eso Robert pidió los cigarrillos en voz un poco alta, de una manera que hizo resaltar el hecho de que él no formaba parte del grupo, como si quisiera darles a conocer su neutralidad con el ahínco que permitieran las circunstancias; mientras que se agolpaban a su alrededor, se le había elegido ya como enemigo y se le destinaba hábilmente y de manera inevitable el papel de disparador. Incluso con la disimulada sonrisa dulzona de la vendedora:

—¿Cigarrillos americanos? El señor es extranjero, ¿verdad?

De acuerdo; para alguien que ha estado años fuera tenía que ser difícil, quizás incluso imposible, adaptarse a la nueva situación. No importa: se había comportado como un idiota, ni por un segundo había comprendido qué oportunidades tenía. En vez de presentarse como extranjero —a un extranjero no se le apalea, se le saca el dinero del bolsillo—, Robert hizo todo lo posible por poner en claro el error que sin duda alguna le hubiera salvado.

Después le resultó imposible recordar si había repetido la pregunta la vendedora o el hombre que se encontraba delante suyo, cuya mano —una mano extraordinariamente grande y dura, y, según le pareció, muy fuerte— Robert notó en seguida sobre su cara. Sea como fuere, inmediatamente, apenas Robert había alzado la voz, el hombre dio media vuelta. Sin embargo, es probable que no dijera una sola palabra y sólo pegara.

Pero varias veces se preguntó si Robert era extranjero; no importa quién lo hiciera. Lo importante e incomprensible, sin embargo, fue que Robert aseguró una y otra vez que era austriaco, a pesar de que esto le había costado la primera bofetada. En efecto, al principio no comprendió que le pegaban por ese motivo y que cuando dejó de pregonárselo, lo hicieron porque el que va recibiendo cada vez más puñetazos al final abandona todo intento de manifestarse.

—¡Austriaco! ¡Ja, ja, ja, ja, ja! ¡Es austriaco! ¡Miradlo! ¡Ni más ni menos que austriaco! ¡Ja, ja!

Al parecer todos estaban atentos a lo que ocurría, disfrutando no sólo en lo que se refiere a la garganta, sino también a los puños.

Entre ellos debió haber algún futbolista; se lo lanzaron el uno al otro, él pasó toda la multitud en zigzag, lo hicieron con mucha habilidad, entre exclamaciones de indignación; como si fuera él quien atacara lo empujaron hacia atrás y mientras daba la vuelta encontraron aún ocasión de darle unos cuantos puñetazos más. En el desaguadero resbaló un poco y aterrizó exactamente sobre las rejas del canal. Primero permaneció echado sin moverse. Después se acordó de que en estos dos o tres minutos había cesado el ruido de golpes, y al levantarse fue como si todos, probablemente preocupados pero con la misma atención, le miraran. Primero tuvo que dar unos pasos tambaleándose —como es lógico parecía mucho más maltrecho de lo que en realidad estaba— para que volviera a empezar el griterío: la ira y la malicia seguían, mientras que él incluso más adelante sólo se ofrecía a sí mismo un aspecto del más absurdo desconcierto.

Robert se quitó el espeso y caliente líquido de la boca y de los ojos y sobre todo de la nariz, el único lugar en el que sentía dolor de verdad, fuertes pinchazos en el hueso nasal y debajo de él. Mientras sus ojos buscaban a su alrededor estornudó dos veces con gran fuerza, con lo que provocó en sus espectadores una explosión de jocosidad; sus risas eran inacabables.

Miró calle arriba, calle abajo; por mucho que se esforzó a los dos policías parecía que se los había tragado la tierra. Al final se alejó tambaleándose, escupió la baba ensangrentada que no le dejaba respirar ni hablar y repitió varias veces el intento agónico y vano de llamar a la policía. Sí, no se le ocurrió avergonzarse de su conducta —ante sí mismo—, sino que llamó a la policía como si confiara en que ésta le liberaría de la paliza recibida o tomaría medidas contra los que se la habían propinado. Quizás aún resultara comprensible el hecho de que lograra que fueran con él los dos policías que descubrió en indecisa postura a la vuelta de la esquina en la primera travesía, pero que no se diera por vencido en seguida a la vista del impaciente gentío que se agolpaba a su alrededor con verdaderas ganas de disfrutar, es una de las cosas para las que ni después encontró disculpa.

—¡Bien!

El policía sacó un libro encuadernado en hule negro, chupó el pequeño lapicero.

—Sí, señor; primero los datos personales.

Al parecer a ninguno de los dos les impresionó lo más mínimo el aspecto de Robert.

—Tiene testigos, ¿verdad?

En medio de la aglomeración se formó un claro; uno un palmo más alto que la mayoría avanzó. Rostro oscuro y enjuto, de una brutalidad disimulada tal vez gracias a cierta astucia en la mirada, gracias a la expresión de su boca:

—Aquí hay testigos de sobra.

Los policías chocaron los talones y saludaron con un rápido y brusco movimiento de mano.

—Sí —dijeron como si contestaran a un superior.

El hombre dijo, volviendo un poco la cabeza:
—¿A quién ha golpeado? ¿Hay alguien herido?
Resultó que Robert se había ensañado con ellos como un loco. Por docenas señalaron sus caderas, sus hombros y sus piernas deseosos de mostrar sus morados.
—Por fuerza tiene que estar borracho. Lleváoslo al borracho. ¡Claro que está borracho!
—Está bien —dijeron los policías.
La escena se desarrolló de tal manera que en modo alguno pudo servir para demostrar la rapidez de comprensión de Robert. Incluso al aparecer de repente dos policías más siguió lejos de comprender adónde iría a parar todo aquello. Esos otros dos policías fueron muy amables, le hicieron creer que todo había sucedido por culpa suya y que él era el protagonista. Cuando él se dirigió a ellos dijeron en seguida: «A la orden» y «Con su permiso». Pero Robert se dirigió a los cuatro:
—¡Miren esto!
E indicó su cara.
—Está bien, pronto descubriremos quién tiene la culpa, sí...
—Con su permiso, es que ya lo sabemos, lo vemos perfectamente.
Y con una significativa mirada a su compañero:
—¿No es cierto? Perfectamente.
Hasta más adelante no comprendió Robert que había caído en manos de enemigos políticos que se lanzaban mutuamente su simbólico «Está bien» y «Con su permiso». El mayor de los recién llegados sacó entonces, con la prolijidad del que se siente superior, un libro encuadernado como el del otro también en hule; en sus ojos se acumulaba cierta ironía que dedicó a sus colegas rivales:
—Con permiso... ¿Cómo ha podido suceder? ¿Por que no habéis tomado medidas a tiempo? Tendré que dar parte.

El más joven de los dos dio en el acto un paso hacia adelante con aire amenazador:
—Sí, daremos parte. Ahora estamos precisamente interviniendo. ¿Sabéis qué hubiera ocurrido si nosotros no...?
—¡Ridículo! En realidad había que arrestaros en el acto.
—¡Intentadlo! Probablemente ya tenéis las pruebas en el bolsillo. Vamos... atreveos ya...
A Robert tampoco le pasó por alto el hecho de que las dos partes interesadas deseaban una disputa lo menos teórica posible; se dio cuenta incluso de que su papel de disparador había terminado y de que había perdido todo interés para ambas partes. Al parecer el chófer, que no había detenido su taxi más que para ver qué pasaba, era de la misma opinión. Lo comprendió bastante más aprisa que Robert, pues se le acercó y abrió la puerta. Pero no fue suficiente, además tuvo que llamar a Robert:
—Bueno, suba ya de una vez, hombre. O ¿acaso cree que le espera algo más que otra buena paliza?
Entonces Robert subió al taxi y mientras el hombre arrancaba a toda velocidad intentó limpiarse y arreglarse un poco.
Pero delante del hotel hizo de nuevo un gesto involuntario para agarrar el mango de la portezuela: lo rodeaba la misma clase de agente que lo había apaleado. El chófer dijo:
—La puerta lateral queda atrás. Es que hace unos días han dividido el hotel. Quizá sea mejor que entre por aquí, por la parte de los del país.
Robert huyó a su habitación sintiendo que había ocurrido un accidente en el que había desempeñado un papel miserable sólo porque en el fondo aun ahora seguía sin comprenderlo; tomó un baño caliente, examinó con detención las manchas rojas, varias de las cuales estaban tomando ya un color azulado, y se cubrió una herida

que iba de la mandíbula izquierda a las sienes. Por suerte la nariz estaba bien, incluso el dolor había disminuido; pero la mejilla izquierda parecía un poco hinchada. Con una cataplasma se echó en el diván, se levantó de un salto, fue nervioso fumando de un lado a otro.

Imposible seguir engañándose, bagatelizarlo todo como si sólo le afectara a él. Por fuerza Hanna estaba implicada de una manera angustiosa y no del todo comprensible en el incidente. Hanna, que no había venido y por varios motivos, de los cuales él aún sentía uno en su propio cuerpo. Casi como si tuviera que ir a buscarla, no para ponerla a salvo —oscura y excitante evidencia, segura sensación de que era incapaz de hacerlo— sino para estar presente cuando le sucediera lo que en el fondo le esperaba gracias a él. Ante tan gran sentido de culpabilidad se asustó. Loraine no, claro que no, pero tal vez otra que existía en algún lugar y que él no conocía, no llegaría jamás a encontrarse con ella, sólo por un presentimiento se hacía respetar; en realidad no era absolutamente nada más que el miedo a lo definitivo, seducción y renuncia que ascienden de una manera torturante siempre que se toma la decisión. ¿Hasta qué punto la otra, la inexistente, o sea su fuerza, su secreto infalible, llegaría a anular a Hanna? ¿Por qué actuaba él como si creyera que sería Hanna quien apagaría a la otra, que sería capaz de ello?

Salió de la habitación a toda prisa como si fuera necesario llegar a ver claro, decidir en el acto; se fue al otro lado al sector de los del país, se opuso a su incomprensible ajetreo. Pasillos, galerías y el salón llenos a rebosar, en general de lo que aquí se denomina «intelectualidad», campesinos que han pasado unos pocos años en las aulas y al final han aprobado el examen, y que ahora llevaban los litigios de aquellos que sólo conocían el banco de la escuela de su pueblo montañés y

curaban a sus animales y a sus niños. Robert detuvo al primero que encontró a su paso:
¿Que si podía pedirle información? Dijo que había estado esperando a alguien en la estación, en vano, por desgracia. ¿Tenía eso que ver con los... —sin querer hizo ver que estaba iniciado y sonrió—, bueno, con los acontecimientos?
El hombre, probablemente abogado o funcionario, vacilaba a todas luces entre la necesidad de hablar y la prudencia. Entonces Robert cometió una falta:
—¿Tal vez es peligroso o del todo imposible pasar?
El hombre rió como si le hubieran contado un chiste:
—¿Por los soldados? ¿O cree usted que por esos pocos de la secreta?
De repente rozó desconfiado los pantalones de franela de Robert:
—¿No es de aquí el señor? ¿Extranjero?
Robert dijo:
—De Viena.
Y al instante supo que no se enteraría de nada. De repente toda la contenida excitación de la ciudad, la inquietud que parecía correr en círculo, dejó de carecer de sentido y de ser incomprensible, parecía estar concentrada aquí, en el hotel, en espera de su explosión. El hombre dijo:
—Puede que empiece por fin.
Y dejó a Robert plantado.
Amenazador e incomprensible y en el fondo quizá sólo una extraña historia de dibujos, puesta en movimiento por un mecanismo oculto, de la que Robert estaba excluido, y debido a una misteriosa curiosidad se resistía a seguir desempeñando el papel del espectador ajeno a la acción, de modo que la súbita alegría que le invadió no la sintió por haber reconocido al hermano, sino por la inesperada posibilidad de librarse por fin de esa sensación de extrañeza y familiaridad, de introducirse sin

permiso en la historia de dibujos y en su aislada realidad.

El hermano no mostró la más mínima extrañeza y preguntó:

—¿Dónde te han dado ese rasguño?

Uno de los acompañantes, muy delgado, calvo, barba canosa cual cepillo, demasiado rígido en el traje estirio nuevo; un diplomático, del cual ahora los diarios publicaban fotos a menudo, sonrió:

—Ha sufrido un accidente, ¿verdad?

Robert estaba más sorprendido de lo que se confesó a sí mismo, pero tomó aliento. Si a *él* se le podía encontrar aquí, no podía tratarse más que de un alboroto interno. El otro soltó una carcajada:

—Ah, usted es el... ya le hemos visto, ¿no es verdad, barón? En la escalera, sí, tenía buen aspecto.

Las mustias mejillas del barón se apretaron formando profundas arrugas, sus labios dejaron al descubierto una dentadura postiza. Robert dijo:

—Sí... según parece una especie de ovación para el que regresa a su tierra.

Se demostró que el otro aún no había agotado la comicidad del suceso:

—Vaya, ha llegado en el momento oportuno.

Robert se dirigió al de la barba cortada al cepillo:

—Debo confesar que el contacto ha sido, desde luego, muy amistoso.

La risa del otro aumentó:

—¡Seguro que han creído que era extranjero!

—Al contrario, que era del país. He sido lo suficientemente imprudente como para no dejarles en la duda.

Eso pareció ser ya el punto culminante. El hombre reía tanto que de sus encendidos ojitos salieron dos lágrimas que permanecieron un rato sobre sus sólidas mejillas azulgrana antes de desaparecer en su corta barba rubia.

—¡Entonces seguro que le han confundido con un miem-

bro del gobierno, por fuerza por un miembro del gobierno! Parecía usted uno de ellos... bien, quiero decir después.
El hermano sacó una llave del bolsillo, abrió una puerta de un empujón. Sobre la mesa había un mapa extendido, un montón de sobres azul grisáceo y de papelitos escritos se encontraban a su lado. Los papelitos parecían hojas de cuadernos escolares, cuidada y clara letra cursiva, sin duda alguna indicaciones para gente que tenía dificultades con la lectura.
Uno que ya ha pasado sus mejores años y en el que los rasgos de la edad están ya algo más que simplemente insinuados, de prominente y angulosa nariz, sienes blancas, con una concentrada y escurridiza expresión de energía que no quiere ver la renuncia, el fracaso de un plan de vida individual. Robert miró la gruesa vena azul que se perdía en la rala blancura, el hermano no llevaba el pelo tan corto como antes. Ambos permanecieron de pie allí, en actitud hostil, lejos desde hacía tiempo de la influencia mutua, pero Robert, dispuesto a complacer, y sin embargo sin que estuviera en su poder, sintió crecer un deseo, una perplejidad... tal vez fue, oh, no la larga separación, sino aquello en lo que el hermano colaboraba, lo que aquí estaba en peligro, fue lo que hizo que la envoltura cediera y la profundidad común de uno y otro se pusiera en contacto: otro abismo que no debía existir, ése al menos no...
El hermano seguía esperando. Por fin, sólo por decir algo, para empezar ya de una vez, Robert preguntó con preocupada ingenuidad aunque no hacía falta preguntar nada:
—¿Qué clase de gente eran?
—¿Quiénes?
Aquello de lo cual las palabras no fueron capaces lo consiguió el rostro... sin disimulos, fríamente divertido, irónico. Robert dijo en seguida:

—También la política puede ser un medio... —se detuvo pero le salió del interior y le arrastró consigo— para justificar la vida pasada, para disimular los propios fracasos.
Dijo «fracasos»; hubiera deseado morderse la lengua. Era la palabra que no debía pronunciarse, que no debía pronunciarse en esta conversación ni delante de Félix. Aún después siguió convencido de que lo había estropeado todo. Si pudiera expresarlo de otro modo y de manera lo más completa posible, si existiera una denominación para ello, la respuesta no sería esa sonrisa, «pero tú, tú has hecho de tu vida lo que has querido», ni esa ironía, el gesto malicioso con que el hermano le acercó la silla:
—Ajá, lo has descubierto. ¿De modo que lo que está sucediendo aquí tiene que ver con la política?
Robert insistió aun corriendo el riesgo de que Félix lo tomara por un desliz hacia un sentimiento de superioridad o sencillamente por arrogancia:
—No afirmo que sea tu último refugio, pues esto no lo es, para ti no lo es. Quizá sea sólo la vida de aquí, en esa angostura...
Como si fueran generalidades y, sin embargo, vacilando, como si se arriesgara demasiado:
—Cuando el poder se halla, por así decir, en el aire, todo el mundo intenta apoderarse de él. Tanto el que quiere realizar un deseo que va más allá de lo individual como el que pretende conseguir una pequeña autoelevación.
Había algo en él que no quería percibir el reproche que mostraba la cara del hermano, ese franco deseo de herir. Félix sonrió con desdén:
—En efecto, además tú siempre has sabido conseguir el éxito clandestinamente. Sabes dónde empieza el riesgo y te desvías. Parece que eso es un don. Recuerdo que ya de niño... —se interrumpió; como si en su interior el apremio fuera mayor de lo que podía expresar.

¿Ya de niño...? Ésa era la justificación incluso del golpe destructor, la señal de amor por encima de toda herida. La verdadera falta de compasión empieza con la pelea en el rincón de juegos común. Y ni siquiera esto había existido, sino sólo la condescendencia burlona o violenta pero siempre despectiva del que tenía once años más. La voz de Robert sonó oprimida, con apagada irrealidad debido al esfuerzo realizado por contenerse:
—Sostenerse en la estela de protectores extranjeros...
Hubiera deseado gritar: ¡Y tú qué sabes, qué es lo que sabes de mí! —dijo.
—Todo éxito tiene su precio, no tiene por qué ser necesariamente dinero.
Sin embargo, tal vez había algo en su voz que hizo que el hermano levantara rápida y bruscamente la vista, lo que motivó una fina llama de comprensión detrás de la cruel vigilancia.
Pero fue de otro modo:
—La ciencia es una trampa magnífica. ¡Quién va a sospechar cuándo los demás pagan por uno! Si bien tú nunca fuiste escrupuloso en los medios...
Aún la más infame ofensa por parte del hermano es prueba del más íntimo acercamiento, siempre que proceda del lugar en el que quizá toda confianza demasiado grande se convierte en odio. Cómo hacerle comprender lo que hay en él, de común acuerdo, más fino que el más fino papel, sólo hay que pronunciarlo y él ya lo sabe, lo ha sabido siempre. Robert repuso:
—Hagamos una excepción e intentemos por una vez ser un poco justos el uno con el otro.
No necesitó leer en el rostro del hermano. Pero aún encontró una salida:
—¿Vives solo o... (no dijo «estás casado», sino:) tienes mujer?
Félix lo interpretó como un nuevo golpe que devolvió en el acto:

—He hablado alguna vez con Hanna. Parece que sigue esperando. ¿Has venido por ella?
—Sí, también por ella, es decir...
Robert se interrumpió y el hermano lo miró con los ojos entreabiertos de una manera penetrante, despectiva. De repente Robert dijo, decidido:
—Principalmente por ella.
—¿Para terminar? Yo lo hubiera hecho por carta, pero al parecer tú tienes también para eso mejores métodos.
Un movimiento como si se hubiera arreglado este punto. Como si hubiera que disipar una persistente sospecha, dijo el hermano:
—Fácil no lo he tenido todos esos años. Y no puedo presentarte ningún éxito, aún no...
Robert dijo en seguida en tono apaciguador:
—¡Como si eso fuera lo que importa!
—¡Claro... a ti nunca te importa! Si yo fuera el vanidoso fracasado ofendido en su orgullo...
No completó la frase diciendo «por el que tú me tienes». Las discusiones de este tipo tenían que ser cortas, ninguno aguantaba la desnudez del otro. Robert sintió el insoportable contraste entre sus palabras y su tono que era lo más tranquilo posible:
—Yo no estoy hablando de eso, sino de que tú siempre preferirás estar donde hagan volar la trinchera a encontrarte con los que la defienden.
Desde las alturas dijo el hermano:
—Lo que ha de hacerse con bayonetas jamás fue lo tuyo.
Robert olvidó todo escrúpulo:
—¡Pero sí lo tuyo! El sello de la heroicidad para... ¡vaya!, no me convencerás nunca de que no sabes qué es lo que en realidad está sucediendo aquí. ¡A mí, no!
El hermano se había sentado y tal vez la única demostración de fraternidad posible aún entre ellos era el hecho de que olvidara o no se fijara en la presencia de

Robert, en todo caso que no le importara mientras volvía la cara y miraba fijamente al rincón como si estuviera escuchando una voz que viniera de lejos, algo que le tuviera profundamente ocupado, un minúsculo fragmento de lo que en otras ocasiones tenía que negarse y reprimirse.

Como si se dirigiera no a Robert, sino a un ser invisible al que había que tranquilizar, dijo por fin:

—Como si no hubiera luchado más que contra mí mismo o contra el vacío...

¿Sucedió en este momento, fue el arrepentimiento, la última vacilación antes de mirarse cada uno con los ojos del otro durante los pocos segundos que habían estado esperando todos estos años?

Y dirigiéndose aún al ser invisible del rincón:

—Todo el mundo quiere ir al lugar en el que ya no existe diferencia alguna entre sí mismo y algo superior y general. Cuando uno no tiene nada más es la única posibilidad... Y cada cual tiene su camino.

Quizá volvió a ser Robert quien lo estropeó todo al dirigirse a su hermano bruscamente:

—De modo que la «nacionalización de las estirpes alemanas»... las «necesidades históricas» están naturalmente tan por encima de toda moral como la «personalidad redentora»... así es visto de cerca...

—No hablemos de las ideas. Cuando se está rodeado de violencia... ¿conoces contra ella mejor método que la violencia?

—Sí, pero —Robert puso en su voz todo el énfasis posible— ¿puede una acción de origen dudoso, que cuesta sangre...?

Fue la mirada que hizo enmudecer a Robert, el cambio en el semblante del hermano:

—¡Yo no me lo he escogido, ninguno de nosotros lo ha hecho!

Robert dijo duramente y distanciándose:

—Eso no lo entiendo.
Como si de repente el hermano se hubiera dado cuenta de que era absurdo tener la vista fija en aquel rincón; haciendo un esfuerzo, huraño:
—Sin embargo, creo que si hubieras pasado los últimos años en casa no hablarías así.
El hermano se levantó con brusquedad, metió la mano en el bolsillo interior, miró indeciso el mapa y los papeles escritos que había sobre la mesa. Robert recobró de nuevo cierta esperanza y como si presintiera la respuesta preguntó de repente interesado:
—¿Estáis al menos medianamente seguros de lo vuestro?
Pudo ser un espejismo, pero por un momento pareció como si una sombra de lo cubierto y diluido en lo pasivo de antes apareciera en el rostro del hermano. Éste dijo:
—Es demasiado tarde para preguntarlo. Los primeros son siempre las víctimas...
Robert se acercó dos pasos a él:
—Ser de las víctimas... ¡Y quién las sacrifica, mentecato!
Dio la impresión de que al hermano le tenía bastante sin cuidado ocultar esa sensación de que en este momento los papeles que había sobre la mesa eran más importantes. Robert fue perdiendo presencia por momentos y, sin embargo, permanecía de pie y como pegado en el suelo.
Ocupado únicamente con sus papeles, de nuevo desagradable, casi sarcástico, mientras Robert seguía sin darse cuenta de que el hermano estaba preparando su última jugada o lo que él consideraba como tal:
—Vaya, que no sepa olvidar... si me es totalmente imposible poner tu vida privada de arqueólogo en tela de juicio...
Una pequeña oleada de calor se inflamó en Robert, esta-

ba a punto de decir: «Creo que he estado esperando lo suficiente, pero tampoco ahora tengo prisa». En vez de ello miró sorprendido el fajo de billetes que el hermano había sacado del bolsillo interior y que estaba contando dejándolos sobre la mesa. Robert dijo estupefacto:

—¿De dónde has sacado tanto dinero?

Como si no tuviera la menor importancia, Félix dijo:

—Tendrás que acostumbrarte a la idea de que las cosas han cambiado.

Y Robert sintió con todos sus nervios hasta qué punto el hermano gozaba de la situación, se sintió dolido, avergonzado y con mísera compasión cómo el hermano se aferraba a ese argumento al parecer terminante.

La gente con la que el hermano tenía tratos, la complicidad, los billetes sobre la mesa... A Robert se le escapó:

—Vaya.

Nada más. La tercera observación de esta conversación que a toda costa hubiera deseado retirar. Dos sílabas absurdas que podían referirse a cualquier cosa, que en el fondo no significaban nada y que, sin embargo, hicieron ruborizar al hermano. Un rojo intenso que subió lentamente por su cuello y le oscureció el rostro. También Robert notó que se ruborizaba. A toda prisa dijo:

—¿Podría pasar unos días en casa con... (no dijo «con Hanna») un huésped?

«En casa» era una propiedad común que el hermano explotaba, a dos horas escasas en coche desde allí, a lo largo de la frontera bávara; demasiado para un campesino, demasiado poco para un ex oficial que había pasado unos cuantos años estudiando en aulas e institutos universitarios.

—No será con Hanna, ¿verdad?

De nuevo la desgradable sonrisa; luego:

—Es posible que sea ahora el lugar menos adecuado

para toda clase de idilio, de modo que es muy desaconsejable.
—Hanna hubiera debido estar en la estación.
Sin duda alguna el hermano no sabía qué era lo que su mano estaba haciendo con los billetes, que fueron a parar aún más cerca de Robert.
—Vaya... ¿de dónde es?
Mientras Robert nombró el lugar, el hermano garabateó unas líneas, le pasó la tarjeta de visita con los billetes:
—Allí fuera, en el pasillo... pregunta a los guardias por ese hombre.
Robert tomó la tarjeta, pero permaneció donde estaba. ¿Qué era lo que en realidad había esperado? De repente resultaba imposible que ocurriera todo eso. Entonces Félix miró también los billetes, pero como si no estuvieran allí o como si hubiera olvidado completamente su existencia. Con el lápiz dio nerviosos golpes en la mesa; sólo faltaba tenderle la mano. ¡Volver a verse después de tres años! Al cerrar la puerta Robert pensó que no había sido esencialmente distinto a sus otros encuentros.
Los dos policías patrullaban con inocente semblante delante de la antepuerta roja que separaba el sector de los nativos del de los extranjeros. Tal vez habían visto de qué puerta había salido Robert, pues antes de que se les acercara el más joven llevó con una sonrisa de inteligencia la mano a la gorra.
Por encima de las miradas de desconfianza de los componentes de la tertulia el hombre dijo:
—Naturalmente no pasa nadie más. Si no puede esperar... Tal vez sea posible mañana, con los soldados... Pero para ello necesitamos a Emmerich. Para ése siempre hay una posibilidad. Ya verá...
Un movimiento general de toda la tertulia, un conato de intento de presentar a Robert quedó suspenso en el aire... contra esos rostros no había nada que hacer, esa

gente no se reprimía lo más mínimo. Con una torpe reverencia que puso de manifiesto sus costumbres familiares y lo colocó de nuevo al lado de los demás el hombre dijo con el menor acento dialectal posible:
—Desgraciadamente... por usted no puedo hacer nada más que presentarle a ese señor. Quizás...
De repente vaciló y dijo a voces a sus camaradas:
—Perdón, vuelvo dentro de nada.
Una vez fuera volvió a servirse de su antiguo tono y al llegar a la antepuerta cogió afablemente a Robert del brazo.
—Bueno, ante usted no es preciso que me muestre reservado. Es que ese Emmerich es un hombre de mundo. De acuerdo, aquí entre nosotros esto no está bien visto, pero Emmerich es una excepción. Como es natural usted cerrará el pico y no dirá que le estoy introduciendo ahí, claro está.
La antepuerta estaba sujeta a la jamba de la puerta con clavos. Después de intentarlo unas cuantas veces sin resultado pasaron arrastrándose por debajo. Al otro lado había una gruesa alfombra, a lo largo de las paredes y entre plantas de adorno había sillas de mimbre. Estaban aún intentando pasar cuando una puerta se abrió y una voz con acento húngaro gritó:
—Sí, ¿tenéis permiso para hacerlo? ¡Ah, si es el Pepi!
Una mujer joven y delgada, desnuda. Llevaba unos zapatos de tacón alto de seda azul claro, un grueso collar de redondas ágatas y ramilletes de hojas doradas al cuello, arte popular exótico, quizás de los Balcanes. Entre los muslos llevaba un plátano de una tela llamativa y lentejuelas, abierto en forma de estrella con la piel vuelta hacia atrás como si fuera una enorme flor que debía estar pegada, pues no se veía hilo alguno. Aunque su cabellera estaba completamente cubierta por una elevada peluca blanca esa mujer era sin duda alguna rubia. Los polvos hacían que la claridad de su piel aumentara hasta lo

irreal. Mientras miraba con sorpresa a Robert, con el cuerpo hacia atrás, los brazos extendidos como si fuera a rechazar algo y con la cabeza indiscretamente inclinada hacia delante, sus movimientos tenían un cierto áspero encanto.

— ¡Pepi, Pepi, la verdad es que eres muy atrevido!

Pepi dijo:

—Esa es la número 5, se llama Jolan y forma parte de la ruleta viviente que ha instalado el Emmerich. No le haga caso, doctor. Yo puedo traer a quien quiera, sobre todo cuando se trata de un caso especial. Sé bien lo que hago; mejor es que me digas si está Emmerich; tengo que hablarle sin falta.

—Pero si ya sabes que a esa hora nunca está.

—No estará durmiendo, ¿eh?

—¿Por qué no?

—¿Hoy?

—Entonces vete a buscarlo. Ha dicho que vuestras inútiles manipulaciones el día de la víspera le atacan los nervios. ¡Como si fuerais chiquillos!

—Bueno, eso es típico de Emmerich.— En su voz había franca y sincera admiración—. Se acuesta y actúa como si no pasara nada. Pero él es así.

Una vez en el salón señaló el gran disco del centro alrededor del cual había una mesa. El borde, que era de caoba, contenía ocho concavidades radiales tapizadas de color violeta, cada una de las cuales se ajustaba más o menos a un cuerpo humano. Sonrió misteriosamente, apretó un botón y el disco empezó a balancearse: una pelota de color rojo vivo saltó por encima de los acolchados y fue rodando en todas direcciones.

Pepi consiguió deleitarse con el asombro de Robert, si bien éste no se mostró precisamente muy sorprendido. Por lo visto, su propia admiración puso el resto. Explicó las distintas concavidades:

—Ésa es para las chicas y ésa para la pelota. Un descubrimiento colosal, ¿no? No puede imaginar lo mucho que les gusta jugar a esos caballeros del Reich. ¡No es de extrañar que Emmerich sea tan apreciado! No hace mucho estuvo aquí un personaje importante, muy importante, ya entiende... —y se llevó los dedos a los labios de una manera significativa—. Al amanecer arrancó los plátanos de las chicas y les arrojó monedas de oro de verdad.

En los sofás estaban sentadas fumando y jugando a cartas las otras siete. Apenas alzaron la vista, cuatro morenas, dos rubias y una pelirroja con los ojos de un sorprendente color verde claro; los polvos hacían que su piel pareciera completamente blanca. Su collar de perlas despedía un fulgor negruzco; Robert se inclinó sobre ella, sus grandes pezones estaban pintados de rojo, frutas exóticas, todo estaba presentado de tal manera que las imágenes que despertaba sólo indirectamente resultaban eróticas. Haciéndose el sorprendido Robert dijo:

—¡Pero si son perlas auténticas!

Con aire de superioridad y dirigiendo a la muchacha una mueca despectiva, Pepi explicó:

—Es que no entiende ni una palabra de alemán, es rumana de pura cepa.

Pero sin prestar atención a Pepi, la muchacha dijo:

—¡Naturalmente auténticas, todo auténtico, yo sólo tomar auténtico!

Tal vez Pepi dejó llevarse por su propio entusiasmo por el asunto o quizá Robert no había dado suficientes muestras de aprobación, la cosa es que se colocó en posición y empezó a aplaudir; entre divertido y asqueado, Robert volvió a sentir la sensación de que estaba imitando a alguien:

—Bien, ahora a ese señor vamos a enseñárselo todo en funcionamiento...

Antes de que Robert llegara a comprender se interrumpió a sí mismo. Para entenderlo, Robert tuvo que mirar primero a las muchachas, que de repente tenían la atención fija en sus cartas; también Jolan se había inclinado por encima de los hombros de una de sus colegas y observaba. En la habitación no había nada ni nadie que pudiera producir la menor distracción. Pepi intentó compensar su derrota:

—¡Por fuerza! Cuando venga Emmerich tenemos que hacerlo. Ya verá cuando se lo enseñen.

Robert dijo:

—Si tenemos que esperar, tal vez sea mejor que nos sentemos en un rincón. ¿Vino o coñac?

Pepi prefería el vino y Robert pidió las dos cosas.

—Ya ve, doctor, el servicio interior es naturalmente muy interesante, pero en él uno no se abre camino. Depilación, plátanos, vestidos, bueno no puede decirse que haya mucho vestido, a su salud, doctor, pero los peinados y... yo me pregunto, ¿qué posición, qué actividad es ésa? Bueno, es un trampolín...

Miró a Robert como si esperara su aprobación y repitió que era un trampolín magnífico.

—Sobre todo probablemente cuando uno sabe bien a dónde quiere saltar.

Tal vez fue la voz de Robert lo que hizo que Pepi aclarara en tono de sorpresa:

—Naturalmente en la política, desde luego en la política. Hoy en día es lo único...

—Sí, pero...

—Oh, yo ya me he arriesgado a dar otros saltos. En Sofía por ejemplo, sustituí al Cavaliere Armando porque tuvo que ir al hospital. Quizás aún lleve toda la colección de fotos.

Las fotos estaban en la cartera, encima de todo.

—Muy parecido —dijo Robert— en el fondo usted aún hoy es así.

Por pura casualidad, Pepi también llevaba las fotos de las chicas, desgraciadamente sólo nueve, las otras, precisamente las mejores, habían ido desapareciendo en el transcurso de los años.

—Ya entiende... amigos y conocidos que se interesan por un caso concreto. ¡A su salud, doctor, a su salud! Ahí bajo las rubias son un negocio fantástico, aún más estando en combinación con el arte. Si bien... claro que tienen sus casas estables en las que se ofrece de todo; no obstante, lo único que puedo decir es que les hicimos una competencia de verdad, sí señor. Pero aquí... —Robert se vio examinado con gran atención y con creciente desconfianza. Debió ser su semblante que mostraba con excesiva tranquilidad demasiado escasa aprobación y probablemente también despectiva diversión—. Para el que sabe de qué va, la situación no resulta tan oscura. Aquí hay que venir con determinadas intenciones o... lo mejor es empezar con órdenes directas.

Por primera vez resistió la mirada de Robert, aún no muy seguro pero con la superioridad del que conoce la trampa que el otro aún no sospecha:

—¿Cuánto tiempo piensa quedarse aquí en realidad?

Por fin Robert adoptó ese tono nuevo, algo inquisitorial con una repentina y apenas oculta malicia y una franca arrogancia:

—¿Depende de una nueva colocación?... ¿Tiene algo concreto en perspectiva?

Por lo visto el asombro de Robert no fue una negativa suficientemente clara.

No, no tenía nada de eso en perspectiva, en realidad ni tan solo había pensado en ello.

Pepi no tenía la menor duda de que el señor doctor antes, en cierto modo, tenía que planearse el asunto:

—Tal vez con un consejero pudiera... pues como le he dicho, la situación... y si la casualidad ayuda... Saber cuáles son los buenos caminos ahorra disgustos y también ciertas decepciones, a veces incluso molestias...

—Sea como sea, ahorra energía —confesó Robert, y añadió que lo de las decepciones era soportable, él se conformaba con ellas.

Mientras se permitía hacer la amistosa observación de que por lo visto el señor doctor no daba la debida importancia a las molestias, Pepi frunció el ceño:

—Por supuesto usted cree tener un apoyo influyente en su señor hermano.

Se inclinó sobre la mesa, rozó confidencialmente el brazo de Robert y pestañeó y sonrió con astucia; luego se reclinó, sin duda alguna plenamente consciente de que ahora era dueño de la situación.

—Bueno, yo —dijo—, yo no lo creo.

La respiración de Robert pudo oírse:

—¿No es uno de ellos?

—Lo es y no lo es. Emmerich dice que no tiene la menor idea de cómo se organiza la historia de una manera realmente popular. Aquí, la unidad desde luego... Pero mientras se financie una cosa de un modo tan espectacular... ¡A su salud, doctor, a su salud! Bueno, está claro que...

Pepi miró fijamente el interior de su vaso, lo vació y volvió a mirarlo fijamente como si aún contuviera aquello que le fascinaba, de modo que al final empezó a hablar de ello:

Estaba claro que la situación despertaba cierto interés, sobre todo en el extranjero. A pesar de ello no tenía la menor duda y consideraba que el hecho de que el señor doctor hiciera su aparición aquí precisamente ahora era pura casualidad...

Robert mostró su extrañeza con toda claridad:

—Sí; pura casualidad —dijo. Esa era la única designación justa.

Y esa casualidad se extendía por tanto también a esa pareja inglesa con la que, al parecer de Creta, el señor doctor...

Los ojos de Robert quedaron fijos en el otro:

—¿Al parecer? Si ya está usted informado de ello, señor... —de repente se acordó incluso del nombre, ante sí vio los garabatos del hermano que ahora podían descifrarse sin el menor esfuerzo— señor Vrchlinek, ¿por qué pregunta? Por otra parte me da la impresión de que usted no puede juzgar mi actividad allí abajo.
—Pero, mi querido doctor, ¡yo estoy hablando de su actividad aquí!
El rostro de Robert mostró súbitamente un cambio absoluto e intangible, de modo que el otro, como en un intento de legítima defensa, se sirvió de aquello que constituía su orden, su consigna secreta y al mismo tiempo, su fuerza.
—No vaya a creer que no hay pruebas contra usted. Cuando uno se empeña hay siempre pruebas. En el caso de usted no se dejarán escapar ni la más ligera sombra.
Hizo una amplia inclinación hacia delante, hacia Robert y dijo susurrando aunque sonó casi como una amenaza:
—Precisamente por causa de su hermano.
Y entonces Robert no tuvo tiempo de recordar a ese hombre por qué estaban sentados allí ni de dar una señal clara de su ironía o incluso de su desprecio. No hubo tiempo porque por lo visto su asombro duró demasiado rato o porque Robert comprendió demasiado tarde cuán grande era el apoyo de ese hombre, que ahora se levantó y dijo lo que en realidad hubiera debido manifestar Robert:
—¡Bien, usted tiene la culpa de las consecuencias! Pero yo le he prometido —tal vez eso, poco antes de terminar, constituía por fin el indudable dominio de la situación, no: tengo el deber de..., se me ha pedido que..., sino: le he prometido— hacerle posible que mañana pueda seguir...
Hizo una altanera inclinación de cabeza y al cerrarse detrás suyo una puerta secreta roja no se oyó durante unos minutos más que el tic tac del reloj de porcelana que

había sobre la chimenea, un tic tac nada corriente, como cuando chocan piedra y acero, y Robert fijó la vista en dirección a la puerta secreta, hacia las muchachas que seguían en su mesa con la atención puesta en sus cartas como si hubiera que pasar a Robert la indiferencia por Pepi. El penetrante tic tac llenó totalmente el silencio, las voces apenas perceptibles parecían no ser más que un oscuro colorido de fondo, al principio seguro que no significaban nada, los sonidos murmurados no saltaron del plano acústico al significativo hasta que Robert comprendió... miró a una de las morenas, una mujer opulenta de fuertes labios, miró su boca aumentada por la pintura, y de repente comprendió que la muchacha hablaba en serio y que estaba hablando de él. Ella dijo:
—Si gracias a él es posible enterarse de algo, me enteraré.
Inclinadas sobre sus cartas y extraordinariamente atareadas con ellas le observaron con el rabillo del ojo. Sus voces se mezclaron.
—Muy bien, te enterarás, pero eso no basta.
Sin duda alguna, ninguna de ellas tenía en cuenta la posibilidad de que él entendiera su idioma. La morena se levantó precipitadamente:
—¿Qué significa «eso no basta»? Tú siempre estás haciendo insinuaciones.
Una rubia se encogió de hombros.
—Se puede «transmitir» a la derecha o a la izquierda. También es posible no «transmitir».
Otra morena se inclinó hacia delante y como si estuviera sumida en profunda reflexión dejó lentamente sus cartas sobre la mesa:
—Seguiréis diciendo disparates hasta que una pague el impuesto.
Tal vez fue el aspecto que había tomado el tema lo que hizo que Robert encontrara de repente demasiado fácil de adivinar su interés por las cartas. Los afectados mo-

vimientos y la prudencia en la voz de la que estaba respondiendo ahora se vinieron abajo:
—Bueno, una de nosotras es la primera que ha empezado a decir disparates. Porque aquí sólo se «transmite» hacia un lado. Nadie va por una vía doble.
De repente la de la peluca blanca tiró sus cartas y se levantó. Dirigió la mirada a Robert pero no pudo hacer nada más; la morena de la boca pintada se estaba dirigiendo ya a la mesa de Robert. Robert dijo a media voz y en serio:
—Me gustas. ¿De qué quieres enterarte?
Ella no consiguió ocultar su sorpresa. Lo que con chispas invisibles se transmitieron escapó a las intenciones que conocían, ni siquiera de su fuerza sospechaban nada, pero con una rapidez de segundos le señaló a él su papel y a ella la conducta que había de adoptar frente a él. Las dos cosas parecían irrevocables y poseían no obstante agilidad y encanto. Él seguía sin saber —y más adelante tampoco llegó a comprenderlo—, que se había hecho cargo de un papel. Ella sonrió, la parte baja de su cara constaba sólo de boca:
—Está bien... ¿qué debo contarles a ellas?
Sus ojos, pasando por encima de él, se dirigieron a aquel lugar. Se sentó a la mesa, le miró con ternura a los ojos; de repente:
—No me gusta tu impuesto.
Robert dijo serio:
—No comprendo.
Ella rió, desde el fondo de la garganta, con gran simpatía y cierta mordacidad:
—¿De veras?
—¿Sois todas tan imprudentes?
Ella replicó con la misma seriedad:
—Yo no soy imprudente.
—¿Acaso sabes quién soy?
—Quizá. Los que vienen aquí...

Concluyó con su sonrisa, penetrante, burlona, segura de lo suyo. Y antes de que las demás, con la de la peluca blanca a la cabeza, llegaran a la mesa, de nuevo a toda prisa, más que susurrando las palabras dejándolas adivinar:
—¡Ten cuidado!
Sus ojos permanecieron aún uno o dos minutos fijos en él con una inmóvil y velada expresión que no decía nada y, sin embargo, contenía una advertencia. En ella parecían resumirse todas las cosas extraordinarias que le habían sucedido hoy, todo era amenazador y peligroso, no sólo porque él no lo entendía, sino porque sentía que nunca dejaría de serle inusitado. De repente se dio cuenta de que tenía miedo; como si quisiera constatarlo, se pasó la mano por su sudorosa frente. Y aunque se sentía como si aquí no hubiera en parte alguna protección y seguridad, se levantó.

II

El camino de la pensión, a la orilla del lago, se perdía en un espeso juncal; Robert dio media vuelta. Daba la impresión de que hacía tiempo se hubiera desistido del empeño de hacer ver que, arrancando los juncos o sencillamente cortándolos, en ese lugar era posible bañarse. Por lo visto la casa era un antiguo albergue, de la época de los coches de caballos; entonces era muy lógico que estuviera situada junto a la carretera. Debajo del alero, donde antiguamente estaban los coches con toldo, había ahora mesas pintadas de verde en las que generalmente se sentaban los empleados con sus familias, con sus pantalones de cuero y sus trajes tiroleses de fabricación casera debajo de gruesos abrigos de loden.

Robert tenía sus reparos contra ese lugar que Hanna había previsto para el caso de que no pudiera ir a esperarle a la estación. Pero tal como empezaban las cosas Robert no creía que llegara. Por todas partes y en todo el mundo se tropezó con malestar y desazonada evasión, no sólo en lo que se refiere al esperado autobús.

Estaba en el aire, o mejor dicho, en las personas; el aire era magnífico, saturado de lluvia y de perfumes, lo único a lo que uno podía entregarse sin reserva. Por encima del lago había una bóveda nubosa debajo de la cual la sensación de amplitud y fluencia desaparecía con el final del vaporoso horizonte. De allí, manteniéndose inmóvil en el viento, que se abalanzaba en ráfagas desde las montañas y lanzaba sobre la llanura los primeros chubascos en forma de chorros inclinados, llegó la luz ígnea. Fue sobre todo el choque del viento con las masas de juncos lo que impidió que el conjunto pudiera ser un espectáculo al que uno podía entregarse para gozar de él. Este intermitente traqueteo y silbido, excitante, imponente, estaba demasiado por encima de todo lo humano para no excitar el ánimo a ofrecer resistencia, para que involuntariamente intentara afirmarse a sí mismo, lo cual hizo que Robert volviera a tener presentes los poco edificantes sucesos del día.

Tal vez al capitán Lodric le sucedía lo mismo. Robert lo vio a cierta distancia en la parte arenosa de la orilla, la parte de los baños considerada elegante, playa, «Hotel del lago», algunos chalets; estaba de pie en la pasarela inspeccionando la zona con sus prismáticos.

Había parecido que el capitán abría sólo por pura fórmula el sobre que Robert le había entregado. Apenas echó una ojeada a las líneas, pero en el acto se manifestó dispuesto a traer a Robert a este lugar.

Durante el viaje en el coche oficial militar, Robert no le había dejado ninguna duda respecto al carácter de su cita, pues el capitán, cuya tranquila locuacidad resultaba algo artificiosa, por lo visto asoció a esa recomendación unas relaciones cuya condición unilateral Robert deseaba aclarar. Pero antes Robert había deseado saber qué es lo que significaban en realidad esos preparativos tan importantes.

—¡Sí, si se supiera exactamente, si fuera por así decir seguro! Por otra parte, las maniobras nunca significan nada especial.

Robert siguió también en este tono e hizo igualmente como si supiera más de lo que quería mostrar.

—Bueno, una cosa tiene que quedar clara, y es si esos... preparativos sólo los lleva a cabo el gobierno o si la oposición también...

—¡Ah! —dijo Lodric—. Oficialmente no hay nada claro, oficialmente no se sabe realmente nada, si la oposición...

Terminó dando un silbido y haciendo un astuto gesto con la cabeza.

Casi como una partida que estuvieran jugando ambos,

más para distracción del capitán que para la tranquilidad de Robert.
—Cuando se envían soldados con cañones hay que contar con que...
—¡Conque los cañones se disparan! De acuerdo, podría darse el caso...
—Por tanto tiene que saberse si la oposición está armada o no.
—¡Claro que está armada! ¡Magníficamente incluso!
Robert dio a considerar el hecho de que eso no podía afirmarse con tanta seguridad; de todos modos, dijo, no estaba excluido... Entonces Lodric se impacientó:
—¡Bueno, permítame usted! El espionaje es casi lo único que funciona verdaderamente bien aquí.
—Sí, pero —Robert se inclinó hacia delante y como si estuviera desesperadamente apurado, extendió la mano hacia el brazo de Lodric— eso es del todo incomprensible. ¿Por qué se ha dejado entonces llegar tan lejos?
—Se lo estoy diciendo, por vía oficial no se sabe.
Robert sacudió enérgicamente la cabeza enfadado porque el otro quizá consideraba que su enojo era simple exageración:
—Oficialmente o no, en un caso como éste es...
—No, no es igual, en absoluto. Eso... —Lodric vaciló, luego dijo—: sólo se lo parece. Lo que el gobierno no sabe oficialmente no puede combatirlo.
—¡Pero eso es...!
Robert no llegó a decirlo y acabó con una mueca de exasperada indignación.
Ahora ya no fue posible dejar de ver cuán penosamente forzada era la risa de Lodric.

No, dijo que no tenía la intención de hacer que su desagradable misión le resultara aún más molesta debido a observaciones de esta clase. Dado el caso, su deber era poner manos a la obra con su batería, sin duda un asunto delicado que requería, por así decir, a un artista del equilibrio, pues la situación no era del todo clara, por lo cual ese asunto se le había confiado a él, el comandante de batería más joven...

De repente notó la excitación de Robert. Se detuvo, evidentemente extrañado y con desconfiada indecisión, y se puso serio y taciturno. El capitán Lodric intentó ocultar su atención mediante un tono de distancia, y la observación de que, dejando bromas aparte, en el fondo se trataba de un ejercicio oficial cerca del lago, perseguía por lo visto la finalidad de debilitar sus anteriores confidencias.

El resto del trayecto había sido suficientemente desagradable. Robert no podía librarse de la sensación de que si desde el principio se hubiera mostrado más explícito, la invitación no hubiera tenido lugar.

Y ahora observaba de lejos al capitán y se dio cuenta de que también Lodric, atento y como si estuviera contemplándole, sostenía los anteojos en dirección hacia él. En ese ir y venir parecía que todo lo inexpresado y acechante que se extendía aquí sobre la gente se concentraba igualmente en dos excitadores eléctricos que no funcionaban debido a una causa incomprensible o quizá sólo porque aún no estaban a punto de explotar.

Robert fue el primero en apartarse y regresar al edificio. Pero dentro no parecía que fuera más soportable. A primera vista se notaba que los veraneantes se conocían bien, pero estaban allí sentados como si fueran gente que por una alevosa prudencia evitaban hablar. Con infatigable prisa hojeaban los periódicos como si hubieran que descubrir en el último momento una noticia importante que hasta entonces se les había escapado, y cada vez que uno se disponía a hacer una observación, que siempre se refería al tiempo o a la cena que estaban esperando, la esposa levantaba la vista de su punto para dirigirla suplicante, como advertencia instintiva, a los labios del marido. Luego la ventana se oscureció debido al camión

que se detuvo fuera inesperadamente, y aunque Robert no vio más que un sombrero redondo con un cordón verde y la maleta que dos manos femeninas entregaban a uno del lugar, se levantó en el acto.
Hanna acababa de entrar en el pasillo, dejó caer el maletín y corrió hacia él; sorpresa y desconcertada alegría que necesitaron un rato para percatarse de que estaban justificadas.
No, no había creído que podría seguir adelante y cuando por fin el chófer se apiadó de ella, había tenido el convencimiento de que no encontraría a Robert.
Él permaneció allí de pie, también algo sorprendido. Hasta después no se dio cuenta de que ella había extendido los brazos para abrazarle, pero él no se había movido, ni siquiera había abierto la boca. Ella permaneció con los brazos en el aire y al dejarlos caer encontró la mano de él, que todavía descansaba sobre el pomo de la puerta. En un abrir y cerrar de ojos se inclinó sobre ella y la besó porque no se le ofrecía nada más. No por ello disminuyó la perplejidad de ambos, y a través de su cauteloso desconcierto, a pesar de la enorme vergüenza que ardía oscura y violentamente en su interior, al principio le pareció que esa situación comprendía la totalidad de su trato mutuo, tal como se había vuelto y tal como sería desde entonces, sin que ninguno de los dos fuera capaz de cambiarlo. También lo que se dijeron serviría sólo para repetir cada vez aquella escena.
—Tienes un aspecto magnífico, como alguien al que las cosas le van bien, también interiormente.
Si eso era una observación Robert la devolvió demasiado en forma de cumplido, pues la arruga que ella tenía entre las cejas se contrajo, se mordió los labios y sus ojos se cerraron a medias entre las ahora profundas arrugas que salían por encima de los párpados. Expresión escudriñadora casi hostil, algo convulsiva y de franca amargura.

—¿Sigues aún con tu inglés? ¿Trabajas para él o... con él?

Robert explicó que de esas relaciones había surgido en efecto un sueldo. Por desgracia le había sido imposible sostenerse materialmente. Pero el libro lo publicarían juntos.

Ella se obstinó más que él en preguntar. Lo que él quería saber de ella lo llevaba en el rostro. Pero tampoco las respuestas que salieron de su boca fueron muy emocionantes:

—Ah, mamá siguió tirando. Claro que no en su apogeo, sobre todo desde que Paul...

Robert explicó que de esas relaciones había surgido, en efecto, un sueldo. Por desgracia le había sido imposible mudar. Sea como fuera, sirvió de ayuda el hecho de que él dijera:

—¿Aún piensa en ti?

Ella intentó sonreír:

—Yo estoy en segundo lugar. ¿Lo has olvidado?

—¿Cuándo saldrá Paul?

—Aún faltan ocho meses...

—¿Hay muchos en la cárcel?

Ella lanzó un suspiro, como si se quejara de algo desagradable que pareciera no querer acabar. De repente, se llevó nerviosa las manos a las sienes:

—¡No, no, por favor! ¡Al menos esos días que estaré contigo! Prometámonos no hablar de ello.

Tal vez hubiera sido posible a pesar de las caras que los rodeaban y a pesar de los soldados que en ese momento estaban cerrando la calle. Tal vez Hanna sólo hubiera tenido que renunciar a hablar de los campesinos que iban en el coche y que a grandes voces habían dicho a los soldados que podían empezar tranquilamente a trabajar, que era el último coche y después no vendría nadie más.

—Si en todas partes reinara la misma armonía que aquí entre los insurrectos y los soldados, sería...

La observación salió mal y su sonrisa fue también inútil. El rostro de ella no mostraba aquella alegre superioridad que antaño soliera descubrir en él. ¿Tanto tiempo había transcurrido o es que ella había cambiado? Su contenida acusación le afeaba el rostro, la amargura lo despojaba de su inteligencia. Una mínima posibilidad de mal humor, dispuesta desde siempre a elevarse de repente e inundarlo todo para que después el radiante contraste fuera tanto más imponente, había aumentado tanto, era en ella tan profunda que daba la impresión de que su ser recibiera de esa posibilidad la tónica permanente. ¿Estaba aún en su poder conseguir que saliera la otra Hanna? Él casi temía que fuera posible.

Al atardecer, tras haber huido de los rostros del salón y al ir paseando de un lado a otro bajo las copas de los árboles, seguían, sin saber si debían hacer presente su pasado común, como si supieran que había perdido hacía tiempo su fuerza decisiva y ninguno de los dos quisiera reconocerlo. Las copas de los árboles goteaban de humedad; de vez en cuando se encendían como por efecto de una última luz crepuscular que había quedado apresada en ellas. Tal vez ambos habían puesto demasiadas esperanzas en ese encuentro, cada cual a su manera; quizá no era más que eso, y cuando bajo las cenizas hay llamas, éstas pueden arder, incluso bajo el pie que quiere apagarlas, pueden arder y mostrar que existen. ¿Salió de él o de Hanna? Sea como fuera, los dos huyeron demasiado gustosos a aquella otra tirantez, a lo inexpresado que lo cubría todo, y el hombre del saco no fue más que un motivo casual, nadie pensó cómo había llegado a tener este significado.

El hombre surgió como de la nada en el camino que por la pradera llevaba cuesta arriba hacia el bosque; parecía un trabajador rural.

Aunque después Robert tuvo presente cada palabra, no recordó cómo había empezado en realidad la conversación. Probablemente cuando estaba aún en la carretera, seguro al menos que podía verse bien el guardia. El hombre llevaba una cosa alargada envuelta en un saco y colgada al hombro.

—¿Qué hay dentro? —preguntó el soldado.

—Rodrigones.

El hombre y el soldado rieron.

Entonces también Robert, soltando una carcajada —sonido potente y abrupto, algo artificial y carente de motivo—, acercó la mano al saco; no entendió en el acto que los dos lo vieron con simpatía. Apartó un poco la mano, siguió buscando y dio con el obturador del fusil. El hombre, sonriendo con picardía, hizo con la cabeza un gesto afirmativo. Hasta más tarde no pudo explicarse lo que el hombre había dicho entonces. «Ya nos hemos visto ayer. Pcro hoy puede quedarse y mañana incluso ayudar.» El hombre rió confidencialmente, como si no ocultara nada ante lo cual Robert, mientras esperaba, tuviera que adoptar una actitud de indiferencia. Probablemente había visto a Robert en la taberna o en el hotel de Salzburgo y lo había reconocido.

De repente a Robert le pareció que ese hombre tenía con su hermano algo en común que él le ofrecía de una manera francamente atractiva mientras que el hermano se obstinaba en negárselo. Casi como si debiera discutir sobre ello con el extraño, que seguía hablando en su curiosa lengua, pronunciando unas cuantas frases atropelladas, hasta que por fin comprendió, más o menos en el mismo momento en que Hanna exclamó:

—¡Serbio!

Pero el hombre no estaba ni mucho menos de acuerdo con eso. Era alemán (una prolongada y poco clara «a» sobre la que recaía el acento), era incluso el único alemán de su pueblo, que estaba muy cerca de la frontera yugoslava, y el alemán se lo había enseñado su abuelo, que de joven había ido a parar a aquel lugar.

—De Alemania —dijo el hombre en su apenas comprensible jerga.
¡Alemania! Por primera vez desde hacía dos días oyó Robert esa palabra, al anochecer en la carretera y de una boca que jamás había sido capaz de pronunciar correctamente sus sílabas; sin embargo tenía el sentido oculto que aquí movía a todo el mundo. Lo inexpresado, articulado de repente, mutilado y ya en camino de lo extraño, hacía patente una vinculación, ante la que él retrocedió asustado, olvidada durante mucho tiempo... Familiaridad e íntimo contacto imposible de expresar y ni siquiera de sentir, y no obstante como lo que permanece en medio de la niebla en la que se pierden los antepasados.
—Sí —dijo el hombre cuya lengua materna era el alemán—, todos tenemos la misma esperanza.
Robert no quería sucumbir a la excitación que le despertaba esa voz, no quería contestarle como un eco:
—¿Es necesario realizar las propias esperanzas —¡aunque sean las mejores y más hermosas!— por medio de la violencia, de la sangre y de la muerte? ¿Es ésa la única posibilidad?
Había hablado a media voz, a intervalos, como si no pudiera resistir la tentación de expresar una idea que se le había ocurrido de repente, y, más que percibir, sintió como aquel hombre al que sabía cerca suyo más por un estado imponderable que por los sonidos que escuchaba sorprendido resistiéndose a ello. Por fin le oyó decir, asombrado, algo impaciente y con cierta energía... como una enseñanza, tal como se explica al otro algo que uno en realidad supone que ya sabe, que debiera saber porque todo el mundo lo sabe:
—Contra la violencia... ¿Qué hay contra ella sino otra violencia mayor?
De nuevo el recuerdo del hermano con el cual ese hombre se alejaba inexorablemente hacia lo desconocido y

hostil, a pesar de que ahora estaba hablando de la luna y decía «luna» y «al sol». No tenía nada en contra de que mañana saliera el sol, pero esta noche la luna no le servía de nada. No se veían ni a un palmo de distancia.

—¿Qué pasará entonces —preguntó Robert lentamente como si no pudiera dejar de pensar en algo—, qué pasará cuando hayáis eliminado esta violencia con la vuestra, la mayor?

El hombre no contestó en el acto, como si no comprendiera qué es lo que Robert no veía claro. Sólo cuando Robert repitió: «¿Qué pasará entonces?», dijo claramente enojado:

—¡Justicia! No tenemos nada contra la obediencia. Eso nos lo han exigido siempre. ¡Pero a cambio, sobre la mesa, el plato lleno que ahora no tenemos!

Y como si tuviera interés en salir al paso a la única objeción posible que quizás pudiera hacerse:

—Y eso para todos. Pero los que tienen la voluntad justa son los que lo conseguirán.

—Pero, ¿y si luego la violencia se vuelve contra nosotros, contra los que tienen la voluntad justa? —involuntariamente se sirvió de las palabras que el hombre había sacado tal vez del sermón dominical—. ¿Si la violencia mayor también llega a oprimiros?

Robert esperó una respuesta, como si fuera andando junto a su propia voz, que de repente notó carente de eco e inútil. El hombre alargó el paso, parecía que cada vez andaba más deprisa. Aunque Robert no podía haberlo visto, estaba convencido de que el hombre se había vuelto varias veces inquieto y vigilante. Entonces el «camino» se estrechó y el hombre se detuvo.

Los árboles eran gigantescas masas compactas, amenazadoras e incomprensibles, la hierba brillaba de tan negra. De repente Robert volvió a sentir la presencia de Hanna, aceptó su silenciosa resistencia, repulsa realmente rencorosa. Por fin notó también la desconfianza del hombre;

aunque sólo veía la silueta aproximada de su figura, se transmitió un débil centelleo, como si sus ojos se esforzaran por escudriñar la oscuridad: peligro o miedo o las dos cosas. Imposible describir de qué manera se comunicó y articuló con la voz decidida a atacar:

—¿Qué es lo que quiere usted de mí? ¿Por qué viene conmigo?

Y ahora Robert fue apagado por Hanna. No hay duda alguna de que al ponerse de relieve de este modo perseguía algún fin; avanzó dos pasos y empujó a Robert detrás suyo. Riendo un poco, cosa que él en seguida interpretó como advertencia, antes de hundirse en la nada:

—Tiene toda la razón, tenemos que dar media vuelta. Como no somos de aquí, al final no sabríamos cómo volver.

En aquel mismo momento, la oscuridad se puso en movimiento, produjo un súbito remolino del cual, aún después, a Robert no le quedó más que un jadeo, unas sacudidas, el ruido de ropa al rasgarse y el doloroso golpe con el fusil del saco que el hombre estaba arrojando. Quizá todo sucedió con tal rapidez sólo porque Robert no comprendía nada, y cuando se hizo cargo de ello ya había pasado todo: los dos disparos que no cayeron a más de dos pasos de él y equivalían al fracaso o abandono de la persecución, la agilidad de los dos muchachos, su rápida actuación. Pero jamás llegó a aclararse si se habían acercado sigilosamente o si habían estado espiando al hombre. Quizá incluso el hecho de que fueran dos, quedó sólo fuera de duda porque entonces, estando delante de Robert, empujaron hacia un lado a Hanna, que seguía empeñada en avanzar, la iluminaron con sus linternas antes de sacudirle a él los bolsillos.

—Sólo para que no suceda ninguna desgracia en caso de que lleven algo que pudiera dispararse.

Diciendo esto dio una patada al fusil y levantó el saco. El otro dejó caer una cuña de deslumbrante luz a lo largo

del cañón de azulado resplandor. Anduvieron buscando algo en el arma.
—Nuestro. ¡Maldita sea! ¿Cómo habrán dado con él?
El blanquísimo cono de luz se movía a empujones, con mecánica rigidez; de repente hizo resaltar una mano superdimensional, un trozo de hombro y la inquietud de trémulo nerviosismo de un rostro.
—¿Por qué él —un nombre de varias sílabas que Robert no entendió— no quiere que los salineros tomen parte?
—A ellos les quitaron los fusiles cuando su insurrección.
—¿Y por eso tienen que invadirnos a nosotros?
Ya no prestaban atención a Robert y Hanna. ¿Su inesperado descubrimiento? ¿Lo inquietante y peligroso de las consecuencias? También era la oscuridad que les rodeaba, la agitación desgarrada por los ruidos nocturnos, sofocante como todo lo incomprensible, por lo que hablaban con prisa y a media voz.
—Pasado mañana seremos los dueños.
—Si ganamos.
—¿Si qué...? —Asombro, sorpresa, casi susto, palpables de tan claros, había en estas sílabas—. Tenemos que ganar. Es decir, todo está organizado de tal manera que tenemos que...
El más bajo rió con astucia y desprecio y dijo rudamente:
—Cierra el pico, si antes no caes en ello. Corre, vete a buscar a toda la pandilla. ¡De prisa, yo te sigo!
Fornido, ágil, con una gran cicatriz sobre el labio superior, como si fuera de labio partido, ahora estaba dirigiendo sin el menor miramiento la linterna a Robert en la cara.
—¿De dónde es usted?
Hanna dijo:
—Estamos de paso. Él —y señaló a Robert, el cual notó su inquisitiva mirada, su titubeo—, está aquí de camino a Inglaterra.
—Les aconsejo que cierren el pico —el muchacho exami-

nó a Robert indeciso, como si buscara un final eficaz, una amenaza...— De todos modos es igual, con eso no podrán hacer nada.

Su desaparición, silenciosa, momentánea, no ofreció dificultad alguna. Tras apagar la linterna se lo tragó sencillamente la oscuridad. Sólo siguió allí durante unos minutos como ruido de presurosos pasos hacia el bosque.

Robert acababa de volverse, Hanna iba a poca distancia delante suyo y toda la anchura del camino los separaba.

—Es curioso...

—¡Es curioso...! —ella le imitó, su voz procedía de un sector hostil, de aquel lugar en el que no existía más que esa irritada amargura disimulada por una excesivamente escasa ironía—. ¿Vas viendo ya adónde has «regresado» en el momento oportuno?

Se encontraban ya en el camino de la pradera que llevaba a la entrada trasera de la casa. Entonces, Robert dijo:

—Es de esperar que no encuentren al hombre.

—Claro que lo encontrarán. Pero quizás antes se pongan de acuerdo y dejen entrar a los salineros en el juego.

Con una voz que salió con extraordinaria dureza de lo indefinible... como si intentara herirle con un cuchillo; durante uno, dos minutos, Robert procuró apartar una idea tan ridícula e infundada. Sin dejar ese hiriente tono impersonal:

—Ellos saben por qué luchan. No discuten «para qué y de qué la libertad». Para ellos se trata de algo muy concreto: ¡el plato lleno! Tanto en sentido literal como figurado, y ahora se les está prometiendo a todos, desde el mar Báltico al mar Negro, un plato verdaderamente maravilloso que contiene todo lo imaginable en lo que a satisfacciones y superioridad se refiere. Para nosotros por ejemplo, la nueva idea de gran potencia está ahí mismo, algo más arriba, no hay más que poner manos a la obra... Y esos grupos de inmigrantes o individuos dispersos, sea lo que sea lo que los ha llevado al extranjero, todos esos seres disgregados... ¿Qué otra patria ha abusado de ellos con tanto cinismo? En los otros países no han sido tan escasos los envíos... el despotismo de un puñado de aprovechados.

—¿Hay otra solución aparte de...?

—No existe solución alguna, aún sigues sin comprenderlo.

—¿...aparte de la individual?

—¿Marcharse? En tu caso sé incluso adónde. Pero los otros, los que *no* pueden, ¡parece que hay incluso quien no *quiere*!

Y cayendo en el tono duro y algo torpe del serbio, parodiando su manera de hablar sacada de la Biblia y del sermón dominical:

—¡Ay cuando lo humano tiene que defenderse con medios inhumanos!

Y lanzando una carcajada con convulsivo y vengativo sarcasmo:

—¡Ay también de aquellos que tengan que hacerlo! Esto es, si estuvieran ahí, si existieran...

Anduvieron uno al lado del otro, cada cual rechazando vivamente, anulando incluso absurdamente al otro. Como si de su interior hubiera salido algo relacionado con sus más íntimos deseos e intenciones y de lo que en este momento no supieran a dónde les llevaría. Inútil el afán de dominarlo para apagarlo. Robert no encontró otra solución, tuvo que buscar un buen rato hasta que pudo cogerle la mano. Intentó agarrarla como si quisiera apoderarse no sólo de su mano. Pero notó que ella regresaba de un estado que realmente no habían compartido. Irresistible cual amenaza, la súbita necesidad de decirle que sus compañeros de viaje no tenían intención de quedarse en Salzburgo más que tres o cuatro días. En realidad, estaba citado con ellos. Aunque sobre este asunto no había pronunciado ni una sola sílaba Hanna, esperaba con toda seguridad que pasarían juntos al menos dos semanas. Sin embargo, no fue capaz ni siquiera de insinuarle la posibilidad de su partida. Como si sus relaciones siguieran siendo lo que habían sido durante tanto tiempo: la constante huida hacia la resistencia, un dejar paso a lo definitivo. ¿Fue el hombre armado o sus perseguidores, fue la palabra que denominaba aquello que importaba y que concernía a todos? ¿O es que sólo la casualidad había instalado aquí unas oportunas bambalinas? El destino es algo que sólo existe después. Quizá en eso consiste el secreto de su irrevocabilidad.

Hanna contestó al apretón de su mano y de repente su boca se encontró muy cerca:

—¿Sabes? Tu carta fue en seguida una señal para mí. Sabía que significaba algo más que un simple volvernos a ver. Una ocasión muy tardía, quizá la última, de algo que ha de decidirse entre nosotros, de un modo o de otro...

Ella le miró atentamente a la cara:

—No podemos permitir que siga así. Tenemos que justificarlo, cada cual ante sí mismo. Las circunstancias están contra nosotros, todo está contra nosotros. Y no hay nadie que produzca una impresión tan fuerte que no llegue a palidecer su importancia, que al otro no llegue a parecerle sustituible. A veces pienso que si hubiéramos estado cerca estos años...

Se detuvo y levantó la vista para mirarle sin rodeos, como si esperara una confirmación.

—Sí —dijo Robert—, es lamentable. Cuando la situación externa está ya desde hace un buen tiempo contra uno, llega el momento en que no imagina que también la interior está contra él.

Silencio casi de estupefacción; algo semejante se había ya dado hoy, inmediatamente después del saludo, y luego en la mesa. Con toda probabilidad había propuesto ese paseo para hacerlo olvidar. Sin saber cómo, él se

oyó a sí mismo hablando del serbio en voz alta, en cierto modo como si estuviera dando una clase, con aquella penosa sensación contra la cual ese tono de interés forzado era un subterfugio inútil:
—... es sorprendente, tantas palabras latinas conservadas en toda su pureza. Un dialecto que ha quedado detenido en algunos valles alpinos, en el sureste, mechado por todo lo que ha pasado desde la Invasión de los bárbaros. A veces...
Se encontraban ya cerca de la casa, a la luz del farol vio el sarcasmo de su rostro; enmudeció en el acto.
Arriba ella se disculpó:
Se sentía realmente cansada, no tenía dolor de cabeza, pero casi. Ese aire... magnífico, sólo que algo desacostumbrado... y de nuevo esa amarga risa, como una ducha de agua fría...
Ambos quedaron paralizados, como si ya hubiera empezado aquello que estaban esperando. No la decisión en sí, sino la dirección que tomaría. Sin embargo, quizá flotaba todo aún en el aire y no dependía más que del deseo y la voluntad de ambos. No tenían más que decirlo, llegar por lo menos mediante las palabras al lugar en el que formaban conjunto con una parte indescriptible; expresarlo para que no fuera como la escena en el nocturno camino de la pradera que les había hecho sentir la misma profunda excitación y que no obstante los había encerrado a cada uno en sí mismo haciéndole inaccesible al otro.
Robert permaneció ante su puerta, lentamente y sin hacer ruido apretó hacia abajo el pomo de la puerta. Le dio la sensación de que ella tenía que notarlo y decir algo, sin preguntar ni pedir, sólo pronunciar su nombre en voz baja. Esperó unos minutos inacabables, pero en la habitación de ella no se movió nada. Con la misma suavidad Robert cerró la puerta.

Una mañana inigualable, brillante y resplandeciente con los colores del arco iris, la pradera cual finísima hoja de plata, matorrales y árboles de un verde rebosante que no adquiría los tonos puros y profundos de transición hasta mucho más afuera, donde la temblorosa línea de las montañas se perdía en el resplandor; y más allá, al otro lado del lago, sobre la empapada llanura, la amenazadora columna del infinito.
Un azul inmenso como lejana envoltura de la punzante claridad que en algún lugar de las alturas anunciaba el sol.
La mesa del balcón tocaba casi con la copa de los árboles y para coger la mantequilla y las olorosas rebanadas de pan de centeno había que pasar literalmente por el ramaje y adentrarse en el resplandeciente frescor. Los comestibles participaban del rejuvenecimiento general y tenía un sabor deliciosamente puro. La miel amarilloclara de las praderas y la de color ámbar de los pinos, y el té (lo que en esta clase de pensiones estropeaba el desayuno) lo había traído y preparado la propia Hanna. Parpadeó lenta y sensualmente. Robert conocía esas transformaciones suyas, no obstante le sorprendió su aspecto terso y redondo. La tarde y la noche anteriores se habían sumergido en lo quimérico y a lo sumo habían sentido el sutil temor que precede a toda certeza esperada demasiado tiempo. Como si acabaran de volver a verse y eso llenara extraordinariamente y llegara a colmar el sentido que le era propio, de modo que tenían que hablar de pequeñeces sin importancia.
—Recuerdas... no has olvidado... y entonces...
Con la mayor naturalidad podía decir «entonces» mientras entre las palabras de él surgía constantemente la misma escena, determinado recuerdo y Hanna, resplandeciente y ensimismada, flotaba en un círculo invisible hacia el hoy. Confuso, inútilmente justificado bajo el deslustre de los años, y ahora tan intenso que él estaba

convencido de que a ella tenía que ocurrirle lo mismo... tan cerca como si lo estuviera viendo: se habían dado la mano de repente, «lo intentaremos, ¿verdad?». Sin besarse ni abrazarse, sin pensar un solo momento en lo corporal, que tan bien conocían ya el uno del otro, sin saborear y apoderarse de lo excitante, con ayuda de lo cual uno avanza a tientas por encima de los límites hacia el otro hasta que se tiene la sensación de ser una misma cosa, sensación de la que se elevan las burbujas de la voluntad común. Un pacto; sólo un apretón de manos, la deportiva y algo dura mano de ella en la de él, cierta ironía que no salió del todo bien. Pero además uno, dos minutos... con una seriedad en la mirada de ella que le asustó y que no le devolvió, coactiva, lo irrevocable. ¿Tanto los había alejado uno del otro?
Ella rió:
—Ha habido tiempo suficiente para los más detallados argumentos. ¿Crees acaso que no sabía qué hacer con mi libertad?
Nueva evasiva por parte de él; siguió intentando llevarlo por el camino de la broma:
—Bueno, las apariencias no hablan en favor de ello. Claro que los argumentos son siempre contraargumentos.
¡Su semblante! La fatal sensación de que hoy este camino no estaba transitable. Algo avergonzado y casi en forma de confesión:
—La libertad, eso a veces no es más que la posibilidad de aplazar lo que uno precisamente más desea hasta que es demasiado tarde.
Ella acogió la idea como si fuera algo familiar desde hacía tiempo:
—¡El miedo a lo definitivo! Y que entonces se habrá acabado la magia de la diversidad y todas las esperanzas. Tú no eres uno de los que son cuerdos sólo con la razón, y no obstante...
Como si notara lo desagradable de su espera, su per-

plejidad por la manera como ella le ponía al descubierto:

—A veces da la impresión de que no sientes que a cambio empieza otra cosa: allí donde interesa cuando se echa una mirada retrospectiva.

Con sarcasmo pero como si compartiera su opinión, repuso seguidamente:

—Sí, en el momento decisivo siempre me escapo.

Ella se acaloró:

—¡Ni soñarlo! Quizá sea por exceso de fantasía, quizá le ocurre a todo el mundo que tiene que estar solo en una zona intelectual. Es tu punto de vista. Pero como quien no quiere la cosa intentas hacerte siempre con lo que te parece deseable y sabes gozarlo ampliamente. También cuando se trata de mujeres sabes estar muy bien por lo que haces. En lo que respecta a este punto no me negarás que tienes cierta experiencia. Pero entonces llega el momento en que, por así decir, el conjunto, te resulta demasiado real...

Él la miró atentamente y algo sorprendido. Como si hubiera tocado algo de lo que él no la hubiera creído capaz ni siquiera de sospechar. Ella, riendo todavía pero mostrando impaciencia o enojo:

—Y lo real... en el fondo para ti no tiene importancia. Todo aquello que me interesa a mí no es importante para ti. ¡Pero eso incluso me gusta de ti!

—No hables más, ya estoy deslumbrado.

—Precisamente estoy buscando la sombra. No me refiero a la resignación con la cual después uno se arregla de una manera más o menos cómoda, sino la vida a dos, el uno en el otro, que es condición previa de muchas cosas que tú hasta el momento has evitado con verdadero miedo.

Pensativo, casi como si hablara consigo mismo:

—Sí... cuando uno ha fracasado en eso...

—¡Pero si eso es lo que te estoy explicando todo el

rato! Pero ¿tengo que...? No, prefiero no decirte que a pesar de ello eres un hombre muy viril.

—Parece que has aprovechado mi ausencia para hacer toda clase de comparaciones.

Ahora ella pareció enfadada de verdad. Echando chispas:

—¿Unos cuantos hombres? Como es natural eso lo niego. Aunque los hubiera habido, cada uno de ellos no sería para ti sino un argumento más. Porque, ya ves, «mi libertad»... hace tiempo que veo con claridad por que no sé qué hacer con ella. ¡Pero tú sigues sin entenderlo!

Y al decir esto su rostro mostró una sublevación, sin querer y a pesar de su esfuerzo transformado en tortura, mostró una sublevación y necesitó unos momentos para hacerla desaparecer, de modo que pudiera volver a sonreír:

—Y éste es realmente el único reproche que tengo que hacerte.

Entre ellos ya no había más que la mesa, que se tambaleó un poco, pero la tetera que se volcó, estaba casi vacía. Al borde de su labio superior saboreó él un indicio invisible de miel, en realidad sólo una o dos gotas, no mayores a una cabeza de alfiler, y ese minúsculo e intenso sabor fue lo último que se llevó al penetrar en su boca. Era una magnífica compañera para ir a aquel lugar en el que es necesaria la angostura de lo perceptible y palpable para llegar a la máxima autenticidad sólo en la más inflamada espera a través de todas las indicaciones, cosa de la que, sabe Dios, uno no escapaba al retirarse presuroso a la habitación. Pero eso no sucedió porque otra realidad dio insistentes muestras de su presencia. De una manera sorprendentemente repentina y con todos los indicios de un golpe de teatro perfecto: un estallido como si lanzara el balcón en el que se encontraban a un abismo de porcelana o al menos como si se arrojara con gran estruendo allí el servicio del desayuno. Pasado el primer susto Hanna devolvió de manera aún algo mecánica la tetera a su lugar. El segundo estallido lo aceptaron ya como cañonazo disparado a cierta distancia.

Abajo, los últimos rezagados salían precipitadamente, los otros ya corrían por la pradera en dirección al lago. Allí donde el juncal quedaba ahogado por las arenas movedizas se concentraron todos, como si acataran una orden, como si se les hubiera indicado este lugar para ir a ver lo que pasaba, pensó Robert; mujeres y niños, ni un solo hombre. No... en el grupo que permanecía sorprendido e indeciso delante de los juncos y que por lo visto estaba vacilando en unirse a los del lugar, que podían ver mejor, se encontraban algunos hombres. Entusiasmados y gritando de vez en cuando —miedo y entusiasmo— perseguían la caída de los proyectiles. De tanto retenerse los ojos de muchas mujeres no veían, y los hombres, fascinados y silenciosos, con reprimida desconfianza, que Robert encontró provocadora, tenían la vista fija en el pueblo del otro lado. Pero Hanna rió burlonamente:

—Funcionarios obedientes, que dependen totalmente de su colocación, vigilados por todos los regímenes nuevos, sin saber qué convicciones han de mostrar. Y los de aquí... los viejos aún llevan dentro ese respeto por la «autoridad» en el que se educaron. Los jóvenes... claro que creen en el dorado plato mágico, pero en el fondo lo único que han comprendido es que pueden sublevarse... Patético, ¿no?

Parecía completamente ensimismada, en su inexpugnable fortaleza, de la cual toda salida tenía que ser coronada por el éxito, precisamente aquella Hanna que entonces había abandonado. Él reconoció que había pasado demasiado tiempo lejos para poder orientarse sin comentario alguno. De ser eso una insurrección era una de aquéllas en las que sólo existen cómplices, si bien aparte de los del lugar nadie se atrevía a ser de los conjurados. Era repugnantemente lamentable esa manera de evitar incluso el menor riesgo mostrado con tanta naturalidad, la espera de dos partes, esa rutinaria renuncia a tomar una posición, que ni siquiera para protestar se dejaba entusiasmar.

—Dime, ¿qué es lo que teme la gente en realidad? ¿Y para qué todo eso? Si aquí no hay adversario alguno, ¿por qué disparan esos tipos?

Hanna se encogió de hombros:

—Probablemente tienen una orden.

—Pero...

—¿Tengo que explicarte de verdad...? Encuentro que lo hacen con mucha discreción. Y además con eso no se decide nada. No sólo porque aquí no hay nada que decidir.

Sólo había que volverse para ver de dónde procedían los disparos. El lago estaba llano e inmóvil, un espejo que reflejaba en verdosa oscuridad las alturas celestiales. La tierra que lo rodeaba constituía una continuación de esa lisura hasta que al norte descendía bajo el peso del horizonte y por los otros lados incluso a esta distancia lindaba con las montañas produciendo una impresión de que el paso era súbito. El horizonte y las montañas, ambas cosas eran descomunales. Pero en medio, inmediatamente detrás de las casitas con sus ventanas llenas de flores de colores diseminadas en el verde, había una elevación, una roca gigantesca, como la cima de las altas montañas despeñada o arrastrada en tiempos inmemoriales desde cualquier parte, en declive vertical, una especie de meseta con unos pocos pinos negros y alerces a punto de quedarse completamente secos. Una de las mujeres tendió solícita los prismáticos a Robert, de modo que éste pudo ver perfectamente al capitán Lodric allí arriba. También vio la humeante cocina de campaña y la cara de los soldados, que con una sonrisa irónica estaban manejando los cañones.

Las columnas de agua que saltaban por el impacto de las balas en el lago con los peces que lanzaban a las alturas; ¡las caras con su ansiosa vista fija en los cráteres espumosos que volvían a cerrarse al instante! Pero era demasiado poco; el movimiento del agua y el cuerpo de los peces que eran arrastrados a montones hacia la orilla, eran demasiado poca cosa. El hecho de que los peces estuvieran muertos disminuyó la tensión, como si fuera necesaria la destrucción en aquello en que resulta más definitiva en el ser vivo, para que la gente siguiera dueña de lo que se abría paso hacia el exterior. En seguida se vio claramente que la campesina que fue acercándose por la orilla sacudiendo los puños ofreció el pretexto al que todos podían abandonarse sin peligro. Una huesuda mujer de edad andaba con las caderas rígidas, el cuerpo extraordinariamente recto, pero formando un ángulo obtuso. La carne que le faltaba al cuerpo parecía concentrada en el bocio que se balanceaba colgándole de la barbilla. Su angulosa mandíbula se abría de excitación. Las maldiciones que profería produjeron al instante maligna y desconsiderada risa porque iban absurdamente lanzadas al aire o más bien al agua, precisamente al lugar en el que se encontraba la cría de peces recientemente metida y las carpas de un año. De sus gritos pudo deducirse que se trataba de la mujer que tenía arrendada la pesquería y que estaba contemplando los daños que causaba el capitán Lodric con su bombardeo.

La mujer se detuvo, miró fijamente, como si estuviera ciega por no comprender, a la multitud. Sin vacilar se acercó al agua, sacó un pez y, sorprendida por el inútil exterminio, lo contempló como si fuera algo incomprensible. Con extraordinariamente serio asombro lo tendió a la gente, que sin querer enmudeció. Entonces la casualidad les ofreció otra oportunidad: la ola que se levantó de repente al caer una bala muy cerca se rompió sonoramente sobre la mujer. Empapada de pies a cabeza permaneció allí, con el pez muerto en la mano. ¿Su rostro o su postura? Tenía un aspecto lamentable; por supuesto no había en ella nada impresionante ni amenazador, y sin embargo, de repente, fue imposible aprovechar esta oportunidad para lanzar estrepitosas carcajadas. La gente permaneció en silencio y tampoco la mujer dijo palabra alguna.

Luego se volvió en dirección a la cresta. Al pasar junto a los veraneantes les echó el pez:

—¡Ahí tenéis! ¡Hartaos! ¡Bueno, reíd ya, alegraos!

Pero dejó su desprecio: ahora los del lugar dirigieron burlonas y hostiles miradas a los veraneantes, entre los que no quedaba ni un solo rostro sonriente. Parecían más bien perplejos y se esforzaban por apartar la vista del pez.

A través de los prismáticos Robert vio a la vieja discutiendo con el capitán Lodric y los argumentos con que le abrumó gesticulando parecía que surtieran su efecto, pues ahora los impactos se sucedieron a intervalos mayores y más allá, casi en el lado opuesto del lago, lejos de los juncos y en la profundidad de las aguas.

Entre los del lugar, de repente, empezaron a saltar palabrotas; una piedra pasó silbando detrás mismo de Robert. Entre los veraneantes se oyeron los primeros gritos de angustia de las mujeres y una excitada voz masculina que no dejaba de gritar «¡Canallas, canallas!», como si esta palabra encerrara todo el descaro y desprecio que puede expresarse contra los del lugar. Es posible que los funcionarios tuvieran confianza en los soldados, pero también para los del lugar el ejército era la parte de la autoridad que infundía respeto, la única por la que sentían incluso simpatía. Por encima de todos, casi visible en el aire, refrenando, paralizando, cerrando todas las salidas, estaba la inseguridad: ¿Qué pasaba en realidad? Quizás uno quiso anticipar el cambio y se dejó llevar del entusiasmo:

—¡Os denunciaremos, os encerrarán! Sabemos perfectamente con quién simpatizáis.

Aunque en eso no había alusión alguna, los del lugar contestaron gritando encolerizados:

...—¡Ya nosotros sabemos perfectamente que vosotros estáis de parte del que gane, canallas!

Cada vez se echaban más piedras; unas cuantas mujeres, arrastrando a los niños detrás suyo, estaban huyendo ya hacia el pueblo. Desagradable, repugnante, y esta vez algo más que la brutalidad instintiva y voraz de las peleas campesinas: el intento indomable de desahogarse como suele hacerse, desahogo que les hacía olvidar la verdadera causa.

De repente a Robert y Hanna les resultó inaguantable seguir mirando. Casi como si temieran quedar enclavados en el estado general en el que todo el mundo trasladara sus deseos y temores —tanto más increíble y con tanto mayor pasión cuanto más profundos— a la decisión externa. Corrieron como si tuvieran que huir de ella, fueron a toda prisa por la orilla, entre la pradera y el agua, como si tuvieran una meta común.

Más allá de la zanja llena de álamos se hundieron hasta los tobillos en la pradera pantanosa. Al mirar a su alrededor y encontrarse solos pareció que habían dejado ya tras de sí todo lo demás. Volvían a encontrarse junto a los juncos; aquí no crecían hasta la orilla sino a cierta distancia, en el interior del lago. Con un sol abrasador, Hanna oteó preocupada el horizonte, pero las montañas despedían resplandores de plata hacia el infinito.

—Aún quedan al menos dos días de buen tiempo.

Se encontraban bajo los álamos, se miraron, Robert aún con una ligera duda, pero Hanna se sentó en seguida y se quitó los zapatos y las medias. Él sintió que se estaba creando una de aquellas situaciones, no del todo carentes de admiración, en las que ella se mostraba superior a él debido a su despreocupación. No es que él se escondiera para desnudarse; el arbusto en el que colgó su ropa era demasiado claro para ocultar nada; entonces llegó ella ya arrastrándose con gozo al sol. Sus piernas estaban un poco separadas, casualidad producida probablemente por el hecho de estar sobre la hierba; seguro que era pura casualidad, ella no tenía idea de lo provocadora que estaba. No esperó mucho rato sino que se precipitó al agua de modo que él tuvo que seguirla, no con mucha habilidad, pues al encontrarse en el borde resbaló y fue a parar muy contra su voluntad a un fondo cenagoso. Pudo parecer que ella seguía sabiendo nadar mejor. Aunque a él le dio la impresión de que ella sólo había vuelto la cabeza para apartar de su cara un mechón de pelo mojado, de repente surgió el pensamiento de que la sonrisa que le dirigió se refería a su fracasada salida. Sí, se había vuelto única y exclusivamente por este motivo. Enfurecido empezó a perseguirla.

El agua estaba tibia, agua bochornosa; se apartaron rápidamente de la orilla. Hanna seguía nadando delante suyo. Era incomprensible, ni nadando en crawl conseguía acercarse apenas a ella, y precisamente ahora, en medio de esas reposadas aguas, sintió la creciente excitación que salía de ella a pesar de que no podía ver con claridad su silueta. El agua o el reflejo del sol o ambas cosas transformaba sus piernas en anchas cintas oscilantes, alargaba su pecho hasta el absurdo y dejaba sus muslos totalmente sin forma. En medio parecía haber un manojo de juncos, una raíz muy deshilachada que se hubiera desprendido del suelo, pero quizás eso no eran más que las débiles e inútiles ayudas de su sentido de defensa. Estaban ya junto a los juncos y como para liberarse de sus deseos extendió la mano para agarrarle la pierna, estrechó su fina pantorrilla para que ante la realidad se disipara aquello a lo que, a pesar de haber quedado transformada en el agua, había dado impulso. Hanna tuvo que sujetarse a los juncos, trató de golpearle, se dirigió a la espesura y aquí encontró uno de aquellos discos planos formados por tablas unidas con clavos que al parecer facilitan la colocación de los nidales a los patos y demás aves acuáticas. Subió a él y mientras Robert la seguía con el sol ardiendo encima suyo sintió una deliciosa sensación de alivio que lo acallaba todo. Durante unos instantes permanecieron echados el uno al lado del otro, luego se demostró que la realidad disponía de fuerzas aún mayores que su deformación dentro del agua. Por fin volvía a ser la Hanna de antes, exactamente la misma Hanna, en seguida se estrechó a él en su abrazo y se deslizó debajo suyo. Después —podía haber transcurrido mucho o poco rato— fue difícil vestirse. A su alrededor, gigantesco, incomprensible, un oscilante tono metálico que se transmitía amenazador hasta las más lejanas latitudes y hasta su interior, inhumano, borrados planes e ideas, como si jamás hubieran existido; sólo el deseo de dormir y este sentirse acompañado y a salvo que no guardaba relación alguna con su existencia pasada.

El frescor bajo los álamos era irresistible. Si Hanna no se hubiera puesto en camino... Aturdidos fueron andando con paso vacilante bajo el peso del sol. Insoportable, absurdo volver al hoy y al mañana, a todo lo personal.

Hanna se detuvo; pestañeando miró el pueblo al otro lado. Robert dijo:

—El tiroteo ha terminado...

Ella recibió entonces una sacudida; dando un grito buscó con penetrante mirada el campanario al otro lado del lago. Ahora ambos tenían la vista fija allí. No servía de nada, la bandera que ondeaba allí cubría la mitad del campanario. Robert se volvió y señaló otros dos campanarios en la lejanía.

De repente el silencio que los rodeaba se había vuelto angustioso. Esos campos y árboles y montañas, todo objetos absurdos con los que ya no sabían qué hacer. Ni una sola persona por el lugar, una inaguantable falta de resonancia, nada excepto los grandes trozos de tela de color rojo encarnado movidos por el viento con el abstracto ojo blanco y negro mirando fijamente desde el centro...

Como si se hubieran puesto de acuerdo, de repente echaron a correr.

III

La gente estaba en la plaza del mercado, mujeres y niños, y entre ellos, tembloroso y apoyándose en dos bastones, un hombre muy anciano. Ansiosos de palabras buscaban a todo el que pudiera decir algo. También miraron atentamente a Robert.

Robert preguntó por el gendarme.

El gendarme había partido al amanecer hacia la frontera. Una banda de contrabandistas.

—¿Y el policía local?

El policía había sufrido su ataque ayer, a última hora de la tarde. Con ese reumatismo era natural que hoy estuviera en cama.

—Pues, ¿y el maestro?

Sí, en realidad el maestro tenía que estar aquí. Todos tenían la sensación de haberle visto hacía precisamente unos minutos. Claro que de paso... Al fin y al cabo nadie podía exigir que se fijaran en el maestro.

Las informaciones se dieron sin humor, con encogimiento; la última ya con hosca reserva.

El capitán Lodric acababa de salir de la caseta de la gendarmería. No había esperado a que estuviera lista la línea telefónica de campaña que estaban instalando sus soldados, sino que había hablado con el Estado Mayor desde allí. De todos modos a la distancia que pasó hubiera podido saludar. Pero fue mirando hacia delante, de una manera muy oficial. Robert le llamó:

—¿Ha sido un ejercicio de tiro lo de esta mañana?

El capitán se acercó a él:

—Exacto, un ejercicio de tiro. Por desgracia no sé si no habrá más.

De repente se unió a ellos, sacó cigarrillos. Atormentado, como oprimido por algo indescriptible con lo que resulta más fácil enfrentarse en compañía de otros. Robert preguntó:

—¿Qué pasa en realidad?

El capitán se mordió el labio inferior.

—Exactamente no lo sabe nadie. Ya entiende: el momento crítico en el que se cambia de rumbo, de una manera o de otra, y se actúa «bajo la propia responsabilidad»... en mi caso.

Robert notó que estaba a punto de adoptar ante ese hombre otra actitud, más favorable. Y a causa de una inseguridad semejante cayó casi en el mismo tono afectadamente animado que el otro a veces tenía.

—Bueno, por suerte aquí no hace falta emprender nada que... tenga consecuencias serias.

Se notaba que la gente que se agrupaba a su alrededor para pescar alguna palabra sufría bajo el enorme esfuerzo de imaginar que también esta vez podían derribar su exaltación. ¿Es que su asunto no era justo? ¿No se desprendía ya del sólo hecho de que el Gobierno estuviera en contra? Así empezó y permaneció claramente en sus rostros la desconfianza profundamente enraizada y templada a través de siglos de experiencia contra todo aquello que lleva el nombre de Gobierno. Pues el Gobierno tiene siempre nuevas tretas, cuando amenaza has de tener cuidado y cuando te llena la boca de miel entonces es cuando has de estar verdaderamente ojo avizor. ¿No se ha tomado ya todos los derechos? ¿Para qué quiere convencernos además de que los bávaros de ahí al lado son el enemigo y de que los extranjeros, contra los que nos hemos pasado cuatro años luchando en las trincheras, se han convertido de repente en amigos? Quizás ahora lo sean, pero Viena no es un amigo, sino el hogar de la injusticia; Viena es el Gobierno.

A Robert le hubiera gustado decir a esa gente una palabra de consuelo, pero ocupado como estaba con lo que de lejos y a intervalos irregulares llegaba a sus oídos, no encontró ninguna.

Se detuvieron donde el camino torcía hacia la pensión. Fuera del lugar y en el gran silencio ya no fue posible seguir negándolo por la decisión de no escuchar: una serie discontinua de silbantes estallidos ligeramente separados, concentrados luego en estampidos y latigazos. Durante todo ese rato no se habían atrevido a confesarse que lo temían, ahora estaba ahí. Hanna dirigió a Robert una mirada extraordinariamente vacía y el capitán Lodric sonrió casi perplejo. La tensión de sus nervios disminuyó y a los tres les dio acceso al ruido del tiroteo sin que opusieran resistencia. No procedía del otro lado del lago, sino de más allá de la colina, de una distancia no muy grande.

—¿Han movilizado a los soldados?

—Oficialmente aún no estamos metidos en el asunto. Al menos de momento...

El capitán Lodric pestañeó, su alargado rostro era demasiado anguloso para más variadas posibilidades de expresión. En él todos los movimientos se concentraban en la zona ocular, ojos grises y saltones, su boca de finos labios debajo del claro bigote no tomó parte hasta después. Por lo visto había que interpretar ese pestañeo como acompañamiento mímico de su tono siempre sarcástico, pero ahora resultó deformador, como una máscara, como un tic:

—¡Eso no son destacamentos, son... aficionados!

¿Noticias? Los funcionarios se encontraban bajo el alero de la casa en temblorosa tensión. Robert no comprendió a quién iba dedicada este ansia y la esperanza apenas reprimida, hasta que el cartero saltó de la bicicleta. Le arrancaron el diario de mediodía de las manos y mutuamente entre ellos, todo sin decir palabra, con la cabeza gacha se peleaban en grupos de dos o de tres por los titulares. Robert esperaba una exclamación,

el indicio, por vago que fuera, de una toma de posición.
—Ah, interesante... realmente... muy interesante...
Sólo la duda de que las noticias concordaran con los hechos hubiera delatado tal vez una actitud secreta. Su técnica era asombrosa. Los espías habían de tener forzosamente grandes dificultades con ellos. Robert se acercó al consejero ministerial:
—Vaya, esa vez el pez mayor se está tragando al chico. ¿Cuál es su opinión?
No había salida. El hombre regañó los dientes, su cogotudo cráneo se ladeó un poco. En este momento el tiroteo se percibió con mayor claridad. Ahora estaba sonriendo, no precisamente convencido, pero mejor era eso que nada, y levantando el dedo con cuidado:
—Por lo visto ejercicios de maniobras. No está mal con este tiempo tan magnífico.
Una escena exasperante y bastante absurda; Robert se le rió a la cara sin miramientos y sin darse cuenta de que eso, para los demás, era ya una asombrosa manera de exponerse que le hacía dos veces más odioso a causa de la independencia que con ello manifestaba. ¿Qué es lo que pasaba? La pregunta pasó del plano político al personal y aquí se volvió del todo enigmática, la pregunta muy concreta de un hombre de unos cuarenta años que con sus planes no había llegado mucho más allá del comienzo. Había gastado todas sus energías afirmando que su trabajo científico era la «realidad predestinada» a enfrentarse contra la irrupción de muchas otras realidades. «Para ti no es importante, todo lo que hace que la vida sea vida no tiene importancia para ti», así lo explicaba Hanna. Pero quizás ella había notado la irrevocabilidad de la decisión y algo de la fuerza de la renuncia, quizás eso le impedía negarle «cierta virilidad» que en algunos momentos presentaba una semejanza con la lucha contra los molinos de viento.

La sensación de haber perdido el tiempo se apoderó de él con la fuerza de lo definitivo, esa marca infalible de la edad. Sin piedad ponía al descubierto la desecante estrechez, el vengativo engaño de uno mismo. Y él huyó de ello, contempló a Hanna no como si en ella pudiera encontrar ayuda sino que recorrió la superficie de su cuerpo, reunió todas las características sensuales. Tocando ligeramente su brazo y sus hombros construyó en una tortura ya casi insoportable el puente para precipitarse al más cómodo olvido a pesar de que sabía que no sería capaz de hacerlo, ahora no, hoy no. Era uno de esos hombres para los que todo tipo de sensualidad comportaba un compromiso porque a menudo recibía su primer impulso y siempre su punto culminante de un contacto anímico. Ahora estaba llevando a cabo una separación, involuntariamente y hasta ese momento sin darse cuenta. Fue como precipitarse al fracaso en su punto más abrasador e ineludible.

Como si se desbordara una torturadora inseguridad de sus más secretos deseos vitales relativos a Hanna y como si ella la combatiera... él sintió lo que su sonrisa significaba:

—¿No deberías pensar en avisar a tus amigos ingleses?

Su rostro brillaba con una suave transparencia rojiza, la boca aún confiadamente arqueada y sus mejillas de hinchada tersura, sólo la mirada parecía dominada por un pensamiento acuciante que iba apoderándose de ella de manera inevitable. También volvía a estar la arruga entre sus cejas se intensificaba y de vez en cuando se contraía, pero de repente adquirió un aspecto impresionante, traidor. Él hizo un gesto de desdén:

—Sí, en realidad tendría que hacerlo. Quizá mañana...

Probablemente habló en un tono demasiado negligente, pues la parte inferior del rostro de ella adquirió una expresión de amargura a pesar de que aún se dominaba a sí misma.

Las cosas que se han esperado durante demasiado tiempo al final tienen que decepcionar. Como si cada persona pudiera aguantar sólo una cierta dosis de expectación. Mejor era, pues, que esas cosas no llegaran a realizarse. ¿Aquel instintivo aferrarse al ser humano gracias al cual se crea una nueva imagen ideal de uno mismo? Al otro sólo se le sujeta con lo que se renueva en él. Él la oyó decir:

—Pero ahí la inteligencia no sirve para nada. Hay casos en los que hay que abrirse sencillamente paso.

¡Como si quisiera disculparse por haber venido, exactamente! Eso le irritó. Dijo:

—Eso va contra mí.

—No va contra ti, ni siquiera va contra los dos, sino...

Es asombroso lo resignado que podía parecer.

—¿Sino...?

Se aferró a ello aunque era absurdo proseguir con palabras. Todo el rostro de ella le dio la respuesta: una imposibilidad de defenderse que salía por todos sus poros, la cubría, tristeza sin reproche ni queja. Quizá para uno la persona más importante es aquella gracias a la cual experimenta la más profunda transformación. Quizá incluso esa insurrección formaba parte de ello, quizá su éxito estaba íntimamente unido a su propia persona de tal manera que parecía que con ella cayera también la decisión respecto a ambos. Pero Robert no podía dejarse llevar tan lejos. «¡Qué tontería!», se dijo a sí mismo a media voz. Hanna levantó la vista como si considerara que era la respuesta a todas las tribulaciones contra las cuales ya no sentía que su resistencia fuera inútil. Como liberada de una pesadilla, pensó él, en el fondo es horrible el poder que aún tengo sobre ella.

Fuera estaba todo tranquilo y excepto los campanarios no había nada a lo que uno pudiera atenerse. Un silencio perceptible y amenazador. Se preguntaron cuándo había cesado el tiroteo. Hubieran podido preguntar igualmente cuándo había dejado de ondear la bandera bajo la cebolla del campanario que aparecía hacia un lado detrás de la colina. Un campanario antiguo y tan bajo que parecía que estuviera mucho más lejos, ya en plena llanura. En la oscura unidad formada por una docena de tejados de paja y de tejas apenas podía distinguirse, pero sin duda alguna la bandera ya no estaba allí. Robert dijo:

—Ahora nos toca a nosotros.

Hanna miró hacia la iglesia del lugar con una mueca como si estuviera realizando un gran esfuerzo. Corría sólo un suave airecillo y la bandera colgaba ancha y desplegada del campanario casi sin moverse.

—La decisión no se tomará aquí.

—Quizás se haya tomado ya.

Irritada, como si le imitara:

—¡Quizás, quizás! Es insoportable.

Como Robert permaneció en silencio, casi suplicante:

—¿Estás convencido de que aún tomará otro rumbo? ¡Si no hubiera esa inseguridad!

De la misma opinión parecían ser las personas que iban en el autobús que en este momento estaba intentando salirse de la carretera en dirección a la casa. El hecho de que pasara tranquilamente por la pradera parecía mucho más extraordinario y amenazador que la ametralladora que había sobre su cubierta. Las ruedas se hundían cada vez más en el blando suelo y daba la impresión de que el conductor quisiera tomar medidas en contra haciendo sonar el claxon sin parar. Por fin, a unos cien pasos de la casa, el coche quedó empotrado.

—¡Atención, atención! ¡Están disparando!

La misma extraña voz lo repitió varias veces desde el coche. Una voz que probablemente por naturaleza sonaba algo a falsete, pero que al parecer debido a una gran ronquera no podía desplegarse tal como era. Robert y Hanna se acercaron para curiosear. La cara de los funcionarios y de sus familias ya había desaparecido de las ventanas. Sólo en la puerta de la cocina había unas cuantas criadas asombradas.

—¡Atención! ¡Entréguense o disparamos!

La misma voz. En el edificio no se movió nada. Era evidente que los ocupantes del autobús estaban deliberando; entonces el conductor empezó a hacer sonar de nuevo el claxon. Al final, dos de los hombres se encaramaron en la cubierta y empezaron a manipular en la ametralladora. Mientras intentaban hacerse invisibles detrás de la placa protectora salió del coche una gran cantidad de gente, mucha más de la que Robert creía que había dentro.

Llevaban blusas de uniforme usadas en distintas fases de deterioro, pero todos ellos llevaban zapatos nuevos y resistentes de color marrón. También los portafusiles y cartucheras eran flamantes y eso les daba casi cierto aire militar, en todo caso al menos cierta unidad. Al final salió del coche un hombre delgado, de edad difícil de distinguir, que llevaba un sable de caballería e imponentes espuelas en los zapatos. La ronca voz de falsete de antes:

—¡A cubierto! ¡A cubierto!

Pero la gente no le hizo el menor caso. Allí en medio de la pradera, ¿dónde podían ponerse a cubierto sino en el autobús?

Robert dijo bien intencionado:

—En el edificio no hay nadie peligroso.

El hombre dirigió a Robert una atenta mirada:

—¿Ningún insurrecto?

—Claro que no.

—¡De esa noticia responderá con su cabeza! —dijo el hombre, y como con esa voz no se podía ser severo: tuvo que limitarse al factor mímico.

—Con mucho gusto…

Y entonces el otro abrió la pistolera. La sonrisa de Robert se transformó al instante en una rígida mueca; de él se apoderó una ahogada e indescriptible cólera cuya causa en modo alguno podía ser ese hombre. Robert dio un decidido paso hacia él con los puños cerrados. Pero la pistolera estaba llena de cajetillas de cigarrillos y el otro sacó una. Una situación algo grotesca y poco clara que Hanna contemplaba con los ojos entreabiertos y con objetiva curiosidad. Por suerte la gente exclamó:

—¿Miramos dentro, mi teniente?

En masa corrieron hacia la casa. El cigarrillo encendido, el griterío y el hecho de que por parte de Robert no sucediera nada más... el teniente recuperó su posición de jefe:

—¡Alto, alto! —gritó—. ¡Hay que colocarlo en otro sitio!

Como si quisiera mostrar a Robert con toda claridad la importancia de toda la operación:

—Es que primero hago que lo cambien de sitio. Una de las llamadas medidas tácticas. Ya entiende.

Pero la mayor parte de la gente ya había desaparecido en el edificio y el rostro de Robert ahora tampoco ofrecía el menor motivo de desconfianza. El hombre se encogió de hombros:

—Precisamente en la guerra no puede calcularse nada por anticipado.

Sonriendo, Robert se mostró de acuerdo con él.

Tal vez «ese hombre» era realmente algo así como un símbolo de todo aquello que Robert no había visto en su país o lo había olvidado o simplemente no lo había presenciado por vivir en el extranjero. ¿Si él y su gente pertenecían al ejército?

En cierto modo sí, al ejército, claro, aunque éste los

mirabа con cierto desprecio... una altanería ridícula, se entiende.
Entonces ¿es que acaso no pertenecían al ejército?
Además de las dificultades de concepto había otras de tipo fonético, Robert miró al voceador a la boca como si mirara a un mudo.
Tras reflexionar un rato el otro encontró la diferencia:
—El ejército está para los conflictos políticos internacionales, para la guerra. Nosotros existimos para la política interior.
—¡Ah! ¿Milicia nacional?
—No, nada de eso. En realidad, es decir, exactamente unas fuerzas armadas.
¡Las únicas que tienen porvenir! Pues las otras... Los aleteadores párpados de Hanna prometían tanta aclaración como Robert quisiera, después. Pero Robert no estaba en condiciones de interrumpir; como si gracias a esta conversación acabara de captar en todo su significado algo sabido superficialmente.
Así pues, ¿había varias de esas formaciones de defensa para... para diferencias de opinión en la política interna?
El hombre las enumeró no sin añadir con arrogancia que pronto quedarían todas ellas reunidas en una sola, la suya precisamente. Lo iba a confesar en secreto:
—Es un asunto prácticamente decidido, la inmediata intención del Gobierno.
—¡Pero si el Gobierno tiene el ejército!
Robert se dio cuenta, había acabado de completar la superioridad del otro, si bien la risa de éste sólo era posible durante los intervalos de una especie de tos convulsiva.
—¡El ejército! Santo Dios, ¿contra quién iba a hacer la guerra un país tan pequeño?
Él, por lo que a él respectaba... bueno, dicho con claridad, él se reía del ejército.

Con la mano en el brazo de Robert, Hanna preguntó si no querían entrar. El hombre realizó una reverencia chocando estrepitosamente sus espuelas. Por desgracia él aquí tenía sus obligaciones estratégicas que no admitían demora. Sacó de la funda unos monumentales prismáticos que al parecer le habían dado con motivo de la insurrección y, frunciendo el ceño, empezó a darle vueltas. Pero no era simpático el muchacho que supuso que a los espectadores les impresionaría ver que él podía manejar también un objeto de uso corriente de los adultos. El cristal no podía mostrar más de lo que se veía sólo con los ojos. Allí estaba el pueblo inmóvil, muerto. La bandera ondeaba en el campanario, el viento la abría, movía lentamente el ancho paño como si cuidara con esmero de mostrarla totalmente desplegada.

«Ese hombre» se llevó los prismáticos varias veces a los ojos; entretanto miró a Robert de manera cada vez menos grave y al final con apenas oculto desconcierto:

—¿Cree que el pueblo está ocupado?

Lo que importaba era dar esperanzas al hombre. Robert pasó un buen rato mirando preocupado hacia allí:

—En todo caso ese silencio es sospechoso.

—¡No es cierto! Totalmente sospechoso... si al menos se supiera...

A Robert le pareció que la ocasión era favorable:

—Bueno, una cosa al menos está clara, por así decir el punto de vista más importante en toda clase de guerra civil: hay que evitar el derramamiento de sangre. ¡El menor número de víctimas posible! Al fin y al cabo no se trata sólo de la traba moral de disparar contra un ciudadano, sino... —bajando la voz y con una significativa mirada— ¿quién está seguro de que después no tendrá que responder de lo que hace?

El hombre metió los prismáticos en la funda. Aquí había una persona con la que se podía hablar:

—¡Exacto, la responsabilidad!
Dicho en confianza: ¿Quién era al fin y al cabo esa gente por la que uno arriesgaba el pellejo y que a lo mejor después se lo hacían expiar? La paga no estaba mal, desde luego, era incluso muy buena teniendo en cuenta el mal momento, y la comida era magnífica, sencillamente de primera. Miró a Robert con desconfianza como si esperara un argumento en contra, una señal de duda.
—Sí, señor; dos veces carne cada día. Para la tropa también.
Y tanto si el señor se lo creía como si no: ¡vaya trozos! Con las dos manos mostró lo grandes que eran. Además cigarrillos, cuantos querían, sobre todo ahora en estado de guerra. Podía proveer cómodamente a su padre y lo que su hermana traía cada noche a casa de la mesa de oficiales muchas veces bastaba para toda la familia.
Robert —sin reflexionar y dando una ojeada al hombre— preguntó cómo es que había dado con su ocupación actual... con ese oficio. Pero el otro lo pasó por alto, tal vez por estar demasiado absorto con determinada reflexión:
—Desde luego, sólo al producirse una situación como ésta uno ve con claridad cuál es el precio de todo eso.
Robert se mostró de acuerdo:
La responsabilidad era enorme, en efecto.
Responsabilidad... esa palabra parecía mágica, tenía un significado que llegaba a dar miedo y que por mucho que se hablara no quedaba debilitado. Robert le escuchó con la paralizadora tristeza que de repente le había invadido y a causa de la cual se apoderó de él, de manera irrevocable y no obstante con claras muestras de su inutilidad, el deseo de renegar de ese país y olvidarlo, de cortar todos los lazos, aunque le unieran a lo más íntimo e inextirpable. No pensaba con ello en las personas, al menos en lo que se refiere al dolor y a la separación; él odiaba su manera de ser que les hacía

aglomerarse dúctilmente alrededor de todo lo que es firme y fuerte, ese producto de un régimen que aún sabía apartar sin el menor escrúpulo todos los obstáculos. Él conocía el reverso de la medalla feudal con la pátina de los siglos: la incapacidad para elevarse a una idea, aunque fuera la propia, ese cínico oportunismo. Y ahora también odiaba a esos desgraciados habitantes de las montañas, en parte modestos campesinos, en parte salineros, a causa de su apatía, a causa de los estallidos de su energía, a la que nadie daba forma de modo que resultaba tanto más fácil estrangularla. Pero a quien más odiaba era a sí mismo.

Por eso no era de las personas de quien costaba despedirse, sino de la tierra con todas sus destructoras durezas y con sus múltiples matices de libertad, el paisaje en el que una y otra vez deseaba sumergirse como si fuera una renovadora fuente del ensimismamiento. Como si la «patria» fuera algo que sólo se refiriera a un pedazo de tierra, a su forma y a los colores de sus estaciones y no también a las personas y a ese estar implicado con eso que ahora, bajo circunstancias especiales, se transformaba en el destino de todos. Con excesiva pasividad su mirada se hundió en el ensimismamiento, pero quizá fue el pensar en Hanna lo que le llevó a percibir la expresión atenta y de asustado dolor con que ella le estaba contemplando. Hanna, que se encontraba tan cerca de él, no parecía de repente más real que... sí, ese recuerdo equivalía a Loraine, a alguien que no solía aparecer en sus deseos. Pero ahora habían surgido juntas, ambas en aquella zona de participación interna que podía apartarse casi sin esfuerzo e incluso olvidarse. Mal síntoma para Hanna. ¿O acaso Loraine significaba sólo la decisión de partir? Aliviado constató que ambas tenían la misma importancia. Pero cuando se trataba del hermano resultaban singularmente indiferentes. Ese descubrimiento hubiera podido encontrarlo nuevo y asombroso; sin embargo, lo aceptó como algo que le hubiera sido siempre familiar. No era en realidad un pensamiento concreto en el hermano, ni siquiera una imagen clara, sino más bien una sensación, unida de manera vaga e inseparable a lo más íntimo y, sin embargo, capaz de adquirir forma: el descarnado cráneo con sus sienes algo inclinadas, su mirada concentrada con un supremo esfuerzo, una energía que conocía desde hacía tiempo su inutilidad, un destino que tomaba el mismo rumbo de lo que hoy se decidiría.

Sin embargo, gracias a Hanna volvió de aquel mundo pasivo e irrevocable. Ahora también él, si bien de manera distinta al rostro del hermano, mostraba cierto esfuerzo e intención, la mueca de irónica diversión y al mismo tiempo una atormentadora condescendencia con la cual ocultaba, a duras penas de sí mismo y aún peor de Hanna, lo que más le afectaba. ¿Tenía que pedir un vaso a «ese hombre»? Después recordó que le había propuesto incluso obsequiar a sus hombres. La invitación fracasó en primer lugar a causa del plan de enviar una patrulla al pueblo, intención a la que él no sabía cuánto había contribuido tratando de persuadirle y aconsejándole. Sea como fuere la patrulla fue la causa por la que el hombre rehusó, al menos en lo que se refería a los suyos:

—La desgracia de este destacamento —explicó a Robert— es que no sea homogénea, ho - mo - gé - ne - a.

Repitió la palabra mirándole como para asegurarse de que Robert también comprendía.

Hipócritamente, Robert dijo que sucedía todo lo contrario, que él encontraba a esa gente de una homogeneidad sorprendente.

El otro sacudió tolerante la cabeza.

Reconoció que así podía parecérselo al profano, pero que en realidad era muy distinto. Eran gente que procedía de distintos sectores políticos, eso es lo que ocurría. Y por desgracia en el primer coche tenía casi únicamente obreros o más bien obreros en paro de los arrabales de Viena. Quizás antes habían servido para algo, pero eran todos ellos pacifistas. Precisamente por eso no quería arriesgarse a ponerse en marcha sin más, sino enviar primero una patrulla, pues, como había dicho ya, si al menos el lugar estuviera ocupado...

Escogió a tres hombres que, después de muchas idas y venidas, se pusieron efectivamente en camino. Ahora hubieran podido sentarse para tomar una copa. Robert estaba dispuesto a escuchar al hombre durante horas como si fuera capaz de sacar así toda la cínica resignación y amargada justificación que necesitaría para marcharse. Pero no sucedió de este modo. Por la carretera aparecieron dos grandes autobuses llenos hasta los topes de gente uniformada y con ametralladoras sobre la cubierta. Con evidente desagrado y como si deseara ocultarlo el hombre exclamó:

—¡Santo Dios, ahora se acabó todo, Sadlak ha llegado!

Se colocó en posición, se arregló las correas, se abrochó la chaqueta y mientras seguía esperando pareció alejarse de Robert para dirigirse a una zona más importante, de tal modo que Robert preguntó:

—¿Sus superiores?

El hombre sonrió con evidente perplejidad. Luego cobró ánimos:

—¡Qué cosas! Entremos. Al fin y al cabo el comandante soy yo.

Robert dio un paso hacia el edificio, pero el otro seguía como hechizado con la vista fija en el coche. Quizá realmente no era para él momento de beber nada. Los coches se detuvieron, los soldados saltaron afuera precedidos de uno de anchos hombros con uniforme parecido al de «ese hombre», al menos llevaba también el sable de caballería y las espuelas. En seguida se dirigió hacia el edificio. Un hombre moreno y robusto de piernas demasiado cortas. Fue andando por la yerba con largos y enérgicos pasos. En seguida llamó la atención su porte marcadamente militar.

Primero pareció no notar la presencia de Robert. Para él no existía más que el superior, el cual ante tanta disciplina y severidad quedó aún más perplejo:

—¡Está bien; gracias teniente, mira eso!

Señaló el pueblo.

El teniente no comprendió que en el pueblo ocurría algo especial. Robert y Hanna se entendieron con una mirada. También en la de Robert brilló una leve diversión que, como vio al instante, no era del todo sentida. Sin querer dirigieron también la vista al pueblo. Estaba inmóvil bajo el bochornoso sol de media tarde, muerto, ni siquiera corría una gallina por el camino. Cuanto más probable le iba pareciendo a Robert que ahora los acontecimientos tomarían un rumbo más tranquilo tanto más insoportable resultaba esa inmovilidad. Como una fachada absurda detrás de la cual se producían tensiones y preparativos sin pensarse desde hacía tiempo en las razonables posibilidades de éxito. No tuvo necesidad de mirar a Hanna; detrás de la serenidad que mostraba sintió la misma excitación, como si la amenazadora calma del pueblo hubiera pasado a ella y también en ella esperara la ocasión para estallar.

¿Dónde estaban los hombres? En esa esplendorosa paralización casi se convirtió en certeza la sospecha de que los hombres estaban escondidos en el interior de las casas. En vano se dijo Robert a sí mismo que hubiera debido notarlo por alguna que otra señal. Cada vez era más imposible escapar a lo que iba a venir y que de manera inevitable los enfrentaba como amigos o como enemigos. ¿Acaso no se había realizado ya ese giro hacia el antagonismo en esos dos milicianos? Ahora cuchicheaban desconfiados. A pesar de ello a Robert le pareció notar que «ese hombre» ganaba en seguridad. También su autoridad se transformó en algo de lo que Robert ya no podía reírse. Como la odiosa e irritante característica inhumana de un objeto que había que destruir para liberarse de tan horrible tensión. El teniente tenía una voz enérgica y atronadora en la que parecía concentrarse todo aquello que de superioridad militar mostraba y parecía estar curiosamente relacionada con la conducta del otro, como si el otro fuera creciendo gracias a esa voz. Era evidente que para ambos era de gran importancia el hecho de tratarse sin cesar de «mi teniente».

Entonces también el teniente se dedicó a contemplar el pueblo, sin hacer uso de los prismáticos. La calma parecía allí definitiva, la inactividad y todo lo que ella ocultaba, irrevocable. Una gallina, pensó Robert, una sola gallina de las blancas que por la mañana rondaban a montones cacareando por todas partes. Como si una de esas gallinas fuera capaz de descargar la tensión y hacer que los sucesos dejaran de ser funestos para volver a lo que puede dominarse, a lo cotidiano. Se demostró que el teniente de todos modos era capaz de algo semejante.

A pleno pulmón gritó:

—¡Al asalto! ¡Digo que al a-sal-to!

—Sí, pero... ¿y si está ocupado?

La voz del teniente primero, jadeando, perdió intensidad. Era evidente que la situación se hacía cada vez más singular y aumentaban las posibilidades de llevarla a un terreno inofensivo.

—Claro que está ocupado. Ahí está esa bandera... por tanto tiene que estar ocupado.

Por primera vez el teniente volvió la cabeza a Robert y preguntó dirigiéndose con toda claridad a él:

—Es lógico, ¿no? Y ahí está él sin hacer nada, ni se mueve. ¡Increíble!

El teniente primero se dirigió ahora también a Robert

deprimido, dispuesto a llamarle como testigo y a pactar con él.
—¡No hago nada!
Gruñó desesperado en un forzado ataque de risa:
—Cuando he hecho que la patrulla... hace apenas un cuarto de hora... el señor lo ha visto, ¿no? ¡Resulta que he mandado a la patrulla!
—Ridículo —gritó el teniente—. ¡Al ataque, al a-ta-que!
Los soldados, que estaban en cuclillas a lo largo de la cuneta, amontonados a la sombra de los árboles, se levantaron, y algunos, atraídos por el griterío, se acercaron. Permanecieron indiferentes allí escuchando. Al parecer estaban acostumbrados a ese tipo de discusiones entre sus oficiales.
El teniente primero se colocó en posición, y pestañeando y con voz ronca pero con repentina y curiosa firmeza:
—De modo que aquí hay uno que aún no ha entendido lo que es la disciplina ni quién es, en realidad, el comandante aquí...
Eso pudo ser una alusión que surtió su efecto, pues el teniente no supo qué contestar. Durante un rato se miraron a los ojos sin decir palabra y los del teniente cedieron. Mientras, apretaba tanto los dientes que sus potentes mandíbulas avanzaron como una cuña y con una brutal expresión de crueldad y cólera, su mirada perdió la fuerza y se hundió en indecisa sumisión. La oposición que mostraba su rostro era tan intensa y tan atrozmente inconciliable que por un momento el teniente primero se acobardó. Pero en seguida se hizo cargo de su triunfo y lo saboreó con la cabeza hacia delante, con los brazos en las caderas, maligno fulgor en los ojos y labios muy separados. Hasta entonces Robert no se había dado cuenta de que el teniente era medio palmo más alto que su subordinado. ¿Necesitaba aún de

palabras para afianzar su posición, para demostrarla palpablemente, o notó el peligro? Pues el conflicto que mostraba el rostro del teniente fue desapareciendo por momentos en la corriente oscura que subía por su cuello. Con el apopléjico color rojo pareció transformarse la perpleja condescendencia de sus ojos: de repente participaban de la rencorosa energía de su mandíbula. ¿Acaso el teniente primero quería deshacer ese cambio por medio de palabras? ¿Acaso su victoria le resultaba a sí mismo tan inverosímil que no podía sino debilitarla? Empezó varias veces, pero al intentar gritar su voz sonó afónica:

—¡Hay que esperar! ¡Digo que hay que esperar! ¿Entendido?

Aunque por fuerza tuvo que ver lo que sucedía en su semblante, o quizá precisamente porque lo vio, añadió con un aplacador graznido que podía pasar por susurro:

—Nosotros no vamos a decidirlo. ¿Qué riesgo corremos esperando?

La irritada y aún vacilante mirada del otro estalló, punzante, implacable. Al mismo tiempo su actitud no podía ser más militar. Con voz penetrante:

—A sus órdenes; daré parte al coronel, sí señor. Aquí hay testigos.

Y entonces señaló a Robert:

—Ese señor lo ha oído todo. Usted se niega a intervenir. En realidad aquí mismo tendría que... —se contentó abriendo la pistolera con un significativo movimiento de mano—. Delante mío no tiene usted por qué disculparse, no.

De repente dio, decidido, media vuelta, desenvainó el sable y gritó:

—¡A mis órdenes la compañía!

Sus órdenes hicieron que la gente se levantara en el acto. Unos minutos después corrían todos con la bayoneta calada hacia el pueblo, se echaron al suelo, se levantaron de un salto y siguieron corriendo. Poco a poco el comandante destituido se conformó con la situación. Evidentemente sentía la necesidad de explicarle el asunto a Robert:

—Sedlak goza realmente de pocas simpatías. Es que antes estuvo en la Policía, pero allí tuvo un asunto y por eso lo hicieron saltar. Ahora se ha alistado voluntario y quiere distinguirse a toda costa para que se lo vuelvan a quedar. ¡Ay, ese Sedlak!...

En sus palabras parecía haber más admiración involuntaria que censura, pues su eficaz empresa causó, al parecer, su impresión.

—Un corneta es lo que necesitaríamos, que tocara a combate. Exigiré uno sin falta.

Robert se mostró de acuerdo: el acompañamiento musical era, por así decir, lo único que le faltaba a ese asalto.

Fue un asalto cuya armonía sólo se vio turbada un poco por el terreno y que respondía de manera francamente ideal a la idea que de un asalto suele tener la juventud de hoy en día. Delante de todos corría el nuevo capitán blandiendo el sable y con el revólver en la mano izquierda listo para disparar. Detrás, a la distancia y al reposado ritmo del espectador, seguían el teniente primero y Robert con Hanna. Por desgracia la carretera impidió que se conservara la estampa militar. Quedaba algo más elevada que las praderas que la rodeaban, la gente tuvo que subir el declive encaramándose, los más ágiles esperaron a los rezagados, y una vez todos arriba siguieron igual por la calzada. Al entrar en el pueblo se amontonaron de tal modo que no podía hablarse ya de ataque. Pero después de las primeras casas la situación mejoró. Ante ellos se extendía la plaza del pueblo y al final se encontraba el único edificio de un piso, que ya desde lejos se notó que era la escuela.

Puertas y ventanas cerradas, ni un alma por ninguna parte. Nada exceptuando el hecho de que como réplica a la orden del teniente todos los perros empezaron a ladrar. Un ruido espantoso en sus más asombrosas variedades, furiosos gañidos y aullidos, exhaustos gemidos y ahogados hipidos al tirar violentamente de las cadenas. No hubo más señal de enemistad que ese ruido, el cual, a pesar de su diversidad de formas, era tan monótonamente perruno que impidió sencillamente que se pensara en proseguir la empresa bélica. Los soldados se colgaron sin querer el fusil al hombro, permanecieron allí indecisos y algo perplejos, algunos encendieron cigarrillos, e inmediatamente empezaron a soltarse carcajadas y palabras chistosas. Pero por encima suyo se dejó oír la atronadora voz del teniente, con lo que demostró que él aún no daba su empresa por perdida. Siguió casi un momento de silencio, pero luego volvió a empezar el espectáculo con unos ladridos tan desesperadamente rabiosos que daba la impresión de que todos los perros supieran de qué se trataba y sacaran todo el aire de sus pulmones.

Esta vez consiguieron efectivamente sobrepasar la chillona voz que no se daba por vencida y ordenaba a la gente que se dirigiera a la escuela del pueblo.

La escuela estaba completamente vacía, sólo en el jardín de detrás encontraron la patrulla que había enviado el teniente primero, ocupada en la cosecha de frutas. Uno estaba subido en una escalera y hacía caer las peras de verano a sacudidas, mientras que los otros dos las recogían y las metían en sus mochilas y cartucheras. Cierta perplejidad pareció apoderarse ahora también del teniente. Pero entonces tuvo la idea que podía servir de ayuda:

—¡Al Ayuntamiento! ¿Dónde está el Ayuntamiento?

No podía negarse que la empresa no tenía buena estrella: el edificio que quedaba caracterizado como Ayuntamiento gracias a una tabla enrejada con disposiciones, estaba a cierta distancia de la plaza del pueblo y era uno de los de peor aspecto. En el centro del despacho, como si acabaran de salir de él, la mantequera y al lado unas cuantas vasijas de tierra con leche. En las secas ramas de la ventana una parejita de pinzones y delante suyo un gato imposible de distraer, ansiosamente entregado a la más perseverante contemplación. Una y otra vez llevaba la pata al increíble cristal con aire examinador.

La gente empujó los pisoteados cacharros, había demasiado pocos para su creciente decepción. ¡Por fin! En el patio detrás de la puerta abierta del granero dos mujeres pasando la alfalfa del coche a la era. El teniente agarró en seguida del brazo a la más joven:

—¿Dónde están los hombres? Sin rodeos, de lo contrario...

¡Los hombres! Robert sintió una tensión en su interior y vio en la mirada de Hanna que su atención aumentaba de repente y que la vibrante excitación, ese interés, él tampoco podía apenas dominarla. Quizá incluso ahora todo hubiera tomado otro rumbo si la gente no hubiera abierto de golpe la puerta trasera del granero. El sol entró inundándolo todo y transformó en el acto las cosas en polvo de dorado resplandor. La muchacha se había liberado ya y exclamó:

—¡Jesús, «Cabecita blanca» está fuera!

La otra mujer no dijo nada, sino que salió hacia el prado. «Cabecita blanca» era una vaca en avanzado estado de gestación que tenía la cabeza blancoamarillenta y una raya del mismo color en el papo, pero el resto de su cuerpo era pardo rojizo. Estaba rumiando con impasible tranquilidad y ni siquiera volvió la cabeza. La mujer corrió hacia ella y la agarró por el cuerno. El teniente la siguió dando saltos:

—¡A ver, pronto! ¿Dónde están vuestros hombres?

De repente se encontraron todos reunidos en torno a la vaca. La mirada de la mujer se deslizó involuntariamente pradera arriba hacia el bosque y los ojos de la más joven la acompañaron. Ambas permanecieron en silencio.
El bosque quedaba bastante más arriba, incluso antes de ascender por la montaña, pero entre la pradera y el bosque había una línea de madera talada que bordeaba las pendientes como un ribete. Las gigantescas raíces medio arrancadas del suelo al caer los troncos sobresalían a tres o cuatro líneas de profundidad, imponente defensa de tierra y raíces, magnífica protección desde la que se dominaba la llanura a lo lejos.
—¡Ven a la casa! —dijo Robert intentando apartar a Hanna.
Los demás seguían unidos en tropel. Las dos mujeres tenían una manera de ser muy especial; evidentemente estaban de acuerdo. Los ojos de cada una se sumergieron en los de la otra y luego volvieron a buscar allí arriba en el linde del bosque, decididas, sin disimular.
—¡Ven! —Robert apartó a Hanna por la fuerza—. Siéntate al menos allí, detrás de los montones de heno. Yo me quedaré aquí cerca —la hizo bajar con un movimiento que no admitía resistencia.
El teniente quizá se dio cuenta de que aquí poco se conseguiría gritando e intentando intimidarlas. Su mano rodeó entonces los hombros de la mayor, pero la mujer se mantuvo firme, ni siquiera intentó liberarse. Apretó los labios de modo que casi desaparecieron y una divertida expresión asomó en su rostro. El teniente la asió con todas sus fuerzas, pero la mujer permaneció muda. De repente la soltó y se colocó al otro lado de la vaca, que, sin hacer el menor caso, tiraba de la hierba. La mujer y el hombre volvieron a mirarse atentamente y mientras desenvainaba el sable y lo llevaba hacia el preñado cuerpo de la vaca sonrió seguro de su éxito.

El rostro altivo y obstinado de la mujer se desmoronó y al instante mostró un miedo horrible:
—¡Jesús, María!...
Las palabras se le ahogaban. También la más joven parecía incapaz de moverse. Tenía la boca abierta, como si estuviera lanzando un grito mudo. Algunos se acercaron, otros apartaron la vista. Reinaba un silencio angustioso. El teniente esperó un poco más para que todos pudieran ver claramente su victoria, luego dijo mirando alternativamente a las mujeres y el sable:
—¡Si no lo decís lo clavo! Mato a la vaca y también al ternero. Por última vez: ¿dónde están los hombres? Bueno...
Podía oírse el silencio. ¿Se trataba de coacción, atentado contra la propiedad ajena? ¿Era lo imaginado y la brutalidad, o concernía al punto en que todo ser vivo capaz de parir ha de declararse mutuamente solidario? Quizás era todo eso junto. El brazo de la mujer se elevó lentamente. De repente dio un salto atrás y se arrancó el pañuelo de la cabeza. Con él hizo una o dos veces señas hacia el bosque; entonces el teniente cayó desplomado.
Estaba tendido de lado, debajo de su sable, junto a la vaca y sin moverse. De no haber sido por el eco allí arriba, en el linde del bosque, la mayoría no se hubiera dado cuenta de que había sido un disparo. Entonces empezaron a correr gritando alborotados e incluso la vaca quedó contagiada de la excitación general. Torpemente se apartó unos pocos pasos dando saltos.
Lo que entonces sucedió hay que atribuirlo por supuesto a un malentendido. Dos de los soldados querían agarrar la vaca y corrieron tras ella, uno por la derecha y otro por la izquierda, todos llevaban el fusil con la bayoneta calada. Todo sucedió con relativa rapidez, los dos disparos se sucedieron a poca distancia, cuando los soldados acababan de alcanzar la vaca. La vaca se de-

tuvo y olfateó a uno de los que yacían allí. Hubo una breve pausa durante la cual los soldados retrocedieron y no se oyó más que la voz jadeante del teniente primero que repetía una y otra vez:

—¿No lo he dicho en seguida? ¡Lo he dicho en seguida!, ¿no?

Nadie más se atrevió a acercarse a la vaca. Entonces la mayor llamó con un par de gritos a la muchacha. La muchacha fue hacia allí y mientras llevaba la vaca al establo, alguien, por lo visto algún suboficial, dio unas cuantas órdenes. Entonces los soldados se echaron en la hierba y dispararon sus fusiles. Robert se sentó con Hanna, detrás del montón de heno.

Empezó un salvaje tiroteo que no recibió respuesta desde el bosque. Daba la impresión de que disparaban a porfía, a ver quién acababa antes con sus cartuchos. Robert sacó un cigarrillo y como Hanna le tendió los labios lo llevó ora a la boca de ella ora a la suya. En conjunto era todo muy deprimente y además atrozmente ridículo. Fue algo inacabable hasta que los más ágiles liquidaron sus municiones.

Entonces, por la parte de la carretera, entre dos tejados bajos apareció el capitán Lodric. No venía de su batería sino de la plaza del pueblo. Aún de lejos gritó:

—¡Que cese el fuego! ¡Dejen de hacer tonterías!

Los pocos que aún seguían disparando dejaron de hacerlo en seguida.

Y dirigiéndose al teniente primero:

—Usted... retírese con su tropa. ¡Inmediatamente!

El teniente primero se colocó apresuradamente en posición y saludó. En otras circunstancias eso hubiera podido acogerse con una sonrisa: cada vez que el capitán hablaba con los milicianos lo hacía como si no se tratara en absoluto de soldados, mientras que al contrario los milicianos mostraban en seguida un comportamiento esforzadamente militar.

El capitán pasó por la pradera. El teniente primero de la milicia nacional le gritó, preocupado, por detrás:
—Pero mi capitán, es que eso es peligroso. ¡Humildemente se lo ruego, es que allí está el enemigo! Es muy peli...
Su voz se desvaneció. Estaba claro que el capitán no daría media vuelta. Desapareció allí arriba entre las raíces. Robert contempló al teniente de la milicia nacional que había querido distinguirse costara lo que costara. Una mirada bastó para darse cuenta de que nunca más tendría ocasión de hacerlo. También los otros dos estaban muertos. Sólo se habían disparado esos tres tiros. El capitán Lodric volvió al poco rato y Robert y Hanna se unieron a él. Fueron por una senda detrás de la poco poblada calle del pueblo. Robert había querido preguntar al capitán qué es lo que pasaba en realidad, pero ahora estaba de sobra. Por fin Hanna dijo:
—¡Tres muertos! Es horrible.
El capitán dijo:
—No en todas partes ha sido tan poca cosa.
Tras un nuevo y prolongado silencio, otra vez inquirió Hanna:
—¿Qué va a pasar ahora?
El capitán silbó entre dientes. Dirigiéndose a Robert:
—¿Usted se marchará?
Como Robert dijo instintivamente que sí:
—¡Yo tengo que quedarme!
Robert evitó mirar a Hanna. Por un momento había notado su mano, como si ella hubiera querido agarrarle el brazo. Su mirada se deslizó un segundo sobre el rostro de ella. Allí estaba luchando, inútilmente, por disimular; ahogada con grandes esfuerzos, la pregunta que no quería ser una pregunta y que, sin embargo, temblaba por la certeza.
El capitán dijo:
—Espero que conseguiré poder quedarme aquí aún dos

o tres días. De lo contrario... Bueno, las mayores tonterías se cometen siempre después.
Era, en efecto, un hombre extraordinariamente simpático; Robert lamentaba que difícilmente volvería a tropezarse nunca más con él. Ahora tenían que torcer hacia la plaza. Robert moderó el paso, pues a Hanna se le notaba que le costaba seguirles. Como si le pesaran los pies, como después de una larga y fatigante ascensión.
Delante de la caseta de la policía se encontraba el agente, y el policía local había sanado de su reumatismo con la misma rapidez con que le había atacado. Había completado su armamento con un fusil y estaba patrullando con aire grave por la plaza. Como despedida, Robert no hubiera tenido nada que objetar contra algunas reflexiones sarcásticas, pero hoy el tono confiado del capitán había desaparecido por completo. Sólo levantó la mano, haciendo una señal negativa, resignado.
Unos pasos más y Hanna, realmente, ya no podía seguir adelante. Robert se detuvo. Sin mirarla, dijo:
—Seguro que tus asuntos también puedes liquidarlos con unas cuantas cartas. Creo que es mejor que nos vayamos mañana que pasado mañana.
Ella se colgó al instante de su cuello, un ruido intenso en su garganta, un sollozo, una carcajada: sin articular, histérica. Robert tuvo que cogerla en sus brazos.

IV

Las cumbres desaparecieron en el color pizarra, y también sobre la llanura había un muro tempestuoso. El cielo que había en medio empezaba a la misma altura de los árboles y de los tejados; una fina gelatina, vaporosa, impregnada de fría y menudísima lluvia. De existir el sol en algún lugar tenía que estar poniéndose.

El lago era una gigantesca plancha metálica, negra, silenciosa. Parecía que las cosas segregasen un sofocante vaho que les daba una superficie resbaladiza. El brazo de Hanna se notaba también húmedo. La insurrección había terminado y no había terminado: la fase en la que nadie sabe de qué manera seguirá. Tal vez lo sabían los milicianos que estaban apostados en el puente, en el declive, junto a la orilla, donde empezaban los juncos e incluso en la torre de saltos de los baños, en todos los puntos desde los que pudiera dominarse el lago.

—¿Por qué vigilan el lago?

—Se les ha escapado uno.

—¿En los juncos? Entonces pueden esperar sentados.

—Ojalá.

Hanna se reanimó de manera sorprendente:

—¡Segurísimo! Hay suficientes hondonadas y caminos ocultos. Y los lugareños lo conocen bien.

Quizá los juncos eran tan variables y caprichosos como el tiempo. Robert pensó que ahora sobre el agua es donde se estaría mejor. Dio unos pasos en dirección a los botes. ¿Valía la pena? Toda manipulación era difícil y fatigosa. Entonces le salió al encuentro el hombre del fusil:

—Terminantemente prohibido. ¡Retírese!

Entre los milicianos reinaba un tono nuevo. Los soldados que había en el puente tenían el fusil en las manos a punto de disparar y se esforzaban por mirar fijamente al lago, en el que no podía verse nada. Robert y Hanna volvieron al bosque por el camino pedregoso junto al agua. Aquí no había soldados. Los árboles tenían un aspecto fantasmagórico, absorbidos por espeso vapor blanco. El bosque sólo existía por fuera, por dentro no era más que ese vapor húmedo y pegajoso. Al regresar a casa sacudieron el cielo convulsiones de tormenta, una superficie amarillenta a lo lejos, sobre los juncos, un instante de resplandor que se apagó en un abrir y cerrar de ojos. Pero no oyeron ningún trueno. Subieron a la habitación por la escalera trasera. De la despensa, Robert trajo una barra de pan, mantequilla y una jarra de vino. Se alegró de no haber encontrado a nadie. Todo el mundo estaba aún en el comedor grande con el muerto.

Al parecer nadie tenía una idea exacta de lo que había sucedido. Cuando Robert salió, el posadero yacía ya en la pradera. Por lo visto el río lo había arrastrado hasta allí. El río desembocaba en el lago. El espeso juncal le salía al paso, lo atravesaba y también los matorrales que lo acompañaban y los hacía a ambos impracticables. Pero Robert siguió la cinta de sangre, por detrás de los arbustos donde los milicianos habían escondido su botín de los establos: dos cerdos, una ternera y unas cuantas docenas de pollos y gansos. Probablemente estaban descuartizando los cerdos cuando el posadero, que se iba lentamente a casa a lo largo del río protegido por los arbustos, los encontró por casualidad. El encuentro fue probablemente para ambas partes una sorpresa. Cómo llegaron a las manos es una cosa que ya casi no se podía tratar de descubrir. Es muy posible que la iniciativa partiera del posadero. Es probable que tuviera la esperanza de abrirse paso disparando unos cuantos tiros al aire, hasta que la situación le llevó a vender su vida de la manera más cara posible. En su caso fueron dos heridos graves y un muerto sin contarle a él. Su acompañante había seguido corriendo a lo largo del río y sólo podía haberse escapado hacia los juncos. Se decía que también estaba herido. En todo caso los soldados tenían que haber agredido al posadero con sus bayonetas, que estaban ensangrentadas por los cerdos. El hecho de que hubiera recibido tantas cuchilladas era totalmente innecesario y había que atribuirlo al acaloramiento de la riña, en la que ambas partes debieron sentirse agredidas. Quizás el encuentro hubiera transcurrido de otro modo, de no haber sucedido precisamente en el depósito del botín. Después el cadáver permaneció inerte en la pradera y todo se presentó como si la pelea hubiera tenido lugar allí.

Robert y Hanna estuvieron escuchando un buen rato pero el comedor abajo siguió en silencio. Desde la ventana no podían distinguir ni siquiera un rayo de luz. Primero bebieron toda la jarra y después sintieron hambre. Hanna, interrumpiéndose constantemente, inclinada hacia adelante, toda oído, untó un trozo de pan y esperó. Rugiente vacío, pulsaciones, silencio intermitente. Con nerviosismo y voracidad mordió su pan con mantequilla. Del susto, el bocado casi se le cayó de la boca: abajo se volvía a empezar y la cosa no tenía nada de humano. Lastimeros gemidos, prolongados y débiles, llanto como de animal, a pesar de que procedía de la anciana madre.

La esposa del posadero, mujer rebosante de unos cuarenta años, era de una serenidad todo menos conciliadora; el niño mayor tampoco tenía ni una sola lágrima. Madre e hijo se daban la mano sin decir palabra. Podía verse como de vez en cuando se la estrechaban fuertemente para aflojarlas luego. Después, cuando llevaron el cadáver a la casa, fueron cogidos de la mano y luego no se soltaron ni un momento. Una sirvienta había apartado a los otros niños, sólo los huéspedes de la pensión se agolpaban junto a la puerta. ¿La desconsoladora incursión de la muerte, el miedo a un destino igual o sólo las manos de madre e hijo enlazadas por el esfuerzo y la vinculación? Las mujeres, con sus dedos nerviosos, arrugaban sus pañuelos. No parecía que fuera por las lágrimas o por compasión sino más bien debido a una perpleja indignación, puesto que ese silencioso ensimismamiento las excluía y rechazaba.

También la anciana estaba tranquila. En seguida fue a ocuparse del cadáver, que habían dejado sobre la mesa en el centro de la sala, le limpió la sangre, enderezó al muerto, colocó con cuidado la cabeza y se condujo como si lo que importara fuera proporcionar a un enfermo, o a alguien que estuviera durmiendo, tantas comodidades como fuera posible. Iba con cuidado y no hacía ruido, sólo de vez en cuando, a intervalos y mientras su rostro inmóvil seguía inexpresivo, soltaba ese fino, agudo y prolongado sonido, como un gemido y que no se parecía en nada a las manifestaciones normales del dolor humano. Mientras tanto seguía con sus escrupulosos manejos, y sus encendidos ojos marchitos permanecieron secos. Pero Hanna no soportó ese ruido. Apenas la vieja lo había lanzado por primera vez, se sobresaltó y se puso más blanca que el papel. Con los ojos muy abiertos, en los que se mezclaba un entrometimiento y deseo de saber casi impersonal, una curiosa consternación con algo semejante al espanto, permanecía pendiente del rostro inmóvil. Quizá no eran los sonidos, esos gemidos sin protesta ni explosión, sino la fusión de la cuidadosa actividad práctica y de la aceptación sin resistencia incluso de ese acontecimiento extremo lo que hacía el lamento tan insoportable. Algo puramente animal, la voz de una fiera a la que se está torturando produciéndole verdadero dolor corporal. Los gemidos acababan con un silbido, como un suspiro, una pequeña corriente de agua que poco a poco se va secando. Una sola vez se interrumpió de repente, cuando con paciente prudencia le quitó los pesados zapatos al muerto.

Volvía a reinar el silencio, pero no obstante Hanna escuchaba, en tensión, con una mueca, como si hubiera acogido ese débil tono vibrante y no descansara en su interior. Abajo una puerta, un paso indefinido, produjo un ruido particularmente sordo, el ascenso por unas escaleras de madera, acercándose a tientas, alejándose a tientas, sin poder perderse. Quizá fue debido a ese ligero paso en busca de algo detrás de las puertas por lo que de repente Hanna empezó a reír. También su risa era desfigurada, cortante e inquieta, pero de ella se desprendía un maligno triunfo:

—¡Que lo busquen! Estoy segura de que no lo encontrarán.

Robcrt levantó la cabeza y la contempló en silencio. Luego:

—Debiéramos hacer las maletas. Tenemos que irnos a tiempo, mañana. Si no hay un autobús de correos tomaremos un coche.

Hanna abrió la ventana, se asomó en la lluvia:

—Cabaña allí no hay ninguna, ni siquiera un techo. Y el suelo cede por todas partes. ¿Cómo ocultarse en realidad entre esos juncos? ¿Lo has pensado?

La lluvia ahora era más violenta. Un viento frío agitaba los árbolcs a sacudidas. La noche era muy oscura, cielo y lago un rugiente oleaje. A lo lejos, en la carretera, se encorvaba una diminuta y convulsiva luz verdosa. Robert cogió una toalla con la que secó el cabello y el rostro mojados de Hanna:

—¡Ven ya; te estás enfriando! Quizás una noche como esta sea precisamente favorable para su huida. Como máximo dentro de dos días nosotros también habremos pasado todas las montañas. Primero tenemos que ir a Londres pero pasaremos por París. Me alegra poder enseñarte París. ¿Oyes?

El viento sacudía la ventana; Robert la cerró. Cada ráfaga lanzaba las gotas cual duros granos contra los cristales. Hanna siguió allí delante de la ventana, mirando fijamente en la oscuridad y no vio que Robert le tendía un cigarrillo. Robert lo intentó una vez más:
—Es que tengo una idea, un plan. No es nuevo pero ahora... si sale bien, pasaremos el otoño en una de esas islas entre el Peloponeso y Asia Menor. La población te gustará.
—¿Sí?
—Allí no va ningún extranjero. Están aún en estado homérico. Y el mar...
Hanna se había vuelto bruscamente. Robert dijo en seguida:
—Tú no has vivido nunca una temporada larga junto al mar...
Ella lo miró con ojos resplandecientes:
—¿Sabes en realidad quién es? ¿Quién podría ser?
El resplandor de sus ojos era realmente raro, curiosamente excitado, su rostro estaba lívido. A Robert se le ocurrió pensar que no sabía cuál era el aspecto de Hanna cuando tenía fiebre. Ella ni le escuchaba:
—Al pasar por la lechería, tú ibas delante, una ha dicho a la otra: «¡Dios mío, si al menos fuera uno de aquí!». Y la otra ha dicho: «¡Qué es todo eso que hay que conocer tan bien! Allí abajo también tienen un lago al fin y al cabo». Yo me he parado, pero se les notaba en la cara que mis preguntas serían inútiles.
Al cabo de un rato:
—Claro que, a pesar de ello, hubiera debido preguntar. Le preguntaré mañana.
El propio Robert notó como la repentina escisión transformaba su rostro en una mueca:
—No querrás decir... que se trata del servio, ¿verdad?
También se notó que el resplandor de los ojos de Hanna se coagulaba y su mirada no le dejaba escapar.

Como si le viera de manera totalmente nueva o incluso por primera vez. El recuerdo de la noche anterior cobró vida en seguida en él, con gran claridad y sin embargo como algo lejano. El hombre que apareció de repente, la voz que iba de un lado a otro entre ellos en la oscuridad. Nada palpable y claro que pudiera llenar una figura humana con características concretas, ni siquiera una silueta; inusitado, al borde de toda singularidad, al igual que las voces de los dos perseguidores y las balas que enviaron tras él.

Ahora el hombre yacía fuera entre los juncos, a merced de la lluvia y de los disparos de los milicianos que le esperaban como cazadores al acecho.

Robert fue nervioso varias veces de un lado a otro, abrió su maleta:

—¡Nosotros no podemos ayudar, nosotros quien menos! Por otra parte... quizá ya está a salvo.

No sonó muy convincente y es que no tenía por qué serlo. Hanna repuso irritada:

—¡A salvo! Calcula... si tiene suerte encontrará uno de esos discos de madera flotantes para los patos.

Robert se dio por vencido y empezó a manipular en su maleta. Hanna no se apartaba de la ventana, una y otra vez pasó la mano por el negro cristal mojado como si intentara apartar algo, un rostro, una imagen de la que no podía alejarse. Por fin dirigiéndose a la imagen dijo:

—Esa escena de anoche... he de confesar que te había olvidado por completo. Y no obstante volvió a reunirnos de modo que pudimos conversar. Al regresar... fue nuestra primera conversación de verdad desde...

Él sonrió de una manera muy particular, sorprendido en el recuerdo:

—¿De modo que me habías olvidado, que sencillamente no existía?

Detrás del armario, Robert miró las camisas que había en su maleta; Hanna, junto a la ventana, miró los cristales opacos, la imagen o aquello que ella veía allí, fuera lo que fuera. Como contestando a un santo y seña dado por ella misma, repuso:

—A menudo no estás aquí, aun cuando puedo agarrarte con mis manos. Es una característica tuya. Sólo es molesto cuando... —no dijo «cuando tú lo eres todo para mí», dijo—: Cuando tengo que sentir hasta qué punto puedes cambiarme. Algún motivo, una situación en tu interior que desconozco, de la que sólo sé que soy yo y que pronto habré pasado.

Él se acercó, concentrado, con la mirada curiosamente despierta. Entonces Hanna, de manera totalmente inesperada y como si no tuviera importancia, abrió una puerta a aquello que él, en lo más íntimo de su ser, sentía como destino. Tal vez era demasiado pero resultaba tranquilizador de una manera que no podía explicarse nunca, no sólo durante estados de ánimo pasajeros; en todo caso algo irrevocable. De modo que ella también tenía la llave del lugar en el que él se sentía más oculto y esto la hacía extraordinariamente deseable en el aspecto puramente físico. Permaneció sentado tranquilamente, pero en su interior —por vez primera por otra parte— temblaba de poder perderla. Cada mujer no era más que el origen de un ideal. Él jamás se había acostado con otra cosa que con una fantasía. ¡Y Hanna lo sabía! Sintió que este conocimiento era un vínculo fortísimo, lo que permanecía bajo los esquemas cambiantes de su imaginación, una última confianza en lo real. Quizás amor, en todo caso la única forma válida de permanencia en aquello que los demás denominaban de esta manera. De repente se sintió muy feliz. Pero no se traicionó, siguió sentado en silencio junto a la mesa esperando. Hanna dijo aún:

—Ayer en ese disco de madera...

Tal vez sintió de manera vaga lo que ocurrió en el interior de él, pues prosiguió:

—También tú lo habías olvidado todo. Encontramos nuestro disco exactamente en el lugar y en el momento oportuno.

Volvía a encontrarse junto a la ventana, mirando fijamente afuera, como si al otro lado del oscuro cuadrilátero hubiera que descubrir algo que estaba buscando desde hacía rato.

—¡Hanna!

Ella recibió su beso totalmente ausente, pero esa frialdad apenas disimuló su excitación interna. Él la soltó en seguida. Lo que le atraía hacia ella, ese tolerante y natural estar enterado de algo definitivo, ¿era eso precisamente lo que la alejaba de él? Hacia el lugar en el que ella estaba del todo sola y él no podía alcanzarla, de modo que entonces ella pudo decir:

—¿Hay muchos de esos discos flotantes en el lago? ¡Ya encontrará uno! ¡Ay!, me temo que no le servirá de nada a él tampoco.

Robert permaneció en silencio y Hanna tampoco dijo nada más. Cada cual se hundió inevitablemente en su soledad. En la habitación hacía un frío tan desagradable que los dos estaban tiritando. Al arrastrarse temblando a la cama hacía ya rato que cada cual se encontraba para el otro en un terreno inalcanzable. Mientras cubría sus hombros con la manta, a Robert le vino a la imaginación una figura rígida y completamente empapada que, cada vez menos consciente, se tendía en un disco flotante de madera, pero lejos estuvo de manifestar tal pensamiento.

Quizás ese motivo disonante e imposible de examinar a fondo, el hombre de los juncos, hubiera debido surgir entre ambos con palabras que les unieran con él a cada uno en particular en pro y en contra, para que luego, al quedar solos, se abrieran con un aspecto de su alma del que ellos mismos no habían sido conscientes hasta aquel momento, una fuerza, una afinidad que llegaba a reali-

zarse impacientemente y que hacía enardecer la existencia con nuevos colores.
Pero al final todo eso no fue más que la atormentada quimera de una ilusión cada vez más débil. Los acontecimientos hablaban en favor de ello, su experiencia de la vida hablaba en favor de ello. Precisamente esta noche podía muy bien no significar más que una fase de su desecamiento en lo inútil, una fase algo excitante quizás, pero que, sin embargo, no se vio afectada por los dos disparos procedentes del lago.
Robert se incorporó, intentó encender una vela y lo dejó estar. Hanna se volvió de costado y lanzó unos gemidos, pero al parecer no se referían a lo que estaba sucediendo fuera. Eran dos tiros disparados uno casi inmediatamente después del otro, y después, un tercero. Robert se deslizó hacia el sueño como si cayera en un oscuro saco en el que todo había terminado.

Era una mañana apagada, enturbiada por fluctuantes vapores. Detrás del lago había un dentellado hueco lleno de azul, del que salía un pálido resplandor.
Robert se sentía como si fuera de plomo, sin elasticidad en las articulaciones, y también Hanna parecía que hubiera trasnochado. Nada había terminado, lo sucedido persistía e indicaba el camino hacia lo venidero.
Delante del coche, debajo de los árboles, el chico del posadero estaba enganchando el caballo. El muchacho llevaba unas botas altas demasiado anchas y a duras penas podía con los arreos. Quizá no tenía más de doce años. Una y otra vez levantó la pesada collera pero sin llegar a lo alto, hasta que el peludo zaíno tuvo compasión y bajó aún más la cabeza. El chico se sentó en el pescante y chasqueó con el látigo. Aparecieron dos criadas y cargaron el coche de maletas.

—También nosotros debiéramos...

A Robert se le quedaron ahogadas las palabras al aumentar su aversión por unirse a los otros.

—Sí —dijo Hanna—, vayámonos.

Sacó su ropa del armario, permaneció un buen rato junto a la ventana y por fin se puso el abrigo:

—¿No deberíamos ir a ver antes qué pasa?

Robert y Hanna hubieran podido elegir el paseo dando así un rodeo, pero fueron por la pradera. Aunque no llovía, sus abrigos quedaron pronto tan húmedos como sus zapatos. Los juncos se erguían cual muralla amarillenta. Desde el lugar en el que se detuvieron, parecía cubrir casi la mitad del lago. No había viento, sin embargo, sobre la superficie del juncal corría algo parecido a las olas, y los floridos ramilletes gris blanquecino, que subían y bajaban rítmicamente, hacían que esa impresión fuera irresistible. Delante había zonas movedizas en las que algunos juncos se adentraban en el agua. Luego, en las hondonadas, retrocedía, comprimido, exuberante, con claros tallos nuevos. Pero detrás se extendía de un modo intrincado, por todas partes donde la tierra era suficientemente firme, entre raquítico follaje y secos matorrales. Desde la orilla no podían distinguirse caminos ni corrientes. Un muro, elástico, de equilibrada consistencia, y sin la menor abertura. El bote no hubiera podido atravesarlo, ni de día ni mucho menos todavía de noche, aun cuando no hubieran caído los disparos.

Los milicianos estaban arrastrándolo a la orilla. El muchacho que había dentro parecía tener unos veinte años, o quizá menos. Yacía boca abajo, tal como le había alcanzado la bala, con el cuerpo inclinado hacia delante, agarrando aún el remo con una mano. La bala le había entrado por la nuca y salido un poco más arriba de la frente abriéndole algo la cubierta del cráneo: un tiro a quemarropa. Debajo del banco había una jarra de leche, una botella de licor, pan y tocino, y envueltas en un paño azul, patatas hervidas que el que estaba escondido entre los juncos hubiera debido recibir aún calientes. El miliciano que dejaba las cosas en la orilla dijo de un modo que pudieran oírle:

—¡No hemos sido nosotros, nosotros no! No hemos relevado a los otros hasta la madrugada.

Seguían vacilando en agarrar al muerto. Su mandíbula era escuálida y tenía un vello clarísimo y uno de sus ojos estaba abierto. Este ojo, absurdo, vidrioso, una pálida bola de cristal parecía reunir todo aquello que se llevaba la vida de su cuerpo. Sin el ojo hubiera podido estar profundamente dormido o desmayado. No era la herida con su costra negra lo que hacía que el cuerpo estuviera muerto, sino ese ojo. Hanna lo miró fijamente y su mano, con el índice extendido, se puso vacilante en camino. Como si la horrible falta de expresión tuviera que desaparecer a su cálido contacto y surgir de nuevo una vida ardorosa de la que la forma inmóvil estaba aún repleta, una finalidad, una voluntad, enérgica y sin dudas, la prudencia de vigilar y otro salto nocturno al bote y las primeras bogadas. Quizá quería penetrar con su propio deseo en el ser que allí yacía a través de esa redondita azul frío, confiándose y uniéndose a él, pero quizá lo único que pretendía era cerrar ese ojo. Con incomprensible emoción, la mirada de Robert abrazó el ojo muerto y la mano de Hanna, cuyo temblor apenas podía percibirse y que, ante tan curiosa expresión y como bajo una amenaza, quedó inmóvil. Se apartó y se puso los guantes:

—¡El sexto! Al parecer esta noche ha muerto también uno de los milicianos heridos.

En la plaza del pueblo se detuvo la batería del capitán Lodric, con las piezas de artillería cubiertas con lona y los caballos con el morral colgado. La gente estaba en las puertas, mujeres, niños, y también los hombres,

como si quisieran mostrarse porque los soldados estaban entrando en el pueblo. La compañía de la policía servía al parecer al aspecto exterior de la insurrección que en realidad no había sido una insurrección, sino... sí, resultaba difícil decir qué es lo que había sido en realidad. Quizá una pelea mayor de lo que suelen ser en el campo. En todo caso, algo que la policía dominó sin esfuerzo con el apoyo eventual de la gendarmería.
La voz del comandante de la gendarmería retumbó en la plaza y pareció intimidar incluso a los perros. Un azuzador de la peor clase, ésa fue la impresión que produjo mientras daba a su gente las órdenes a voz en grito y prometía a los lugareños cosas horribles que por fuerza tenían que producir su efecto. Claro que no es muy seguro que los del pueblo le entendieran, pues sus palabras se sumergían en un verdadero estruendo, como si cayeran al lado mismo de una cascada. El propio Robert lo único que pudo distinguir de las múltiples imprecaciones que esparcía sin orden ni concierto fue que procedían del tesoro lingüístico oriental del antiguo ejército austrohúngaro.
Pero después, cuando Robert y Hanna fueron con el capitán Lodric al ayuntamiento, el jefe de la gendarmería no dijo ni palabra. Adelantó un vientre que empezaba ya a la altura del pecho. Su gruesa y redonda cabeza se hundía en el tronco como un antiguo poste kilométrico en una prominencia de la carretera, deslucido por el tiempo y sin cantos, el color rojo aplicado tantas veces, exfoliado por capas y renovado sólo en las dos flechas contrapuestas que parecían indicar la dirección de los caminos: el hombre llevaba un enorme bigote de color rubio ardiente. A excepción de su nombre, no había dado nada de sí mismo, sino que se había contentado estirando alternativamente la mitad de este producto horizontal, saliente cual trenza, como si quisiera alargarlo.

Respecto a las dos direcciones opuestas del camino, el capitán se mostró verdaderamente empeñado en averiguar cuál, desde el punto de vista político, era decisiva para el jefe de la gendarmería. En cierto modo, formaba parte de la continuación de la insurrección, de las formas que ahora adoptaría, y para Robert lo fue todo menos un espectáculo agradable. Ese espiarse y palparse mutuamente, que podía notarse aún en el brusco movimiento de la comisura bucal, en el inquisitivo fruncido de ceño, en el comienzo de la sonrisa de inteligencia retirada de inmediato cuando no le satisfacía el tipo de réplica. Bajo la apariencia de una objetividad impersonal, un constante estar al acecho, una lucha silenciosa. El rostro del capitán no podía llamar la atención precisamente por su abundancia de posibilidades mímicas, pero frente a la inmovilidad de un viejo poste kilómetro estaba, como es lógico, en desventaja.

El capitán explicó la situación del día anterior. El jefe de la gendarmería se llamaba Schemnitzky y al abrir la boca se demostró que no podía llamarse de otro modo. Se dejó oír:

—¡Veamos! Yo hace muchos años que estoy en el servicio, sí señor, y no doy importancia a los libros, no señor, sino a la práctica. A la práctica, mi capitán, sí señor. Por eso me basta una mirada para saber qué pasa... con respeto, mi capitán.

Tal vez fue sólo autosugestión, pero Robert creyó ver cómo al capitán, de manera apenas perceptible, le subía un finísimo rubor por las sienes. Su rostro anguloso parecía ahora aún más expectante, agresivo, cerrado. El capitán se recluyó en aquella arrogancia que humanamente hace injusto al oficial en activo del ejército que tiene que tratar con un funcionario de la gendarmería del mismo rango. En el tono más estrictamente oficial, dijo que quería llevar a cabo los interrogatorios de una manera tan personal como fuera necesario. Schemnitzky

no replicó. Pero se demostró que el poste kilométrico sabía sonreír. La sonrisa fue también acompañada por cuidadosa y alternativa ocupación con cada una de las dos bigotudas flechas. No hubo información alguna de la dirección que tomaban las opiniones de Schemnitzky en el terreno político.
Pero cuando Robert, que había llevado a Hanna a casa, entró en el ayuntamiento, la más remota posibilidad de una sonrisa parecía haber desaparecido del rostro de Schemnitzky. Estaba sentado con un aire que no facilitaba la misión del capitán Lodric. El capitán hacía también como si el otro no estuviera o como si no notara su presencia, y precisamente apartando así la vista reveló de un modo que Robert encontró algo desagradable hasta qué punto le irritaba la presencia del poste kilométrico. Cuando explicó a los del lugar que estaban apretados en el rincón, frente a la mesa, que él empezaría el interrogatorio y que lo terminaría la gendarmería, dio más una impresión de inseguridad que de amenaza. Entonces Schemnitzky volvió a sonreír. Esta sonrisa fugaz, pero también sincera, confería al poste kilométrico rasgos humanos, lo transformaba incluso en un semblante astuto.
El principio ya había pasado o el capitán no había pasado del principio. Daba nerviosos golpecitos sobre la mesa y sabía lo que le esperaba. Lo notó por la lenta sorpresa de esa gente, exagerada debido a su testarudez, que ellos creían digna de crédito. Los campesinos son malos actores y lo que daba ahora autenticidad a sus rostros, esa impenetrabilidad, el alevoso tesón que se mantenía aún a la expectativa, sabe Dios que no tenía nada que ver con las palabras:
—¿Armas?
Fue necesario algún tiempo hasta que comprendieron de qué se trataba en realidad.
—¡Armas!

Repitieron la palabra, lentamente, asombrados, como si tuvieran que ir recordando poco a poco qué era eso.

—¿Armas?

¡Ah! ¿De modo que, si habían entendido bien, el capitán creía que tenían armas, armas del ejército de verdad, creía incluso que ayer habían disparado con estas armas?

Se miraron unos a otros, incrédulos, desconcertados, con aquel torpe no entender que constituye el arma segura de los campesinos de zonas montañosas en sus debates con la «autoridad». ¡Y para colmo de lo inimaginable y sobrepasar todo lo visto hasta el momento, el capitán pedía, pues, que le entregaran estas armas! Permanecieron allí mirándose unos a otros de repente con estúpida expresión teatral, con ojos redondos y la boca muy abierta. La marcha que el capitán tamboreaba en la mesa con sus blancos nudillos aumentó en ritmo.

De los campesinos de montaña se puede conseguir que hagan cualquier cosa. Están acostumbrados a que la «autoridad», al final, siempre se sale con la suya, y saben que para su espíritu de venganza como adversario, no tienen más que a los suyos. Gastar en bebidas el campo pedregoso y matar a palizas a la propia esposa, no es nada particular. Ante el hombre que viene en otoño a cobrar los impuestos, esconde el ganado en los pastos más inaccesibles y no retrocede ante los caminos más peligrosos para ir a cuidarlo, cada día, durante todo el invierno. Más de uno ha matado al vecino por un ternero o incluso por una sola gallina. Todo eso ha sucedido. Pero que uno entregue voluntariamente su fusil a la «autoridad», eso es algo que no ha sucedido jamás en ninguna parte. El capitán lo sabía.

Estaba decidido a hacer ya caso omiso del gendarme que tenía al lado. Schemnitzky estaba sentado inmóvil y en persistente silencio, ni más ni menos un poste kilométrico que con sus dos flechas fusionaba la participación de cada una de aquellas dos direcciones que estaban luchando aquí entre sí. Como el capitán no lo miró, no se dio cuenta de que en el poste kilométrico tuvo lugar una humanización fisionómica. De vez en cuando, surgía en la fisura de sus ojos empañados una chispa resplandeciente, sus párpados superiores subían y bajaban con más frecuencia de la estrictamente necesaria, aleteo que hubiera podido servir de pícaro guiño si la carnosa rigidez de su rostro no hubiera destruido todo movimiento expresivo.

El capitán, nervioso, se acarició la barbilla con el dorso de la mano. Parecía estar buscando la palabra apropiada o meditando el pro y el contra de determinado plan. Al final se dirigió aún más hacia la izquierda, apartándose del gendarme, levantó la vista y miró al alcalde a la cara. En voz baja y con una entonación que hacía muy importante cada palabra dijo:

—¡Oíd, yo quiero ayudaros! ¿Entendéis?

En seguida vio que no servía de nada eso tampoco. Sin querer, mientras el rubor ascendía por sus sienes, apretó los puños. Una insurrección de campesinos, como otras varias a lo largo de los siglos que sucedía según la misma ley incomprensible, se deshacía al dar la misma eterna terquedad, dura como una piedra, ajena a todo lo que significaba disposición premeditada o pacto razonable, inhumana. Esa gente no merecía que se tuviera en cuenta su manera de ser y se les tratara con cuidado.

El capitán Lodric se levantó de un salto, dio un puñetazo en la mesa —el golpe iba para él, pues en el mismo momento supo que era lo peor que hubiera podido hacer—, y gritó:

—Está bien, tendré que tocar otra cuerda. ¡O entregáis las armas... o ya veréis quién soy yo!

El asombro de esa gente se transformó en un sorprendido cabeceo, expresión casi de una crítica de ese curioso caballero que les había mandado la autoridad. ¡Cielo santo! Ellos no eran responsables de lo que ese señor se imaginaba.

¿Armas? ¿De dónde diablos iban a haber sacado armas ellos, precisamente ellos, desgraciados campesinos de montaña? ¡No, no había arma alguna! Ellos no tenían ninguna. ¡Ni pensarlo!

El capitán volvió a sentarse. Esta partida estaba perdida. Bien, él tomaría las de Villadiego, ocurriera después lo que ocurriera.

De repente la voz del gendarme a su lado:

—Está bien... propongo que..., voy a hacer un registro. ¡Ahora mismo!

El capitán volvió la cabeza y miró fijamente al poste kilométrico. Desde luego, de ese hombre podía suponerse cualquier cosa, pero de creer que registrando las casas de los campesinos encontraría armas, no le consideraba capaz. También el jefe de la gendarmería se había levantado. Ambos se miraron a los ojos durantes unos segundos, el capitán inquisitivamente, con patente perplejidad y al mismo tiempo insinuando una sonrisa de inteligencia, Schemnitzky, sin el menor asomo de movimiento en las oblicuas hendiduras empañadas sobre las gruesas bolsas de sus ojos. Hizo una torpe reverencia, cogió la gorra de la escarpia y salió.

Así pues, el capitán se quedó solo con aquella gente. Las circunstancias no eran desfavorables, incluso el gendarme se había dignado dar su propia opinión. Pero, sabe Dios por qué, la cosa no mejoró. Hoy no se sentía en forma, todo lo hacía al revés. Pero tal vez era sólo cosa de la misión. Hubiera sido un buen entrenamiento conseguir por la sola fuerza de la elocuencia que una piedra maciza pasara por el cielo como las golondrinas que había fuera, delante de la ventana. El capitán amenazó y conjuró y estuvo a punto de caer en lo más inútil que pueda imaginarse: objetarles que habían disparado. No, la muralla que hubiera levantado con ello, no la podría echar abajo. Ni siquiera podría desmentir sus coartadas. Volvió a hacer un esfuerzo: confiscación de ganado y hacienda, prisión, horca, fusilamiento... ¡todo eso por unas pocas armas! Quizá hubiera debido interrogarles uno a uno. Pero si ahora hacía salir a unos cuantos, sólo conseguiría que quedara tanto más justificada la sospecha de traición y eso bastaría para originar una enconada guerra de guerrillas de sangrienta venganza y desquite.

Abiertamente dijo que quería ayudarles, sin sospechar que eso precisamente hacía su desconfianza más aguda y persistente. Allí estaban, con el torso inclinado hacia adelante y la vista en el suelo. Sin la menor señal de reflexión sino testaruda obstinación que, al quedar entre la espada y la pared, había llegado imperturbable al último extremo, a la resolución de no ceder. Sí, ayer y anteayer estuvieron dispuestos a creer que ese señor estaba de su parte. No de una manera segura y directa que todo el mundo puede ver en seguida. Pero después de lo que había hecho con sus soldados y con los artilleros, al menos hasta el punto de considerarlo posible. Hoy mostraba ya su verdadera faz, estaba sentado en la mesa, era la autoridad y tenía el poder de dictar para las actas. La autoridad y las actas iban emparejados como el diablo y la picardía. Si ese señor era amigo suyo, ¿por qué se negaba a escribir en las actas lo que ellos afirmaban? ¡Él objetaba siempre que no podía ser, dijeran lo que quisieran! Pero cuando una cosa está escrita en las actas y se le añade sello y firma, se vuelve verdadera y real. Nadie ha dudado todavía de lo que consta en las actas.

Por fin, el capitán encontró la palabra, la frase que no fallaba. La encontró por casualidad y, en realidad, incidentalmente. Pero vio que quitaban la vista del suelo y aquí había una posibilidad:

—¡Tres muertos... tres fusiles!

Como se dio cuenta de que el argumento surtía su efecto, lo repitió. Una vez y otra:

—¡Tres muertos... tres fusiles!

El alcalde se volvió hacia su gente. En ese momento, el viejo pastor que estaba detrás de todo, en el rincón, se acordó de que quizá había visto brillar algo allá arriba en el bosque debajo de una raíz, algo que podía ser un fusil, tal vez dos o incluso tres. Si el señor lo permitía, iría a verlo. Sabía el lugar exacto y los encontraría.

Al capitán eso no le inquietó:

—¡Está bien, tres fusiles!

Dictó la frase de los tres fusiles; los culpables los habían tirado en el linde del bosque antes de darse a la fuga. Los tres fusiles se transformaron en una realidad. Ahora parecía que el capitán por fin había probado su buena intención dentro de lo que es capaz de tenerla un hombre que representa a la autoridad. A intervalos ocupados por lentas reflexiones, la gente se volvió casi locuaz. Su titubeo procedía cada vez menos de la desconfianza sino de la comparación mutua de sus declaraciones y afirmaciones, lo cual necesitaba su tiempo. A pesar de ello, la cosa se puso en marcha, y con cada nueva frase dictada por el capitán, se unían más unos a otros y todos tenían una historia común a la que cada uno quería contribuir con su parte. Por eso el capitán creyó que había llegado el momento de empezar de nuevo. En el tono animado y confidencial con el que ahora hablaba con ellos, dio a considerar el hecho de que en realidad, tres fusiles eran demasiado poco.

Ni siquiera logró que se interrumpiera la historia de esa gente. Sólo al repetir varias veces su objeción, frunciendo gravemente el ceño, se hizo un silencio de desconcierto. No se miraron a la cara sino de reojo, disimuladamente, advirtiendo, al acecho. ¿Qué pretendía ahora el capitán con sus fusiles? Ese punto ya se había discutido, entrado en acta, se había transformado en verdad. ¡Tres muertos, tres fusiles! No había nada que hacer.

Después a Robert le pareció que esa tensión que le hizo sentir un renovado interés, había empezado con toda probabilidad en el momento en que por primera vez se pronunció la palabra «juncos». También recordó que había sido el capitán quien la había pronunciado. Primero, sólo se había hablado del lago en general, hasta que el alcalde dio un nuevo rumbo a la situación. Allí estaba reflexionando con visible esfuerzo sobre el asunto de las armas, de modo que a nadie pudo escapar su escrupulosidad.

Si no se podía convencer al capitán de que sólo había habido tres fusiles, ¿adónde diablos habían ido a parar los demás? ¡Tal vez los habían tirado al lago! Esa sospecha hizo levantar de nuevo la vista del suelo y volvió a crear la antigua solidaridad. De repente salieron testigos; con todo detalle describieron el lugar en el que había sucedido, un punto profundo y bastante encenagado del lado llano. Respecto al número de fusiles se impuso una repentina generosidad. Podían haber sido muy bien más de tres, quizás incluso unas cuantas docenas.

Se notó que al capitán estas declaraciones no le gustaron. Había entrelazado las manos y estaba silbando de manera apenas perceptible. Siempre el mismo breve silbido, como si no encontrara otro. Después, examinó de nuevo cada uno de los rostros. No quedaba otra salida:

—De modo que tiraron sus fusiles al lago... al huir.

Siguió reflexionando con el mismo monótono silbido.

—Pero puede que algunos se llevaran los fusiles, ¿no? A un escondrijo... digamos... al juncal, ¿no?

Aunque los semblantes permanecieron inalterados, estaba claro que no tenían nada que objetar. Es bastante probable que el capitán también interpretara como señal de aprobación lo que sucedió en el rostro de Robert —sin querer y sin que él mismo se diera apenas cuenta,

el tenso arqueo de cejas—. Robert interrumpió el dictado:
—Sólo uno está escondido entre los juncos.
El capitán asintió con la cabeza. Magnífico, de modo que ese punto se asentaba sobre bases reales y tenía incluso un testigo en el que recaía especial importancia por el hecho de no ser del lugar. Una vez más, Robert impidió que el capitán siguiera dictando:
—Es imposible que ese hombre se haya llevado a los juncos unas docenas de fusiles.
La mirada del capitán mostró sorpresa, sólo sorpresa, y no se notaba en ella aún indicio alguno de irritación:
—Bueno, en primer lugar, se trata aquí de un escondrijo de armas.
—El hombre que ha huido al juncal no ha escondido ningún arma.
Ahora el rostro del capitán mostró claramente su extrañeza:
—Si hay fugitivos entre los juncos es probable que también haya armas, ¿no?
Se dirigió a los del pueblo, cuyos ojos estaban resplandecientes. Algunos mostraron su aprobación incluso con un movimiento de cabeza. La idea de que los gendarmes irían al juncal a buscar fusiles era demasiado hermosa para poder separarse de ella sin más.
Robert, en estilo ya protocolar:
—De las circunstancias de esa fuga resulta de toda evidencia que...
—¿Siguió usted la fuga de cerca?
Robert vaciló, luego:
—Sí.
—¿Y vio realmente que el fugitivo no llevaba ningún fusil?
—Yo no le vi nada que se pareciera a un fusil.
Sus miradas volvieron a cruzarse, de una manera desagradable, casi hostil. Al final el capitán apartó la vista

de Robert para llevarla a las actas. Cierto, en las actas constaban las cosas más singulares. Un poco más o menos no tenía importancia:

—Nadie pretende que contara usted los fusiles.

—El hombre no llevaba ningún fusil. Me acuerdo perfectamente.

Que ese espectador de gorra de la insurrección en vez de acudir en su ayuda por motivos incomprensibles opusiera también dificultades era algo inaudito. La voz del capitán lo expresó con toda claridad:

—¿A qué distancia siguió usted la escena?

—A una distancia no muy grande. Era un hombre, un solo hombre y sin arma alguna.

Robert añadió:

—Es más que probable que cojan a ese hombre, que tal vez esté herido.

Parecía que el capitán ni le escuchara ya. Sin embargo, repuso:

—Tal vez.

No dijo «es de esperar», sino «tal vez». Y la verdad es que ya no podía hacer nada más. Pero siguió sin conseguir dictar, pues el testigo no quería ceder. Como si persiguiera una finalidad secreta, una alevosa intención:

—Si apresan al hombre, con esta acta significa que...

El capitán estuvo a punto de indicar qué es lo que esa acta significaba para él, para el capitán, si el señor doctor insistía en el aspecto de la detención. En ese momento se abrió la puerta con gran estrépito: el incidente imprevisto que lo decidió todo confiriéndole un giro definitivo.

No el propio Schemnitzky, sino unos cuantos gendarmes suyos. Con mucho ruido arrastraron hacia adentro una ametralladora y después a golpes hicieron entrar a dos chicos. El capitán juntó las manos resignado. Mientras los principales intérpretes preparaban la escena, él examinó la ametralladora. Por suerte no había duda de que el trasto era italiano, procedía de algún depósito de armas saqueado o algún miliciano lo había hecho desaparecer y se lo había vendido al agente alemán. Cuanto más tiempo requería la investigación para seguir esos caminos tan intrincados, tanto más tiempo tenía para resultar estéril. Una vez más gracias a Dios, en el cinturón de municiones... no, por desgracia quedaban apenas dos docenas de cartuchos, los demás acababan de ser disparados. Un gendarme refirió los pormenores:

—Sí, en el patio del alcalde... en el anejo del granero... y completamente al descubierto, como dejada a toda prisa... detrás mismo del lagar. Primero querían hacernos creer que era una parte del lagar, encima había un manojo de paja.

La gente la miró como si aún tuvieran sus dudas y pensaran que al fin y al cabo quizá podía ser una parte del lagar. Todos aprovecharon la ocasión para mirar de cerca algo tan incomprensible y fuera de su alcance como una ametralladora. Su absoluto desconocimiento de un objeto como ése los unió, por así decir, con los dos desgraciados, y sus conversaciones completaron esa unión. Se hablaban como si estuvieran solos, cuchicheando de una manera que podía oírse muy bien. El capitán, que estaba junto a las actas, no tuvo que hacer ningún esfuerzo auditivo.

¡Un registro! ¡Que precisamente en el peor momento, cuando estaban allí los gendarmes, hubiera una ametralladora detrás del lagar, casi podría decirse que una parte de ese lagar se transformara en ametralladora! ¡Qué tiempos, señor, qué tiempos! Mientras examinaban la ametralladora no salían de su asombro y el más asombrado fue aquel en cuya casa la habían encontrado. A pesar de ello el capitán distinguió en seguida, al principio, una mirada que pasó del alcalde a uno de los dos mu-

chachos y que no le prometía nada bueno. Esa mirada fue lo único auténtico de toda la escena, que en lo que toca a la investigación no parecía poder preverse por no hablar ya de su desenlace.
Esta vez la salvación llegó de manera totalmente inesperada y del mismo alcalde. La gente se aferró a su ocurrencia como náufragos al tronco de pino que se ha desprendido de la balsa y sigue avanzando hacia delante. Poco a poco habían ido quedando en silencio. Flotaba en el aire y penetraba por todos los poros y sentidos, no miedo sino algo paralizador de lo que cada vez resultaba más imposible huir, aunque fuera a la más insegura esperanza. Seguro sólo había... el posadero que yacía amortajado en su casa, sobre la mesa, era algo seguro. A un hombre que ya estaba muerto ningún consejo de guerra podía proporcionarle la muerte.
Todos abandonaron el tronco de pino y siguiendo al alcalde se encaramaron a la balsa, a la seguridad. De manera que la ametralladora la había escondido allí, detrás del lagar, el posadero al darse a la fuga. Excepto los que lo habían visto nadie podía tener idea de nada, y los dos muchachos aún menos. Pero como una ametralladora es un objeto de hierro pesado y además va con una caja de municiones, tuvo que haber más hombres con el posadero, desconocidos, se entiende, que huyeron entre los juncos.
De repente Robert se levantó.
—¡Entre los juncos sólo hay uno, uno solo, si es que todavía vive!
No sucedió nada más excepto que el capitán golpeó la mesa fuertemente, con el lápiz, como si quisiera pedir silencio:
—¿Los testigos?
¿Fue la objeción de Robert? El capitán tuvo que volver a preguntar por los testigos. Sea como sea hay un hombre que se encuentra escondido entre los juncos,

un hombre que aún está vivo. Pero un hombre al que le han encontrado una ametralladora...
—Bien, ¿quién lo ha visto?
Los ojos de Robert tenían un particular e inmóvil resplandor y estaban muy abiertos. Sin embargo se sentía como si no viera nada, todo se confundía en un indefinido color rojizo, los rostros a su alrededor, o tal vez sólo un semblante. Ni eso siquiera, una voz extraña en la noche, aquella voz...
Y de nuevo la del capitán:
—¡Quien lo haya visto que levante la mano!
Mientras buscaba su sombrero en el perchero, Robert sintió, más que vio, que unas cuantas manos se levantaban vacilantes.

V

En realidad quería volver a la pensión, y donde el camino de la pradera se cruzaba con la carretera se detuvo en efecto unos minutos antes de torcer hacia el lago. Ya desde lejos vio a Hanna, junto a la orilla, medio vuelta, con la vista fija en los juncos y, en la profunda fusión el pesado sol de mediodía con las nubes gris oscuro, casi irreal. Por otra parte todo era un poco irreal: encontrar a Hanna allí, el último lugar en que podía suponerla a esta hora, estar paseando como impelido por una fuerza indescriptible que le hacía seguir adelante, lejos de las metas de su voluntad consciente y, sin embargo, con un estímulo que parecía conducirle hacia sí mismo. Pero lo más irreal de todo era el hecho de que entre los juncos hubiera alguien escondido.
Incomprensible por parte de Hanna sentir por ellos tanto aprecio. Una línea amarillogrisácea, una muralla que no revelaba ni entregaba nada, impersonal, inútil.
—¿Ya has acabado de hacer las maletas?
—Qué bien que hayas venido; por fin nos iremos y empezaremos.
—El coche de correos vuelve a circular. Inmediatamente después de comer. ¿Llegaremos a tiempo?
—Creo que sí.
Los gendarmes y milicianos habían rodeado el lago y lo vigilaban por turnos. Irritado aburrimiento, gritos sarcásticos de los milicianos, flema de los gendarmes al estar de servicio, y sincera falta de esperanza tanto en unos como en otros. Dos o tres estaban discutiendo en qué lugar aparecería el «cabecilla».
—¡Si es que aún está aquí!
Los milicianos afirmaban que se encontraba en su parte, los gendarmes se echaron a reír.

—¿Y quién le ha visto?
Los milicianos dispararon en el lugar en el que una ráfaga estaba dejando un vacío en el movimiento uniforme de los juncos. También eso hizo reír a los gendarmes, pero los disparos aislados seguían creando la fugaz atmósfera de cacería y de peligro y les hacía recordar la finalidad de ese su andar vagando y vigilando.
Hanna miró atentamente a Robert a la cara:
—¿Qué tal en el Ayuntamiento?
Robert se encogió de hombros. En la voz de Hanna había una dureza de indignación:
—¿Qué significa eso?
—Se llevó ya la mitad de los fusiles a los juncos, ¡todo un arsenal! Vayámonos.
—Claro, hoy después de comer. ¡Todo recaerá sobre él! ¿No es verdad?
Ella rió amargamente:
—¿Y no se puede hacer nada? ¿Es inútil?
—Casi.
Resultó que Schemnitzky, en la mesa de oficiales, también era de esta opinión. El capitán Lodric, al que esperaba la batería dispuesta ya para la marcha, se estaba despidiendo. Robert le tendió la mano:
—Es de esperar que nuestro amigo de los juncos haya salido medianamente bien librado en su acta.
—En la medida de lo posible.
Dirigiendo al policía un significativo movimiento y mirando a Robert a los ojos:
—Ah, otra cosa que quería decir... espero que firmará el acta de su declaración.
Y sonriendo:
—Aunque yo no esté ya aquí. De todos modos usted se marchará, ¿no?
Y a Hanna:
—En estas ocasiones a uno no le queda más remedio que creerlo, siempre es así.

Tal vez dirigiéndose sólo a Hanna, al súbito cambio de su semblante o al brusco movimiento involuntario de su mano:

—Y luego... al hombre aún le queda su oportunidad, y no es peor que la de un preso.

Primero a Schemnitzky no se le notó lo que opinaba de esa oportunidad. Pero cuando Robert lo intentó, con el poco polaco que sabía de la guerra, resultó de una locuacidad que ante el solícito rostro de oyente de Robert evocó toda clase de recuerdos. Esos recuerdos se referían siempre a él mismo, hombre lento en cuya manera de ser se ponía de manifiesto que observaba las cosas con atención y desconfianza. Mientras calculaba cuánto tiempo hacía que no había hablado en polaco se pasó la mano alternativamente por sus dos flechas de color rubio ardiente. ¡Sencillamente por falta de ocasión! Pero en el puerto de Linz, en los barcos, a veces encontraba gente que entendía el polaco, de vez en cuando incluso polacos auténticos, de verdad.

Robert, jovial y sin el interés de antes, le preguntó si creía realmente que aún podría atrapar al hombre que estaba escondido entre los juncos.

Schemnitzky sopló la espuma del vaso y lamentó que aquí no hubiera ninguna bebida como Dios manda. En este momento le apetecía una buena bebida polaca. Robert le preguntó si ésta era la primera vez que intervenía en la insurrección. Los ojos de Schemnitzky se cerraron parpadeando, su rostro expresaba sonriente y astuta calma.

—¡Hombre, usted actúa como si creyera que soy un espía!

Las hendiduras se abrieron un poco, su rostro volvió a su normal inmovilidad, Schemnitzky dijo prudente:

—Hoy en día no se puede estar seguro de nadie.

Sin embargo no cabía la menor duda de que el hecho de que hablara su lengua materna los separaba de los demás, los unía creando un efluvio comunitario al que Schemnitzky, olvidando una tras otra todas sus reservas se abandonó encantado.

—¡Que el diablo se lleve la insurrección!

A Robert le confió que el asunto no estaba ni con mucho concluido. Seguiría y sería cada vez más bonito. ¡Dios Santo, en su palabra se podía confiar! Él no se había imaginado así la historia, entonces, cuando optó por Austria. Pues Austria ya no era la Monarquía, en ese punto se había equivocado del todo. Austria era... ¡demonio! ¿Es que se sabía lo que era? ¿Lo sabía, por ejemplo, tal vez el señor, un estudioso? ¿Eh? Sólo unos pocos sabían de qué iba, pero —y al decir esto se golpeó el pecho y pestañeando se inclinó hacia delante— él, Schemnitzky, bueno... él lo sabía y por desgracia bastante bien...

Robert reconoció esta dificultad, pero manifestó su esperanza de que Schemnitzky se marchara pronto y fuera a un lugar más tranquilo, eso es lo que le deseaba.

Sí, dijo Schemnitzky, esta misma tarde, aquí se quedarían sólo algunos de sus gendarmes. Es que había que apresar al cabecilla. Y pronto.

—¿Cabecilla? ¡Pero, pero!... Ese hombre, si es que existe y aún está entre los juncos, no es nada de eso.

Schemnitzky pestañeó con discreta astucia, como si de este modo llenara un silencio decisivo. Por fin:

—No, él no había instituido este Gobierno, él no, eso podía decirlo con toda tranquilidad, y nadie conseguiría que emitiera un juicio sobre él, ni siquiera en su lengua materna. Pero un Gobierno como éste o cualquier otro, en el fondo la porquería italiana apestaba igual que la alemana. Una sola cosa seguía eternamente igual: ¡el servicio! Sí, señor, eso no cambiaba.

Levantando astutamente el índice que luego junto con el pulgar aplanó y estiró una de sus bigotudas flechas indicadoras.

Y por esto ahora tenía que pescar y entregar al cabecilla. Sabía perfectamente qué se le exigía. Aun cuando no se le decía de una manera explícita.

—Pero...

¡Sin peros! ¡Se había disparado, tantos muertos! Él no podía ir con las manos vacías y comunicar a «arriba» que no había sido nada. ¿Armas? Eran objetos valiosos, tanto si procedían del agente alemán como del italiano. El señor estaba muy poco iniciado para saber lo difícil que era conseguirlas de esa gente. De manera que no había más solución que el cabecilla. Y así «arriba» quedaban satisfechos, aunque sólo (lentamente, como si fuera una cita difícil) se es-ta-ble-cie-ra un ejemplo.

—Pero...

El rostro de Schemnitzky inició una indulgente y astuta sonrisa, por eso Robert empezó de nuevo:

—Pero el primer interrogatorio ya tiene que...

Schemnitzky no le dejó seguir hablando:

¿Interrogatorio? Con eso sólo podía verse ya que el señor lo había sacado todo de los libros, sí, sí, de la práctica ni idea. ¡Ah, interrogatorio, muy bien, ja, ja, ja, ja... francamente magnífico!

Divertido de verdad preguntó mansamente si el señor había estado ya alguna vez en uno de esos interrogatorios, por ejemplo en un consejo de guerra.

Por supuesto Robert tuvo que reconocer...

Bien, Schemnitzky tenía paciencia y parecía no oponerse a los problemas:

—En realidad y pensándolo bien...

Confesó que hasta el momento no le había llamado la atención como en el fondo podía hacerlo:

—Como le he dicho es curioso que la gente lo haya reconocido todo, incluso las cosas más increíbles, por ejemplo hace unos días...

Dios sabe qué es lo que su gente había organizado con el amonita. Al fin y al cabo puede comprenderse que a primera vista no se note que una carbonera normal, que está además en el bosque de un convento, allí, en el de Estirria, en realidad es un depósito de material explosivo. Bueno, cuando los otros llegaron corriendo los fuegos artificiales ya se habían acabado y de los dos policías poca cosa quedaba. Claro, en una situación así la furia es naturalmente enorme. Pero ¿por qué aplastó la razón de tal modo que los soldados en seguida organizaron una patrulla? Si la explosión se había oído desde muy lejos y aquel al que le afectaba sabía perfectamente qué había pasado. Tampoco encontraron más que un vagabundo húngaro que había pasado la frontera y que, curioso, casi se echó en sus brazos. Llevaba un saco con tres pollos vivos, probablemente quería asarse uno cada día. Bueno, entonces de ese trabajo se vio libre. Antes de entregarlo dejaron los pollos robados tan blandos como él mismo. ¡Pero ahora viene lo curioso! El hombre lo confesó todo a pesar de que entendía tan poco alemán, que por lo visto no sabía decir más que «sí». Gracias a él pudo averiguarse quiénes eran los cómplices, seis campesinos sobre los que naturalmente hacía tiempo que el asesor del jefe del distrito tenía puesto el ojo. De los seis, cinco habían escapado, prueba suficiente de que los datos eran ciertos. Al último lo encontraron en su casa, probablemente sólo porque su mujer estaba ya en su segundo día de dolores. Y la detención tuvo su parte buena, lo que no consiguieron la comadrona y las mujeres que la ayudaban lo lograron las esposas, el niño apareció en seguida. Bueno, el campesino lo desmintió por todos los santos. ¡Pero en esta época lo que importa es la intimidación, el ejemplo de advertencia! En esto la rapidez lo es todo, las particularidades no importan. Así o asá, uno siempre ha hecho algo parecido y todos lo niegan durante un rato. Pero el campesino, cuando se lo dijeron a la cara, dejó de negarlo. Ya no abrió más la boca, ni tampoco al final, sino que se dejó llevar

como un ternero recién nacido. ¡Pero el vagabundo, el húngaro! Indudablemente, no sabía nada de alemán ni sabía escribir bien en húngaro, era uno de esos llamados a-nal-fa-be-tos, una persona que tiene que contar con los dedos de las manos y de los pies si quiere llegar a veinte. Es posible que creyera que todo iba sólo por los pollos robados. Para comer le dieron también un pollo asado... no, ¡diablos! Schemnitzky hizo memoria... eso fue al otro, al campesino. Al húngaro le dieron asado con mucha cebolla y tan grande que salía del plato. Seguro que eso aún no le había pasado nunca y además esos vagabundos apenas saben apreciarlo. Además dos botellas de cerveza, una comida totalmente apropiada para volver a levantar los ánimos no sólo de un vagabundo austríaco muerto de hambre. ¿Pero a qué venía todo eso? Él, Schemnitzky, en realidad no comprendía por qué daban siempre tanto valor a esa última comida. Una pura tortura que no servía más que para hacerles la despedida verdaderamente difícil. Por otra parte, seguro que el húngaro no se dio cuenta de la situación hasta que lo sacaron y vio al otro colgado. Es que el húngaro tuvo la ventaja de ser el segundo.
Entonces Robert le interrumpió; él, por su parte, no comprendía por qué eso era una ventaja. Schemnitzky pareció un momento sorprendido. ¿Qué es lo que no se podía comprender?, ¿cuál era el punto para el que la sabiduría teórica de un estudioso no era suficiente? Schemnitzky encontró este punto:
—Bueno, estaba bien claro. En primer lugar uno tenía que ser el primero, y luego... el húngaro había confesado en seguida, o más bien no había negado ni un segundo, y por eso podía vivir un poquito más, ¿no?
Robert preguntó si teniendo en cuenta las circunstancias eso era una ventaja. Pero probablemente Schemnitzky encontró que esta objeción era demasiado teórica y se encogió de hombros:

—¡Hombre, claro que sí!

Hanna estaba allí sin entender palabra. Quizás el contraste entre el rostro de Robert y su manera de hablar le resultó tan insoportable que entonces se dispuso a inmiscuirse en la conversación. Bajo la mirada fatal de Robert intentó sonreír, pero lo que procedente de Robert se le impuso sin palabras fue más fuerte. Ninguno de los dos sabía que cada cual devolvía la expresión del otro y como que Robert sólo fue consciente de esa tensión y resistencia desesperada, al recibirlas de ella sintió la necesidad de levantarse y de marcharse con Hanna. Pero Schemnitzky estaba llegando al punto culminante. Claramente emocionado por su propio relato agarró el brazo de Robert como si quisiera sujetarlo. Primero pareció que Robert no desistiría de su empeño. Al final le dijo a Hanna:

—Bueno, come.

También Schemnitzky intervino, en alemán:

—Tiene razón su marido; coma, señora, que esa chuleta tan bonita se enfría.

Hanna señaló con los ojos el plato intacto de Robert. Schemnitzky ya estaba en la escena que tanto le importaba. Así pues, el húngaro vio al otro colgado y entonces comprendió qué es lo que pasaba. Se detuvo. El campesino estaba allí colgado sin moverse. Antes le habían puesto un trapo sobre la cabeza tal como lo prescribe la llamada hu-ma-ni-dad, para que el húngaro no le viera la cara. Una funda de cuadros rojos, probablemente no habían encontrado otra cosa. Una cara así no es un espectáculo agradable para aquél al que le toca el turno después.

Bien, el paño, la funda, se había corrido por la soga, esas cosas pueden suceder, pero en este caso fue algo incomprensible, un verdadero abandono, pues él, Schemnitzky, raras veces había visto a alguien que se dejara hacer con él todo lo que quisieran como ese campesino.

Y sin embargo, era un hombre alto y barbudo, fornido y en sus mejores años. Pero así son las cosas, el fuerte se resigna y obedece, mientras que ese húngaro flaco y andrajoso... Bien, lo dicho, el paño, la funda, se corrió hacia arriba, se veía la mandíbula y la boca y sobre todo la lengua que, como es propio, salía cuán larga era, rígida como un trozo de madera y amoratada. Es posible que fuera esa lengua azul, rígida y saliente lo que producía tal impresión... El húngaro quedó como clavado, miró en aquella dirección y tomó un color especial como Schemnitzky no había visto nunca. Ese tipo era moreno, del mismo color marrón que la gastada pistolera de Schemnitzky, más bien aún más oscuro, pero súbita y repentinamente se puso blanco; sí, sí, completamente blanco, parecía que la piel se hubiera vuelto transparente. Al mismo tiempo cayó de rodillas, un perro desmirriado, probablemente antes había trabajado en el campo; todos ellos son pequeños e insignificantes, de músculos finos y planos, pero lo que consiguen con ellos hay que verlo para creerlo. ¡Y son de nostálgicos! Por eso fue imposible hacer que siguiera avanzando. Los dos soldados lo cogieron por debajo y se apoyaron bien en el suelo, pero no lograron que se moviera. El hombre no temblaba, estaba encorvado de una manera muy curiosa sin dejar de mirar al ahorcado y la estaca vacía a su lado. Y entonces intervino el señor cura, se acordó de su deber y tendió al hombre el crucifijo. En aquel preciso momento empezó y, como fue viéndose, no terminaría tan pronto. Bien, el hombre se inclinó hacia delante, dio una impresión del todo normal y todos esperaban que besaría el crucifijo. En vez de eso empezó a picotearlo con la nariz como un pájaro y al mismo tiempo, no puede pretenderse que nadie lo adivine, empezó a cantar como un gallo de verdad, ¡kikirikí! Como para despistar a cualquiera; no podía notar la menor diferencia, todos estuvieron de acuerdo

y Schemnitzky podía jurarlo, sencillamente extraordinario. ¡Kikirikí, una y otra vez, kikirikí!
Era tan cómico y al mismo tiempo tan curioso que no se podía reír. Por otra parte Schemnitzky recordaba que nadie, en efecto, se había reído. Él mismo, al recordarlo, hizo una mueca, pero no llegó a tomar el aspecto de una sonrisa. Bien, el asunto de los pollos robados le había perturbado el juicio, eso estaba claro, y por eso ahora pensaba que él era el gallo y picoteaba el crucifijo, escupía, picoteaba y cantaba sin parar mientras cuatro soldados se lo llevaban arrastrándolo dos por las piernas y dos por los hombros; ¡kikirikí, kikirikí!
Lo dicho, no fue ni la mitad de cómico de lo que parece ahora al hablar de ello, sino más bien curioso, ¡kikirikí! Y aunque todo el mundo pudo darse cuenta en seguida de que no gritaba nada contra el Gobierno, sencillamente nada que pudiera compararse con lo que otros exclamaban en esta situación —algunos gritaban a las señorías de la comisión las cosas más increíbles, en confianza, ofensas del peor calibre ¡y directamente a la cara!—; sin embargo, todos encontraron bien que un soldado recogiera un trozo de papel de periódico, hiciera con él una pelota, lo mojara en el cubo —junto a la pared del patio, debajo del canalón, había un cubo con agua de lluvia caída hacía tiempo— y le metió al gallináceo húngaro la albóndiga en la boca. Eso lo hizo el mismo soldado que después, cuando el húngaro ya colgaba y en realidad todo había pasado, de repente se puso verde como la hierba y, ¡san Ulrico bendito, tú no sabes lo que es eso! empezó a vomitar de tal modo que sacó todas sus tripas y algo más todavía.
Schemnitzky insistió en que sólo eso de la bola de papel demoró el hecho, el vagabundo no ofreció ni pizca de resistencia y es probable que esa resistencia no se diera nunca, en ningún caso. Al menos él, Schemnitzky, nun-

ca había visto nada de eso, a pesar de que ya no era como antes, en que en rarísimas ocasiones se ahorcaba a alguien. Bueno, por frecuente que eso fuera, hoy en día, lo que se dice una resistencia de verdad, era algo que sencillamente no existía. Tampoco entonces con el húngaro. Claro que dio un buen bote, lanzó el cuerpo de un lado a otro y apretó las mandíbulas, dejó incluso de cantar, pero sólo quería defenderse contra la pestilente albóndiga, y en realidad ese golpe en la cabeza había sido del todo innecesario, si bien por otra parte estuvo bien porque dejó al hombre sin conocimiento.

Pero, ¡diablos! Una vez, una sola vez, se había ofrecido resistencia, en la última insurrección, en el mes de febrero. De toda su experiencia Schemnitzky sólo conocía este caso y, como se descubrió después, el llamado delincuente, es decir, el condenado, sentía precisamente una fuerte aversión contra la horca, no sólo la que siente todo el mundo, sino una repugnancia muy particular, Dios sabe por qué se imaginaba que no lo soportaría. Había jurado —eso se supo más tarde por su compañero de celda— que no lo colgarían. ¡Que hicieran con él lo que quisieran, pero colgarle, eso no! Y como que era de la policía y sabía de qué iba todo eso consiguió que le soltaran las manos, casi en el último momento y cuando se encontraba ya casi debajo de la estaca. Arrancarle la pistola al gendarme y empezar a disparar fue cosa de un segundo. Hubo entonces un tiroteo de verdad y al hombre tuvieron que liquidarlo a tiros. Uno de los ayudantes del verdugo recibió una herida grave en el vientre.

Con todo... eso fue decididamente una excepción y estaba relacionada con toda seguridad con el singular carácter del condenado, con esa repugnancia especial. Pero en general podía afirmarse que...

Era fácil adivinar lo que podía afirmarse, aunque no se dijo, pues entonces entró el teniente primero de la milicia nacional con su voz ronca. ¿Dónde hay aún espuelas como ésas? ¿Se las ha hecho hacer exprofeso?, pensó Robert de manera mecánica. A dos pasos delante de la silla de Schemnitzky chocó esas gigantescas espuelas e hizo todo lo posible para poner en evidencia su actitud cien por cien militar. Había diversas ocasiones en las que Schemnitzky ocultaba su verdadera opinión, pero en lo que respecta al teniente primero la dejó ver con toda claridad:

—¡Oiga, usted! ¿Es que no tiene ojos en la cara? ¿No ve que estoy hablando con esos señores? ¿Eh?

Al hombre se le notó que se derrumbaba interiormente y que se hundía casi en azorada subordinación. De repente y chocando de nuevo estrepitosamente sus espuelas buscó su salvación en el reglamento. Graznó unas muy sumisas disculpas y después pidió instrucciones al comandante. Había oído decir que esta misma tarde algunos de los soldados y el propio comandante...

—¡Vaya usted a mi suboficial, él lo sabe!

Robert y Hanna se habían levantado. Tuvo que pasar un rato hasta que Schemnitzky se dio cuenta de que no había sido sólo «este hombre» el que les hacía marcharse. Fuera, Robert miró el reloj:

—Bueno, el autobús de mediodía lo hemos perdido. Ya no tiene remedio.

Hanna no contestó, en su rostro hubo un paso desde la atormentada resistencia a la reflexión y a la resignación, y devolvió la propia expresión de Robert. Ante la plaza del mercado se detuvieron indecisos. Por el otro extremo la plaza quedaba abierta y hacía un poco de pendiente hacia abajo, de modo que la casa que había allí, de través y a ojos vistas la más antigua que la plaza, parecía aún más baja. De todos modos podían distinguirse claramente el banco y el hombre en mangas de camisa sentado en él afilando la guadaña. El hombre levantó la cabeza, reconoció a Robert y se llevó la mano

sobre los ojos. Dejó la guadaña apoyada en la pared y desapareció en la casa.
Siguieron andando, todo daba una impresión de descuido y casi de mal humor. Hanna iba a medio paso delante de Robert y éste miraba al suelo. Cuando levantaba la vista era para dirigirla a aquella casa. Entonces el hombre volvió a aparecer y esperó.
Aunque no había entendido ni una palabra, Hanna no preguntó por el palabreo de Schemnitzky. Sin embargo, fue como si esa conversación produjera su efecto, también en ella como algo perceptible, algo por lo que todo se dejaba dominar. De repente se detuvo:
—He hablado con la anciana que alquila los botes. Me ha enseñado uno de dos remos, estrecho, completamente nuevo. Creo que debiéramos tomarlo.
Robert volvió a mirar hacia aquel lugar. El hombre había sacado la pipa y seguía esperando. Robert dijo vagamente:
—Los soldados se han ido y Schemnitzky se pondrá también en marcha con la mayoría de los gendarmes.
—¿No es verdad? En realidad nos debemos un paseo en barca por el lago, ¿no? El autobús sale al atardecer. Tenemos tiempo.
Entonces el hombre se sentó, fumó y los contempló atentamente. Si querían ir al lago tenían que pasar por su lado. Hanna no podía dejar de pensar en aquello que la arrancó de su somnoliente fatiga:
—¡Por si acaso hubiera tenido que pedir que me diera en seguida la llave de la cadena del bote!
Robert le examinó con el rabillo del ojo; no podía verse si sabía qué era lo que aquel hombre quería de él, si tan siquiera lo veía. Luego, muy de paso y con la fatal sensación de que se le adivinaba el pensamiento:
—¿Dónde vive la mujer que alquila los botes? Vuelvo dentro de nada.
Quizá fue una pura casualidad el hecho de que los ojos

de Hanna tomaran la dirección del hombre, y el de que lanzara un profundo suspiro pudo ser pura ilusión.
—No, déjame... yo me las arreglaré mejor.
Entonces el hombre se levantó, vacilando se metió la pipa en el bolsillo. Hanna ya se había apartado y eso en realidad era tan aleccionador que después a Robert le fue imposible comprender cómo había podido pasarle por alto. Como si hubiera hecho absolutamente todo lo posible para apartar y debilitar todo signo de claridad. Como Robert estaba solo, el hombre dejó de vacilar.
—Señor —dijo el alcalde—, señor, quisiera pedirle que...
De nuevo pareció que terminaba algo que había empezado hacía tiempo a lo lejos, quizás no a una gran distancia, sino sólo desde que Robert había llegado con Hanna a la plaza del pueblo y ese hombre había aparecido. Casi parecía una prueba de que Hanna le imponía y contra cuyo fracaso lo único que podía hacer era ir corriendo a buscar un bote.
Incomprensible por parte de Hanna... en el fondo era del todo indiferente que firmara debajo de esta acta. Robert buscó la mirada del otro, pero el hombre tenía el ceño fruncido y la vista dirigida de manera muy particular al vacío o —ya que no podía ser Hanna al alejarse— a algo que estaba sucediendo detrás del hombro izquierdo de Robert.
Permanecieron en silencio uno frente a otro. Al final Robert encontró que ya había bastante. Tal vez se había encogido también de hombros. El otro dio en seguida media vuelta y fue andando delante suyo.
Dentro estaba todo preparado. Robert dirigió una mirada mecánica al plano cuenco de madera lleno de arenilla que había al lado del tintero. El hombre metió la pluma con cuidado y volvió a sostenerla a la luz. Casi había cerrado los párpados, un tipo repugnante, sorprendentemente delgado y barbudo, con los pelos que

le salían por debajo de la camisa, el rostro igualmente cubierto de pelos, pelos que surgían incluso de su delgada y afilada nariz; sus párpados, en ligero movimiento, estaban dirigidos a la ventana, delante de la cual no había más que la vacía plaza del pueblo. Ese perseverante mirar a la ventana evasivo y alerta, su rostro peludo en el que no se veía más que una obstinada resolución...
De repente, Robert dijo:
—¡Vaya, qué prisa tiene! Ahora, tratándose del propio pellejo, no se tiene ninguna consideración, claro.
El alcalde le tendió la pluma, su rostro amargado siguió imperturbablemente dirigido a la ventana, su nudosa mano mutilada (le faltaban tres dedos) tembló, no por la edad ni de excitación, sino tal como tiembla la mano que ha de persistir en un movimiento desacostumbrado.
Robert habló dirigiéndose a la mano:
—¿Quién es en realidad el hombre al que quiere mandar al patíbulo?
En el hombre no se produjo cambio alguno, sólo la mano fue acercándose con la pluma como dominada por una fuerza para la que ninguna excusa era válida. Robert rió de manera mordaz:
—Vaya, hombre, puede hablar con absoluta tranquilidad.
Y señalando el acta:
—¡Al fin y al cabo una canallada es digna de la otra!
Los ojos del hombre se abrieron un poco. Seguía dando la impresión de que sólo estuviera atento a la plaza del pueblo. Al final tosió ligeramente, y sin dirigirse a Robert y con la voz curiosamente cubierta, como si hablara consigo mismo, dijo:
—En una situación como ésta uno piensa primero en lo suyo. También el de los juncos tiene amigos.
Ahora la pluma estaba tan cerca de su brazo que Robert dio un paso hacia un lado:
—Dígame, quién es. ¿Es el extranjero, ese...?

Por fin Robert encontró la palabra:
—¿...ese serbio?
Quizás el asombro de su rostro fue pura imaginación, en todo caso a Robert le bastó para comprender que a este respecto no había nada que hacer.
—¿Y dónde está escondido? Descríbame al menos el lugar.
En la voz del hombre no había repulsa ni tan sólo impaciencia, pero sí un tono que indicaba que se trataba de un asunto del que Robert permanecía totalmente excluido:
—Su gente ya puede ir a buscarle. Nosotros no opondremos ninguna dificultad. Y los policías...
El hombre acabó con un maliciosamente despectivo movimiento de mano.
Robert dijo:
—¿Y si no sale bien?
El oscuro cráneo de largas greñas se apartó con un breve y brusco movimiento de la ventana, y con clara desconfianza se enfrentó con Robert.
Robert vio el efecto y añadió en seguida:
—¡He de saber el lugar! De modo que...
No había otro medio. Robert cogió la pluma de aquella mano algo temblorosa con la amplia cicatriz rojo pálido, esperó uno, dos minutos y como el hombre permaneció en silencio la echó sobre la mesa:
—¡Como quiera!
Se vio entonces que el hombre era de una franqueza que sólo había evitado con tanta tenacidad porque no podía ni mucho menos determinar lo que deseaba de Robert. Grosero, casi amenazador:
—¡Si van a sacarlo... nosotros no haremos nada, nosotros no! Ya se lo he dicho.
Por primera vez miró a Robert abiertamente a la cara. Su mirada invitaba a la agresión. Infame.
—¡Sí, sí..., usted lo ha dicho! Y los gendarmes ¿qué?

Tampoco así la menor posibilidad de entrar en contacto, por ninguna de las dos partes. Sólo una desconfianza que lo hacía todo pedazos. Pero no, había aún algo, la voz, expresarlo con palabras:
—¿Por qué le interesa? ¿Quién es usted en realidad?
—¿Y quién es usted?
Tenía que terminar así, con esta absurda y furiosa postura combativa. Robert no veía otra solución. ¿Hubiera debido contestar «uno que quizá pueda ayudar»? Tenía esa cara brutalmente irónica lo suficiente cerca como para que no hubiera motivo para pensar que tal vez hubiera podido aproximarse a él con un «quizás». Pero sobre la mesa estaba el acta, y allí, entre los juncos, el hombre. Y junto a la ventana el otro, hostil y no obstante movido por algo tan indescriptiblemente afín a Robert, por una mezcla de deseo y resistencia, que no podían convencerse de lo indefensos que estaban, del poco poder que en el fondo tenían. ¿Se trataba del desconocido de los juncos? ¿De ese hombre? ¿De Hanna? ¿Qué es lo que estaba en peligro en realidad? De repente resultó terriblemente importante que Robert supiera dónde se escondía el fugitivo.
¿Quedaba otra posibilidad para hacer hablar al hombre? De repente la voz de Robert se volvió singularmente ronca:
—¡Bien! Ya verá... le demostraré que...
¿Qué iba a demostrar y cómo? Sus ojos ya estaban renunciando a ponerse a prueba en la obstinación, y los del alcalde volvían a estar en la ventana, con los párpados medio cerrados, atentos, pestañeando y a la escucha. El alcalde murmuró unas palabras que a Robert le resbalaron porque en aquel preciso momento le saltó la chispa que quizás aún podía prender: de repente Robert se sentó a la mesa, mojó la pluma y escribió su nombre.
En el silencio sólo había el tictac del reloj y la firma

demasiado grande sobre el papel. Y al cabo de un rato —Robert se irguió, pero no alzó la vista— la voz procedente de la ventana:

—Está en la parte de ustedes, al otro lado, donde la pensión. No muy adentro, apenas a unos metros del agua libre... en la vieja caseta que ya no tiene puertas. Cualquiera puede echar una ojeada, por eso no se le ha ocurrido a nadie. Ha arrancado unas cuantas tablas podridas y así se ha construido una especie de tabique, detrás está él... Antes estaba entre los juncos, sobre un tronco de árbol, pero ahora lo han... Y si esta noche... lo ha dicho, nosotros no nos opondremos...

El hombre enmudeció y los pasos de fuera quedaban ya muy cerca. Robert no volvió la cabeza hasta que Hanna se encontró en el umbral. Él se dio cuenta del reservado asombro con que fijó la vista en él, que seguía sentado aún con la pluma en la mano, en él y en el papel con su nombre. Y entonces recordó también lo que el hombre había estado murmurando:

—Su mujer ha estado aquí dos veces ya, quería saber si había firmado...

En la pasarela había amarrados más de una docena de botes. Hanna —y Robert notó en seguida la negativa, una reprimida fuerza antagónica— dijo:

—¿Por qué vamos a dar en realidad ese paseo en barca?

—También podemos ir a la pensión, a hacer las maletas.

—¿Para qué...?

—Creo que en primer lugar para irnos juntos a Salzburgo.

—¡Juntos! Sí, tenemos derecho a hacerlo... estando tan maravillosamente de acuerdo... ¡Qué maravilla!

—Hanna...
—Ahórrate las palabras, ya sé...
—Hanna, escucha...
—No existen dos cosas en este mundo que no sean tan afines o tan distintas que no puedan relacionarse. El que quiere hacerse una idea exacta de su carácter tiene que fijarse en su manera de actuar en una determinada situación; lo que hace es lo único importante, no lo que dice. ¿De quién...? De ti no, claro, ¿cómo iba a ser de ti?
Su tono era despiadado. Más aún que lo que decía, la manera como lo decía: algo hostil que venía de lo más profundo y que, sin piedad y como si fuera natural, derribaba muchos prejuicios. Entre los botes había uno muy nuevo que llamaba la atención por su forma elegante. Robert dijo:
—¡Ése!
Hanna miró el bote como un objeto absurdo, decepcionada, con franca repugnancia:
—¿Debemos realmente...?
Robert la contempló en silencio. El miliciano que había junto a la pasarela se inmiscuyó:
—No está permitido pasear en barca. Es peligroso.
Hanna se dirigió en seguida a él; en tono agresivo:
—¿Tiene intención de disparar contra nosotros?
El gendarme se acercó lentamente, contento por la distracción. Hanna ya había soltado la cadena y estaba metiéndose en el bote.
—¡Eso va contra las órdenes! —dijo el miliciano. El gendarme rió irónicamente.
—No —dijo Hanna a Robert—, déjame los remos, necesito moverme un poco. Siéntate al timón:
Mientras el gendarme apartaba la barca de un empujón el miliciano intentó salvar en parte lo que pudo.
—¡Bueno, por mí, pero sólo en aguas libres! ¡No se me vayan a acercar a los juncos!

Hanna remaba en silencio. Al cabo de un rato Robert dio la vuelta; deshicieron casi el mismo camino.
—Has comprendido cuál es tu misión. De un lado a otro, siempre el mismo camino. ¿Cuántos años hace ya? Cuidas puntualmente de que no nos movamos. Pero la verdad es que de vez en cuando se necesita una pequeña renovación, un contacto inmediato...
Robert la contempló asombrado, completamente sorprendido. Hanna soltó una carcajada:
—Sí, has venido en el momento oportuno. Pues ya ves tú, la vida real que sólo vivimos una vez, con la que no podemos hacer nada, absolutamente nada más una vez ha pasado, esta vida que no se puede detener ni interrumpir ni aplazar, que las cartas, esas secreciones dominicales del alma y elevadas reflexiones, pasan sencillamente por alto sin hablar jamás de ella... ¿cuánto tiempo vamos a seguir abusando de ella para continuar con tu delicado sistema del engaño moral?
Su energía le fascinaba, lo absorbía como una hoja. Haciendo un esfuerzo, dijo:
—Nunca estuve seguro de que volvería.
—¡Y, sin embargo, has vuelto... a pesar de que no lo sabías tan seguro! Encontraste que valía la pena volver a ver de cerca todo aquello de lo que hace ya tiempo que no puedo distinguir si eres tú en mí o yo en ti, para llevarte ese recuerdo y amistad atenuados con lo que uno se las arregla de manera rutinaria y un poco sentimental...
—Hay decisiones que —vaciló, quería decir de tanto peso, de tanta importancia, pero eso no salió de sus labios— que... no pueden tomarse desde lejos. Yo, al menos, no podía...
Ella era peligrosa y resplandecía con una oscura transparencia de la que caía sobre él un rayo tras otro:
—¿Sí? ¿Tenías miedo? ¿Te resultaba penoso? Las decisiones importantes no precisan de explicaciones razo-

nables, no hace falta ni una sola palabra. Se realizan completamente solas, casi sin nuestra intervención. De repente el resultado es evidente, claro, concluyente. Se sigue con el otro sentado en la barca y la separación pertenece ya al pasado. Se contempla al extraño, con el que una superficialmente se ha entendido tan bien, con asombro y sin comprender que él de las intimidades pasadas aún sigue derivando toda clase de derechos. Se sabe perfectamente, la despedida definitiva hiere su vanidad... Oh, debiera elegir otra palabra, pero no estoy para perífrasis... por eso no quiere reconocerla, la despedida, y la oculta con el sucedáneo más inocente, contra el cual aún nadie ha hecho ninguna objeción, con la piedad. Sí, sabe hacerlo estupendamente eso de mantenerse alejado del asunto, unido interiormente, exteriormente sin estar obligado a nada...

De repente se interrumpió; atónito vio cómo se transformaba. Parecía perdida en la vacía rigidez de su mirada que no veía nada, que estaba apagada. Él tampoco era nada, al menos nadie a quien ella estuviera dirigiendo la palabra:

—Claro que era importante que vinieras. Sólo así podía yo enterarme de ello... por la decisión que ha partido de ti, que, sin saberlo, tú mismo has tomado. Yo sólo tenía que sacar las consecuencias.

Ella dejó de remar y él había soltado el timón. El bote se detuvo en el acto, fundido con ambos en una gigantesca semiesfera de resplandeciente espuma, paralizado en la falta de luz entre la vida y la muerte. Él seguía sintiendo que él para ella no existía, que sencillamente no estaba allí... ¿Cómo iba a hablar? Empezó varias veces; sonó singularmente frágil, apagado, no sólo porque al parecer ella no lo entendía o no estaba en condiciones de admitirlo. Pero quizá vio los movimientos de sus labios y así se dio cuenta de que estaba diciendo algo:

—Oye, Hanna…
Una oleada de esperanza, que se alzó con vehemencia, se extendió lentamente; le llenó por completo una dolorosa fusión de deseo y entrega.
—Intenta escucharme…
No sirvió de nada, nunca más volvería nada a servir de nada. ¿Cómo expresarlo, decirlo con palabras?…
De repente él dijo:
—Sé dónde está el hombre.
Eso la hizo reaccionar, en unos segundos la devolvió a la vida y al presente de sus planes y deseos. El duro globo que los rodeaba acababa de reventar, el húmedo bochorno con el putrefacto olor del agua estancada volvía a estar allí, y las montañas cubiertas de vapor flotaban muy cerca en lo incierto, casi por encima de la inmóvil y silenciosa superficie del lago. El lago estaba oscuro, una gelatina verde pardo sin reflejo alguno. Los ojos de ella, en gran concentración, muy atentos, preguntaron, y Robert contestó:
—El alcalde no quería de ninguna manera… parecía bastante inútil… al final, no obstante, se lo he sonsacado… mediante esa firma.
Robert señaló la caseta al otro lado:
—¡Allí dentro! Es casi increíble.
Un ruinoso trasto viejo del mismo color del agua que lo rodeaba, tal vez algo más claro. Algunas bogadas más y vieron la puerta hundida, inclinada contra la pared del fondo, podrida por el agua, seca por el sol, gris como el moho. Hanna soltó los remos, se inclinó hacia delante, le palpó las mejillas, el cuello, y lo agarró por los hombros. Exaltada, en un arrebato repentino, entre sollozos y risas:
—¡Tú… claro! Lo has conseguido… y yo…
De sus ojos cayeron ardientes gotas sobre su rostro, le cogió la boca con sus labios, con sus dientes. Si él no hubiera encogido los remos y prestado atención al

equilibrio seguro que ella no hubiera vuelto en sí más que en el agua. Tal vez él pensó demasiado en un enojoso accidente, se vio, ya con dificultades para nadar a causa de la ropa mojada, intentando con grandes fatigas poner de nuevo boca arriba el bote volcado. O fue el asombro, el ligero susto que le produjo ese estar fuera de sí de ella lo que hizo que su llama pasara a él sólo lentamente, no lo excitara al ritmo que ella deseaba o esperaba, si es que era capaz de desear o esperar algo. Sea como fuere, una idea repentina se apoderó de ella: una meta, un plan al que ella cedió en seguida y sin reservas, que no transformó sus sentimientos sino que los lanzó a la nueva dirección.

Ella había cogido los remos y con rápidos golpes bruscos los puso en movimiento. Él tardó algo en comprender qué era lo que ella quería, pero una vez lo hubo comprendido supo en el acto que sería inútil oponerse. Sin embargo, lo intentó. Mientras ciego y sin aliento trataba de convencerla, se deslizó de improviso en la excitante ola cubridora que procedente de ella se propagaba hacia él. Muy débiles, como si vinieran de detrás de mamparas de cuero, oyó los gritos de la orilla y muy lejos le surgió la idea de que con toda seguridad los dos disparos no iban dirigidos a un blanco, sino que no eran más que tiros al aire o que no iban en modo alguno dirigidos a ellos.

—¿Estás loca? ¡Le estás poniendo en peligro... da media vuelta, te lo ruego! ¿Quieres llamarles la atención? ¿Que lo encuentren?

Hanna había cerrado los ojos y apretado los labios. Habían llegado a la pared del fondo de la caseta. A él le parecía que había que impedir, costara lo que costara, lo que hacía ya rato que no se podía impedir. Los milicianos habían fijado su atención en ellos y es probable que estuvieran contemplando también la escena del bote. Furioso intentó arrancarle los remos de las manos. El que hubiera cerrado los ojos debió ser una ilusión, o si no los había vuelto a abrir, pues alzó el remo y con él le golpeó el hombro a él, que involuntariamente se ladeó. Probablemente quería darle en la cabeza. Un momento después un segundo golpe le dio en la mano, que intentaba hacerse con el otro remo. Fue un golpe muy doloroso que ella dio con mucha fuerza. Esta vez había asestado mejor o quizás es que él no lo había esquivado. Él lanzó un grito y ella también.

Él pensó que seguía sin sospechar nada, que su grito iba por el éxito de su golpe, por su hombro, por su mano herida, de cuyos nudillos salía sangre. Lo único que le importaba era evitar que desembarcara. Casi como si lo que estuviera en juego no fuera el descubrimiento del hombre escondido, sino la vida de él y de ella. Sin duda estaba demasiado preocupado pensando en estas cosas para ver los agujeros y rendijas de la pared del fondo de la caseta. Pero Hanna las había visto, había mirado detenidamente adentro y había lanzado un grito. Un grito —tal como él se dijo después— de asombro o decepción, o sencillamente a causa de una tensión reprimida que no podía desahogarse de otro modo.

Con una sola bogada llevó el bote hacia delante, arrancó la puerta de la caseta, que había caído transversalmente boca arriba, de modo que el bote casi zozobró. Ella se enderezó y fijó la vista en el estrecho recinto en el que no había más que unos trozos de papel de periódico.

Robert estaba atareado con el equilibrio del bote y al mismo tiempo examinó la puerta que, probablemente a causa de sus tiras de hierro, se hundió suavemente en el agua. Apenas unos segundos después miró también el recinto vacío, vio el papel de periódico y —de esto se acordó con toda seguridad— pensó al instante que, cosa curiosa, parecía nuevo. No como esos trozos de papel que Dios sabe el tiempo que corren por ahí. Quería decir que quizás estaba efectivamente aquí, hacía aún poco... quizás encontraba el sitio demasiado inseguro, demasiado peligroso... pero entonces oyó la risa de Hanna. La recibió con todos los sentidos, sí, atribuyó incluso después el curioso entumecimiento en que se encontró entonces principalmente en esa risa. Estaba sentado mirando la caseta y pensando en el equilibrio del bote, en su brazo, que le dolía mucho, y fue lo suficiente sincero como para confesarse a sí mismo que pensó incluso en la puerta que se iba hundiendo. Pensó en todo excepto en el recinto vacío y en lo que significaba. Y Hanna estaba erguida en el bote con la mirada fija en la caseta vacía y riendo. De una manera estridente, penetrante, en una exaltación cada vez mayor; reía sin parar.

Loraine se esforzó por ocultar su sorpresa, Robert lo vio en seguida. Una alegría nerviosa, un contener la respiración como antes del arranque, templando, esforzándose por demorarse en lo superficial.
¿Que no había pasado nada? ¿O habían tenido tal vez contrariedades?
—En absoluto.
A Robert parecían asombrarle de verdad los temores de Loraine. Daba la impresión de que todo había transcurrido espléndidamente. También aquí, en Salzburgo... ¿no estaba completamente en calma la ciudad?
Inmediatamente después de su llegada Robert había echado un vistazo. Las ametralladoras en las bocacalles, las tropas de policías bien armados en las entradas y en los patios de las calles secundarias, dispuestos a salir en cualquier momento. Él aseguró que la ciudad estaba en completa calma.
¿Y la gente? Todo volvía a estar normal, ¿no?
Los curiosos semblantes de la gente. Una rigidez de máscara, algo artificialmente inexpresivo, difícil de sentir y aún más difícil de expresar. ¿Daban miedo o eran ellos mismos quienes tenían miedo? Fatal falta de claridad que era preferible apartar. Sí, sí, todo volvía a tener aspecto normal. No más que paz y concordia.
Loraine señaló los periódicos que había en la habitación: En Viena habían matado al jefe del gobierno. También habían matado a otros pocos, no más de los acostumbrados en tales ocasiones. ¡Ah, que él hubiera salido tan bien librado, realmente!...
Demasiado a la ligera y como si tuviera muy poca importancia, pero con un temblor en la voz debido a la espera o a una intención oculta o a lo que fuera:

Y no sólo él había salido con vida, también...
—Sí, también Hanna, claro.
¿Hanna? Ahora sabía incluso su nombre. Hanna. ¡Muy bien! Sólo entonces quedó contenta del todo.
¿Cuánto duró ese silencio? Robert estaba decidido a no hacer con Loraine la más mínima concesión. Pero como el silencio no parecía querer terminar cedió y le transmitió los saludos de Hanna. Cedió en el momento en el que por lo visto ella había hecho su plan. Le empujó la silla, le miró a los ojos «compasivamente preocupada y muy amistosa».
—Me alegra que no haya sido Hanna quien te ha traído... una semana antes.
—No, no es Hanna.
Ella olvidó su prudencia y dejó a un lado todas sus consideraciones. Con una frustrada mueca burlona que reveló su conflicto:
—Si te parece que debemos marcharnos...
En caso de que por este camino pudiera darse marcha atrás, quizás había que efectuarla de este modo:
—¿Los tres?
Durante unos segundos no ofreció resistencia, al menos ya no la hubo en su sonrisa. Se levantó en seguida:
—Si sólo hemos de irnos los dos... A Gerald no tenemos ni que dejarle una nota.
Se contuvo. Como en un ensueño al que uno se abandona vehemente y repentinamente. Parecía haber olvidado que no era real. Quizá por eso no comprendió su semblante. Soltando una carcajada:
—¡Oh, ya lo notará!
Bien, si todo estaba perdido, qué le importaba a Robert replicar:
—En realidad quería invitaros a los dos a pasar unos días con nosotros junto al lago.
Robert sabía que ahora era indiferente que lo dijera. Sólo podían darse respuestas equivocadas. Con curiosa

indiferencia y objetiva calma observó cómo ella se hacía consciente lentamente de la desigualdad, de la distancia entre su ensueño y la realidad. Ella lo miró atentamente con un ademán impersonal de disgusto y ligera repugnancia:

—No, no quiero. ¿Para qué?...

Fue apagándose, por momentos, un montoncito de ceniza en el que no avivaría ya llama alguna, ni siquiera una chispa. Sin embargo, dijo:

—¿Tienes miedo?

Ya tenía su más odioso semblante, aburrido y desinteresado, falta de comprensión por carecer en cierto modo de imaginación. ¡Qué larga y puntiaguda podía parecer su nariz! Los ojos, que de repente se habían vuelto pequeños y opacos, y naturalmente la boca, con los labios que habían desaparecido, una fina línea. De todos modos la sonrisa de antes había dejado algunas arrugas de envidia. De mal humor, burlona, completamente incapaz de intentar comprenderle:

—¡Pero no tengo ganas de conocerla!

Estaba más lejos que nunca de él —¿se había acostado de verdad con ella?— una persona a la que conocía por una extraña casualidad, con la que desde hacía años de vez en cuando había mantenido conversaciones a las que no podía negarse cierto carácter íntimo, la mujer gracias a la cual Cleón había saltado a un primer plano. Robert dijo:

—Cleón...

Ella despertó un poco. Sus labios se arquearon, sus ojos adquirieron una expresión hostil, casi despectiva. Como si poseyera algo cuya fuerza e importancia él no comprendiera, para lo que él no tuviera acceso, de modo que ella no necesitaba defenderlo. A él le daba la sensación de que para despertarla del todo sólo tendría que repetir el nombre, gritar simplemente «Cleón, ¡CLEÓN! ». Sabía que de este modo cambiaría una vía falsa por otra que tampoco llevaría a ninguna parte; ella estaba ya diciendo:

—¿Por qué intentas aprovecharte enfrentándolo con ella? Ahí no hay nada en común, ni un solo punto de comparación...

Por lo visto tenía razón. Al fin y al cabo el muchacho había sido su amante y lo que ella había hecho por él tenía su origen en la comprensible necesidad de enmendar una injusticia, de verle de nuevo sano. Robert dijo en voz baja:

—Yo te lo puse a salvo.

—Sí, tenías una excusa magnífica para ir a Heraclia y quedarte una semana allí.

Se los había llevado a los dos en el mismo coche, al autor y a su víctima y había dejado a Cleón en el hospital y a Agamenón en el puerto. Loraine ni siquiera siguió siendo la burra por culpa de la cual había ocurrido todo, siempre que el animal fuera realmente la causa de aquel encuentro. Entonces fue todo asombrosamente equívoco y confuso. Y se necesitaba una causa palpable de la cuchillada que por poco hubiera costado la vida a Cleón. Robert dijo:

—Entonces no encontró otra solución.

En la voz de ella había un amargo reproche:

—¿La tienes ahora?

El presente debía quedar excluido de este asunto, por lo menos de momento; por eso él dijo:

—¿Acaso hubiera debido marcharme? ¿Llevarme todo eso? ¿Adónde?...

Para vengarse, pero de modo en cierta manera concluyente, repuso ella:

—Lo que ahora sucede son aún combates para cubrir la retirada. Encubrimiento de la autoafirmación que se ha vuelto a ajustar. ¡Cuando se decidió fue entonces!

Había vuelto el frescor del atardecer, poco antes de la estación lluviosa. Con el fuerte y amargo sabor del licor de eucaliptus en la boca salió al colosal vacío en el que ni siquiera existía aún el cielo con su palpitante conglomerado de vías estelares. Una nada sin color, de un tono indefinible entre gris y azul, en la cual la tierra sostenía las copas franjeadas de unos cuantos alcornoques mientras que él era algo insignificante y extraviado y la música de un grillo le parecía gigantesca. Con una superclaridad sensitiva vio de repente cómo la nada, ese vacío que ascendía y descendía con la escala, simplificada de una manera indescriptible y capaz de llenar el espacio, que podía producir un solo grillo. Dos grillos, eso hubiera sido demasiado, hubiera sido competición humana, la familiar proximidad del aliento de las criaturas, el acto carnal o algún otro punto culminante de la sensación voluptuosa vital. Pero no había más que un grillo, así como sólo había un vacío.

El vacío lo era todo, su salida, su pobreza, su sensación de frío y su embotamiento. La blanca membrana sobre los ojos de Sir Gerald parecía ser aún lo más fraternal y próximo, casi una ayuda para encontrarse a sí mismo.

Sir Gerald estaba en la entrada de la tienda y, como tenía su membrana, Robert no tenía ni siquiera por qué reparar en él. Sir Gerald no necesitaba dominarse. Tal vez pensaba en sus inútiles excavaciones, tal vez comprendía que toda su concepción era equivocada y no podía conducir a nada. Quizá se estaba convenciendo de ello, entonces, inmediatamente antes de la época de lluvias. Pero quizá Sir Gerald no era más que un ciempiés bajo el gigantesco sillar de ese vacío y estaba pensando en...

Entonces Robert estuvo plenamente convencido de que Sir Gerald no pensaba en lo que estaba sucediendo a unas docenas de pasos de él. Ambos estaban fuera, pero dentro, en la única habitación de su cabaña de piedra estaba Loraine y estaba...

Nunca vieron entrar a Cleón, se guardaron muy bien de reparar en ello, en lo más profundo de su ser sabían perfectamente la hora de su llegada. De la posibilidad de no mirar, de no estar cerca, hacían el más abundante uso.

—Sobre nosotros dos —también Loraine había llegado a Sir Gerald, para eso no era necesaria indicación alguna— tenía la ventaja de que para él existía esa finalidad, esa ocupación especial. No tenía otra cosa. Por eso hubiera podido permitirse el lujo de vez en cuando del amor. No hubiera tenido ninguna importancia o sólo la que hubiera sido útil para su misión. ¡Imagínatelo, intenta explicártelo! Quizás entonces comprenderás cómo le odié en aquellos momentos.

A Robert se le escapó:

—¿Sólo en aquellos momentos?

¿Adónde iba a parar? Un sofoco súbito, algo así como un susto. Sabe Dios que él no había venido para moverse en el círculo de ese inútil remolino. Loraine, por el contrario, parecía convencida de que él estaba allí más que nada para escuchar sus explicaciones.

—Gerald me dominó gracias a la falta de resistencia con la que era capaz de dejarse caer, sencillamente de degenerar. Gracias a eso consiguió que hiciera de su asunto el mío propio. ¡Un hombre que vive para su idea! ¿Puedes imaginar el desmedro que eso significa para todo lo demás?

No, seguro que así Robert no lograría su propósito. Probablemente incluso no se equivocaba si pensaba que todo lo que ella tenía que decir contra Gerald iba también dirigido a él. ¿Dónde se encontraba la pasarela, la sombra de una posibilidad de hacerle comprender qué es lo que él deseaba de ella? Estaba a punto de estropearlo todo. Reprimido y estúpido, hubiera tenido sencillamente que acabar con ello. Pero era como un deseo de autodestruirse y en el momento en que lo pensó le vino también a la mente la persona a la que destruía al mismo tiempo, y porque conocía por adelantado la respuesta, lo único que podía calcular con absoluta seguridad, a pesar de ello dijo:

—¿Gerald? ¡Déjalo estar! ¡Apártalo de tu pensamiento, déjalo al menos ahora!

Una vez más le llamó la atención el tono que a veces adoptaba con ella. Y no sólo se dio cuenta de eso, sino también de que de esta manera se engañaba a sí mismo. Pues su voz sonó ruda y desconsiderada, declaradamente brutal. Hablaba con ella en un tono imperioso y ella lo aceptaba, cedía en seguida. Se resignaba y dejaba de pensar en oponer resistencia. ¿Cuántas veces habían jugado ese juego, inconscientes y absortos, fascinado el uno por el otro? Él sintió incluso el placer con el que solía progresar en esa costumbre. Jamás fue más fácil hacer tan conscientemente algo maquinal, cogerla del brazo, tenerla fuertemente agarrada, mirarla y decir:

—¡Deja ya de hablar de Gerald! Si te pido que lo logres, que consigas que él venga también al lago, yo sé por qué.

Loraine lo miró desde abajo, atentamente, vacilando.

Robert aflojó la presión de la mano; casi en el mismo momento ella dijo:

—¿Qué carta te reservas para entonces? O... ¿es que Gerald ha de conocerla antes, acostumbrarse a la idea de que de ahora en adelante ella os acompañará?

Robert soltó a Loraine con algo de excesiva violencia, no pareció sólo que apartara bruscamente su brazo:

—Hanna no tiene en absoluto nada que ver con ello.

Bajo la pensativa mirada de ella, que trataba de comprender la causa de su debilidad, balbució:

—Se trata de... ¡Cómo voy a explicártelo! Allí hay un hombre escondido entre los juncos, un perseguido al que acusan de...

Su debilidad era demasiado evidente, no había lugar a

dudas. Notó incluso que se ruborizaba. Loraine sonrió; se notaba demasiado que estaba haciendo un esfuerzo por ocultar su burla. Él quiso anticipársele:

—Lo sé, esas situaciones son un tejido de todo tipo de cosas.

Con singular seguridad dijo ella:

—¿Quizá sepas también dónde empieza la injusticia y dónde acaba el rencor personal?

A pesar de ello, notó la inseguridad de ella. Es posible que su preocupación, el atormentador deseo de explicarse, de saberla de su parte, se transmitiera a ella. Como si aún pudiera ganarla, no como instrumento sino como compañera. Ella se mordió el labio inferior:

—Conoces la testarudez de Gerald.

Rápidamente, al parecer con excesiva confianza, Robert repuso:

—¡Bueno, tú colaborarás! A Gerald... espera que esté allí.

Entonces se vio que todo eso no era más que fruto de su inocente imaginación. Como un castillo de naipes: su arte de la persuasión, su confianza o lo que él denominaba de este modo, su poder sobre ella. ¿Tenía al menos idea de lo que ella le estaba devolviendo y por qué lo hacía? Una única respuesta, concluyente por falta de reflexión, había destruido el castillo de naipes. La mirada de ella, su semblante, se endureció:

—La verdad, no entiendo qué hemos de hacer allí.

A él le sorprendió darse por vencido así, sin más, atento sólo a mantener cierta corrección. Como en un orden de ideas que la excluyera ya del asunto, preguntó:

—¿Y dónde está él? ¿Ha salido?

Como si bastara pedírselo a Sir Gerald, como si la conformidad de ella no tuviera importancia. Entonces ella, con su sonrisa, dio rienda suelta a su mofa:

—Oh, a Gerald le interesará terriblemente. Estará aquí de un momento a otro. Almorzarás con nosotros, ¿no?

Mientras iba para arreglarse, Robert tuvo tiempo para imaginar la escena hasta en sus más mínimos detalles. Pudo incluso verse formulando su deseo con bien meditadas y agudas palabras —cosa de la que jamás sería capaz— mientras ella permanecía en silencio. Sí, ella permanecería sentada en silencio y precisamente en sus más meditados momentos culminantes pediría, con cierto pesar en la voz, un vaso, un plato y... sin arrugar la frente, eso ya sería demasiado claro, sino sólo arqueando las cejas de modo casi imperceptible, con un asombro demasiado cortés para ponerse de manifiesto. A Gerald no lo miraría, para él no tendría ni una ojeada, sólo para impedir que esa mirada le revelara la sorpresa de ambos. Por eso, y como el rostro de Robert encerraba la directa exigencia de adoptar una posición clara y decidida, fue a Sir Gerald a quien le tocó colocar impulsivamente el puño con la servilleta arrugada sobre la mesa:

—Amigo mío... ¿y usted cree de verdad que yo voy a meterme en eso?

En cambio Loraine empezaría en seguida a hablar a toda prisa del cambio en sus planes de viaje. Pues entonces llegaba el punto que había que discutir a fondo, también con Robert:

—Teniendo en cuenta la nueva situación, bajo esas circunstancias políticas un tanto sorprendentes, ¿puede pensarse en una estancia en Viena, por breve que fuera?

Ese era el tema al que Robert podía aportar gran cantidad de cosas útiles, de modo que la impresión algo curiosa de su anterior proposición cayó por sí misma en el olvido.

—¡No! —dijo Robert en voz alta—. ¡No, no...!

Y entonces pensó que no le quedaba más remedio que intentarlo otra vez con Loraine sirviéndose de Cleón.

Pero en el fondo no era Cleón lo importante en los sucesos de los que quería sacar los argumentos en favor de su plan frente a Loraine. En la historia que terminó con una cuchillada y que había empezado con una mula o más bien con una burra (sin duda alguna encontró a ese animal de claro color gris argentado notable sólo por su color). Loraine parecía estar tan envuelta como Robert, o como Cleón y los demás. Incluso Sir Gerald desempeñaba un papel en ella, claro que sólo indirectamente, pero es probable que como causante de la singular situación que hasta el final fue difícil de entender, le tocara un papel principal. Al fin y al cabo, fue él quien contrató a ese Agamenón, o más bien se había quedado con él junto con los mulos en Heraclia. También algunos de los flacos caballitos del país, cuya resistencia era superada sólo por su sobriedad, entre ellos el desgreñado caballito capón que no servía como bestia de carga y que para cabalgar, resultó demasiado caprichoso. Agamenón sostenía que sólo andaba bajo el pesado tablado de madera con chapas de latón que más que silla de montar parecía un palanquín. Como Sir Gerald no tenía ganas de intentarlo con él una segunda vez, el caballo capón, llevado del cabestro por Agamenón, fue precediendo la caravana. Agamenón era el almuecín que convocaba a sus fieles, entre los que se contaba incluso a Sir Gerald.

No sólo los hombres de las montañas, sino también los demás, hablaban de Agamenón como del «turco» porque su patrón lo era. Producía un efecto tan despectivo como la intención con que se decía, pero al mismo tiempo caracterizaba la manera de ser de Agamenón, que se sentía excluido de un modo casi hostil. Su apartamiento parecía en general desconfiado, obstinado y alevoso, pero en ocasiones podía dar una impresión de franca superioridad.

Sea como fuere, los que iban en la caravana se sometían sin protestar a su centinela, que fijaba el ritmo y mantenía la fila apretada. Agamenón empezó con cuatro penetrantes compases; en unos minutos, hicieron que los animales se levantasen y se situaran en determinado orden.

También cada una de las personas tenía su lugar, que no dejaba si no era por fuerza mayor. Si no se hacía así, los animales se inquietaban, se escapaban o, testarudos, se quedaban quietos balanceando lentamente sus cabezotas sobre la, a menudo, estrechísima senda.

Era evidente que estas paradas enervaban a Loraine; en realidad a todos les resultaban más o menos incomprensibles. Quizá sólo tenía que ver con el clima, con el calor y la sequedad el hecho de que para Loraine siguieran siendo una prueba de paciencia tan difícil, mientras que Sir Gerald, que era el último, no se cansaba de seguir con sarcástica atención el arte de la persuasión de Agamenón. Para eso, el «turco» no hacía ningún gesto especial, no, apenas levantaba la voz. Pero cuando hablaba al oído rebelde sobre la gran pupila negra, parecía que estuviera explicando la situación con unas razones contra cuya importancia por lo visto no podía ponerse objeción alguna.

¿Qué es lo que parecía tan lejano e insignificante que entonces Robert pudo quedarse allí? Las laderas de Madaros, un trozo colosal de centelleante seda blanca extendido sobre el cielo occidental, lanzando punzantes chispas luminosas en el breve frescor matinal de esa primavera demasiado calurosa en que por las suaves curvas del Afendis-Kavusi penetraron en el interior, hacia los puntos de excavación que, como se demostró una y otra vez, no lo eran.

¿Qué más? ¿Que ni por un momento dejaba de mascar alguna que otra hoja, que, con sus bordes puntiagudos, le cortaba la boca? Aquí la naturaleza parecía empeñada en producir la mayor cantidad posible de hierbas aromáticas fuertes. Antes de que Agamenón volviera a poner en marcha la caravana, Robert se dedicaba siempre con gran diligencia a hacer nueva provisión de hojas. Se apeaba, pero no tenía tiempo de echar ni siquiera una ojeada hacia delante. Además, ya sabía qué era lo que pasaba allí.

El caballito capón dirigía la caravana y detrás mismo de él, en la resplandeciente burra del más claro color gris argentado, venía Loraine. El lomo de la yegua estaba casi completamente cubierto por la silla de montar del ejército que Sir Gerald había traído de Heraclia. La silla era demasiado grande, por eso, cuando se detenían, Loraine, que llevaba amplios pantalones, podía sentarse bien de lado, levantando una pierna, con la rodilla sobre la grupa y la cara inmóvil en dirección al lugar en el que Agamenón volvía a poner en marcha el atasco de manera parlamentaria. Tal vez Robert exageraba y sólo eran las grandes gafas oscuras lo que daba a su rostro esa tensión y rigidez, expresión aislada al mismo tiempo de abstracta irritación que tampoco desapareció cuando sus labios se abombaron al recibir de manos de Cleón un vaso de limonada que él le había preparado o fuego para su cigarrillo. Esa clase de servicios no formaban parte de las obligaciones de Cleón; él en realidad estaba allí para los aparatos de medición y para los utensilios. Pero el animal que llevaba las provisiones de agua venía inmediatamente después de la burra de Loraine mientras que las bestias de carga con los utensilios eran los últimos, de manera que Sir Gerald, que cerraba la caravana, los tenía siempre a la vista.

Cada vez que Cleón aparecía delante, Agamenón andaba también de un lado a otro delante de Loraine. Ah, Robert sonrió, por fin una ocurrencia marginal pero que al menos formaba parte de lo esencial. ¿Cuánto tiempo tardó en darse cuenta de que el «turco» se ocupaba siempre sólo de su burra mientras que Loraine quedaba confiada exclusivamente a Cleón?

Ni el menor rastro acá y acullá en los caminos llenos de

astillas y de piedras, en ninguno de los caminos que llevaban a los lugares en los que, entre bloques de piedra, retama y una especie de avena silvestre pasaron dos noches hasta que Sir Gerald se decidió a desistir del plan que había preparado durante tiempo y no empezar a excavar allí. Muy lejos de las estrechas carreteras asombrosamente cimentadas sobre las que de vez en cuando Sir Gerald no podía dejar de observar siempre con cierta ironía de modo que no se notaba mucho su admiración:
—¡Probablemente tiene tres mil años! Es curioso pensar que aquí los carros de combate de los lacayos ya...
El paisaje era muy pedregoso; la capa de tierra roja encima no era precisamente espesa, tampoco donde el suelo era fértil. Pero tres mil años no son para el arqueólogo lo mismo que las docenas de millones con los que los geólogos trabajan como unidad de medida pequeña. De todos modos, podían relacionarse con eso observaciones tan remotas que incluso la relación menos consistente, aunque fuera sólo la sombra de un recuerdo referente a Loraine y Cleón, hacía tiempo que estaba olvidada, resultaba hasta imposible.
Como ese muchacho que, apenas la caravana se detenía un momento, ya iba corriendo hacia delante, como si ella lo atrajera con sus miradas. Pero hablar aquí de miradas era exagerado y demasiado malévolo. Robert se había convencido a sí mismo más de una vez: al fin y al cabo no se veían más que los grandes cristales oscuros de sus gafas que le tapaban media cara. A pesar de ello, Cleón iba cada vez hacia ella, le daba fuego, le tendía el vaso con el refresco.
Como no tenía nada más que hacer, se produjo un bochornoso silencio. El rostro de él permaneció sereno pero sus miradas, vacilantes y con una maligna expresión de desprecio, siguieron las manipulaciones de Agamenón. Éste hacía, como siempre, como si estuviera solo con su burra, o al menos como si Cleón no se hallara presente.

«Cora» —el animal de las resplandecientes ancas redondas se llamaba «Cora»— llevaba como protección contra el sol un viejo sombrero de paja que iba atado debajo de la garganta con un trozo de cáñamo.
Sin que fuera ni mucho menos necesario, Agamenón había cepillado la manta de la silla de montar y estaba dando panochas a «Cora». Una tras otra se las iba metiendo con cuidado en la boca y la contemplaba atentamente mientras mascaba. ¿Había alguna rivalidad entre Agamenón y Cleón? ¿Fue sólo ese silencio que había que llenar discretamente? ¿Por qué a Cleón no se le ocurría prestar algún servicio que tuviera que ver con Loraine, alguna observación? En vez de eso, hizo como si quisiera enderezar la silla, agarró incluso los arreos como si también allí hubiera algo que no estaba como dcbía.
Agamenón se dirigió lentamente hacia él. Robert, que por casualidad se encontraba cerca, pudo observar minuciosamente a Agamenón. No parecía asombrado ni tampoco por cierto agresivo, pero sin embargo su aspecto era tal que Cleón se apartó en seguida de «Cora» y retrocedió un paso. La desgracia fue sin duda el hecho de que Cleón tuviera dos espectadores, Loraine, que alzó la vista incomprensiva, y Robert, que esperaba con interés.
Luego Robert se dio cuenta de que por lo visto la contradicción entre las palabras de Cleón y su comportamiento era mucho mayor de lo que le había parecido al principio. Sonriendo y con una expresión francamente cortés, se había dirigido a Loraine:
—Es que no soporta que Madame —y al decir eso, Cleón señaló a la burra— sea ni siquiera tocada por otro...
Mientras tanto, Agamenón se había acercado y se encontraba a medio paso de Cleón. ¿Qué es lo que había en su rostro aparte de esa represión? Inmóvil... un corte angosto y penetrante... ¿presentido ya entonces el corte con el cuchillo? Pero la situación no tenía nada que ver con eso, esa fue una interpretación posterior. De repente,

Robert había visto que el muchacho no tenía un aspecto tan inofensivo. Su delgada nariz saliente, esa dureza opalina... como si la crueldad hubiera estado siempre allí, en general cubierta por una peligrosa tranquilidad y firmeza, pero ahora desnuda. Cleón se estaba inclinando ya hacia atrás pero aún silbó a Agamenón:

—¡El turco... el turco!

Un segundo después había desaparecido sin que Agamenón hubiera dado la menor señal de movimiento; de repente sus ojos ovalados parecieron muy oscuros. Apenas una escena y si lo era, no guardaba relación alguna con Loraine y Cleón. En el fondo no había pasado absolutamente nada excepto que Agamenón se había acercado demasiado a Cleón.

A pesar de ello, a partir de entonces, Robert encontró que carecía si cabe aún más de fundamento imaginar que Cleón arreglaba las paradas a una señal de Loraine. Pero constató que su rostro, una máscara inexpresiva de arcilla marrón recubierta por los dos gigantescos cristales de las gafas, se había vuelto cada vez hacia atrás, a Cleón o a Sir Gerald, de eso, los oscuros cristales no decían nada antes de que sucediera algo que motivara una parada.

Nunca necesitó pedir a Sir Gerald que se detuvieran para descansar, resistía perfectamente el calor ardiente, sólo se volvía y luego lo único que sucedía era que Cleón movía el brazo unas cuantas veces horizontalmente a la altura de los ojos delante de la cabeza de su mulo, el cual se detenía en el acto. Como es natural, Cleón saltaba de la silla, corría hacia Agamenón, corría, y desde lejos tenía ya unas cuantas palabras de indignación por el molesto incidente. Al llegar delante y encontrarse cerca de Loraine, a nadie podía sorprenderle que ella le hiciera una señal para que se acercara o que él fuera sencillamente a preguntarle qué deseaba. Sus gráciles movimientos, esta manera de deslizarse sin hacer ruido y al mismo tiempo con gran decisión; cara y manos muy delgados, casi sin carne, del mismo nervioso comedimiento. Nariz de convulsivo movimiento que confería a su rostro un aspecto husmeador, un seguir el rastro y saber de antemano en el campo anímico, en todo caso algo que podía considerarse como muy sensible o que podía interpretarse de tal modo que pasara al campo de lo sensible. Es probable que ya al principio hubiera comprendido más de lo que a Loraine podía gustarle.

Cuando a última hora de la tarde Robert abrió la puerta, ella estaba sentada a la mesa y Cleón, en cuclillas delante del fuego, alimentándolo con ramas secas. El estar agachado con la mirada fija era una distracción agradable, no sólo para ella sino también para él, el gesto neutral que debía ocultar la verdad. Eso en caso de que Cleón fuera realmente aquél que parecía ser o que podía ser, y de que adivinara cuáles eran en el fondo sus intenciones y a quien quería herir haciéndole venir.

¿A Sir Gerald o a Robert? En todo caso Robert había abierto la puerta y entrado. Presumido, falsificador de las circunstancias originales, incluso frente a Sir Gerald, precisamente frente a Sir Gerald, tenía que sostener la ficción de que «había entrado, sencillamente». Robert dijo que había querido poner por fin en evidencia aquella situación tan clara y que hacía tanto tiempo que duraba. No sólo por su propia persona... —miró a Sir Gerald de reojo y volvió a decir que no sólo por su propia persona quería poner fin a tan ridícula situación—. Por eso había abierto la puerta y entrado.

Robert encontró que era harto lamentable ser finalmente un héroe por ingenuidad, por error. Por lo visto Agamenón tenía sus motivos particulares, que de todos modos también estaban relacionados con Cleón, para enviar allí a Robert diciéndole que Sir Gerald lo estaba esperando en «la casa de piedra».

Así pues, Robert entró, vio... y si hubiera dependido

de él hubiera pedido disculpas y se hubiera ido. Pero ella no lo permitió, le tendió la mano con curiosa ansiedad y pareció haber olvidado a Cleón en aquel momento. Después, cuando Robert volvió la cabeza hacia él, no había nadie junto a la chimenea. Robert no tenía ganas de pedirse cuentas a sí mismo de cuándo se había ido Cleón.

Primero Robert no entendió en absoluto lo que ella estaba diciendo. Literalmente: no entendió sus palabras, le resbalaron. Adónde quería ir a parar no lo comprendió hasta mucho más adelante, si es que realmente llegó alguna vez a darse cuenta de ello. Sólo sintió su mano seca y febril que no soltaba la suya.

—Sí, estoy volviéndome a engañar. Lo intento una y otra vez y hoy creía ya que lo lograría. Entonces la puerta se abre y tú entras...

Cuando se puso a reconstruir la escena, toda la conversación, pensó antes que nada en la lámpara que había sobre la mesa, en su pantalla de seda rosa plisada que parecía sacada de un saloncito de los años noventa. La profunda luz rosa, contra la cual el atardecer del exterior no podía nada, llenaba toda la habitación. El crepúsculo era realmente de un color verde botella. Aún hoy se le antojaba que el mosquitero no había tenido la culpa, ni tampoco el roble de delante de la ventana. Inmediatamente después de la puesta del sol aquella zona adquiría cierto aspecto animado: oscilación con colores verdosos. Había tardes que olían a putrefacción.

Esa putrefacción fue aumentando a su alrededor, esa putrefacción eran Sir Gerald, Loraine y él mismo y sus tareas arqueológicas, una huida de sí mismo lo más lejos posible, hacia un pasado, evitar cualquier decisión... notó que empezaba a sudar.

Estaba sentado allí, en una habitación de un hotel de Salzburgo y Loraine se arreglaba para el almuerzo mientras él buscaba con desespero un argumento en favor de su deseo de llevarla a ella y a Sir Gerald a ese lago. Debía conseguir un motivo convincente para su invitación y en vez de ello se entretenía con las cosas más distantes, con una claridad que tenía algo de alucinante estaba viendo el crepúsculo verde *de entonces* penetrando por la ventana y aquella línea divisoria de extraña nitidez en la que la luz de la lámpara, una irritantemente estúpida luz rosa de saloncito, se encontraba con la verde casi sin mezclarse. Como si eso fuera lo más importante, el recuerdo que le proporcionaría el motivo decisivo, no sus palabras:

—¿Por qué nos marchamos, por qué vinimos aquí donde dependemos por completo uno del otro? Los tres... eso puede ser más fácil que sólo dos, pero también mucho peor. Tan mal asunto es que al final se nos lleva consigo. Ya desde el principio no nos éramos tan indiferentes como para hacer una cosa así. Cierto, lo achacaremos todo al clima, encontraremos los inofensivos pretextos acreditados en todas partes. Pero nosotros mismos no seremos nunca capaces de creérnoslos. ¿Por qué vacilamos, pues? Ven...

Entonces ella tomó su cabeza en sus manos y la besó. Lo hizo sin reflexionar, con la misma naturalidad con que abrochaba o desabrochaba un botón de su blusa; en cualquier caso eso era algo que dominaba absolutamente. Quizás lo único que pasó es que él quedó muy sorprendido, tal vez por eso cuando unieron sus labios dio la misma impresión que una especie de propina agradable. Pero luego la cosa cambió, los unió de tal modo que llegaron a confundirse, para él fue besar la boca contra la que ya no tenía nada que objetar, y ella... ella quedó completamente abatida, por lo cual necesitó un buen rato para remontarse. De repente suspiró, en realidad fue un sonido entre susurro y gemido, una sensación que se hacía perceptible, resistencia y concesión,

un temor ondeando desde las profundidades. Sonrió con amargura:
—¿No es como si nos estuviéramos tirando una pelota? Ninguno quiere quedarse con ella. Pero yo no puedo seguir bien. Falta elasticidad ahí dentro. De todos modos es un adelanto si la pelota ya no se imagina que puede ordenar a los jugadores que la tiren; si la pelota sabe que es la pelota... eso que los tres se tiran mutuamente. Ven, escúchame. Al final alguien tendrá que escucharme...
Fue a buscar la jarra del estante, vació el vaso de vino que estaba medio lleno y lo volvió a llenar. Ella lo empujó hacia el catrecillo cubierto de cuero que había junto a la ventana:
—Hoy tendrás que escuchar un poco más. Por lo visto se trata de uno de aquellos momentos que hacen que la pelota pueda pensar que es ella quien dirige a los jugadores...
Robert se recostó notando el fuerte y sutil olor a licor.

Con la tinaja negra al lado, Loraine se había hundido en la silla extensible como si descifrara de la pared lo que quería decir y le costara mucho, como cuando se trata de una letra desconocida demasiado personal. Pero es más probable que viera perfectamente lo que había allí; que hiciera tiempo que lo sabía de memoria, pero que temiera pronunciarlo.
—Todos nos encontramos un poco demasiado al borde de nuestras fuerzas. Incluso ese Agamenón con su burra...
Robert alzó impaciente la vista.
—En el límite de lo que aún es posible. ¿No te confirmas también tú en cosas, en acciones incompatibles, que se anulan o destruyen mutuamente? Cuando te ibas a

Heraclia... a esa callejuela, ya sabes, donde había que levantar una alfombra hasta llegar al diván en el que estaba esperando aquella delgada de piel olivácea, con aquel pelo increíble y sus muchos anillos de cobre... es que yo entonces te seguí, cuando tardaste tanto en volver... ¿Fué una ligera alusión, una palabra que se te escapó? Pero si fue una insinuación vino con toda seguridad de ti, apocado. Si por lo menos hubieras notado una sola vez y aunque hubiera sido sólo de lejos qué es lo que *él* quería...

¿Gerald o Cleón? Pero entonces continuó y Robert supo en quién estaba pensando.

—Casi sin palabras, que yo lo arriesgué todo para adivinar sus deseos, feliz por la serenidad con que se servía de mí. Tú no viste nada de eso a la luz de aquella estúpida lámpara rosa, a ninguna luz... nada. Por eso tuve que seguirte, debajo de las alfombras colgantes pasando por la penetrante jofaina de latón, madera ardiendo y café, ¡ah, aquel narcotizante olor a café, casi se podía olvidar el exterior! Peces y brea, aceite rancio y cebollas, lona mojada, vino y queso, tan fuerte que no dejaba percibir el del agua putrefacta del puerto. Y aceitunas y Dusiko y licor de eucaliptus e higos azules de los que sale un jugo rojo...

Respiró profundamente como si hubiera de conservar en el interior todos esos olores para siempre.

—No, tampoco a su lado tenías un aspecto imponente. Estabas allí sentado, exactamente como ahora, algo perplejo, algo reprimido; siempre como ante el rayo procedente de lo absurdo al que antes hay que descargar. Esa insignificancia aún puede conseguirse. Quizá la causa principal del efecto que produce es el hecho de que la correspondiente compañera tiene que conseguirla esa insignificancia que parece que nunca quiere salir bien.

»Y lo más curioso de todo: yo estaba agachada allí, en el rincón en el que los pliegues de dos alfombras colgantes ofrecían algo parecido a un escondite, yo al menos pensé que lo era, y permanecí agachada detrás de un taburete o de una mesita, apoyándome en los talones, igual que la olivácea, que sin el menor disimulo se volvió hacia mí. Tardé mucho en descubrir que me veía. Es evidente que me había visto desde el principio, seguramente se había dado cuenta incluso de quién era y de qué se trataba. Y entonces fue como si yo actuara a través de ella, a través de su cara olivácea con sus morenos ojos de ágata, con su afilada nariz achatada, sus cortados labios negros y el corto y duro vello encima... ¡Nada podía serme más ajeno! Y, sin embargo, como si yo fuera ella, interprétalo literalmente, no como si estuviéramos familiarizadas, como si imagináramos conocer o conociéramos de verdad nuestro asunto, el hombre que estaba sentado torpemente allí y con el que aún tenía que verificarse y quizás estaba ya a punto de suceder. Fue verdadera identidad, ella hizo y continuó lo que yo hacía tiempo que estaba acostumbrada a hacer en mi fantasía. Te atrajo con su hilo invisible mientras, al mismo tiempo, controlaba con la mirada si yo estaba observándolo. Ella te hizo caer sobre su boca. Y desde entonces se apoderó de ella una angustiosa incertidumbre, estaba a la escucha siempre a punto de levantarse de un salto, como si ahora tuviera que recurrir al oído al mismo tiempo que su talón desnudo se clavaba en la alfombra del diván como si se levantara ya sobresaltada. Con todo eso se olvidó de su rostro, que debía ocultarme que estaba observando con la mayor atención cada uno de mis movimientos. Sí, por lo visto también se olvidó de ti —¡de ti fue de quien primero se olvidó y sin que le costara nada!—; me miró fijamente y en sus ojos apareció con toda claridad el miedo por lo que en su opinión estaba a punto de suceder, esa espera que se dispone ya a aceptar.

»Es probable que contigo lo hubiera logrado. Tú te habías echado encima suyo y ocultado tu cabeza en su cuello. Gemías como alguien al que le falta aire, lo cual teniendo en cuenta sus delgados hombros era bastante incomprensible. Evidentemente estabas dedicado exclusivamente a tus sentimientos mientras que ella me miraba directamente a los ojos. De repente levantó el brazo de tal modo que la fina ropa roja que dejaba al descubierto su delgado hombro, su larga clavícula volvió a deslizarse por ellos; ella se inclinó en dirección a mí, aún como si estuviera a punto de levantarse de un salto y con la mano extendida ya presintiendo mi ataque, como si la situación requiriera por fuerza un cuchillo que se clavaría de repente en un cuerpo desprevenido, como si ese cuchillo invisible y que, sin embargo, todos notaban y cuya puñalada se estaba esperando rondara entre nosotros, hasta que por fin salió del mundo de los presentimientos y de los deseos no deseados y de la mano de Agamenón se clavó en la espalda de Cleón. Pero ¿adónde voy a parar?

»Tú mismo sabes mejor que nadie cuál era entonces nuestro estado de ánimo. Precisamente lo más fantástico e imprevisto es lo que hubiera sido aún lo más plausible que podía suceder en cualquier momento.

»Como es natural, no sucedió nada. Tampoco sus intenciones respecto a ti tenían la menor importancia. En mi imaginación yo lo había probado cien veces, ¡oh, qué acostumbrados estábamos el uno al otro! Sí, estaba agachada allí, detrás del taburete y al mismo tiempo lo estaba en el diván demostrándome a mí misma que sucedía exactamente como yo me lo había imaginado. Por eso desde el principio no importó que me viera. Tal vez me necesitaba incluso para mostrármelo, del mismo modo que yo la necesitaba a ella para constatarlo.

»¿De qué estuvisteis hablando todo el rato y en qué idioma? Porque al principio hablaste sobre todo tú, ella sólo lanzaba de vez en cuando alguna palabra, un sonido discordante. Lanzaba una palabra y te iba atrayendo hacia sí como yo a mi gato, ya sabes, al que luego mató de un mordisco un chacal o un perro salvaje. Tú ronroneabas como mi gordo y amarillo castrado, mientras ella continuaba sus manejos con las manos, con la boca de manera enormemente cínica, con la boca como si fuera un objeto provocador que no le perteneciera en absoluto a ella. Naturalmente lo del cinismo lo añado yo, para ella se trataba sencillamente de algo que sabía hacer a la perfección. Es probable que estuviera tan acostumbrada a ello que podía pensar incluso en cosas que no tenían nada que ver o en lo que ella consideraba inminente, es decir: que yo podía arremeter contra ella.

»¿Para hacer qué? Quizás esa consideración fue precisamente lo que me frenó, quizá me paralizó la idea de que era yo misma quien estaba haciendo contigo lo que sabía y había experimentado hacía tiempo. En cualquier caso dejé que me lo enseñaran sin estorbar, de la misma manera que agarraba a mi gato castrado por detrás de la oreja y lo acariciaba hasta que… bueno, hasta que ya no podía seguir comparándose y resultaba que el gato no era castrado. Para ella éste fue el momento en que se acabó aquella rutina algo altanera. Sin duda aumentó entonces el respeto hacia ti e incluso algo así como tu dominio sobre ambas.

»Mi hombre sin voluntad, digo a propósito «ambas». Pues si hasta entonces fue algo muy poco claro si nosotras —ella y yo— éramos *dos,* en aquel momento en que el gato estaba empezando a demostrar que no estaba castrado, quedó fuera de toda duda el hecho de que éramos en efecto dos, dos incluso muy distintas. Y, sin embargo, me pareció que aun entonces seguíamos unidas de una manera inexpresable, tan cerca una de la otra como las dos caras del más fino papel, tan juntas y susceptibles de intercambiar nuestros papeles, tan idénticas... Bueno, cuando habíamos conseguido ya que pudiera empezar la escena del desnudamiento nuestra identidad desapareció al instante como si jamás hubiera habido huella de ella.

»La extraña —de repente era enormemente extraña— se inclinó hacia delante con la mano dirigida hacia mí, para caer en mi brazo, que yo no había extendido. Lo recuerdo, tenía las manos firme y convulsivamente entrelazadas, tenía la clara sensación de que estaban húmedas y que no había fuerza alguna que pudiera soltarlas. En esos segundos de invisible disensión y venganza ella tuvo que esperar que yo restablecería la interrumpida identidad extinguiéndola a ella, a la segunda persona, que estorbaba.

»Así pues, entonces, cuando circuló el cuchillo invisible, cuando pensaste en desnudarte y yo pensé en matarla o más bien ella temió que yo pudiera no sólo pensarlo, entonces restablecí por fin la diferencia entre mí y ella, a la que tú —¡oh, sin conocimiento de causa, seguro!— te aferrabas con tanta obstinación. Me levanté, me erguí sin moverme de donde estaba, es decir, sin ir hacia delante, donde ella estaba esperando mi brazo con el cuchillo o con el arma que tenía en la mente. Al mismo tiempo oí su grito, estridente y angustiado, un breve segundo en el que debería dominarla la idea de que lo que estaba temiendo se iba a cumplir de inmediato. Al parecer lo sintió ya en su cuerpo, lo aceptó como destino. Pero fue sólo un segundo, luego vio el cambio, vio que yo no sólo me había levantado sino que le estaba dando ya la espalda. Me alejé muy erguida, de manera algo automática; recuerdo que al hacerlo me sequé las manos con el pañuelo. Tenía las manos insoportablemente húmedas. Me abrí paso simplemente sin levantar las alfombras.

»Tú no te diste cuenta de nada y ella no te dijo ni palabra de ello. Es probable que no valiera la pena, yo misma era en el fondo algo que no valía la pena por mucho que me esforzara en demostrarme lo contrario. Pero desde entonces evité encontrarme contigo, ni siquiera volví a acariciar y rozar a mi faldero castrado detrás de las orejas porque al hacerlo tenía que apartar mis pensamientos demasiado de ti.

El camarero necesitó un rato para hacer volver con sus golpecitos a Robert al presente, en la habitación del hotel de Salzburgo. Trajo una botella de vermut y dos vasos.
—Bien, ¿qué tal sigue todo? ¿Seguirá habiendo calma?
El joven hizo una mueca de profundo asombro. Con la mayor claridad posible mostró cómo iba comprendiendo poco a poco lo que Robert podía querer decir, y al mismo tiempo insinuando mímicamente que no estaba nada seguro de que se tratara de *lo aludido* por Robert.
Sí, en los últimos días las calles estaban algo inquietas. Eso podía dar quizá motivos a malentendidos. Al fin y al cabo todo podía dar motivo a malentendidos...
Era absurdo querer enterarse de algo de esta manera. Robert señaló la botella.
Loraine trajo de su armario ropero mucha viveza e ingenuidad. De repente aseguró:
—Lástima que hayas venido solo.
El sol irrumpió en la habitación (muebles Luis XVI falsos, alfombra color salmón) con la pretensión de sustituir lo que perdía en calor por un llamativo amarillo. A pesar de ello reinaba un pegajoso encubrimiento, glacial y extenuante cuya única misión era mantener allí las asombrosas piernas de Loraine recordando con ello a Robert que eran un argumento de peso para aquello que aún no había terminado. Robert dijo:
—Sí, hubiera debido traer a Hanna. Hanna es el tema exactamente contrapuesto a Cleón.

Ella se detuvo ante él. Quizá no dejaba de tener su importancia el hecho de que los ojos de él ya no estaban allí, pues había bajado la cabeza, se había hundido en el sillón. Casi como un alivio, como si ahora fuera capaz de decir cosas que hasta el momento había silenciado y como si tuviera que apresurarse porque la situación podría cambiar y serle de nuevo poco favorable.

—Cleón… ¿sabes? Cleón no fue más que la posibilidad de seguirte incluso por el camino que conducía a la olivácea. En realidad ella hubiera tenido que levantar un muro, una barrera infranqueable entre nosotros. Y con cualquier otro (incluso con Gerald, sobre todo con Gerald) lo hubiera hecho. Pero contigo la propia olivácea no fue más que una nueva hoja confidencial, una página abierta tímida y ardientemente que leíamos juntos mirándonos por encima del hombro. A veces todo lo que pasó con Cleón resulta igual que lo que hubo entre tú y la olivácea… con una especie de signo contrario si quieres, o incluso sin ninguno. Exactamente en la misma esfera en la que Gerald se hunde, sí, se hunde como la cosa más natural del mundo en el papel del niño. Tampoco para mí es una elevación, esa responsabilidad, querer ayudarle…

Sin levantar la vista, Robert dijo:

—Al menos entonces no hubo ni ese Agamenón y ni siquiera una burra…

Loraine prosiguió, con calor y ahínco:

—No olvides la importancia sobrehumana que adquirí… como refugio después de cada fracaso, la compensación de todas las deficiencias de su vida.

Se interrumpió, frunciendo el ceño, como si tuviera la mirada fija en un suceso aciago, el panorama de su desesperada vinculación con Gerald, sin fin y casi parecía también que sin comienzo, de modo que tuvo que apartarse de él porque la observación de Robert resonaba en ella y ahora empezaba a llenar su mente de presentimientos. En cualquier caso la escena que tenía ahora ante sus ojos parecía ir haciéndose insignificante y accidental sin dejarla no obstante a ella en libertad. Loraine dijo:

—La borrica... Tampoco eso te pasó por alto. Yo, por otra parte, me fijé cuando el «turco» iba a buscarla cada tarde a la plaza donde estaba atada con las demás y pasando por la colina la llevaba al abrojal.

—Sí —dijo Robert a la roja alfombra que había en el suelo—, tú estabas en la «casa de piedra» y a veces venías a vernos a la tienda. Lo interpreté siempre como una especie de sentimiento de culpabilidad...

—O responsabilidad.

—Hum, lo que pudo comprobarse en Sir Gerald...

—Yo lo conozco mejor. A mí me bastan las insinuaciones que tú no comprendes en absoluto.

—¿Insinuaciones? Él dijo: «Ella aparece cuando el muchacho se ha ido y a veces incluso cuando acaba de llegar. Le hace esperar para charlar antes con nosotros».

Con una vehemencia no atenuada por su mueca de sarcasmo Loraine exclamó:

—Pero lo más pérfido de todo fue que ninguno se colocó delante de la puerta ni dio la vuelta a la llave ni, por mí, me pegó. Oh, teníais tanta consideración que jamás supe con certeza si lo notabais o no. Yo fui una y otra vez para cerciorarme. Jamás lo conseguí.

Como asombrado por aquello que iba viendo claro poco a poco, Robert dijo:

—¡¿Y no me odias? ¿Aún no me odias?!

Loraine sonrió. Sus ojos disimulaban su triunfo. Como con confiada familiaridad susurró:

—El odio naturalmente existió, si bien fue necesario cierto tiempo para llegar a él. En determinadas circunstancias un sentimiento muy profundo puede declararse de una manera que superficialmente parece odio. Pero entonces... aún no había renunciado a ti, estaba más lejos que nunca de la renuncia... aún luchaba... Y después... ¡te olvidas de Gerald!

Robert repuso... y entonces ella se dio cuenta de la contrafuerza, del esfuerzo de sus hombros inmóviles y de sus brazos cruzados con energía:

—Vamos al grano, no te olvides de la borrica.

—No te olvides tú del aspecto que Gerald ofrecía entonces. Sí, sí... el gorila con la idea fija. Por eso se ha arruinado.

—A él se le muere siempre alguien de la familia en el momento oportuno. ¿Cuántas tías con lotes de acciones le quedan?

—Estaba a punto de sobrepasar el límite del que nadie regresa tal como era.

—Lo sé... tú evitaste que se volviera loco. ¡Como si no lo hubiera estado desde siempre! Parece haberte tomado a unas dosis asombrosas... bueno, en todo caso no como somnífero. El niño tenía una institutriz concienzuda que no se apartaba de su lado.

Tal vez fue el carácter obstinado de Robert, su mirada que no levantó del suelo, la espalda, los hombros que de vez en cuando se encogían, las manos nerviosamente entrelazadas que iban de un lado a otro como un péndulo de una manera irritante; tal vez fue el recuerdo que estaba en juego, por lo que Loraine tuvo que resolverlo todo sin acabar nunca.

—¡Oh, claro, tú tenías tus buenas razones, estabas del lado de los hechos, tú! ¿Hubiera debido abandonarlo entonces? No, no —ella contestó a su encogimiento de hombros mientras él hundía aún más la cabeza—, no vayas a creer que entonces empezó el odio. Todavía no. Lo que se apoderó de mí fue mucho peor. ¡Cómo me resistí a despreciarte!

Jadeando balbució, le escupió:

—¡Los hechos! Cuando pertenecíamos incondicionalmente el uno al otro, cuando se trataba de lo más íntimo de nuestro ser... entonces de la manera más inesperada hubo una ruptura. Entonces te apartaste... te fuiste con los otros, a formar parte súbitamente del sistema de sus hechos, calculable y sabido de antemano. Nosotros y ellos... la misma red, pero ellos eran las mallas y nosotros los agujeros. Y tú eras ambas cosas. Tú preparaste los proyectos con él, pero luego escribiste también a Atenas e incluso a Londres. Elegiste con él el campamento, pero luego también lo levantaste, diste las órdenes.

La voz de Robert sonó tan ronca que no parecía suya:

—Tú ganaste siempre, te quedaste arriba con Gerald, con Cleón... ¡No repliques!

No vio la agresividad del rostro de Loraine, su burlona sonrisa escéptica.

—¡Tú te descuidaste, te olvidaste de ti mismo!

Contestando al gesto desdeñoso de Robert:

—No digas que carece de importancia. En ti todo tiene su importancia.

—Sólo que generalmente uno mismo la desconoce. El otro...

—Ve más y más claro. También ve con mayor exactitud lo incomprensible, las contradicciones. A veces me da la impresión de que aún hemos de pasar nuestro momento culminante. En mí importa lo que se arriesga... eso le consume a uno. Tú, en cambio... tienes tan poca participación porque lo tienes en la mano, o... ¿es que no tienes nada más que arriesgar?

Ella rió de una manera penetrante:

—Aquí se fusionan el principio y el fin. Podemos empezar por el principio.

De repente Robert se reclinó en el sillón. La cara que Loraine miró, arrugada debido a un estado interior, despertó en ella casi un sentimiento de compasión. Se dio cuenta de que al parecer había tenido todo el rato los ojos cerrados y ahora haciendo un esfuerzo los abría.

Todo aquello que de compasivo y consolador quería ascender en su interior se hundió al instante ante esa mirada. Robert dijo:
—Agamenón... de modo que...
Loraine le interrumpió, pero ahora fue como la discusión de un compañero excitado:
—¡Sí, Agamenón, el «turco»! Lo has comprendido, aquí el camino se aparta de ti... y al final acaba con la borrica... la última etapa, después de Gerald...
Robert contempló a Loraine de manera penetrante, en medio de una fatigante reflexión... uno que hacía todo lo que podía para dar al menos la impresión de que no tenía nada que ver con ello. Pero luego, y de este modo demostró, también ante sí mismo, cuanto tenía que ver con ello, dijo:
—¿Qué pretendiste al aceptar su extravagante idea? ¿Querías curarlo de su locura actuando como si también fuera la tuya propia?
De repente ella dio la impresión de que no le veía o de que le fuera indiferente que estuviera allí. Tal vez debido a eso su voz adquirió ese insoportable tono incidental, como si estuviera hablando de algo que no la afectaba en lo más mínimo.
—Ah, probablemente juzgas lo que hice, igual que él. Pero, ya ves... procurarle esa figura de cuya existencia estaba convencido, confirmar su idea... no para que cayera sobre mí la gloria de un nuevo descubrimiento, a ti no hace falta que te explique que no pensé en ello con el menor indicio de un deseo, no... él debía sentir que estaba dispuesta a llegar hasta donde... bien, hasta el lugar en el que se me colocó tan hábilmente para él.
Su excitación fue ligeramente perceptible y Robert se dio cuenta de ella. Sin embargo, y al mismo tiempo contra su voluntad, sonrió sarcástico:
—¿Nos quedamos ya en Agamenón?
Durante uno o dos segundos su mano reposó en el hom-

bro de él. De repente la apartó y retrocedió, como si quisiera defenderse contra la sospecha de que estuviera intentando hacer olvidar la distancia espiritual por medio del contacto corporal.

—Bien mirado, primero en Cleón, pero de éste a Agamenón hay una transición difícil de fijar. ¿Engañaron los dos porque querían engañar o porque otros terceros no hicieron más que engañarles? ¿Qué es lo que hubiera debido hacerme concebir sospechas? ¿Que no sabían de qué clase de derrumbamiento se trataba? ¿Que el lugar ante el que nos encontrábamos debía seguir siendo un misterio? Los extranjeros no sólo sacan el pasado de la tierra, también lo crean fuera del país. Cuando Gerald examinó la estatua, cuando pusimos en escena esa supuesta coronación de la obra de su vida, al entrar sólo dijo:

—Tiene que haberte costado lo tuyo.

»Luego dedicó una mirada burlona al objeto que acababan de desenvolver:

»—Jm, en el fondo no está tan mal. Eso lo hacen en El Cairo dos armenios y un griego.

»—Él se volvió, se sentó junto a la mesa y vio que la botella estaba vacía. Yo permanecí detrás suyo esperando como un perro medio muerto de hambre espera el bocado. ¿Sabes cómo era el bocado? Me acuerdo de cada una de sus palabras:

»—¡Lástima! Por ese dinero se hubiera podido intentar una última vez. Aún queda un lugar...

»—Para mí, para los móviles por los que me hice con la figura, ni una palabra.

Por lo visto le costaba un gran esfuerzo mostrar esa sonrisa, pero lo logró, de manera que lo que dijo casi pareció efectivamente divertido:

—Sí, sí... tenía una idea fija. Y ésa es una de las fuentes más seguras de la verdadera satisfacción. Además tenía la botella, a mí y la botella... por si de vez en cuando se le hacía más patente la distancia con la realidad. Yo intenté a mi manera ocultarle un poco esa distancia. E incluso por hacerlo para él fui algo ajena, no precisamente poco importante, pero sí ajena...

¿Defensa propia? ¿Una especie de envidia? Casi parecían celos..., su réplica pareció más sarcástica de lo que pretendía ser, Robert lo notó al instante, pero entonces fue ya demasiado tarde:

—De modo que lo que te preparó para... para la borrica —se corrigió— para Agamenón...

Ella se acercó a él, lo agarró por los cabellos sobre la frente, le tiró la cabeza hacia atrás de modo que él tuvo que mirarla a los ojos:

—¿Aún no entiendes la poca importancia que eso tiene? Pero Gerald... significaba mi último intento de autoafirmación, separarse de él era despedirse de un ideal... a pesar de todo. No vayas a creer que a mí me resulta menos incomprensible que a ti. Escúpeme, expresa al menos con una mueca el asco que yo siento por mí misma. O aún mejor, dímelo, sin piedad, tan claro como quieras. ¡Así te remontarás a mí mejor que yo, expresarás con palabras lo que yo siento! Empieza...

Loraine se paseó de un lado a otro delante de la ventana, arregló las rosas de Francia que había en el jarrón y siguió titubeando a pesar de que Robert ya no se encontraba allí. Se había despedido sin el menor motivo, sin esperar a Gerald, había huido. Al final ella sucumbió al deseo de comunicarse realizando al mismo tiempo un breve movimiento despectivo que se deslizó a toda prisa por su rostro y fue terminado por el hombro y el brazo.

Pero primero llenó los dos vasos de vermut y al llevarse el suyo a la boca se detuvo un segundo, no más; decididamente demasiado poco rato para pensar en brindar con un compañero invisible o en lamentar que Robert no se hallara también corporalmente presente. Dijo:

—Es curioso lo tímida que era entonces. Las personas me producían, en efecto, dolor físico. Naturalmente evitaba a todo el mundo, sobre todo a ti, debieras recordarlo un poco. Me hundí sencillamente... en algo más delicado que el algodón y más congestionado que la niebla... casi inconsciente; ya no sé...

Realmente no sabía por qué todas las tardes iba al seto de malvavisco, detrás del cual estaban atadas las acémilas. Ella permanecía allí mirando las montañas. Las montañas estaban al este y se apagaban de repente, súbitamente: un vivo centelleo anaranjado que en unos pocos momentos se transformaba en una negación de la luz opaca atravesada por un curioso y oscuro color pardo, que parecía la misma muerte. Ya no podía distinguirse ni un solo punto, nada. Ella miraba fijamente esta nada, se petrificaba en la inmensidad de algo tan inhumano como lo que la rodeaba... la inapetencia de la muerte, la única que podía conseguirse, tal vez porque no había otra.

Hundiéndose... ¿dónde? Con una leve sonrisa casi voluptuosa frente a una imagen, un recuerdo que ella trataba de resucitar con todo el colorido, el olor y el tacto de antaño. Un calor pegajoso, expulsando el aire por las ventanas de la nariz redondeadas de ansiedad, la borrica a cuyo lomo había hecho el camino de regreso de la costa, la piel ardiente que olía a polvo, «Cora», que por una extraña casualidad no estaba atada con los otros animales, sino del lado del seto en el que se encontraba Loraine.

Aquí había una laguna, una zona de la memoria, vacía, que poco a poco iba adquiriendo el color rojo sucio de la bolsa de tela de la que sacó unas cuantas panochas, las metió en la jadeante boca rosaazulada de la que colgaba un hilo mucoso que fue a parar de manera algo repugnante a su vestido, a su brazo desnudo.

Ella no se molestó en pensar cuándo y cómo habían llegado las panochas a su bolsa. Bastaba con que estuvieran allí para que pudiera comenzar el juego con la ambición ajena. Impaciente, estregándose en su cadera de una manera halagadora y exigente a un tiempo, la gran cabeza afelpada de la borrica. Un súbito movimiento impetuoso, pero Loraine no era tan ágil y la boca ya estaba haciendo rodar la panocha en las azuladas fauces. Después el animal se quedó a su lado, con la cabeza gacha y los párpados cerrados, igual que Loraine una parte de esa falta de vida. Hasta que llegó Agamenón y sacó a «Cora» de su éxtasis llevándosela con él.

Impersonal, casi en un estado narcótico de insensibilidad: los gestos y las palabras cuyo sentido no llegó a ella. ¿Cuándo cayó el rayo despertador, la primera señal de una fuerza que salía de su interior? Ante sí tenía el rostro de Agamenón, su llana amabilidad agatina, su mano asombrosamente pequeña que con breve y enérgico movimiento agarraba la cuerda que venía del cuello del animal y se arrastraba por el suelo. Una mano de uñas encorvadas tan curiosa como sus arqueados labios rígidos y la zona lisa debajo del tabique nasal a cuyos lados corría su fina barba.

Lo que producía una impresión más desagradable era la nariz, estrecha, encorvada, afilada, de redondos e inquietos orificios. El movimiento brusco de sus orificios fue su única reacción al tirar por primera vez de la cuerda para llevarse al animal y encontrar resistencia.

Loraine lo estaba viendo con toda claridad: Agamenón, tirando de la cuerda, y el burro sin querer irse. Pareció que el chico se asustaba, Loraine hubiera podido jurar que mudó de color... por inverosímil que le pareciera incluso hasta ahora al recordarlo: su semblante se oscureció súbitamente, adquirió una lividez pardusca como la oscuridad cuya repentina condensación eran los tres: Loraine, Agamenón y la borrica. Es curioso que él no moviera los labios, sólo los orificios nasales, unas cuantas veces y con violencia, cual animal que olfatea el peligro. Esas convulsiones tuvieron a Loraine tan atareada que hasta después no se dio cuenta de la clara prisa y violencia con que tiró de la cuerda y se llevó al asno.

¿Estaba cerrado ya el contacto, comprendido Agamenón en el circuito? Cuanto más lejos iban las cosas tanto más claro le pareció que el fluido que a partir de entonces creó su mutua dependencia y los mantuvo unidos tuvo su principal origen en la borrica.

Una tarde tras otra: su mano arrancándole la cabeza del animal, tirando sin miramientos de la cuerda, y los dedos de ella acariciando su gruesa piel. También sus primeras palabras —las primeras que pronunció entonces—, palabras inglesas a media voz, a cuyo acento el animal se dejó acariciar y respondió estregándose en su cadera mientras que él no hizo más que balbucir su silbante orden y realizar el brusco movimiento que hizo correr el nudo de la cuerda. Un enfrentamiento de fuerzas aplicadas al animal, que cada vez se decidía más claramente por Loraine y que cada vez tardaba más en ceder al nudo que iba estrechándose más y más.

Loraine había mirado impertérrita al hombre de soslayo. En la fina y lívida gelatinosa oscuridad en la que sus manos y sus labios se movían superficialmente a modo de silueta, ¿cómo podía producirle la impresión de que... no de que no le hiciera caso, no, sino sencillamente de que no se enterara de su presencia, como si no estuviera allí, mientras que «Cora», apartada bruscamente al tirar de la cuerda, era sin duda alguna la causa de que por primera vez desde hacía mucho tiempo experimentara algo con sentimientos cada vez más

vehementes. Intentaba ganarse el aprecio de una borrica, que se quedara, gozaba de su éxito y cada tarde se ratificaba su poder sobre el animal, pero también la importancia de la mano que agarraba la cuerda y se llevaba al animal con violentas sacudidas.
Entonces había aguantado tanta violencia, se había transformado en un mecanismo que obedecía a Gerald. La botella o Gerald, ¿qué era más repugnante? Ambos la esperaban en la casa de piedra, en la que Gerald había hecho colocar el catre de fajas de cuero. Como si una de las relaciones de causalidad estuviera mal enlazada, su primera resistencia contra la violencia sufrida callada e impersonalmente no se puso de manifiesto contra Gerald, sino contra ese muchacho a través de su mano, que de repente agarró decidida la cuerda adelantándose a la de él.
Agamenón no la miró. Su rostro continuó mostrando una mueca de desprecio mientras esperaba que «Cora» se apartara de Loraine y acudiera a él. El comportamiento del hombre expresaba tan absoluta superioridad que a Loraine no le quedó más remedio que apartarse. Titubeando dio uno, dos pasos. Ahora todo dependía de que «Cora» la siguiera por un camino, en una dirección que no diera lugar a dudas respecto a la obediencia de «Cora».
Completamente al margen, el rostro de hombre formado única y exclusivamente por duras redondeces, inmerso en ese desprecio sardónico... casi parecía que sonriera. No había otro modo de defenderse que quitarle la borrica; sin darse cuenta Loraine había arrollado la cuerda a su mano.
Ahora él se encontraba junto a ella, cortándole el camino. Imposible soportar además su desprecio. ¡Oh, conseguiría que él..., no había más remedio que conseguir que *lo hiciera*! Los salientes y redondos ojos del muchacho estaban fijos en los aterciopelados y ambarinos

de «Cora». Mientras se inclinaba hacia delante dijo algo que Loraine no entendió, dos o tres sílabas al oído de «Cora».

—Ul... ulol... uloai...i...

En cualquier caso algo de lo que esperaba un éxito especial. Pero Loraine no le dio tiempo al animal. Durante unos pocos pasos fue como si ella la arrastrara detrás suyo, después «Cora» fue andando obediente a su lado. Con una sensación de triunfo, Loraine vio que el hombre iba al otro lado.

Los tres se dirigieron inmediatamente a la casa de piedra. Lo único que hacía Loraine era alargar el paso, sin reflexionar, sin pensar. Veinte pasos... diez... sintió un sobresalto en el estómago, su corazón al palpitar chocó con una barrera glacial. Cuando por fin se detuvieron delante de la puerta fue como un alivio. Hoy le daba la impresión de que lo había sentido así porque —inconscientemente, seguro que inconscientemente— se había dado cuenta de que la decisión ya había sido tomada. Con indiferencia vio cómo la cuerda ya suelta se le caía de las manos y se deslizaba en el suelo mientras atravesaba el umbral. Ella entró antes que él, él necesitaba probablemente ese asentimiento de que todo estaba decidido. A ella no le hubiera extrañado que él hubiera hecho entrar también a la borrica, pero «Cora» se quedó fuera, delante de la puerta.

¿Quería apagarse, alcanzar el punto máximo de humillación o la satisfacción de estar llevando a cabo la venganza? ¿Pero estarse vengando de quién? ¿Santo Dios, de quién? Un mudo grito de auxilio en su interior... ¿A quién le llegaba, a quién inquietaba? ¿A quién no le perdonaba que no hubiera aparecido repentinamente, incluso a ser posible desde las nubes? ¡Gerald en modo alguno! A Robert aún no se lo había ganado. Y en Cleón, que había tomado la venganza por su cuenta poniendo su vida en peligro, en Cleón fue en el único en quien no pensó entonces. ¡Tal vez sí que fue Gerald! ¿Por qué pasaba tanto rato recordando? Los recuerdos son la hierba que crece sobre todas las tumbas. Pero en esa tumba yacía un muerto falso. Desconfió de sí misma al pensar que el muerto nunca había estado vivo de verdad. ¿En qué se diferenciaba lo sucedido con Agamenón de sus relaciones con Gerald? ¿El intento desesperado de conservar para Gerald sus sentimientos ante la imposibilidad dc transferírselos a Agamenón? Pero a Agamenón no le importaba para quién conservaba ella sus sentimientos. La contempló sonriendo, en realidad insinuando sólo una sonrisa que se extendió por la boca y con la que la punta de su lengua se deslizó cual pequeña víbora —dio realmente la impresión de que estaba meditando— por su fino labio superior. Sí, la contempló como si fuera algo que ya le perteneciera.

Bien, estando las cosas como estaban no dijo «conseguir que lo hiciera» y segurísimo que no dijo tampoco «someterse», pero pensó «dejar que sucediera», pues él entonces se volvió de tal modo que ella quedó entre él y la cama que había junto a la pared. Al mismo tiempo él dio un paso hacia ella y la agarró por los dos brazos. ¿Su mirada, su semblante o el movimiento con que la sacudió enérgica, decidida e inútilmente? Pero incluso en el recuerdo existía esa indiscutible certeza: una expresión de abatimiento en sus ojos antes de bajar los párpados, mientras que sin que sus manos la soltaran, eso no, un temblor recorrió sus labios. Dos, tres minutos con ese temblor, tanto rato que ella pudo ver con toda claridad su decepción.

Su decepción: Gerald, sus rasgos afofados con la mirada que no veía nada, la obra maestra de su carencia de reacción, dejándola a un lado, atravesándola, pegar a Gerald en la cara, estrangularlo. Gerald, al que ese muchacho la hacía volver porque la mirada *de ella* lo mantenía a distancia de modo semejante a como la mirada membranosa de Gerald la alejaba al lugar en el que ella no llegaba siquiera a él y quedaba completamente excluida.

Por fin supo que había una posibilidad más profunda de humillación, la última de todas: ¿Qué pasaba si no lo conseguía? ¿Si no conseguía que lo hiciera...? Apenas podía mantenerse en pie; también hoy al considerar el rumbo que hubiera podido tomar la situación le parecía que el desfallecimiento era lo único que quedaba por intentar... siempre que la borrica no hubiera empezado a gritar. Pero entonces «Cora» gritó al lado de la puerta de una manera penetrante, como si quisiera hacer que se acordasen de ella, como si supiera que para cambiar la situación a favor de ella no hacía falta otra cosa, gritó para que él saliera. Para esos gritos que acabaron de manera tan inesperada como habían comenzado no había otro motivo. Y entonces... unos segundos eternos y de un impetuoso palpitar... y por primera vez Cleón, el recuerdo de Cleón y de la escena en la que se había estado ocupando de «Cora» y Agamenón lo había hecho apartar, recuerdo vivo hasta en su más mínimo detalle.

Loraine intentó hablar, pero sólo le salió un ronco e incomprensible sonido. Sentía en sus brazos una pesadez inexplicable, apenas podía moverlos. Pero quizá lo había logrado y con la mano había señalado la puerta. Fuera estaba «Cora» esperando, y dentro estaba ella, Loraine, sin esperar ya. No quedó más recurso que volver a dar forma a Cleón, a su semblante, a su burlona y despectiva expresión de entonces. Sí, a la imagen de Cleón le debía su salvación. Con toda seguridad lo había mejorado, en modo alguno había sido parca. ¿Es que las manos de Agamenón entonces la agarraron con más fuerza o es que lo que en sus hombros, en su rostro, en todo su cuerpo se manifestaba contra él, se hacía más débil? Detrás suyo estaba la cama y al otro lado

de la puerta la borrica, que había dejado ya de gritar. A ella tampoco le hubiera servido ya de nada.
Desde entonces Loraine permanecía todas las tardes en el seto de malvavisco mirando fijamente el último límite de las montañas que podía verse, en medio de la negruzca y pálida extinción, tendía a «Cora» mecánicamente las panochas y, apenas Agamenón había aparecido, agarraba la cuerda que ahora él ya no le disputaba. Luego bajaban los tres a la casa de piedra. ¿Tenía que vivirse un día tras otro para demostrarle que lo absurdo de la escena, el hecho de que sucediera dejaría en algún momento una huella inaguantable? O que alguien —¿quién? ¡santo cielo!, ¿quién?— vendría a impedirlo, a hacer en el último momento y de manera radical y definitiva, que no sucediera, mientras día a día pasaba por ella y ella, apagada, lo aceptaba y después se quedaba igualmente apagada. La borrica expulsaba jadeando por la nariz el aliento de una vida indolente y compacta y se detenía automáticamente delante de la puerta como si supiera que entonces Loraine y Agamenón entrarían. Una puerta con anchas cintas de hierro en las bisagras; Agamenón la abría, pero cada vez echaba el cerrojo, cosa en la que Loraine no había pensado nunca.
Hasta que una tarde Cleón se encontró en medio del camino, sin ser un sueño o un recuerdo, sino esperando que se acercaran. Imposible decir por dónde había aparecido, desde cuándo estaba observándolos. ¿Cómo hubiera podido sacar consecuencias de impresiones que entonces le resbalaron en seguida, de las que no llegó a ser consciente? No obstante se le habían grabado en la memoria de manera especial, habían dejado una marca abrasadora en su apatía, dos sucesos relacionados con Cleón, causados solamente por él. En primer lugar el asombroso susto de Agamenón al ver a Cleón. Incapaz de moverse se apoderó de repente de su brazo sin pen-

sar en ocultar que el hecho de que siguieran adelante o dieran media vuelta era algo que sólo dependía de ella. Y luego, tímidamente, sin creerlo aún pero considerándolo con ligero triunfo ya posible: el cambio súbito, el punto en el que la curva de su vida volvía a remontarse, una fuerza y seguridad en sí misma que la lanzaban a las alturas. No cabía la menor duda de que al seguir adelante sin vacilar obligó a Agamenón a seguir su paso. También ella retuvo el aliento al llegar al lugar donde se encontraba Cleón, pero su mirada se cruzó firme con la de él y toleró que él le cogiera la cuerda, se la desenrollara de la muñeca y llevara la borrica en su lugar.

¿Querían ambos agarrar la cuerda o la borrica? Pues al llegar a la puerta Agamenón extendió la mano para cogerla como si buscara algo en que sostenerse o a alguien que le liberara de lo que le quedaba por hacer, y ese alguien no fuera ella. Pero bajo su mirada —de nuevo fue su mirada la que lo consiguió— por fin abrió la puerta. ¿No había temblado ni un segundo? ¿Tan segura estaba de él? Tal vez se había violentado un poco para no volver la cabeza hacia él. Y después él sencillamente la tuvo que seguir porque ella iba delante suyo.

El estertor delante de la puerta sonaba como si se estuviera comprimiendo aire violentamente a través de un neumático agujereado. Durante unos segundos estuvo escuchando con una gran tensión y probablemente presintiendo la verdad. Con el shock su rostro se contrajo y se separó como un acordeón; sus ojos muy abiertos, la mandíbula caída, la boca rodeada de fino pelo negro con la rígida lengua. Ella no tuvo la menor necesidad de cerrar los ojos para verlo todo claramente. Durante toda la escena sintió por primera vez algo así como espanto. Sólo de verlo le sobrevino este enorme espanto. Parecía que realmente le costara un esfuerzo extraordinario dar la vuelta al cerrojo. Mientras él intentaba conseguirlo, ella permaneció inmóvil. Naturalmente ella no comprendió por qué bastó una mirada para que él volviera a cerrar la puerta. Había olvidado que Cleón y la borrica se habían quedado fuera. Ya no pensaba en absoluto en Cleón. Tampoco comprendió nada cuando Agamenón se abalanzó sobre ella. La idea de venganza y desquite que lo impelían a ciegas estaba a una distancia enorme de ella. Después le pareció que en seguida había notado que, no que su vida estaba en juego, —¡que le importaba entonces su vida!—, sino que se trataba de volver a ganarse a sí misma y de sostener que por esto había opuesto resistencia. Pues de alguna manera tenía que haberse defendido, de lo contrario la lucha no hubiera podido en modo alguno haber durado tanto. Pero contra la presión de sus manos, contra sus dedos delgados y más bien cortos no había opuesto resistencia. El hecho de que sus encorvadas uñas penetraran en su piel no hizo el dolor desagradable. Pues había sido casi agradable notar sus dedos en el cuello, incluso aún al final, cuando ya no se podía soportar. Y al final de todo, cuando su cabeza y su pecho parecían querer estallar, él cejó en su empeño.

Pero con el profundo suspiro de felicidad con el que su corazón volvió a su ritmo vehemente, no se dio cuenta de que se abría la puerta y de que él la dejaba para abalanzarse hacia allí a la velocidad del rayo. Cuando volvió en sí, y como en una niebla flotante, se apoyó en la jamba de la puerta, miró con inusitado asombro a «Cora», que yacía con un corte en el cuello en un charco de sangre, y a Cleón, que —con el cuchillo destinado a Agamenón en la espalda— intentaba ponerse en pie junto a la silla que se había caído al suelo. Agarrándose a la pata de la silla hacía grandes esfuerzos por levantar el tronco. Pero sin fuerzas o torturado por el dolor se deslizó hacia atrás y cayó, lanzando gemidos, de costado junto a la silla. De Agamenón ni rastro.

Ella permaneció apoyada en la jamba... ¿Cuánto rato? En cualquier caso seguía aún allí cuando Gerald apareció. Ella le vio y no le vio descendiendo lentamente la cuesta con paso casi indiferente, tal vez había ido a buscarlo uno de los hombres que se encontraban casualmente por allí. Con la punta del pie Gerald señaló la cabeza de «Cora», el sombrero de paja ensangrentado y su garganta abierta profundamente por el corte. Ella la miró como si fuera un fantasma. Ella misma parecía probablemente una idiota al decir con voz apagada, sí, su voz debió sonar efectivamente muy ausente:

—¡La cuerda! Los dos querían agarrar la cuerda, pero naturalmente pensaban en «Cora».

Como si tuviera que explicarle a Gerald por qué tanto Agamenón como Cleón habían intentado una y otra vez hacerse con la cuerda, por qué les importaba tanto apoderarse de «Cora».

Gerald pasó unas cuantas veces la suela por la arena para alejar la sangre. Y antes de lanzar el agudo silbido que hizo que la gente se acercara al lugar, dijo:

—Has vuelto a tener suerte. Esa rival no ha salido tan bien librada.

VI

Sólo tenía la culpa el reloj, un reloj de cucú tallado y descolorido; dos pesos de latón desproporcionados, uno de los cuales quedaba nivelado por unas cuantas tuercas de distintos tamaños sujetas a él, unidos a largas cadenas pasadas de moda. El reloj estaba colgado junto a la ventana, precisamente en frente de su silla, y no es que fuera mal, no, es que no funcionaba. Celestino meditaba si debía arriesgarse a ello. Desconfiado tocó ligeramente al hermano (la ametralladora que habían encontrado en el granero, los bueyes recién comprados que el hermano no podía haber pagado), al final estalló:

—Me pone francamente nervioso.

Pensó en la época en que una observación de este tipo hubiera provocado la risa burlona del hermano. Florián siguió su mirada con afectada tranquilidad:

—Bueno —dijo como de paso mirando casualmente al reloj—. Desde que tú le pusiste la mano encima dejó de funcionar.

Celestino lanzó un profundo suspiro y maquinalmente se estiró:

—¡No digas tonterías! —dijo bruscamente, y en seguida volvió a tener aquella misma curiosa sensación, un diminuto resto de ella, casi un ligero temor, a pesar de que frente al hermano mayor, que se había llevado la finca, hacía tiempo que podía adoptar ese tono—. Yo arreglé el reloj, pero vosotros lo habéis vuelto a estropear.

El hermano no dijo nada, sino que se echó de beber del licor que habían destilado ellos mismos. Celestino bebió a largos y lentos tragos.

—¡Demasiado nuevo! El del año pasado no lo embotellaste tan pronto.

De repente Florián hizo un movimiento violento: el musculoso brazo moreno cubierto de pelo gris con las mangas arremangadas pasó sin el menor cuidado por la mesa lustrada por el tiempo, brillante debido al desgaste, pero no derribó nada. Celestino vio claramente ante sí cómo Florián pensaba en los ocho billetes de mil que debía pagar por la pareja de bueyes y que Celestino tenía en la cartera junto con otros cuantos billetes de mil. Como si quisiera decirle al hermano algo a la cara que Florián quisiera negar:
—Me gustaría ver los nuevos bueyes.
Su hermano no hizo ningún esfuerzo por reprimir la risa.
—¡Por la tarde, a plena luz! Si están trabajando fuera.
Se le comprimieron los párpados de modo que sus ojos desaparecieron detrás de los pliegues de la piel, su velludo rostro curtido por el sol se ensanchó de tal modo que los labios retrocedieron ante los dientes, amarillos raigones con manchas negras como cubiertos de cardenillo diseminados en la mandíbula.
—Hace mucho tiempo que el señor ministro se ocupó de la hacienda. Y no quedó gran cosa.
Tal vez fue sólo el «señor ministro» lo que —como señalaba la diferencia y distancia entre los hermanos— hizo que Celestino también riera. Los dos estuvieron riendo un buen rato, convulsivamente, casi sin hacer ruido y resultó sorprendente el parecido de los dos rostros. Celestino fue el primero en interrumpirse, de repente, de golpe. «Como si yo no supiera lo que él preferiría», pensó; y súbitamente cedió a lo que le estaba impidiendo respirar y lo dijo:
—Podría volver a marcharme sin dejarte en la mesa el dinero para los bueyes, ¿eh?
En los ojos plomizos rodeados de maleza gris del hermano ardió una chispa, una ranura resplandeciente, imposible decir si de mofa o inseguridad, pues la huesuda

cara con la desgreñada maraña de su barba blanca y negra mostraban la misma hosca repulsa de antes. Celestino fijó la vista en el inmóvil semblante con el deseo de provocar en él un cambio, una transformación debida al miedo. Había algo en el hermano que despertaba siempre este deseo brutal, cuya realización aún seguía creyendo cada vez cumplida... hasta que lo intentaba. Volvió a intentarlo:

—Bien... ¿Por qué crees, en realidad, que he venido? ¡En plenas conferencias! ¡De manera bastante inesperada!, ¿no?

El aleteo de sus párpados fue como una contención. Luego Florián dirigió al hermano un irónico y astuto parpadeo:

—Ni idea...

Manifestando súbitamente su inquietud, Celestino repuso:

—Probablemente te parece que el asunto de la ametralladora carece de importancia, ¿no?

—¿Y qué pasa? Eso ya hace tiempo que está...

Indignación y enfado y, no obstante, cierta sorpresa. Celestino hizo con la cabeza un significativo gesto afirmativo:

—No es ninguna broma. Hoy en día una cosa así puede a uno...

No dijo «costarle la cabeza», pero realizó un gesto de cortar el cuello. Como una advertencia, en medio de la risa de Florián (reía de una manera demasiado ruidosa, demasiado divertido, demasiado seguro de sí mismo):

—Al fin y al cabo a alguien hay que colgar.

Florián lo miró fijamente, de hito en hito, pero dejó de reír.

—Allí dentro... el hombre de los juncos...

—¡Si lo pescan!

—Al final han de apresarlo. Hay suficientes gendarmes rondando por la zona.

Celestino se hundió en preocupada meditación.
—Sí, sí —dijo—, la ametralladora...
—La dejó en mi granero... al huir..., luego se adentraron en el juncal...
—¡Si al menos alguien le hubiera visto!
—¡Si nosotros lo estuvimos persiguiendo, fuimos tras él... todos, incluso las mujeres le vieron!
Evidentemente Florián estaba hablando de algo que sabía de memoria hacía tiempo. Cuanto más lejos se movía en el orden de ideas familiares, tanto más claro e indiscutible resultaba el conjunto, tanto más mordaz su semblante. Lejos estaba de tolerar como espectador de buena fe que Celestino se diera pisto. Su rostro lo expresaba con demasiada claridad, de modo que las miradas de Celestino lo dejaron a un lado y pasaron a la pared, donde estaba colgado el reloj de cucú con la péndola inmóvil sin recordarle ningún éxito en absoluto. Varias veces hizo con la cabeza un gesto afirmativo, como si estuviera enfrascado en graves pensamientos:
—Naturalmente... haré lo que pueda, sólo que... sencillamente —con violencia se apartó del reloj y con súbita decisión se atrevió a afrontar la maliciosa sonrisa del hermano—, sencillamente —repitió con un profundo suspiro—, *sencillamente* no va a ser así.
Y con hipócrita complacencia añadió como si quisiera consolarlo:
—¡Al fin y al cabo para qué me tienes!
—¿A ti? —Florián empleó todos los medios para poner francamente de manifiesto su asombro—. Tú... ¿que es lo que pretendes *tú* con eso? Hace tiempo que el asunto está claro. Hay suficientes testigos.
—Hoy... claro. Pero entonces, cuando pasó, no había ninguno. Quiero decir testigos que declararan en favor tuyo. Hay actas......
—Ridículo.
Se rozaron mutuamente con la mirada como con ten-

táculos, órganos corporales del tacto que registraran cada cual el rostro del otro. Se parecían mucho, tenían la misma expresión, los dos tenían los ojos algo cerrados por el esfuerzo de adivinar las trampas del otro, al acecho, sin compasión. Celestino no renunció a ganar terreno:
—El capitán... ¿cómo se le ocurrió levantar actas? ¿Quién le mandó que lo hiciera?
De prisa, confiado, tal como echaba los triunfos sobre la mesa de la taberna, dijo:
—El capitán está confabulado con el de los juncos. Hay testigos... varios...
El ademán de Celestino expresó la convicción de que así era, pero no pudo resistir los burlones ojos de su hermano; con un suspiro se volvió una vez más hacia la pared. La inmóvil péndola sacó algo de las profundidades, vengativa y penetrante, contra lo que el intercambio de palabras había sido casi un juego agradable. Florián interpretó ese peligro como presagio, y le arrimó el vaso que acababa de llenar. Ahora su tono de voz era francamente confidencial, como si en cierta manera también él se interesara por el asunto —a pesar de que en el fondo no le importaba nada— y confiara en que todo acabaría bien:
—Actas... amigo mío, al fin y al cabo las actas pueden desaparecer... un buen día ya no están...
—Pero esta vez...
Celestino consiguió mirarle a la cara con tal pesar y con tan tranquila superioridad, que el hermano retiró toda su capacidad de odiar y de burlarse. Durante unos minutos permanecieron sentados frente a frente y en silencio. Entonces Celestino no pudo contenerse más:
—Para desaparecer es demasiado tarde.
—¿Demasiado tarde? ¿Por qué?
Celestino sonrió con aire de desprecio:
—Por que ya están en las manos a las que no hubieran

debido ir a parar. ¿No puedes imaginarte de qué son capaces los envidiosos?

Respecto a ese punto estaban de acuerdo. De repente el rostro de Florián se mostró sorprendido y su voz adquirió una desagradable ronquera:

—Naturalmente tú lo sabes mejor. ¡Desembucha ya de una vez!

Detrás de su algo tímida buena disposición seguía la penetrantemente viva sospecha de que Celestino estuviera poniendo todo eso en escena sólo para hacerle ver bien al hermano hasta qué punto lo necesitaba.

—Dios mío... la situación no está todavía bastante clara.

Florián sabía que aún no habían tocado a nadie que gracias a sus propiedades o a su parentesco pudiera tener influencia, vengarse. Dijo:

—¡Yo veo suficiente!

—Tú te lo imaginas demasiado fácil...

Con la expresión del que realiza un penoso esfuerzo, Celestino se abandonó por completo a la reflexión; sí, *estaba pensando,* entregado a aquella ocupación tan solapadamente despreciada de la que el hermano recelaba siempre que no era ocupación alguna. Celestino lo notó como malestar corporal que hormigueando le recorría la espalda, sintió que la piel de sus caderas se volvía granosa hasta que al llegar al abdomen se sosegaba. Lentamente alzó un poco la nalga y soltó una estrepitosa ventosidad. Después frunció más el ceño; por Dios, al hermano se le veía en la cara lo que aún podía ayudarle a él, a Celestino: como siempre Florián exigía el éxito en el acto, la ventaja, su mirada era un desafío, su semblante, su voz, su manera de estar sentado... deseoso de retirarlo todo en seguida, de burlarse de ello, de despachar despectivamente a Celestino. Celestino había sido desde siempre el menos importante, el más inepto de los dos, seguía siendo incluso el menos inde-

pendiente, igual que veinticinco años atrás, por mucho que hubieran cambiado las cosas.
Sabía que el rubor iba cubriendo cada vez más su cuello y sus sienes y tal vez cogió el vaso y lo vació de un trago sólo para darle motivos menos reveladores, a pesar de que en su interior no tenía la menor duda de que el hermano adivinaba sus intenciones. Pero tenía que hacer algo para defenderse, poner sobre la mesa una prueba que pudiera controlarse y que no pudiera negarse, mostrar aquello de lo que en realidad era capaz. Fue a buscar la enorme cartera de gruesa y resplandeciente piel, abrió ceremoniosamente las vistosas cerraduras de latón y disfrutó porque Florián le contemplaba con cierta atención. Vacilando intentó retrasar el momento, pero mientras le tendía el paquete al hermano parecía saber ya lo que vendría y de qué manera tendría lugar.
—Ah, vaya... —dijo Florián.
Acciones bien impresas en un brillante papel azulado; si se miraban más de cerca delante de unas cuantas humeantes chimeneas de fábrica se veía una mujer de desnudos brazos y con el pelo peinado hacia atrás que mantenía en alto una corona redonda junto a la que ondeaban toda clase de cintas. Con aire admirado Celestino señaló la hoja de encima:
—Algo así no lo has visto a menudo, ¿eh? Un trabajo tan bueno...
El hermano no dijo nada. Su enfriado interés se diluyó por completo en la inexpresiva mirada. Se encogió de hombros:
—Estas cosas... ¿Quién tiene práctica en ellas?
Entonces Celestino señaló la impresión, miles, en palabras miles de chelines; la uña de su pulgar fue soltando rápidamente los bordes, exactamente veinte ejemplares. Dejó las hojas sobre la mesa. Un poco asqueado y como si se tratara de algo cotidiano para él:
—Los directores generales son expertos en eso de pro-

curárselo a uno. Sí, al fin y al cabo se está en la posición adecuada. Y como es natural de vez en cuando necesitan algún favor. ¡Y no son mezquinos, desde luego! Hasta las fibras del inconsciente, con un esfuerzo que se realizaba mucho más abajo de la voluntad: cada gesto, cada frase formulada con instintiva intención de tal modo que tendría que hacerle efecto al hermano, de no haber siempre otros diques y baluartes imprevistos detrás de los cuales se mantenía obstinadamente y negándose con absurda terquedad lejos de Celestino. «Los directores generales», eso sonaba a mucho dinero, pero, como Celestino reconoció demasiado tarde, también a aquel otro género de vida que al hermano le resultaba demasiado extraña e incomprensible como para que el deseo de ser admitido en ella pudiera asaltarle jamás en sueños o incluso atormentarlo. El hermano permaneció en obstinado silencio. Celestino echó de beber, le pasó el vaso y levantó el suyo como si quisiera brindar con él. Pero el hermano hizo como si no lo viera o como si allí no hubiera ningún vaso, y como que Celestino tuvo que beber solo, se echó todo el contenido al coleto. Entonces golpeó con la mano el paquete de acciones:

—Tú no lo entiendes —dijo—. Es demasiado elevado para ti, poco a poco ya podrías irlo sabiendo. Pero una y otra vez me tomo la molestia de...

El hermano ni siquiera se encogió de hombros. Permanecía allí sentado, como si fuera a levantarse de un salto en cualquier momento para pegar a Celestino en la cara. La mano estaba ya sobre la mesa y su curvatura revelaba que pretendía ser el puño, el calloso pulgar con su gruesa uña a modo de garra y la dentada cicatriz con los bordes llenos de costras que se dirigía hacia el meñique: el ancho corte de la máquina cortapaja a cuyas cuchillas Florián se había acercado demasiado cuando tenía dieciséis años. En realidad un lisiado, pensó también esta vez Celestino, pero por ello el peludo brazo de la mutilación parecía aún más peligroso, francamente espantoso, como si a consecuencia del brutal corte se hubiera vuelto más inhumano y de un peso semejante al de una maza. Celestino intentó escapar a esta mano que tanto estaba dirigida contra él, dispuesta y capaz de aniquilarlo, como al reloj de la pared con su péndola inmóvil. No había más que el reloj o la mano o ese rostro que reventaba de odio, y los tres estaban esperando su derrota, pero quien más esperaba era el rostro del hermano. Celestino lamió con la lengua sus labios secos por la excitación.

—En el fondo, como es natural, tienes razón. De modo que escucha...

Reflexionó de qué manera podría conseguir que la historia produjera el mayor efecto posible. Por fin dijo como de paso:

—El conde me ha hecho venir. Bueno, cuando quiere algo me invita a comer. Naturalmente, en el castillo. Hemos hablado de todo; él tiene sus relaciones con el extranjero, Londres, etc...

Florián no parecía afectado en absoluto. Celestino se llenó el vaso y lo vació; con los párpados entreabiertos miró fijamente ante sí. Mientras lo revivía todo una vez más dándole el rumbo vengativo y agradable que deseaba sintió de repente que el sudor le quemaba las axilas y que sus sienes y su mandíbula se humedecían.

—Bueno —tosió ligera y ceremoniosamente, escupió con fuerza, colocando la mano delante, exactamente entre las piernas y lo pisó con cuidado y lo estregó con la suela—. Ya le he hecho esperar lo suficiente. No puedo hacerlo de otro modo.

Y con precaución, con una recelosa mirada a la cara del hermano que refrenaba toda emoción personal, exclamó con súbita energía:

—No puedes hacerte idea. ¡Cómo ibas a hacértela!

La idea correcta o la equivocada del hermano..., en efecto había llegado demasiado tarde, había hecho esperar al conde casi una hora por ningún otro motivo que aquel recuerdo vergonzosamente abrasador que le torturaba y humillaba y que no había manera de eliminar... Ah, volvía a ser el «hermano descarriado» y habían intentado subsanar la casualidad por la que había nacido en segundo lugar, la injusticia que le denegaba la corte, enviándole a un colegio de los padres del císter. En el tercer año, con el griego y el álgebra hizo su aparición la enfermedad, la asfixiante disnea cuando hacía más de una hora que estaba con sus libros, las ruedas y círculos azul grisáceos vibrando en arcos cada vez más amplios ante sus ojos, el oscilante halo nebuloso que al final se posaba alrededor de la frente, le comprimía las sienes y que aún hoy notaba cuando algo le producía una especial excitación o despertaba en él una impresión duradera a la que la conducta normal no quería ajustarse. Sí, seguía allí y no es que pudiera hacerse desaparecer bebiendo —se sirvió a toda prisa y siguió manteniendo el vaso vacío inútilmente con la mano—, pero por así decir generalizar, casi incluso apartarlo, en cualquier caso se hacía indefinido, se diluía en la silueta o se unía con las líneas del que estaba enfrente de una manera a menudo muy poco clara, con lo que el de enfrente se transformaba en meta de su excitación. Siempre culminaba con el ataque, golpear y derribar; el amargo sabor de la sangre significaba el punto culminante, al que precedía un estado en el que Celestino estaba casi insensible. El golpe o el corte, la causa inmediata y precursora del derramamiento de sangre no desempeñaba un papel decisivo, Celestino no lo notaba, ni el esfuerzo ni el choque, pero sí lo que venía después, al sentir en sus labios el sabor de la sangre, no importa si se trataba de la propia o de la del adversario, ese alivio, esa sensación que subía al instante y permanecía flotando con maravillosa ligereza, sin deseo alguno y tan por encima de todo, incontrolado y sin embargo completamente triunfante.

Bien, delante suyo estaba sentado Florián, con el cual hoy no conseguiría de ningún modo lo que se proponía dándole un puñetazo en el cráneo. La verdad es que acometer a golpes era un método que —suponiendo incluso que no hubiera ningún testigo— raras veces producía algo más que esa satisfacción de radiantes efluvios para la cual generalmente sólo existían términos judiciales pero que casi nunca podía realizarse sin tener que pagarla cara al final.

Él se encontraba en el mismo estado de ánimo de desconcertada cólera y obstinada belicosidad como días antes, cuando subió la abandonada escalinata. Las gradas desgastadas por el tiempo, los jarrones rotos, unas cuantas figuras de piedra sin brazos o sin cabeza descompuestas hasta el punto de llegar a carecer de forma... todo eso cuesta un dinero que el conde ya no tiene. Sí, en tiempos de Su Excelencia aún era distinto. Rottenberg, Niedernried, Raigernegg, todo el terreno, hasta una distancia de horas en coche, era del conde; ahora ni la talada montaña de enfrente pertenecía ya al castillo. Ningún ayuda de cámara más, sólo Ignaz Feichtinger, con el que había ido a la escuela del pueblo, estaba con sus solapas verdes y sus guantes blancos de lana detrás de la puerta; le cogió el sombrero y como si hablara con el sombrero boca arriba sólo se atrevió a susurrar: «Muy buenas».

—Vengo un poco tarde, ¿eh?

Y de repente le salió:

—¿Acaso está enfadado el señor conde? ¿Le molesta?

Súbitamente Celestino tenía tanta prisa que Ignaz Feichtinger no pudo alcanzarlo. Al abrir la puerta vio en seguida que le estaba esperando algo especial, pues la condesa se encontraba también allí. Una dama delgada y oscura, de mejillas singularmente moradas y azuladas anillas alrededor de los ojos, a la que había que admirar —fuente de constante asombro y en realidad también de iguales confusiones— porque hablaba mucho mejor el francés que el alemán. Cuando quería decir algo, empezaba en general con una palabra comprensible en alemán pero en seguida pronunciaba unas cuantas en francés, de modo que lo que decía, que apenas podía adivinarse por su manera de hablar, se hacía del todo incomprensible. Pero cuando Celestino hacía una reverencia y con una estereotipada sonrisa balbucía: «¡Está bien, condesa!», parecía que ella hubiera estado esperando exactamente esto y no otra cosa, de modo que él cada vez gozaba de la solemnidad de una misión tan difícil y del hecho de constatar que de este modo la dominaba con tanta brillantez.

Aunque sus remordimientos por haber llegado demasiado tarde le confundieron de tal modo que fue efectivamente incapaz de balbucir una frase medio sensata, su desconcierto desapareció rápido porque se le volvió a demostrar una vez más que el carácter de esa gente era del todo inofensivo. No era de extrañar que fueran a un ritmo acelerado de mal en peor. Pues ni él ni ella, ninguno de los dos se había dado cuenta de que habían llegado demasiado tarde. Él sonrió muy amable y ella sonrió aún más amable, y mientras Celestino se tragaba su excusa con penas y fatigas, Crescencia Schrottinger ya había servido el coñac, magnífica distracción. «¡Que aproveche, que aproveche, condesa! Y como cada año envejecemos… ¡Salud!» Era el francés, que hacía tiempo se había comprado también él, pero aquí, en el castillo, le sabía el doble de bien. Crescencia, que el próximo domingo lo contaría en todo el pueblo, trajo la alargada y plana fuente de plata con los tostados montoncitos marrones con los que bebieron vino tinto, que por desgracia estaba casi a la temperatura de la habitación.

Celestino había despejado media bandeja y miró preocupado el resto, que había de llegar para todos, cuando Crescencia trajo el lomo de corzo mechado y con salsa y que resultó ser el plato de verdad, y si hubiera habido un Nussberger frío de bodega y no esa espesa bebida tibia, Celestino hubiera estado encantado.

En la pared había un retrato de su anciana excelencia, trabajo manual de una pieza, lo que se dice una obra de arte. Celestino señaló hacia arriba:

—El difunto padre también fue ministro.

—Sí —dijo el conde— los tiempos han cambiado.

Y entonces empezó a hablar de las praderas de Sauring. Aunque lo hizo como si se le hubiera ocurrido por casualidad, Celestino se dio cuenta en seguida de que había que andarse con cuidado, que ése era un terreno movedizo. Las praderas de Sauring eran las mejores de la comarca, lindaban con los terrenos de Florián, y se encontraban exactamente en el lugar donde Celestino, hasta el momento inútilmente y casi sin atreverse a reconocerlo, imaginaba la finca que había edificado en su fantasía mientras que los amigos, que tenían todos los rasgos de Florián, seguían aún discutiéndoselo.

Rostros envidiosos, desfigurados por la cólera, deformados por la debilidad de desear poseer y porque se daban cuenta de que nunca llegarían a poseer, perceptibles con la vista y el olfato, tan vivos y sobremanera suyos, tan de su propiedad como la finca que jamás se haría realidad sólo porque Celestino la deseaba tan ardientemente, con sus más ansiosas fuerzas... rostros llenos de odio y de destrucción ante los cuales él se desvanecía en inconsistente y brusca debilidad, el más próximo de los cuales ahora le estaba preguntando... el conde le estaba preguntando si le interesaban las praderas de Sauring, a lo que Celestino tenía sus buenas razones para decir que no.

¿A santo de qué iban a interesarle? No le importaban lo más mínimo.

La condesa miró al conde a los ojos de un modo muy particular y es posible que se encogiera de hombros de manera apenas perceptible. El conde dijo:

—Entonces se trata de un error. Yo pensaba que usted quería esas praderas.

—¡Ah, eso sí!

Celestino no pudo ocultar su sorpresa.

—Eso sí —repitió—. ¡Y quién no!

Se interrumpió, y como siempre cuando temía que podía notársele lo que en realidad callaba, cuando no estaba seguro de no estarse traicionando, agarró el vaso y bebió su contenido, lo agitó de un lado a otro, lo sostuvo con el brazo extendido frente al conde, con la boca abierta, convencido de haber oído mal. Quizás acababa de beber, tres o cuatro tragos, con lo que había dejado la copa vacía, es probable que por eso no hubiera oído bien o también era posible que hubiera oído bien y que el conde se hubiera permitido el lujo de hacer una broma, una gracia tal como la interpretaban Celestino y todos los campesinos, una broma un poco demasiado burda bien mirado, pues esa broma del conde jugaba con la esperanza más torturantemente inútil de Celestino, la secreta justificación del hecho de que ahorrara miles y miles para la finca que en su tiempo no se le había concedido y que para Celestino era mucho más bonita y sin la menor duda hacía mucho más tiempo que existía que la de Florián.

—¿Qué? —preguntó y olvidó una vez más cerrar la boca y dejar el vaso en la mesa—. ¿Qué...?

—Bueno —dijo el conde— si las quiere... Ya sabe, nos sentimos en cierto modo orgullosos de usted y conocemos sus planes. No... no le pondremos ningún obstáculo, al contrario...

Entonces Celestino ya no tardó en comprender lo que quería decir el conde y adónde quería ir a parar.

—¿El importe equivalente? —dijo el conde—. ¿Dinero, nuestros chelines?

Claro que necesitaría una buena cantidad de ellos, pero no creía que su misión fuera poner obstáculos a Celestino para el logro de sus deseos, no, en absoluto... —mi querido ministro... —dijo no sólo dándole unos golpecitos en el hombro, no, rozándole toda la espalda de un modo que daba una sensación de afecto y con toda seguridad eso es lo que parecía, sí, lo acarició, señal de intimidad y casi ya de amistad.

—Mi querido ministro, así que... Usted entrega sencillamente sus acciones, ya sabe, las de la explotación forestal, todo el paquete, y se queda con...

Celestino no había dicho ni una sola palabra, en efecto, de la alegría o del susto, o por ambas cosas, el corazón le dio un brinco; jadeó, tomó profundo aliento. Luego entró en juego la fuerza opuesta, la prudencia, la reflexión para descubrir la trampa, la ventaja del otro que él no podía adivinar.

—¡No está mal! —repitió, y le hizo falta otra copa para ganar tiempo.

El sudor le salía por todos los poros, la expresión de perpleja y vacilante espera le exprimía el rostro. Pero el precio, ¡demonio, qué precio! Todo el paquete... Él no lo tenía tan bien como algunos de sus colegas que con los más seguros rodeos y bajo títulos que hacían frente a todos los artículos de la legislación recibían más de lo que podía mantenerse en secreto delante de los adversarios. Por otra parte... aunque durante un tiempo eran dinero de verdad, tal vez llegaría un día en que ya no lo serían; en lo que se refería a este punto, el hermano no carecía de razón.

—Tampoco a nosotros nos resulta fácil ahorrar algo para cuando seamos viejos —dijo confidencialmente.

Entonces el conde sonrió con aire de satisfacción y la propia condesa no fue capaz de guardar para sí su conformidad, sino que tuvo que expresarla en francés mientras el conde decía:

—¡Eso es precisamente lo que quiero decir, mi querido ministro! ¿Es posible que eso a la larga le llegue a impresionar?
Diciendo esto cogió el periódico, lo arrugó y con gesto despectivo lo tiró de la mesa de modo que cayó junto al sofá. Pero estaba claro que no lo hizo por el periódico sino por las acciones, porque también eran sólo de esta clase de papel.
—No, no me hace falta apelar a su buen sentido de lo concreto...
Entonces hizo una seña para que trajeran otra botella, él mismo le llenó la copa y también la condesa levantó la suya mientras el conde brindaba con él:
—Bien... ¿cuándo vamos al notario?
Celestino flotaba en un maravilloso delirio, en una alada nube que lo levantó y lo trajo al lugar en el que se encontraba, sentado frente a su hermano para dejarle sobre la mesa su éxito limpio, libre de escarnio, deseo de humillar e ira, de modo que entonces pudo apartar su vaso y decir:
—Ahí está el resto... porque naturalmente no se las he dado todas —y señaló el paquete algo revuelto cuyas hojas estaban esparcidas sobre la mesa— yo quería dejártelo pero no se te puede pedir que sepas *cuándo,* querido, porque eso es lo importane, *cuándo* hay que desprenderse de eso.
De este modo se mostró de la misma opinión que el hermano, hizo como si no fuera posible ninguna otra. Con los ojos entreabiertos observó el efecto:
—Pues sí, acabo de colgárselas al conde... por... bueno, ¿a cambio de qué te parece...? ¡Ahora las praderas de Sauring me pertenecen a mí!
Celestino podía estar contento... Florián pareció sorprendido y casi confuso. Lo que el hermano le estaba ofreciendo era demasiado palpable. Cuando Celestino había bebido un par de copas se ponía chulo y fanfarroneaba.

Florián miró un buen rato al hermano a la cara y, por fin, pestañeando, dijo:
—Sí, sí, hoy es así, después de la segunda botella. Pero, ¿será aún así mañana y pasado mañana?
—¡Vete al cuerno! —dijo Celestino encolerizado—. ¡Qué me importa a mí lo que tú creas!
—¡Vete *tú* al cuerno! ¡Al cuerno voy a mandarte siempre! ¡No te servirá de nada darte pisto! ¡Conmigo no!
—Yo en tu lugar no iría tan aprisa en mandarme al cuerno, esperaría hasta que...
—¿Hasta que funcione el reloj? —le interrumpió Florián.
De repente, ambos se dieron cuenta de que habían estado mirando todo el rato el reloj con la misma expresión amargada y curiosamente congestionada. Como si el reloj fuera el punto de reunión de sus rencorosas esperanzas, que hacía tiempo que habían remitido a los más profundos deseos de sus sueños; el reloj los hizo de nuevo visibles y confirmó a uno la futilidad, el desdén y la envidia del otro. Celestino se levantó y dando un paso grande y enérgico se encontró junto al reloj; dio impulso a la péndola. Por el sonido se notó en seguida que la péndola sólo se movería mientras durara el efecto del golpe. Celestino dijo:
—En vez de ir a ver los bueyes por si tienen algún defecto que tú hayas pasado por alto...
Sin querer examinó atentamente el rostro del hermano... Ni un solo rayo de luz, pues por una extraña coincidencia esperaba que del hermano saliera algo así, de su brazo o de su boca o al menos de sus ojos; nada, ni siquiera una sonrisa sardónica, sólo en lo más profundo de su propio ser, una voz de advertencia que había que acallar...
—Bueno, te arreglaré el reloj. Pero será la última vez, ¿oyes?
Sacó la péndola, que se había quedado quieta, cogió el

reloj de la pared y lo dejó sobre la mesa, con lo que adquirió vida con un metálico triquitraque.

—Ve a buscarme las herramientas.

El hermano no se movió. Estaba claro que no fue por enemistad o mala voluntad; Celestino notó que la duda y la curiosidad se apoderaban de su hermano. La zambullida de Celestino en lo incierto le había paralizado de tal modo que no podía respirar, mientras que Celestino se sentía cada vez más superior: al hermano lo había dejado muy por debajo suyo, pudo ir a la puerta y gritar:

—¡Gundel!

La muchacha apareció y en seguida comprendió qué era lo que quería. Celestino levantó la tapa de la caja plana que ella había dejado sobre la silla. Entonces, quitó la esfera.

—¡No es de extrañar! ¡Todo tan lleno de polvo! ¡Sólo eso bastaría para que no funcionara!

Abrió las portezuelas laterales que estaban cerradas con ganchos, aplicó el destornillador y aflojó la maquinaria. Al fin y al cabo lo habían mandado a un relojero para que aprendiera. Pero lo que en la escuela conventual no había sido más que una dolorosa angustia que aparecía con los libros y desaparecía con ellos, entonces se transformó en un absurdo estado permanente que enterraba de manera inevitable su dignidad personal y, como en el caso del animal al que se ha encerrado en una jaula demasiado estrecha, sólo podía terminar con un ataque de colérica desesperación. Durante unos momentos fue exactamente como si volviera a estar sentado en su cobertizo reluciente de aparatos e instrumentos incomprensibles inclinado sobre la placa de vidrio esperando los dos brazos distintos que lo unían con la libertad. Pues incluso el brazo del maestro venía de la libertad en la que las mañanas tenían un penetrante olor a prados y campos y las tardes desembocaban en noches en las que había algo más que el brazo de la mujer del maestro.

Bajo los implacables pinchazos de la deslumbrante lámpara lo recibía como saludo procedente del mundo de lo inalcanzable: nervuda y flaca, cubierta de claros pelos, la gran mano huesuda que le dejaba el reloj temblaba siempre un poco. El maestro ya lo había examinado, ahora Celestino tenía que arreglarlo. Se encogió y se contrajo aún más, con uno de los ojos enérgicamente cerrado, el tubo de palmo con la lupa a través de la cual no veía nada porque siempre estaba llena de su sudor, apretado al otro. Dejó el reloj junto con los demás, un buen número cada uno de ellos, una exigencia irrealizable, una mofa, la prueba de su fracaso, concluyente e inaguantable de no haber existido el otro brazo.

Un brazo muy blanco y rollizo, venía raras veces y al principio nunca, sólo se anunciaba, ofreciéndose con suavidad, extendido hacia él con incomprensible solicitud. La voz de la mujer del maestro parecía enfadada, no obstante, le llamó la atención, era una voz oscura, especialmente cálida, en la que se podía tener confianza.

—No, prefiero otra pulsera —decía mientras retiraba el brazo—. El cierre está roto, no...

Levantó ligeramente los ojos y de repente sus palabras ya no iban dirigidas a nadie a quien no correspondiera nada o al menos algo que no le importara a ella, que no le interesara, pues con el semblante descompuesto y ruborizado él balbució:

—No diga que no lo sé hacer, deme la pulsera...

Con toda claridad se dio cuenta de que ella en el último momento se reprimía la mofa. Su breve risa se apagó; en realidad, él entonces pensaba en una mujer más joven, quizás incluso en una muchacha, pero seguro que no en alguien tan ampuloso y robusto con tan rollizos hombros y con tanto pecho.

—No...

Como un golpe, como si le hubieran echado un corrosivo ácido, algo que quemaba.

Él se irguió para demostrar que el golpe no le había hecho nada, que estaba acostumbrado a resistirlos. Ella volvía a estar allí y entonces el brazo llegó hasta la deslumbrante lámpara, delante mismo de sus ojos: su fuerte brazo blanco estaba esperando que él lo agarrara; si le cerraba la pulsera tenía que agarrarlo. Por otra parte, era un cierre muy sencillo, si necesitaba a alguien para cerrarlo era sólo por comodidad. Él primero no se atrevió a tocar el brazo, titubeó desconcertado y ella tuvo que decir varias veces:

—Bueno, agárralo, sujétalo.

Ella lanzó un pequeño grito, los fuertes dedos de él teníann agarrado su brazo como si no fueran ya a soltarlo. Aunque le costaba librarse de él volvía, a menudo incluso sólo para dejarle un bote de café y pan con mantequilla o más bien para dejar que él se lo cogiera de las manos. Y luego ya no volvió, desde el día en que él le había agarrado los pechos no volvió. Sus pechos eran como melones, igual de grandes y más bien duros, aún hoy no sabía cómo sucedió que él hizo caso omiso de los brazos que ella le tendía ya impaciente y le agarró los pechos. A través de una brusca oscilación rojiza vio el cambió súbito de su rostro y se acordó de su boca abierta y sus ojos abiertos y de que de repente enmudeció. Se acabaron ya las superfluas preguntas incomprensibles que ella acompañaba con una desafiadora risa gutural, ese intento inútil de conversar con él, de saber lo que pasaba en su interior. Lo que hizo, lo que le salió de manera repentina, ¿no era prueba suficiente de que él mismo no lo sabía, de que no tenía ni la menor idea? Él se levantó de un salto, la sujetó por los pechos, no era una mujer demasiado alta, pero sí gruesa, cuyos brazos cayeron en seguida desamparados, que tal vez lo hubiera permitido de no haberse encontrado entre ellos la plancha de vidrio de la mesa con el amortiguador. Sólo que las manos de él estuvieron por encima de este impedimento. ¿Era su cara, su respiración jadeante, su tacto? Pues durante dos o tres minutos no se movió, soportó su violencia con la cara pálida y ojos llenos de pavor, se quedó y consintió, pero no consintió suficiente. Luego no volvió, había cambiado de parecer o le era indiferente que él recibiera su café. En su interior era tan incomprensible como los relojes, con los que a partir de entonces él fue cada vez menos capaz de hacer algo.

Aún hoy sentía Celestino enardecerse contra el maestro, una violencia indescriptible, más fuerte que él, pero de su lado de una manera casi temible, de modo que en venganza podía abandonarse a ella y de su mano pasaba a los instrumentos, con ayuda de los cuales estropeaba los relojes que debía reparar. No había otra posibilidad de combatir al maestro, de matarlo. Celestino se retrajo completamente en sí mismo, se puso una ostensible coraza de intangibilidad. Ya no oía lo que el maestro decía, y si lo oía no lo entendía; sonidos que no tenían relación con él, que no sólo no le importaban nada, sino que carecían completamente de sentido.

De qué manera tan distinta estaba desmontando ahora el mecanismo y las ruedas. Lo que era el reloj de cucú quedó pronto sobre la mesa en forma de espirales, mecanismos y ruedas de engranaje. Celestino pidió a gritos la botellita de aceite, quiso que le trajeran un paño y limpió cada pieza con ceremonioso cuidado.

Florián miraba abatido las misteriosas piezas que Celestino había expuesto con destreza delante suyo, con lo cual su expresión se hizo obstinada y confusa. Celestino vio los inútiles esfuerzos con que Florián se resistía a reconocer que todo lo que tenía contra él no era más que un burlón y envidioso desprecio que Celestino estaba desenmascarando en este momento de manera concluyente y transformando en prueba definitiva de su superioridad. Florián no tenía ya ojos, sólo redondeadas elevaciones cubiertas por los párpados debajo de las cejas, pero sí percibieron los manejos de Celestino, siguieron sus movimientos, eco de la seguridad, que excluía toda oposición, con la que Celestino estaba ajustando las primeras ruedecillas, componiendo el reloj.

Sin duda después no hubiera sido necesario el cura sino que ya entonces hubiera recibido su diploma si la mujer del maestro hubiera comparecido. Lo que le torturaba pero no tenía remedio era que no podía intentar hablar de ello delante de sus familiares ni siquiera insinuándolo. Ellos le perdonaban que hubiera tenido que dejar la escuela, interiormente estaban incluso de su parte, pero que le hubieran echado del taller era como una vergüenza que les afectaba a todos.

Aunque en casa y en la de toda su parentela no había reloj que él no arreglara, hacían siempre como si no entendiera de eso. Nadie sospechaba que el hecho de que continuara el aprendizaje o no, no dependía en absoluto de él sino únicamente de ella, la cual lo decidió permaneciendo alejada. ¿Qué hubiera debido hacer, cómo hubiera debido obligarla a venir? Por supuesto que pasó mucho tiempo incapaz de ver ni siquiera un reloj sin sentir en seguida la docilidad y al mismo tiempo la resistencia de sus pechos entre sus dedos. Lo sentía, era como una piel especial, *su* piel, que rozaba la suya de un modo que no podía imaginarse muy bien pero que era completamente real. Sólo podía ser que sus pechos le acompañaran al ir hacia todos los demás que encontró desde entonces.

Bueno, desde entonces habían cambiado muchas cosas que él no tenía por qué explicarles, sobre todo al hermano, si bien éste no sabía lo más importante, la relación con aquel busto que había puesto fin a su aprendizaje de una manera tan inesperada. Hacía tiempo que no había ya busto capaz de hacerle desarreglar un mecanismo, de hacerle pasar por alto el menor detalle, y lo que ahora se elevaba procedente de algún punto remoto, en el pasado, pretendiendo acercarse mientras ajustaba la rueda minutera y la enderezaba con todo cuidado, no comportó ningún recuerdo femenino sino que hizo pensar, más bien en la bebida de 80 grados de la botella de cinco litros que habían bebido entre cuatro. Pero si se fijaba en lo que se movía en el fondo, si en cierto modo lo miraba más de cerca, también se encontraba ella echada sobre la ancha mesa baja de la taberna agitando las piernas de un lado a otro gimoteando como una gata apaleada y sin pensar ya en defenderse y ni tan siquiera en cubrirse. ¿Cómo había sucedido? El de 80 grados no podía tener la culpa de ninguna manera; como he dicho, lo habían tomado después. Habían intentado incluso hacerle beber también a ella, pero ella apretó los dientes con una fuerza increíble y cuando por fin su amigo Alois le abrió la mandíbula a la fuerza, le mordió y Alois gritó como un condenado y estuvieron atareadísimos vendándole la mano, con tres pañuelos se la envolvieron, que al cabo de un minuto estaban completamente empapados de sangre. Todos estaban atareados con eso, por ello a Florián no le costó ocuparse de lo otro.

Ella era rolliza y maciza y tenía una piel tan blanca y exuberante. Ninguno de ellos había notado que estaba en avanzado estado de embarazo, en el sexto o séptimo mes. Sus pechos se lo habían revelado, claro que no en seguida ni a primera vista. Primero sólo le recordó a la mujer del maestro y de ahí a aquel movimiento que desencadenó todo lo demás, no pasó mucho rato. De todos modos si bien hoy no lo sentía ya con aquella satisfacción: él había dado el golpe, el impulso, los otros tres estaban enfadados y absortos, podía pensarse que estaban escuchando la lluvia.

La lluvia parecía querer inundar toda la casa, a ellos y la habitación llena de humo con las ventanitas a través de las cuales no podía verse nada, absolutamente nada. La noche era oscura como boca de lobo pero tampoco de día debería ser muy atractivo el panorama. Los viejos pinos rodeaban estrechamente el tejado y sus ramas llenas de gruesos líquenes colgaban cual enmohecidas y desgarradas cortinas de fieltro, cerraban las ventanas y estaban empapadas por la lluvia. Por otra parte, olía terriblemente a chucrut, seguro que hacía semanas que no se había aireado, fuera hacía demasiado frío. Chucrut había habido también para comer arriba en la cabaña, además gamuza ahumada, la vaquera la asaba con grasa de cochinillo, pero sabía a madera podrida, como una combinación de madera y cuero. Gracias a Dios había un cargamento de cerveza recién traída y la damajuana de diez litros para el licor de frutas la habían vuelto a llenar. La cacería había sido un fracaso absoluto. La única gamuza que vieron resultó ser, a través de sus prismáticos, unas cuantas ramas de pino negro que la tormenta había dejado sin nieve. Pancracio empezó a burlarse por enésima vez de Alois, que era quien había descubierto esta gamuza, pero nadie intervino.

—¡Bien, yo grito, dispara, Alois, dispara, vamos...!

Alois estaba receloso porque Pancracio lo hacía disparar con tal solicitud y esperó a que Celestino dejara los prismáticos. No había nada más que ganar de la historia; Pancracio lanzó otro grito pero de repente se interrumpió, como asustado del ruido que estaba haciendo él mismo. En el inesperado silencio, Celestino notó en la parte estrecha de la mesa la fría corriente de aire que entraba a través del cristal roto de la puerta que daba a la sala contigua. A causa del frío se había instalado allí el retrete para el invierno. Por debajo de la puerta serpenteaba una ancha cinta amarilla que se adentraba en la habitación. El olor a orines era como algo palpable, pasaba por sus ojos, por su nariz, parecía renovarse sin cesar de la brillante cinta del suelo.

Estaban allí sentados con sus pesadas barrigas inundadas, llenando la jarra de cerveza y añadiendo lo que quedaba en la botella de coñac y soltando sus estrepitosas ventosidades, cuando la lámpara empezó a humear y a bruscas y deslumbrantes sacudidas la oscuridad se precipitó sobre ellos. En vano intentó Celestino ver en la pared la cromolitografía de «San Humberto de rodillas ante el ciervo blanco», de modo que ya no quedaba el menor pretexto y tuvo que mirarla a ella.

De repente se encontró en la habitación, él no podía recordar cómo y de dónde había venido. Es posible que relevara a la posadera o que hubiera estado sentada todo el rato en cualquier rincón. Pero esto no podía ser porque dejó la botella de licor de cerezas sobre la mesa. Por lo visto había encontrado la botella en una despensa. Mientras ella les llenaba el vaso, Pancracio había ya descorchado la botella y se echaron el licor de cerezas en la cerveza. Entonces llegó el momento... Ella se dirigió hacia la lámpara que colgaba del techo y empezó a despabilar la luz. Hizo que la llama se elevara durante unos segundos, así vio él su redondeado brazo y su enorme busto abombado que destacaba fuerte y redondo debajo de su corpiño de punto. Una mujer más bien baja, llenita y fornida, de brazos cortos y anchos cuya parte interior era muy blanca, como... exactamente como... Bien, estando así con los brazos en alto cortando la mecha, la mujer del maestro cayó en el acto en el olvido; ya en el momento en que se levantó y con los dedos extendidos intentó abrazarle el busto. Ella lo miró más asombrada que asustada, siguió con los brazos en alto; sin el menor esfuerzo pudo él agarrar también su otro seno y atraerla de este modo a él. Entonces ella dejó caer los brazos y la luz se apagó.

Lo que sucedió en la oscuridad no pudo comprobarse en todos su detalles. En cualquier caso esta situación parecía no haberle liberado sólo a él de una perturbadora seducción de la que nadie sabía nada. Primero sintió a la mujer muy cerca de él, quizás él la tenía agarrada, luego se la arrancaron, la sacudieron de un lado a otro entre resoplidos y maldiciones. De repente, se habían transformado en encarnizados adversarios, cada cual hizo como si la conociera desde hacía tiempo y reclamara los derechos que había ejercitado con frecuencia. Él cayó al suelo en la salvaje pelea, la espinilla le ardía como si fuera de fuego, pero logró ponerse en pie, de alguna manera la tuvo entre sus manos, y la perdió de nuevo con la confusa impresión de que la lanzaban violentamente contra el borde de la mesa. Por fin, Pancracio sacó su linterna y puso orden al asunto.

Se demostró que ella sólo estaba bastante desgreñada. Se dejó sujetar, Pancracio le arremangó las faldas y se preparó, un hombre gordo, algo asmático, de cuello largo y musculado y enormes manos, que los apartaba a todos a golpes y que no podía esperar. Hubiera derribado a quien se la hubiera disputado. Cuando la hizo subir a la mesa, ella empezó a chillar:

—¡Franz, ayúdame, por Dios, Franz, socorro, Fra-a-nz!

Pero Alois y Florián la tenían agarrada por la cabeza y los brazos y ella se dio cuenta muy pronto de que no la ayudaría ni su Franz ni nadie más. Después pareció que Pancracio la hubiera apaciguado pues no se movió y sólo lloriqueó un poco; sabía perfectamente lo que convenía hacer. Así pues, permaneció echada mientras Alois arremetía contra Florián que se estaba acercando. Ambos se apartaban mutuamente a golpes del lugar, hasta que ahogándose el uno al otro fueron rodando debajo de la mesa y Pancracio tomó partido de repente; de manera inesperada y sin que se viera por qué motivo, tomó partido contra Alois, de modo que Florián, ágil, silencioso y vehemente, pudo subirse a la mesa. Alois y Pancracio siguieron peleándose, Pancracio había derribado una bandeja con los vasos y ahora dio con ella en la espalda de Alois, y entonces le tocaba a él, a Celestino, pero no podía, le temblaban las rodillas como si estuviera helando, era tan imposible que a toda prisa se subió los pantalones. Desde que el hermano se había precipitado como un chivo hacia la mesa y él lo había estado contemplando, se le habían pasado las ganas. No podía, y esto estaba relacionado con el hermano, pero de ello se dio cuenta más tarde, cuando Alois pegó con el pichel una vez más a Pancracio, que estaba sentado en el suelo con extraña tranquilidad, la espalda apoyada a la pared y la cabeza caída hacia un lado. Florián le quitó el pichel a Alois de las manos y tuvo que gritar varias veces:

—¡Te toca a ti, arriba, Alois, al Celestino le dejaremos lo que quede, arriba!

Cuando le tocó a Alois, la mujer empezó a moverse otra vez. Se echó de un lado a otro, lloró, chilló, y al final dio tales berridos que pudieron oírse en toda la casa, pero Alois, hombre grueso y torpe, con un pie más corto desde la guerra, no cedió. Hasta entonces Celestino no se había dado cuenta de lo que estaba sucediendo en realidad; entonces intentó apartar a Alois de la mujer y hacerlo bajar de la mesa. Alois lo interpretó mal, tomó impulso y blandió el puño contra Celestino. Dio en el vacío y después se desplomó, él se cayó de la mesa, pero allí estaba ya el nacimiento prematuro.

Primero Celestino no se fijó en que Florián se estaba ocupando tanto de ella. Fue a buscar en seguida el cuchillo de los embutidos al cajón, orinó encima para destruir los microbios y Celestino levantó el abollado pichel y fuera encontró la botella de cinco litros del licor de 80 grados que hizo dormir a Alois y despertó a Pancracio de su sueño, de su desmayo o lo que fuera. Mientras tanto, Florián se mostró también aquí como el hombre de la ocasión favorable. Todo el mundo sabe qué fuerza tan especial confiere el corazón de un no nacido. La luz era muy tenue; sin embargo, a Celestino no se le escapó el rato que Florián estuvo manipulando en el suelo, siempre de tal manera que la tiznada lámpara que por fin Celestino había conseguido que ardiera, quedaba a sus espaldas. El cuchillo no lo apartó hasta que sacó el paquete de papel de periódico ensangrentado. Dijo también:

—¿El doctor? ¡Imposible, no merece ninguna confianza!

Pero se ocupó de que por la mañana temprano apareciera esa mujer con la cartera de comadrona, de la que no podía hablarse de falta de formalidad.

—Con permiso, señor ministro, lo que pasa es que la mujer es demasiado sensible, se lo ruego, nadie tiene la culpa.

Celestino aún no había metido la mano atrás, en los pantalones, donde guardaba su billetero. Y frente al hermano no tenía necesidad de hacerlo. Lo comprendió de repente y supo por qué. El hermano tenía ese corazón que hay que llevar siempre en estado de sequedad, cuando se hacen ciertas excursiones y como consecuencia de las cuales aparece entonces una ametralladora olvidada en el granero. Los depósitos de armas en el bosque de Roiffersburg, en la casa del montero de Sallehn, en Ravenegg, y en Kemplarn, todos saqueados por completo, los grajos gritaban desde los árboles quiénes eran los autores. Pero, ¿habían apresado aunque fuera sólo a uno? Quien lleva un corazón como éste puede dejar que pase lo que quiera, a él no podrán pescarlo. Por los fusiles que se lleva secretamente le dan tantos marcos que puede permitirse tener más bueyes de los que caben en el establo. Él se caga en los bienhechores, aún cuando se trata del propio hermano, que además está del lado equivocado porque es ministro y por lo visto tiene que estar del lado malo con todo el Gobierno.

Por eso es mejor componer ese reloj que es una prueba concluyente de la superioridad de Celestino, sin necesidad de palabras, muy por encima de la incapacidad del hermano, que en este momento apartó la vista ante la juguetona seguridad de Celestino de tal modo que Celestino sintió una emoción especial, algo así como benevolencia y casi un poco claro sentido de culpabilidad contra el que, en aquel momento, lo único que pudo hacer fue llenar los vasos y pasarle uno al hermano:

—¡Por el reloj!

Con profunda satisfacción, que cual una tibia ola de sudor y calor le salió por todos los poros, colgó el reloj del clavo y lo puso en marcha. El hermano se levantó casi sin poder creerlo, no muy seguro de lo suyo, y Celestino se dio cuenta de que el hermano de repente volvía a tener ojos, le acababan de llegar: unos ojos penetrantes, en cierto modo arrolladores, que no soltaban aquello que miraban con detención. Su sonrisa le llenaba toda la cara, desconsiderada, burlona, despectiva. Celestino dio un nuevo golpe a la péndola, bebió y volvió a llenar el vaso:

—¡Salud! ¡Que siga funcionando cien años!

La péndola hacía un ruido vacío, al final se quedó quieta.

—¡Maldita sea! En realidad tendría que funcionar.

—¿Tendría?

El rostro del hermano, su voz... inaguantable; Celestino bajó el reloj y empezó de nuevo a descomponerlo. Ante sus ojos se formaban grumos rojos, necesitaba sin falta unas cuantas gotas fuertes, un vaso, otro vaso; con creciente desvalimiento puso la mano en esta corriente que ascendía y descendía y que se condensaba formando inevitables cintas que se agitaban violentamente. Las cintas se aflojaron en seguida y se unieron con las piezas del reloj formando una pastosa quimera, una niebla estancada en la que minuto por minuto se le hinchaba cada vez más despiadadamente la cara del hermano. La sonrisa se liberó de la figura, se transformó en algo independiente, en la pesadilla que sufría desde siempre, contra la que era absurdo luchar porque lo único que hacía era poner una vez más de manifiesto su insuficien-

cia. Como quien es lanzado desde la orilla en medio del remolino volvió a levantar los brazos para alcanzar con los puños la burlona cara que, distendida hasta lo gigantesco, flotaba delante suyo.
Ah, tenía el martillo en la mano y como si se tratara de su vida empezó a dar golpes sobre el reloj hasta tal punto que los fragmentos de minuteras y de la esfera, las ruedas dobladas y rotas, barriletes y tornillos saltaron por la habitación y atravesaron el cristal de la ventana. Sin embargo, la careta empezó a hablar; pudo incluso soltar una carcajada. Celestino se hundió en un estrepitoso y enorme oleaje, lo único que sentía era el rugido cada vez mayor que había que superar costara lo que costara. Con todas las fuerzas de sus pulmones gritó:
—¡Te haré colgar! ¡Públicamente me apartaré de ti, y diré qué tipo de persona eres! Hay que colgarte, colgarte...
Levantando el martillo se abalanzó sobre el hermano. Florián se contrajo de una manera sorprendente y lanzó el pie hacia delante.
—Col-gar...
La patada con el zapato claveteado hizo caer a Celestino, y el agudo dolor en el abdomen le hizo perder el sentido. Lo recobró al devolver, y mientras contraía convulsivamente su garganta fue como si le echara al hermano algo que ponía fin a la discusión de una manera más convincente que las palabras y que por fin hacía que el hermano sintiera miedo y dependencia. Con aquella sensación de que se había desatado la ira, y sintiendo cada vez con mayor indiferencia que a pesar de todo frente al hermano seguía por encima, se entregó a aquello tan desagradable y pegajoso que le molestaba y le acosaba, se abandonó a la silenciosa fuerza que lo empujaba hacia la oscuridad, hacia lo extinto. Al principio a intervalos y gimiendo, interrumpido por una as-

fixia, pero luego de una manera cada vez más continuada, llenó la habitación de prolongados y regulares chirridos.

Florián sacó otra botella y otro vaso de la alacena —los que había en la mesa los habían roto los martillazos de Celestino— y bebió lentamente. La campesina entró entonces y dijo:

—Vaya, ¿ya volvemos a estar así?

Recogió los pedazos de vidrio, trajo cubo y paño e intentó limpiar lo mejor posible al que yacía allí. Era flaca, avejentada, su pelo fino de un color indefinido con raya en medio. Sus ojos parecían no mirar, no tener relación con la cara, que aparte de cierta dureza no expresaba nada.

—¿Le has sonsacado por qué ha venido?

Entrecerrando los ojos, Florián miró a Celestino como si hubiera que distinguir de la manera más clara posible algo que no podía entresacarse bien porque estaba demasiado lejos o parecía demasiado confuso. Al hablar la mofa y el desprecio desaparecieron como si ya no existieran o incluso como si jamás hubieran existido:

—Los depósitos vacíos... los fusiles, las granadas de mano...

—Con ese coraje tuyo ¿qué va a pasarte? No digas barbaridades.

—Parece que se huelen algo.

Sabía ya qué objeción haría; con el pie señaló a Celestino:

—No es sólo que quiera darse pisto.

—Aún no se han atrevido nunca. Tampoco esta vez...

—Olvidas la ametralladora.

—Él te apoyará. Cuando no esté borracho te apoyará. Por la gente.

—¿Sabes con quién se va de la lengua cuando ha bebido unas cuantas copas?
Florián miró enojado al hermano como si fuera a enterarse de algo, como si esperara algo que Celestino podría decir en sueños en cualquier momento. Fuera, las copas de los árboles empezaban muy abajo y los setos llegaban hasta media ventana. El crepúsculo tendía negros paños a través de los rincones, y delante de los cristales colgaban otros pardogrisáceos. Aspirando, con un silbido imperceptible, parecía cubrir los ruidos y transformar todo lo compacto en oscuro serrín. Tampoco a Celestino era posible ya distinguirle bien, su ronquido sonaba ahogado, procedía de un lugar lejano. La campesina se encontraba en algún lugar cerca de la puerta, también ella invisible. El oscuro serrín, que todavía equivalía quizás a los objetos, se alejaba siguiendo misteriosas leyes; lo único verdadero que quedaba y sin embargo ahora no más real que la cabeza del consejero ministerial señor Mostbaumer al inclinarse sobre los hombros de Florián hacía unos días. El carnoso cuello rojo de Mostbaumer, que pasaba sin transición a su hinchado rostro, soltaba dialectales tonos intermedios que recordaban sin duda a los campesinos de la región, por lo que precisamente sus palabras adquirían algo familiar y convincente, pero también recelosamente inquietante.
—Amigo mío...
Florián le miró a la cara casi con desprecio. Mostbaumer repitió:
—Amigo mío...
En general se servía de este tratamiento cuando consideraba que era indicado poner de relieve la distancia con alguien que no fuera sólo su interlocutor en aquel momento, sino ante todo compañero en la acción política, de un modo que excluyera toda familiaridad. Hay algo que no encaja, pensó Florián; está bien, amigo

mío, ¿cómo voy a saber yo si le conviene desaparecer por un tiempo? Quizá conviene que se quede.

¿Sabía la mujer que había allí detrás lo que estaba pensando? Porque ahora, procedente del paño negro, del serrín que corría lentamente se oyó:

—Del Mostbaumer lo único seguro es que va por vía doble... funcionario precisamente...

Como es natural, Florián quería saber hasta qué punto Mostbaumer estaba verdaderamente enterado.

—Si he de desaparecer...

—Pero amigo mío, ¿quién dice que haya de hacerlo?

—En cualquier caso necesito dinero para ello.

Mostbaumer sabía que Florián no necesitaba dinero. Mirándolo bien apenas había indicios de que al entregar a Florián las cantidades, Mostbaumer no se olvidara de sí mismo. Su mano —era toda ella amplia y exuberante sin dar la impresión de que tuviera grasa superflua— siempre sacaba titubeando la cartera. Al contar los billetes dejándolos sobre la mesa parecía que le costara un doloroso esfuerzo sacar cada uno de ellos. Ahora Mostbaumer dijo:

—Hum, ¿dinero? Bueno, ¿cuánto?

Su corta y carnosa mano se disponía a hundirse en el bolsillo interior de la chaqueta. Desaparecer, pensó Florián, yo o... De nuevo se oyó la voz procedente de la oscuridad:

—En tiempos como estos primero son mis dientes que mis parientes. Sin testigos...

Ella siempre con sus malditos proverbios. Florián sabía adónde quería ir a parar.

—Cierra el pico —dijo.

¿Desaparecer? ¿Adónde? ¿Santo Dios, adónde? O... sin testigos, esa sería la solución. El mozo era testigo. En realidad Florián tendría que atacar el asunto en seguida, ir a ver a su habitación. Kilian estaba echado en el jergón, la moza acababa de lavarle la espalda con

vino y estaba colocando boñigas sobre la herida. Todo el costado estaba hinchadísimo; él se retorcía y lloriqueaba, y Florián dijo:
—Bueno, conmigo no necesitas hacer comedia.
No podía negarse, el golpe con la lanza le había salido demasiado fuerte. La tercera vez Florián lo había pescado en la articulación de la cadera de modo que quedó tendido en el acto. Era por la ametralladora del granero, que Kilian no había hecho desaparecer a tiempo. Exactamente lo mismo que hoy le dejaba entrever Celestino, le había anticipado ya Kilian:
¿Quién había traído los fusiles de noche? ¿Quién los había almacenado en el sótano y en el granero? ¿Quién recibiría sus buenos palos por haberlo hecho?
Kilian no había continuado. Florián le dio con lo que tenía más a mano, una lanza de coche bastante pesada para el carromato, que estaba arrimada en el rincón. Florián levantó la mano, pero no pudo tomar impulso, pues se encontraban en el cobertizo y había media puerta cerrada; Florián volvió a levantar el brazo y a Kilian no le costó esquivar el golpe sin ímpetu. La tercera vez Florián salió por la puerta y entonces la lanza voló como por propio impulso y cayó estrepitosamente en la espalda de Kilian, le resbaló por el costado de modo que él se desplomó y se quedó callado. Pero lo que diría en el interrogatorio judicial Florián podía imaginárselo hasta en el más mínimo detalle. De Kilian no se podía prescindir, el capitán Lodric ya lo había presentado como testigo. Sin testigos... sólo había una solución. Florián dijo:
—Esta noche saldrás... irás a ver al de los juncos, ya sabes, le llevarás comida y bebida.
Kilian gimió:
—¡Pero miradme! Hay otros muchos que lo harán encantados.
El campesino dijo:

—Lo harás tú. Te llevarás el bote; naturalmente no irás por el rincón de Rieden, sino que te quedarás en el de Sauring, allí no hay milicianos. Además allí al bote lo llevará la corriente, de modo que no te hará falta remar. Dile a Gundel que te dé lo que has de llevarle.

El mozo apartó el calcetín viejo con la boñiga de la herida abierta. El campesino la miró, sacó la cartera y dejó un billete de 20 chelines sobre la manta. Kilian miró incrédulo el billete y gimió:

—Yo bien quisiera, si no tuviera fiebre. Cada vez me escuece más.

—Llévalo al árbol, búscate un saúco grande, no un manzano, ¿oyes?, que no sea frutal, sobre todo.

La moza iría también para ensalmar la herida. La campesina le daría el vencejo que habían bendecido por la Asunción. No había más que atárselo al dedo —de la mano izquierda, se trataba de la cadera izquierda— y dar con el otro cabo un par de vueltas al árbol. La moza sabía la serie de proverbios que había que decir entre los tres padrenuestros. Tal vez haría efecto en el acto y a Kilian le desaparecería la fiebre a pesar de que no sería favorable que sanara en el acto. ¡Un testigo! Bueno, una insinuación de Mostbaumer al comandante en la tertulia y esta noche habría también unos cuantos milicianos vigilando en el rincón de Sauring. Cierto es que no eran buenos tiradores, pero no tenían por qué hacer economías con la munición. El bote era un blanco tranquilo, una persona, aun cuando se tendiera plana dentro, no podía escapar a sus balas. Sin testigos...

Florián descolgó la chaqueta; ahora a Mostbaumer se le podía encontrar en su pensión. En la puerta oyó el ruido de goma sobre arena y piedrecillas, el coche del ministro que el chófer estaba llevando al cobertizo. Una vez más el asedio procedente de la oscuridad... de modo que aún seguía allí, y de repente Florián supo también que acababa de pasar muy cerca de ella.

—¿Adónde?
Su voz denotaba un sobresalto lleno de presentimientos, una súbita desesperación.
—¡Quédate! ¡Quédate, por Dios! ¿No me oyes?
Sin testigos; Florián cerró violentamente la puerta.
Tres horas después seguía aún allí, probablemente en el mismo lugar; no se había movido de sitio. Apenas Florián había entrado con cuidado, ella susurró:
—Ya se ha levantado, antes la Lois va a ensalmarle la herida. Pero no tendrá suerte. Hoy la luna no es favorable.
La noche era fresca, cubierta por un velo que hacía presentir ya el otoño como la próxima estación. Los murciélagos volaban bajos, a lo largo de los muros; una pequeña lechuza lanzó estridentes y encolerizados chillidos, como si le disputaran el botín. Detrás de los matorrales que había delante de la casa quedaba congestionado un pestilente vaho. Ella insistió:
—¿Y qué pasa si tu golpe le deja una lesión?
De modo que estaba... en el otro lado ya; no sabía nada, le reprochaba cosas que podía repetir en el confesionario o ante el juez. Al mismo tiempo ella había sido la primera en darse cuenta de que así debía ser. «Siempre soy yo quien ha de hacerlo, y cuando ya está hecho, ella se vuelve contra mí», pensó. El odio, cosa de siempre desde hacía tiempo, le invadió, sin embargo, con tal vehemencia que levantó los puños y se dio un fuerte golpe en el pecho. Lanzó suspiros y gemidos, pero se contuvo. Tal vez ella sólo estaba adaptándose al inocente y compasivo papel, no tenía ni que dar cuenta de ello, sin querer encubría lo que mejor era que no se supiera y aún mucho mejor que no se dijera.
Florián se sorprendió un poco al contestar preocupado:
—No será impedimento para su trabajo.
Sin que ni él ni nadie hubiera podido presentir la alevosía que ello encerraba, dijo ella:

—¡Dios nos asista!
Aun cuando Él no ayudara seguía siendo su ayuda, su consuelo, su pretexto. Ella tenía tanta fuerza que incluso ahora aún lo arrastró consigo; como si de ella saliera algo que le obligara a colaborar. Él dijo:
—Ya sería hora de que Él se complaciera poniendo fin a todo.
En aquel preciso momento se oyeron los primeros disparos al fondo del lago. En un abrir y cerrar de ojos se había acabado el juego... si es que había sido un juego, él no podía decidirlo, él no. Ella empezó a gritar, gritó como si quisiera advertir al del bote o pedir auxilio para él, gritó como si la estuvieran matando. Él se acercó a ella al instante; a pesar de la oscuridad había encontrado su brazo y la estaba sacudiendo:
—¡Calma! ¡Cierra el pico en seguida!
Él le apretó el cuello hasta que se calló; con la palma de la mano le dio varios duros golpes en la cabeza y la lanzó a un rincón. Ella se desplomó, a juzgar por el ruido dio estrepitosamente con el busto contra la pared, lanzó finos y prolongados gemidos, sonido que de una manera confusa daba la impresión de que no tenía nada que ver con el dolor físico. Siguió gimiendo sin parar. Él se preguntaba todo el rato por qué no rezaba. «También eso va contra mí —pensó—, con la de noches que se pasa con el rosario entre los dedos.» Ella seguía produciendo ese sonido de dolor no físico, de alejamiento de él, de resistencia al hecho de estar vinculada con él, algo nuevo, inquietantemente extraño y persistente. «Bueno, eso tiene que cambiar —pensó asustado—, sólo hace falta tiempo. Pero después será como ha sido siempre, no será peor que todo lo de antes, será exactamente igual...»

VII

A última hora de la tarde llegó de las montañas un aire glacial que produjo un espumoso frescor, una exaltada animación interna que se proyectaba al exterior. Sir Gerald estaba paseando inquieto de un lado a otro de la terraza delante de las ventanas abiertas; Robert lanzó un suspiro al verle sacar y arreglar sus instrumentos de pesca. Las miradas de Loraine iban de Robert a Hanna como si estuviera esperando una proposición. Se levantó con aire de desafío, recorrió con la vista el valle en cuyas praderas y caminos sólo podían verse milicianos y gendarmes y siguió mirando en silencio y con algo convulsiva atención como si supiera que sus esfuerzos eran inútiles.

La plana hondonada con el pueblo apretado delante del lago parecía una gigantesca fuente de tosco vidrio con sombras, según la posición del sol, a rayas de los colores del arco iris o de un gris calizo, llena de ese frescor y del susurro de los juncos. Loraine dijo a Hanna, con lo que su semblante fue más revelador de lo que suponía:

—¡Santo Dios! ¿Es que no va a acabar nunca? Primero he tardado unas cuantas horas en notarlo y ahora no hay otra cosa. ¡Repugnante!

Día y noche, amenazadoramente revuelto en un enorme bramido, extinguiéndose hasta transformarse en un murmullo que anunciaba un ruido muy lejano, que volvía a aumentar llegando a un prolongado estrépito, inconcebible y, sin embargo, evidente, en constante aumento por todas partes... la ondulación de las masas de junco, tan verdes y con un matiz que tendía a un oliváceo rojizo, a un pardo amarillento, matiz que de todos modos sólo se percibía a lo lejos, de cerca desaparecía sin dejar huella. Por encima, un tenso azul claro como de diamantino resplandor; si esta noche había estrellas serían puntos mortecinos, un puñado de arena de pálido brillo esparcida aquí y allá en la inmensa altura. Hanna señaló el exterior:

—Por lo menos no nos molestan, somos los únicos huéspedes.

Loraine sonrió con apenas oculta satisfacción.

—Por desgracia también los únicos de toda la zona a quienes no les incumbe la insurrección.

—¡Queee! ¿Que no nos incumbe?

De la manera más ingenua posible Robert dijo en seguida:

—Bueno, en cualquier caso ya hemos salido airosos de otras cosas muy distintas.

Parecía que a Hanna le costaba un esfuerzo no replicar. La arruga entre sus cejas se hizo más profunda, una hostil lobreguez hizo cambiar en un instante su semblante y puso de manifiesto tal gravedad y desespero que podía dar lugar a cualquier cosa. Violentamente apretó las manos contra las sienes:

—Ah, son sólo esos juncos... para volverse loco. Como si estuviéramos allí en medio.

Se levantó, sus cejas se alisaron, dio unos pasos hacia delante.

—Entrad. Aquí hay gruesos muros y ventanas cerradas... ¡un verdadero alivio! Hagamos sencillamente como si la insurrección no hubiera existido. También ésa es una manera de acabar con ella. Y parece que a Robert incluso le gusta.

Sus ojos, iluminados por una irónica inteligencia, parecían fatigados, en cualquier caso obligados expresamente a una seriedad respecto a la cual al mismo tiempo ocultaban una sonrisa despectiva. La tensión entre lo que parecían dos fuerzas contrarias que tal vez estaban sometidas al mismo impulso pasional le daba una atroz inquietud, algo reprimido con grandes esfuerzos, la espera, casi imposible de disimular, de un ataque. Un rasgo nuevo y en el fondo sorprendente del cual Robert confiaba que hubiera surgido principalmente debido a las circunstancias y no al hecho de que Hanna se hubiera encontrado sola y alejada de él, pero a Loraine le resultó extraño, cual toque de alerta, casi amenazador.

Tal vez les enardecía más el hecho de que su estancia allí estaba mucho más relacionada con la insurrección de lo que ellos querían admitir. Pero de momento pareció que todos temieran referirse con palabras a la observación de Hanna, sólo Sir Gerald preguntó:

—¿Se ha acabado ya todo de una vez?

El posadero dio la vuelta a la mesa, respetuoso y ansioso de noticias y dispuesto tanto a ser informado como a informar. En él todo, incluso su manera de andar, insegura, como si lo hiciera sobre entumecidos dedos encorvados, recordaba a un orangután vestido de estirio.

—¿Por qué ahí fuera sigue rondando esa gente con el fusil, como si quisiera preparar un tiroteo?

—¿Con el fusil?

El posadero retrocedió asustado y apartó sus anchas manos rectangulares extendiéndolas como si buscara apoyo. Estaban profusamente cubiertas de oscuros pelos y en cada uno de sus dedos había varios anillos de oro con incrustaciones en forma de cartucho de piedras semipreciosas azules y rojas. Entonces se las llevó detrás de las orejas como si fueran redondas palas, sin poder contener su asombro. ¡Preparar un tiroteo!... Con un suspiro de alivio dejó caer los brazos.

—No, disculpe el señor, pero aquí eso sería del todo imposible.

—Bueno —dijo Robert—, ya hace unos días que estamos aquí y hemos visto de todo.

El asombro del posadero desapareció en seguida para dar paso a una reprobación algo despectiva de la que era difícil decir de qué manera en realidad se puso de manifiesto. Echó sus gruesos hombros hacia atrás y su mano derecha acarició alternativamente las dos cintas negras de su barba.
—¡Vaya, vaya... visto! Ustedes se encuentran en una casa de primera categoría, aquí todo el mundo está fuera de peligro. Y fuera... basta una mirada para convencerse de lo mucho que se hace para dar al extranjero la sensación de seguridad.
—Sí —dijo Robert—. ¡Esta tarde acaba de llegar otra compañía de gendarmes! ¿Qué pasará si se van todos los extranjeros? ¡Es un negocio de temporada, pues en el lago no hay deportes de invierno! Lo que al extraño no se le saca del bolsillo en verano es cosa perdida, con ello se vuelven a su casa.
Robert lo veía con toda claridad; el posadero ya había emitido su juicio sobre él, pues Robert se encontraba al parecer de parte de los visitantes sin poseer la cartera de la cual podía hacer derivar el derecho a exigir cierta conducta cortés, respetuosa y sumisa. Que alguien que no cumpliera esa condición, que probablemente no pudiera cumplirla, se enfrentara con él, y exigiera la conducta correspondiente a la cartera, pero que intentara impedirle cobrar la retribución pertinente, el posadero lo encontraba vergonzoso y antipatriótico; ante sus ojos era como una especie de alta traición.
Parecía que nariz y mejillas, ahora de intenso color lila debido a la excitación, fueran apretadas por una espesa red de venitas negroazuladas que vibrando ascendía y descendía. Aunque sus ojos desaparecieron por completo detrás de las bolsas llenas de agua, despidieron unas cuantas salpicaduras hostiles de algo como vidrio líquido enfriado súbitamente. Se balanceó unas cuantas veces hacia delante aquel orangután que tenía dificultad

en andar erguido. Los dos bultos de su cuello oscilaron como si participaran de la excitación. El bocio del posadero tenía realmente la misma forma que los bultos del cuello de los orangutanes; azulado, con algunos pelos grises; todo parecía hecho como para que fuera difícil no admitir la comparación. De repente había anochecido; nadie había visto cómo; algo pertinazmente congestionado que se extendía en su borroso color gris por encima de las cosas, entre ellas, de una manera sofocante, asfixiante. Loraine abrió una ventana bruscamente. En el acto irrumpió un seco traqueteo, el ruido inacabable de los juncos en movimiento, un grandioso estrépito mecánico de asombrosa homogeneidad, como si lo produjera un misterioso aparato gigantesco que no se interrumpía. Loraine miró a Hanna a los ojos; su mirada prometía un ataque despiadado. Hanna la recibió excitada, con espíritu de venganza. Esperó aún unos momentos, luego dijo con nerviosa y demasiado mal forzada satisfacción:

—¡Ah, y pensar que ahora cada uno de nosotros podría estar ahí fuera esperando que llegara su fin! Que sólo por casualidad le ha tocado a otro.

—¿Cada uno de nosotros...?

Los labios de Loraine se contrajeron irónicamente, pero tal vez fue el rasgo de dolor oculto, casi irónico del rostro de Hanna, tal vez el saturador ruido de las masas de junco por lo que enmudeció. Sin duda alguna, su estancia transcurría en una curva que descendía sin oponer resistencia.

—Ya ves —le había dicho Robert por teléfono hacía sólo unas horas—, estamos aquí, en el hotel que tú dijiste, donde se hace todo lo posible por dar a la alta montaña un valor de arte suntuario. Pero no voy a negar que la naturaleza se esfuerza por hacerlo olvidar. ¡Ah, qué mañana! Incluso Gerald dice...

—¿Cómo lo has conseguido?

—¡Para atender un deseo tuyo...! También tenemos el coche de Shearer. Sí, sin el chófer me he grabado en la mente tus instrucciones.
Al salirle al encuentro Robert preguntó:
—¿Y dónde está Gerald?
Ella repuso:
—¿Por qué no ha venido ella?
Ya no quedaba nada de la claridad y el frescor matinales que Loraine tanto había elogiado. La atmósfera parecía llena de una humedad que procedía de las cosas cual rezumante secreción. También los brazos de Loraine parecían cubiertos de vapor. Sólo sus largas piernas, maravillosamente enfundadas en claras medias, se mostraban como voluptuosa carne. Robert miró esas piernas mientras decía:
—Hanna...
—¿Querías volver a estar a solas conmigo? Como si no supieras perfectamente que las palabras no cambian nada.
—Es probable que hubieses intentado trabar amistad en el acto con ella, no podrías hacer otra cosa.
Loraine apretó sus pies con fuerza en la alfombra en una actitud que expresaba su hostilidad de una manera mucho más clara que su boca. Su boca preguntó:
—¿Odio o curiosidad?
El porte que había preparado se deshizo de manera casi ostensible. Su boca se dobló hacia arriba, dos gusanos pintados que, misteriosamente unidos por sus extremos, no podían dejar de apartarse uno del otro. Robert se levantó precipitadamente:
—Eso es en el fondo lo que no te perdono. Si quisieras asesinarla... eso lo entendería mejor.
Con singular calma, reflexionando, como si se tratara de una idea que le fuera familiar desde hacía tiempo, Loraine dijo:
—Si la asesinara... no sé si sería mejor...

No cabía la menor duda de que estaba hablando consigo misma, aun cuando Robert entendiera todas y cada una de sus palabras. Probablemente ya era natural que lo entendiera todo.

—Hubo una época en que no sólo hubiera deseado asesinar a ésta o a cualquier otra Hanna... Quiero decir, no sólo hubiera sentido ese deseo, sino que también me hubiera sentido capaz de hacerlo. Hoy, en cambio... —esa manera brutal de aferrarse desde fuera a lo que constituía su monopolio, de producir la exclusividad— hoy...

Se encontraba ante la ventana, con la mirada fija en la parte de paisaje que dejaban libres la cortina de gasa y las lechosas nubes deshechas, sin ni siquiera encogerse de hombros. De repente se volvió:

—¡Tomar, por fin, una decisión! Haber llegado a la última sentencia... dejar de tener ya esa sensación de que todo es originado únicamente por un estado de ánimo, por la casual disposición interna del día...

Tenía los ojos muy abiertos, pero como si estuviera mirando algo que no se encontrara en la habitación, al menos para Robert. Habló con voz muy baja y al mismo tiempo con una claridad poco natural, como si lo que estaba diciendo fuera también dirigido a él, principalmente a él:

—Por otra parte... asesinar... —hizo un gesto de ligero desagrado—. Creo que una cosa así no guardaría la menor relación con lo que ocurre en el interior, con las grandes pasiones. Un estático ascenso hacia un punto culminante absurdo en el que la acción tiene lugar por instinto, una necesidad que es sencillamente la salvación. Ya ves que he meditado mucho sobre ello, he tenido en cuenta cada una de las fases. Estoy convencida si se ha sobrepasado el punto máximo, cuando ha pasado el estado de mayor apasionamiento, entonces a uno tampoco le duele comprender por fin en toda su

no estemos separados. Cuando me aleje de ti te olvidaré. Ni rastro habrá de la necesidad de verte, de repetirte por milésima vez lo que ya te he explicado novecientas noventa y nueve veces, cuyas posibles respuestas tuyas conozco perfectamente, en todas las combinaciones posibles. No, no hubiera debido venir. Eso es lo que pienso.
Lo agarró por los hombros, lo sacudió como si quisiera asegurarse de que existía, de que se encontraba vivo delante suyo.
—¡Qué horror! No puedo pensar en ello. Lo mejor sería proponer a Gerald que nos volvamos a marchar. ¿Por qué te hemos seguido? ¡Es una verdadera locura! El motivo, la causa por la que me has hecho venir es una locura. La historia del hombre de los juncos, al que ni tú mismo conoces y ni aún siquiera has visto. Y no obstante ha caído en la trampa. Sí, provocas decisiones y me das argumentos a los que ni siquiera Gerald se puede resistir. Tú lo quieres... y aquí estamos nosotros, como si fuera lo más indicado y natural. ¿No es para morirse de miedo? ¿O para morirse de risa?
Robert se acercó a la ventana y señaló la entrada del hotel:
—¡Hanna! Vas a conocerla en seguida.
Ahora se hundió, indefensa con ella, en el bramido de los juncos. Como si el seco golpeteo afectara inevitablemente todas las partes de su cuerpo y poco a poco fuera privándoles de la capacidad de pensar, de sentir por sí mismos, de experimentar dolor, y por fin los extinguiera. Eso le ocurrió también a Sir Gerald; estaba acurrucado junto a la mesa con sus pensativas redondas narices y la maciza silueta de gorila de sus hombros y cuello; volvió la cabeza hacia Loraine como bajo el influjo de sus pensamientos, entregado al traqueteo y al estrépito, había extendido el brazo con la pipa en actitud de convite o de rechazo y al parecer había olvidado

por completo hacer notar al posadero que sus explicaciones eran inoportunas.
El posadero no dejaba de elogiar la región como si la hubiera mandado colocar allí expresamente para sus huéspedes y sobre todo para Sir Gerald, con los consiguientes elevados gastos. Por desgracia, debido a una causa cualquiera, parecía que no la habían acabado cuando debían; probablemente ésa era la causa de la vaporosa niebla que cual velo se abría paso delante de las cumbres. Mientras el posadero prometía para el día siguiente unas cimas libres de toda perturbación atmosférica, Sir Gerald parecía del todo ajeno.
En sus sienes había unos brotes canosos y negruzcos, todo el pelo que le faltaba en la cabeza lozaneaba hirsuto y abundante debido a la falta de cuidado, de sus orejas. Los dos grandes simios, el gorila y el orangután, se examinaron mutuamente con ojos sombríos, inflexibles y alevosos, cada cual con el desprecio que intentaba ocultarle al otro por cortesía. Sir Gerald se dirigió a Robert; en el susurro su voz no perdió nada de su claridad:
—Quizá podría intentar hacerle comprender que debiera marcharse.
Los pelos que surgían de sus planas narices de orangután y confluían con su brillante barba peceña parecían erizarse mientras el labio superior ascendía y descendía con un brusco movimiento como si le causara dolores físicos, de modo que su boca tuviera que permanecer en silencio.
Afuera las masas de juncos traqueteaban de mil maneras, un sonido que parecía compuesto de innumerables golpecitos; completamente imposible sostenerse *contra él*. Se miraron mutuamente enervados, entregados a un creciente pavor. Loraine hizo una seña al camarero e indicó la ventana abierta. El camarero se acercó cojeando y muy encorvado; andaba sobre las puntas del dedo

gordo, parecía hambriento, o enfermo, o las dos cosas. Tenía la boca entreabierta y su estrecha y saliente mandíbula hacía que su cara hiciera pensar en un hocico. Sus incisivos superiores eran larguísimos y no dejaban ver claro si se trataba de una fiera o de un roedor. Al parecer sus greñas debían cubrirle la calva, pero tal vez a consecuencia de la corriente de aire o de algún otro motivo lo único que hacían era dejarla más visible aún. A Loraine se le antojaba como el retrato, libre de toda contingencia, de un chacal que en su lucha nocturna por el botín ha quedado muy maltrecho. Loraine apoyó los brazos con fuerza en la mesa; sus aterrados ojos pasaban de uno a otro. El inagotable seco crujido de las olas bajo las que todos ellos, la casa, la región entera, parecían sumergidos, los dos grandes simios olfateándose mutuamente cual enemigos, el lívido chacal rozando las mesas con su cola al menearla... Los ojos de Loraine se prendieron desesperados en Hanna, como si ésta fuera la responsable, como si ella fuera quien les había hecho descender a esa instintiva e híbrida realidad subterránea de la que no había salida, no había escape. Loraine se levantó, extendió exaltada los brazos como si parodiara la situación o a sí misma y de repente, con voz penetrante, con una atroz mezcla de miedo y risa, exclamó:

—¿Quién será el primero en empezar a ladrar?

En el acto se dio cuenta de que al decir eso sólo estaba pensando en Robert, pues Hanna, hundida allí en la silla en puras curvaturas, no era más que una gorda gata satisfecha. ¡Ronroneando a sus anchas, del todo «después»! Loraine no se violentó:

—Sin falta en ese «después», cuando los pocos arañazos que le ha hecho el gato en pleno asunto carecen ya de importancia. ¡Ni siquiera duelen!, ¿no?

Pero Robert —¡qué sensación de dicha!— no era un gato, sino más bien una mezcla de perro y lobo, ágil y

enérgico. Su simpatía por Hanna carecía quizá de la profundidad del destino, no era nada permanente sino provocada sólo por la costumbre u otras circunstancias desconocidas y difíciles de indagar. Quizá se debía todo a que con el ruido de los juncos habían perdido ya su lenguaje de costumbre y no poseían ni siquiera sus propias caras. Lo que se estaba cumpliendo bajo el derrumbamiento de su pasado los había arrastrado a un estado dominado por espantosas violencias que ahora, en ese vuelco, les parecía su más real existencia. Extraordinariamente agobiados, estaban esperando que terminara.
Pero quién sabe lo mucho que aún podía durar. En cualquier caso era necesario que Robert no fuera un gato y Sir Gerald saliera hacia el atardecer color de arena, que en la línea formada por las cimas de los montes quedaba rodeado por una cinta lila pálido que oscilaba en silencio. Robert lo siguió con la mirada, y a través de la ventana cerrada sintió el viento que estaba levantándose y que no refrescó, sino que sólo trajo un frío que penetraba hasta los huesos, que dejaba paralizado. Al otro lado del vidrio empañado empezaba el abandono mismo; los guardias que había diseminados tenían algo inerte, automático, parecían estar ajenos a la sociedad humana, a los sonidos de las reuniones del atardecer.
—Gerald —dijo Loraine hostil—, oh, él es capaz sencillamente de aislarse. Aún no he descubierto si eso es causa o consecuencia de una fuerza especial.
—¿No querrá irse mañana?
Por un momento escudriñó el rostro de Robert en busca de los temores o el encargo de Hanna. Luego, como si careciera de importancia pero ocultando algo así como una promesa, una garantía, dijo:
—Me extrañaría que mañana no se fuera a pescar.

El viento había amainado, pero el valle abierto al lago permanecía colmado por el creciente bramido en el que ya no podía distinguirse ningún sonido aislado. Se abrieron paso en el ruido como en medio de una masa más densa que el aire, pero aún podían respirarlo. Loraine dijo a Hanna:
—Por desgracia he olvidado traer un par de amortiguadores. La verdad es que no podía preverse.
Hanna percibió la mueca para la que a Loraine no le quedaban ya fuerzas o que ya no le importaba nada:
—Ah, cuando se contempla la situación sólo desde fuera, sólo desde el punto de vista técnico a ser posible, resulta, como todo lo simple, aliviador, ¿no?
Robert se apresuró a intervenir:
—Llegaremos en seguida, sólo un minuto...
Entró en el comedor por la puerta de la fachada lateral, con Hanna y Loraine detrás suyo, como si tirara de ellas para arrebatarlas a esa tarde, a sus condiciones y peligros. La mezcla del humo del tabaco, de los sudados abrigos de loden, del olor de cerveza y cebolla era como una capa aislante de cálido vapor contra todos los pensamientos y sentimientos que traían del exterior... lejísimos, inaccesibles incluso al ruido de los juncos.
La mesa alargada había desaparecido. En su lugar ahora había varios apartados compuestos por una o dos mesas. La colocación revelaba inteligencia y adaptación a la situación actual. Un ambiente desagradable: los bancos de los lugareños totalmente ocupados. ¿Desde cuándo tenían tiempo para ir a la fonda entre semana? Unos cuantos trajes típicos, confección de arrabal; por las caras no se trataba de obreros. ¿Jefes, instigadores? ¿Espías, contraespías? Voces ahogadas, sin la algazara de las tertulias rurales en la taberna. Las dos mesas pequeñísimas que había en el centro eran por lo visto para los oficiales. A la izquierda, junto a la entrada, al lado de la gigantesca estufa de azulejos, el sitio de los hués-

pedes accidentales, turistas que pasaban por allí... el rincón al que el camarero llevó a Robert y a sus damas. Pero Schemnitzky les hizo una enérgica seña para que se acercaran; Robert no ocultó su sorpresa.

—He visto entrar a los gendarmes, pero no suponía que usted personalmente... es de esperar que eso no signifique nada malo...

Schemnitzky pasó la mano alternativamente por las dos flechas rubias de su cara. Dijo que había perdido la costumbre de encontrar nada malo. En el fondo hoy en día todo era malo... sólo las mujeres, ellas eran lo único bueno. Evidentemente eso pretendía ser un cumplido e iba dirigido, como demostró la galante reverencia hacia ella, ante todo a Loraine.

Con satisfacción constató que todos pidieron algo fuerte. Al chocar las cuatro copas de Kontuszówka sin que las damas disimularan su aprobación se apoderó de él una emoción que tuvo que manifestarse sobre todo en polaco, por lo que Robert tuvo mucho que traducir, puesto que Schemnitzky insistió en que se hiciera saber cada una de sus manifestaciones sobre todo a la «dama inglesa». Como es natural, Robert preguntó cómo estaban las cosas. La mirada de Hanna era tan apremiante e impaciente que acto seguido preguntó por el hombre de los juncos. Pero Schemnitzky hizo como si no hubiera existido ninguna insurrección o como si no supiera nada de ella, o en cualquier caso como si no estuviera en condiciones ni siquiera de hacer conjeturas.

—Pero usted... usted ha estado aquí, lo ha vivido, podría explicarme algo de él.

Rió discretamente mientras Robert decía:

—Bueno, al fin y al cabo usted tiene facultad para dar órdenes.

Entonces Hanna no pudo contenerse ya más:

—Usted está aquí para intervenir. Sin duda la primera condición es que se haga una idea de la situación.

Schemnitzky asintió, molesto, algo desconcertado, como si las objeciones de Hanna fueran también las suyas, por lo cual no había por qué ponérselas, o como si le fueran tan conocidas que su desamparo formara parte, por así decir, de ese conocimiento profundo de las mismas, del que por discreción holgaba decir nada.

—Sólo que... antes la acción se atenía a esa imagen exacta, se tenía una idea de justicia que hoy en día carece de la menor importancia. Como es natural eso complica la situación.

—Yo no quiero darle menos importancia de la que tiene —dijo Hanna, amable, para hacerle hablar—. ¿Qué fue lo de anoche, los disparos en el lago...?

Pero Schemnitzky parecía menos dispuesto que nunca a hablar de ello. Permanecía en un malhumorado silencio, Robert no hubiera podido decir cómo se le ocurrió suponer que estaba relacionado con los dos hombres que estaban sentados a la mesa que había entre la estufa y el alfeizar. La mesa más cercana, si bien no estaba al lado, pues las separaba el ancho pasillo, y aunque no hubiera existido el homogéneo zumbido en que confluían todos los ruidos, apenas hubiera sido posible entender allí lo que estaban diciendo aquí. Dos funcionarios del Ministerio, Mostbaumer y el mucho más joven Krejcirek, al que se le notaba con toda claridad la relación de dependencia, que tal vez sólo era oficial, para con Mostbaumer. Mostbaumer estaba sentado ocupando más sitio del que tenía, una cantidad asombrosa de carne a pesar de que no es que pareciera ni alto ni excesivamente gordo, pero sí muy voluminoso, declaradamente atlético, como si tuviera una extraordinaria fuerza muscular de la que haría uso dado el caso. No parecía muy locuaz, de vez en cuando decía algo. El más joven contestaba cada vez alzando la voz:

—¡Por supuesto, señor consejero, claro está!

Al decir esto se inclinaba siempre bruscamente hacia

delante y al parecer según la impresión y el significado de las palabras de Mostbaumer se enderezaba a toda prisa para dirigir a su superior un admirado semblante o erguía su torso poco a poco, como si titubeara y meditara lo que acababa de oír. A la distancia en que se encontraba de ellos, Robert distinguió un buen número de gestos de respeto subalterno, tal vez por ello es por lo que no podía apartar la vista de ellos, de la desconfiada y retraída superioridad de Mostbaumer y la violenta y humilde sumisión de Krejcirek deseosa de dominar gracias a la autorrenuncia; no podía pensarse otra cosa. Demasiado tarde se dio cuenta Robert de que Schemnitzky acompañó sus miradas durante uno o dos segundos, no más, de un parpadeo de inteligencia. Luego, como si el enérgico movimiento de sus párpados fuera una especie de casualidad y entre los que estaban sentados allí y Robert y su propia conducta no hubiera nada extraordinario, ninguna relación, pero susurrando y francamente nervioso si es que esa denominación hubiera podido aplicarse a su estabilidad que rayaba en la inmovilidad:

—Sí, si alguna vez, durante un único segundo, pudiera penetrar en los secretos de ese hombre, qué daría yo...

Robert habló, sin proponérselo, con voz ahogada:

—No puede ser tan difícil enterarse de qué grupo forma parte.

—¿Hay alguien aquí que sepa a qué grupo pertenece?

—Bueno, permítame...

De repente Robert había alzado un poco la voz. Schemnitzky lo agarró por el brazo como si quisiera prevenirle, apaciguarle, de una manera casi paternal; lo mantuvo sujeto de tal modo que a Robert le fue imposible soltarse. Schemnitzky lo atrajo hacia sí:

—No venga a contarme que usted es una excepción, aunque efectivamente se lo crea. Espere a encontrarse con qué tiene que actuar. Entonces lo verá...

Soltó el brazo a Robert, cogió la copa y bebió lentamente.

—¿Qué...? —preguntó Robert obstinado.

Schemnitzky parecía no haber oído o estar decidido a no contestar. Tras un largo silencio dijo de repente:

—En todo el asunto hay una mezcla demasiado grande de cosas verdaderas y falsas; y no hay nadie que pueda separarlas.

Fue como una respuesta a Hanna a pesar de que habló en polaco y no la miró, pero lo dijo dirigiéndose a ella.

—La gente no tiene la sensación de estar haciendo algo. No se actúa conscientemente, sino que todos se escabullen del asunto. Y ni siquiera ven si lo han conseguido.

Mientras Hanna miraba impaciente y enojada a Robert a los ojos como si quisiera leer en ellos lo que Schemnitzky acababa de decirle esperó otra manifestación de Schemnitzky, el movimiento de sus labios. Pero Schemnitzky estaba a ojos vistas decidido a dirigirse a Loraine. Loraine llamaba la atención, con el gigantesco chal escocés y sus pendientes turcos tenía un aspecto extraordinario y muy fuera de lo corriente; al parecer, Schemnitzky no la encontró menos exótica que ella a él. Pero sin duda alguna él deseaba derribar eso que tenía de extranjero, anularlo o al menos ser admitido allí. A través de Robert se dirigió a Loraine haciéndole observar que había llegado en un momento francamente poco favorable, pero que las apariencias engañan. Cuando iba a manifestarse de una manera más detallada sobre este particular apareció en la puerta el velludo rostro del alcalde, dirigió a sus conocidos un gesto de cabeza y volvió a desaparecer. No pudo negarse que a Schemnitzky eso le distrajo. Robert observó que el alcalde y Mostbaumer, a los que había visto muy a menudo juntos en la pensión, aquí no se conocían. Sí, el consejero ministerial se levantó y tal vez por eso precisamente

fue por lo que Robert tuvo la vaga sensación de que existía una relación, casi un plan común.
Mostbaumer daba cierta impresión de brutalidad, pero en el fondo no parecía poco inteligente. Sin embargo, era asombroso cuánta veneración resistía sin poner objeción alguna. Parecía incluso que sólo con la humilde admiración de Krejcirek se sentía respetado como le correspondía. Krejcirek no sólo le sostuvo el abrigo para que Mostbaumer se metiera en él, sino que consiguió incluso abrochárselo, cosa que Mostbaumer aceptó benévolamente insinuando más que realizando un movimiento de repulsa. Krejcirek llevó a cabo este gesto extraordinario de devoción como si fuera una distinción que se le concediera en público. Al salir fue meneando el rabo al lado de Mostbaumer, actitud que Robert comprobó claramente mientras se esforzaba por averiguar cómo se realizaba, puesto que Krejcirek era medio palmo más alto que Mostbaumer, bastante delgado y de hombros caídos hacia adelante. Sin embargo, conseguía dar la impresión de que estuviera levantando la vista hacia Mostbaumer y, ansioso y agradecido, procuraba coger el bocado intelectual que Mostbaumer le echaba con una dejadez casi despectiva.
Sin sentirse afectado, Schemnitzky miró delante suyo, desde luego podía parecer que no viera a esos dos, pero sus pupilas se encontraban en el mismísimo rabillo del ojo. Apenas habían pasado por allí se dirigió a Robert con uno de los bruscos movimientos que tanto contrastaban con su torpe circunspección:
—¡Bueno, si no estuviera *él* aquí!
Robert no preguntó «¿espía?», sino:
—¿Servicio informativo?
—También, claro, pero ¿para quién?
—Bueno —dijo Robert—, como sólo hay dos partidos…
—Sí, pero en cada uno de ellos hay diversos grupos

que, si no hay otro remedio, pactan también con el partido contrario para matar a alguien.
—¡Qué situación! —dijo Robert.
—También para sus fines sería más favorable... —Schemnitzky se interrumpió, ¿no se habría atrevido a demasiado?— Bueno, también usted tiene motivo suficiente para mandarlo al diablo —dijo malhumorado.
Hanna miraba con creciente tensión la boca de Schemniztky. El cambio de escena de su interior esparcía la claridad de él; ella extendió la mano para coger la de Robert, para que su dicha no se la llevara. Como si Robert estuviera reparando todo lo que alguna vez les hubiera separado con la sensación de que se trataba de algo incompatible y ajeno... como si el hombre de los juncos se hubiera transformado ahora también en asunto de Schemnitzky y Robert lo hubiera ganado para esta causa.
—Mostbaumer —dijo Schemnitzky— no tenemos muchos de ésos, pero ahora probablemente subirán más de los de su clase.
Pensativo los miró a todos a los ojos, no debía dar la impresión de que estaba controlando el efecto de lo que acababa de decir. Hanna aprovechó la ocasión:
—Ayer... hacia las diez pudieron oírse los últimos disparos. ¿Cuántos muertos hay en la capilla? Los centinelas no dejan que nadie se acerque.
¿Acaso Schemnitzky no había escuchado? Con énfasis prosiguió:
—Lo que hoy en día activa el gobierno aquí... ¡de acuerdo! Pero no obstante...
Su ademán no dejaba lugar a dudas e iba claramente dirigido a Loraine. Se inclinó hacia delante y la miró a los ojos. Sí, seguro, en este país un inglés puede sentirse en lo que hace a varios aspectos como en casa. Como en casa, exactamente igual, y aún más una inglesa...

La cogió por el antebrazo y lo mantuvo sujeto. Una fuerte mano masculina asiéndola, eso era por así decir un lenguaje internacional, todo el mundo lo entendía. El contacto era innegable y él lo había creado para poner de relieve a su patria ante una extranjera que desde todos los puntos de vista le producía una inusitada impresión.

—Señora —dijo solemnemente (casado no lo está, de lo contrario llevaría anillo, pensó Robert y contempló divertido a Loraine)—, lo dicho... En seguida notará la diferencia, no será necesaria ni una sola palabra.

—¡Seguro!

A nadie podía escapársele el esfuerzo con que Hanna sonrió, la vibración de su voz. Schemnitzky pareció no darse cuenta de nada.

—Sólo un ejemplo —dijo—, un ejemplo práctico..., porque lo que se proponen hacer aquí son negocios, naturalmente son negocios. Sino no estarían aquí..., si bien la situación es mucho más inocua de lo que parece, sobre todo para los extranjeros. Bueno, por ejemplo...

—Sin duda lo disfrutaremos antes si primero nos dice si por fin esa caza entre los juncos...

—Ya saben —dijo Schemnitzky acercándose aún más y con gran firmeza a Loraine— la administración, la economía, de eso depende, en eso se ve. Sí, sí... Bueno, primero el este y el sureste, que es donde vamos a suponer este caso, sólo para que vea la diferencia. Usted desea un envío, usted tiene la intención... digamos... de construir una fábrica o de tener participación en una central de electricidad. Eso sólo lo suponemos, como ejemplo, ¿comprende? —dijo algo indignado y ofendido al no poder dejarse notar la extrañeza de Loraine después que Robert hubo traducido—. Bueno, usted pide la benevolencia, solicita autorizaciones especiales y créditos y a cambio... ya entiende. Bueno, coge usted su cartera porque ya no se puede aplazar más. Su excelencia mira con curiosidad, impaciencia, y entonces usted sabe que puede abrir la cartera. Su perplejidad desaparece en el acto porque ve con qué exactitud cuenta con usted y se acerca un poco cada uno de los billetes que toca.

»Entonces usted ha terminado, ha contado todos los billetes, toda la cantidad que usted ha calculado que le corresponde para empezar. Pero éste es el momento en que levanta los ojos de los billetes y le dirige a usted una mirada inquisitiva. Y como que usted quizá contesta a la mirada de Su Excelencia de una manera igualmente inquisitiva, él, con los dedos aún en el último de los billetes que ha contado, dice:

» ¡Dame más!

» ¡Sí, señor; dame más! Y usted tiene que emplear toda su habilidad para convencerle de que ya es suficiente. ¡Dame más! Tradúzcalo, explíqueselo a la señora para que aprenda a apreciar a Viena.

—¡De verdad! Le seguiremos mejor si antes nos quita la incertidumbre —Hanna agarró a Schemnitzky por el brazo, que aún mantenía sujeto el de Loraine, e intentó sacudirlo. El brazo de Schemnitzky seguía allí, fuerte e inmóvil.

—En cambio, aquí... ¡Qué diferencia! —dijo él impertérrito—. Y en seguida se da cuenta: qué caballero, sí señor, en una palabra, un gentleman, como aquellos a los que la señora en su país está acostumbrada.

Uno ya lo nota antes de verlo, pues no tiene que esperar más de lo estrictamente necesario, un cuarto de hora, media hora. Es que hay personas incapaces de ser breves, les es imposible. Pero el señor no tiene la intención de educarlas, ni siquiera con medios tan drásticos como pegarles gritos o echarlos, cosa que más al este, democracia o no democracia, puede pasarle sin que sea nada especial.

—¡Así es, precisamente, Viena! —dijo Schemnitzky, y se acabó el contenido de su vaso. La parte baja de su cara se hundió en la espesa espuma blanca; sacó un pañuelo grande estampado azul y rojo y empezó a limpiarse—. Uno cree que sirven las bebidas estupendamente, ¿no? Sólo lo parece. Lo sabe hacer de maravilla... la jarra llena de espuma, pero cerveza de verdad apenas la mitad. Por otra parte, la cerveza es una especie de punto culminante.

Una vez había bebido una botella de francesa, por no hablar ya de la italiana. Sí, sí, un pueblo que hacía una cerveza así era lógico que en ese país no tuviera ninguna oportunidad. De la bandeja del joven camarero que pasaba por allí cogió otro vaso, lo mantuvo en alto delante de Loraine con una sonrisa e hizo una ligera inclinación.

—¿Bueno, se lo ha traducido exactamente?

Miraba con significativo semblante fijamente al suelo, a la alfombra imaginaria sobre la que el visitante acababa de dirigirse hacía unos minutos a la suntuosa mesa escritorio. Schemnitzky lo acompañaba todo con gestos para dar una idea bien clara del desconcierto ante el digno y elevado ambiente. Por lo visto estaba pensando en determinado funcionario al que conocía. Su rojo semblante se balanceó, se hinchó incluso, si bien era evidente que esta transformación se realizaba con violencia y grandes esfuerzos. Sus mejillas, gordas y no sólo con los colores rojos y azules del bebedor sino con curtida morenez, mostrando con toda claridad a través de sus ocupaciones cancillerescas, su permanencia al aire libre y bajo el sol, llenaban toda la parte anterior de su cabeza, y sin embargo retrocedieron haciendo el rostro el doble de ancho. Las dos flechas del grosor de un dedo constituidas por su barba dirigidas a la derecha y a la izquierda, de un brillante rubio ardiente, parecían un eje principal en equilibrio. Las sombras cobrizas de sus cejas y las cortas pestañas reposaban suavizantes sobre el azul de sus ojos, cuyas gruesas venitas se encargaban de que también aquí los tonos rojizos fueran los decisivos.

Las observaciones de Robert fueron tal vez compartidas por Loraine, que como es natural tenía que atenerse al aspecto externo, ya que por las variaciones fisionómicas de Schemnitzky era difícil y resultaba poco claro deducir lo que estaba explicando en su extraño y fluido lenguaje.

—¡No le dejes ya seguir hablando! —dijo Hanna a Robert en tono imperioso—. ¡Deja ya de una vez de escucharle!

Por lo visto ahora le era indiferente que se interpretara el movimiento de su rostro como sonrisa o como contenido llanto.

Con una astuta sonrisa Schemnitzky levantó su velludo índice provocando en Loraine una expectación demasiado clara que no parecía influida por la conducta de Hanna.

—Bien... el señor la saluda, se levanta. Pero apenas se ha dado usted cuenta ya vuelve a estar sentado y le ha tendido incluso la mano. A usted no se le ha ocurrido meditar si debía estrechársela. Ya ha pasado, y la mano que hace un segundo descansaba en la suya está indicando ahora la silla.

«Sólo puede tratarse de alguien con quien él ha tenido que ver —pensó Robert—, tal vez en más de una ocasión, ya que le hubiera bastado una sola para observar tales detalles»; a Robert aún seguía pareciéndole poco probable.

—Entonces usted le cuenta que en realidad su deseo es algo que sólo persigue por motivos de prestigio, en realidad le cuesta dinero, incluso que a usted le gusta desprenderse de este modo de su dinero. Usted es útil al Estado, se trata de un acto claramente patriótico por el que usted acude en la ayuda del Ministerio. No me negará que tales explicaciones, aun cuando uno se las prepara así y las presenta con cierta soltura, al principio, sobre todo cuando aún no se conoce la manera de comportarse del otro, dejan algo perplejo. Pero el señor está lejos de sonreír, de vez en cuando, hace con la cabeza un gesto de aprobación como si usted estuviera diciendo lo que él piensa del asunto, de modo que usted se vuelve más osado e insinúa que dando cumplimiento a su deseo él es partícipe de esa empresa tan útil a la economía del país.

»Su colaboración, el comienzo de la responsabilidad común se ha expresado pues así, él se ha hecho cargo de ella dando su consentimiento interno. ¿Qué hay más natural que el que saque su tabaquera del bolsillo? Cuando está a punto de sacar un cigarrillo vacila y se la tiende a usted para que, como huésped suyo, se sirva primero. ¿Hay algo más natural que el que usted saque sus cerillas para darle fuego? En el calor de la conversación, usted está en el punto culminante de sus explicaciones, deja descuidadamente su caja de cerillas. Entonces él saca una Gaceta oficial, una tabla estadística, una ley, le muestra los puntos en cuestión, usted se inclina sobre el papel y él se lo acerca. Al hacerlo es inevitable que tape sus cerillas, que por así decir las haga invisibles. Al fin y al cabo una caja de cerillas no es ningún objeto de valor y ahora usted está para cosas importantes: se dan cantidades, las primeras cifras. Está claro que ambos corren un riesgo enorme... él por tener, por así decir, la responsabilidad moral y usted por llevarlo a cabo todo en su conjunto. Pero a él se lo ha ganado; claro que aún ve ciertas dificultades...

»Entonces se levanta y usted se encuentra frente a él. (Quizás Schemnitzky había hecho alguna vez de intermediario. ¿De dónde habría sacado sino la oportunidad de tener tales experiencias?) Esa delicada insinuación...

¿Cómo lo hace en realidad? Desde luego sin dar ni un solo paso da la impresión de que da unos cuantos para acompañarle hasta la puerta.
Sonríe:
—Bueno, como le he dicho, lo que esté en mi mano... Que le concedan la autorización o los encargos o lo que sea, en realidad depende de usted, o más bien del cheque que doblado de modo que quedara bien pequeño ha colocado usted en la caja de cerillas cubriéndolo bien con los fósforos. Si no es suficiente le volverán a pedir que vaya a una conferencia, pues ahora que el señor colabora ya se trata de una conferencia. Él le expondrá sus inconvenientes, de nuevo fumando un cigarrillo para el que usted le dará fuego...
»¡Así es! Fíjese en la diferencia entre el dedo de un campesino, que quizás no está del todo limpio que tras palpar un billete después de otro se los arrima diciendo: "¡Dame más!" y este rostro que sonriendo le asegura: "Lo que esté en mi mano..." Ese ejemplo lo dice todo. ¿Lo ha comprendido? Ya ve lo que sigue siendo aún este país, a pesar de los Mostbaumers y de todos...
Su enorme semblante violeta rojizo irradiaba satisfacción y cierto orgullo.
—Tradúzcalo, dígaselo a las señoras, que la inglesa se dé cuenta de que aquí puede sentirse bien.
Loraine sonrió misteriosamente, pero levantó su vaso.
Las miradas de Hanna apenas podían resistirse, eran retadoras, impacientes y profundamente recriminadoras, como si Robert hubiera provocado la verbosidad de Schemnitzky y fuera responsable de ella. Daba la impresión de que ella se liberaba de todo en el acto, de cada palabra de polvorienta inmundicia que le cubría lo que quería saber antes que nada y con todo detalle. Como si formara parte del tema de Schemnitzky, como si fuera aquello a lo que éste quería ir a parar, preguntó excitada:

—¿Por qué se disparó ayer? ¿Cuántos muertos hubo? Y hoy... ¿Por qué los gendarmes...?
El rostro de Schemnitzky adquirió cierto rubor, pero eso sólo duró unos segundos; afiló los labios para lanzar un imperceptible silbido. Una solapada reflexión, una vacilación entre la malhumorada confidencia y la prudente contención, entre astucia y enojo mantuvo esa expresión de inseguridad un rato en suspenso. De repente desapareció como si se hubiera hundido; el rostro de Schemnitzky parecía informado sólo por un imperturbable placer que brotaba de las profundidades. Con reserva miró a Hanna, pero permaneció dirigido a Robert porque, por lo visto, lo que tenía que decir era más fácil de comunicar en polaco.
Primero contempló la espuma que caía del borde de su vaso como si no supiera cuál era la mejor manera para hacerla desaparecer. Sopló encima y la apartó moviendo el dedo meñique de una manera grotescamente afectada de tal modo que cayó al suelo. Con toda calma fue vaciando el vaso hasta la mitad, tuvo que reponerse de la bebida durante unos minutos, en resumen, tuvo tiempo suficiente para preparar una respuesta. Las miradas de Robert casi revelaron sus pensamientos, envolvieron, irritadas, a Schemnitzky, con cierto desprecio. ¿Por qué no se calla, sencillamente? ¿Por qué tiene que hablar si no se atreve a decir la verdad? Pero tal vez es que Schemnitzky no podía evitarlo, parecía incluso feliz de poder hablar con alguien que se interesara por los sucesos y que, sin embargo, no tuviera que ver con ellos en el sentido de la gente que lo estaba rodeando allí.
A Robert no le hizo falta esperar más, pues de repente entró «ese hombre», de una manera ruidosa, con todas las señales de poseer una superioridad militar, en una evidente atmósfera de éxito. En seguida se dirigió a Schemnitzky. Sólo con el saludo —rígido y enérgico

aún, pero pasando en seguida a un tono de familiar camaradería— pudo notarse que su posición se había afianzado y su aplomo había conseguido un equilibrio que al menos cara al exterior parecía natural e inquebrantable.

—¡Ah, el doctor!

Delante de las damas chocó las espuelas, se inclinó para volver en el acto a su porte militar de oficio, para mostrar eficazmente su importancia ya con cierta rutina. Desde arriba le dio a Schemnitzky unos golpecitos en los hombros:

—Bien, ¿contento con los resultados? ¿Qué más quiere el primer día? ¡Paciencia!

Y dirigiéndose a Robert, pero pensando también en las damas:

—¡Es que tiene un temperamento! Casi no puedo retenerlo. Es que sencillamente no quiere esperar a que las cosas tomen definitivamente otro rumbo.

Respecto a sí mismo las cosas parecían haber tomado ya otro rumbo, al menos hasta el punto de que Schemnitzky consideró indicado escucharlo todo en silencio. Con gesto solícito Hanna se apartó un poco para que «ese hombre» pudiera tomar asiento a su lado.

—Ah, por fin he llegado a la fuente adecuada. Como es natural, usted está enterado de todo. Anoche, el tiroteo...

—Ah, señora, se refiere al ataque en el lago; ¡un tiroteo normal!

Repitió varias veces la palabra «tiroteo» como si quisiera que las imágenes que eso podía provocar surtieran su efecto en toda su gravedad. Incluso Robert preguntó sorprendido:

—Pero ¿es eso posible? ¿Una verdadera contienda? ¡Santo Dios! Pero ¿con quién?

De repente pareció que Schemnitzky estuviera en una colmena y que por motivos de conveniencia tuviera que quedarse en ella por lo menos de momento. Seguía sentado cara a Loraine, ahora perplejo, como si lo hubieran atrapado en algo que lo degradara de una manera deshonrosa, tenía la vista fija en un punto indefinido y lanzó unos gemidos como si la medida de la tortura que se le infligía se hubiera colmado y él ya no pudiera aguantar más. «Ese hombre» estaba dibujando en el dorso de la carta la situación del combate. Los ojos tan abiertos de Hanna, su boca apretada febrilmente, el hecho de que permaneciera inclinada hacia delante ansiosa, impaciente, incitadora, más, más, todo eso en el fondo carecía de importancia, le resbalaba, pues Loraine era quien producía mayor efecto. Elevando la voz de una manera que apenas ocultaba su inseguridad luchó contra su negativa frialdad que no entendía, que mostraba con toda claridad que no quería entender. Pero él no tenía otra oportunidad de impresionarla, de modo que hizo un esquema de la situación en la que al parecer su gente no había desempeñado un papel lo que se dice muy feliz.

—¡Siete muertos! Sí, señor, cayeron siete hombres, pero yo además tengo cinco heridos graves. Es de suponer que no todos volverán a levantarse. Pero siete cayeron enseguida, ¡cayeron en el campo del honor!

Dirigiéndose a Loraine hizo un significativo gesto de cabeza.

—No se esfuerce —dijo Robert—, no entiende ni una palabra.

Es evidente que «ese hombre» buscaba un medio para poder describir las consecuencias que resultaban de la actividad en ese campo tan peligroso, es decir en el campo del honor.

—Mire usted, hoy figura, mañana sepultura…

Con el dedo hizo balancear la gran medalla amarilla que por lo visto era nueva, al menos Robert aún no se la había visto. Por sarcasmo, por complacencia en lo gro-

tesco, tal vez incluso por una especie de perplejidad Robert le hizo el favor:
—Bueno, de modo que ya ha cosechado las consecuencias más agradables.
«Ese hombre» sonrió evasivo, complacido.
Así era, tenía que reconocer que lo había ganado en el campo del honor. La recompensa a su labor estratégica. Los ataques coronados por el éxito y sin tener casi pérdidas eran su especialidad. Claro que ayer...
Arrugó la frente y permaneció en un estado de sombrío patetismo que por lo visto debía expresar su dolor, con lo que se esforzaba por mirar a un punto indefinido como si allí estuviera viendo algo de cuya contemplación estaba excluido Robert y sobre todo Schemnitzky.
Schemnitzky levantó la mandíbula como si fuera a atacar, sus ojos desprendieron un inquieto resplandor, su rostro se concretó en contenida violencia y adquirió un aspecto maligno y decidido. «Ese hombre» tenía que haber notado esa transformación, probablemente quiso demostrar que no se dejaba impresionar por ello.
—Claro —ahora se dirigía exclusivamente a Robert, confidencialmente, casi como si fueran colegas, aunque Schemnitzky estuviera escuchando—, lo dicho... todo hubiera salido de otra forma si se hubiera informado bien a su gente. ¿Para qué estaba allí en realidad el servicio de patrulla de la gendarmería?
Entonces dirigió a Schemnitzky una mirada que duró un segundo, pero no sucedió nada. Schemnitzky parecía completamente encogido, paralizado, inmóvil. Bien, su gente no había pensado que el bote a la deriva fuera otra cosa que un bote a la deriva, pero por si acaso habían disparado una vez sin sospechar que de este modo daban la señal a la banda de los juncos que acababa de apostarse en el lugar en que el lago se internaba en la pradera como si fuera un calcetín y los matorrales bajos ofrecían una protección magnífica.

Con un brusco movimiento Schemnitzky dirigió a Robert su bermejo rostro.

—En una palabra, los de la orilla de enfrente creyeron que el disparo era una señal de ataque y los soldados aficionados mataron mutuamente a tiros, siete hombres murieron. De no haber intervenido mis gendarmes aún hubiera habido más pérdidas.

Era evidente que «ese hombre» entonces recayó en su antiguo estilo; de repente pareció que perdía la voz y se encorvó de un lado a otro en una mezcla de graznido y de risa:

—¿De modo que... no tiene sentido del humor? Yo siempre he dicho que lo tiene. Cuando esos tipos se retiraron entre los juncos, cuando comprendieron que no podrían sostenerse, entonces sus gendarmes ya no tenían tanta prisa para perseguir, ¿eh? No se atrevían a penetrar en la espesura. Probablemente lo único que hubiera sucedido es que hubiera habido más víctimas, con resultado... ¡nulo! Como es lógico di en seguida un parte por teléfono y pedí refuerzos. Ya ve, los refuerzos están sentados aquí. Y como que de momento no sabe qué hacer niega que haya sucedido nada. Como que el adversario está a salvo, el comandante afirma que no hay ninguno, ¡ja, ja, ja!, que jamás ha habido ninguno. Original, ¿no? ¡Qué solución tan brillante! Sólo que no pensó en mí, por desgracia...

De nuevo sacudió su rostro una especie de convulsión. Jadeando se levantó y dio a Schemnitzky varios golpes enérgicos en los hombros. Eso era nuevo, era incluso asombroso. Con un extraordinario esfuerzo Schemnitzky hizo una mueca, bajo la mano que le estaba dando en los hombros se encogió como si le hubiera tocado algo muy repugnante.

—Sí —dijo con voz ronca a Robert—, y ¡encima usted quiere saber qué pasa!

Había olvidado a Loraine por completo, estaba absorto

cavilando y chupando mecánicamente su «Virginia» sin darse cuenta de que hacía rato que ella se había ido.

—Bueno, y ahora ¿qué va a pasar?

Robert hizo esa pregunta como siguiendo el mudo encargo de Hanna, como quien sabe que no recibirá respuesta, tal vez porque no la hay.

Schemnitzky seguía sentado papando moscas. De repente empezó a encender de nuevo ceremoniosamente el «Virginia». Hanna permaneció inmóvil y, sin embargo, parecía que se acercaba a él. Eso era por sus ojos que aumentaron de tamaño con una expresión de vehemencia impersonal, algo fuera de lo humano, para lo cual no existía ya convención alguna, algo que no contentaría con pretextos. Hanna exclamó:

—¿No ha oído? ¿Qué va a pasar?

Sin pensar Schemnitzky dejó su puro; los ojos de Hanna ya no lo soltaron:

—No diga que no lo sabe. Ninguno de nosotros lo sabe. Pero usted es aún el primero que puede dar información. Usted puede incluso... no diré provocar un resultado, pero sí influir en él. ¡Usted puede ayudar!

Su decisión, su incondicional interés más allá de cualquier dificultad, temblorosa, ante la renuncia de sí misma, ante el vuelco a cualquier forma de destrucción...

De repente entre los bultos rojos del rostro de Schemnitzky aparecieron sus ojos con extraordinaria claridad, empañados, de color azul claro, inseguros, casi avergonzados. Pero acababan de acoger la mirada de Hanna y la resistían. Ahora, junto a la mesa, estaban sólo ellos dos, durante unos momentos pareció incluso que estuvieran solos en el local, que los demás sencillamente no se encontraran allí. En un duro alemán-polaco Schemnitzky dijo:

—¿Ayudar? Dios puede ayudar. Pero Él no se preocupa por eso, a Él todo eso le da asco.

VIII

Más sótano que habitación, la mitad bajo tierra, lunetas en la antigua construcción. Una de las puertas llevaba, por una escalera, hacia afuera, a los matorrales de detrás de la casa; la otra, que daba al pasillo, estaba entornada. Mostbaumer fue el último en llegar, el posadero y Florián ya estaban esperando. El posadero cerró con cuidado la puerta.

—¡Viva! —saludó Mostbaumer.

—Viva... ¿quién? —rió Florián irónicamente.

—Aún no lo sabemos —dijo Mostbaumer—. Al «pequeño» le habéis matado vosotros.

—Vaya porquería —dijo Florián—. No me lo imaginaba así.

—Señor alcalde —dijo Mostbaumer—, su hermano, el señor ministro, se lo confirmará, la gente tuvo tres horas. El ministro de seguridad cerró los dos ojos. No lo consiguieron, sencillamente.

Mostbaumer miró a su alrededor:

—Usted con sus aires de conspirador —dijo al posadero—. ¿Y de beber...?

El posadero fue a buscar la jarra que había en el cubo del hielo junto a la puerta y los vasos del armario.

—Está previsto, señor consejero. Insurrección por aquí, insurrección por allí, prefiero ganarme el dinero con los extranjeros. De modo que el canciller se ha ido al otro barrio, ¿de veras?

Mostbaumer se encogió de hombros.

—¿Está aquí la gente? —preguntó.

—Arriba, en el comedor. Les diré que bajen.

—Bueno, bebamos por el proyecto, señor consejero, que no sea otra mierda —dijo Florián.

Brindaron. Mostbaumer chasqueó con la lengua.

—¿Por qué no lo tiene todos los días?
El posadero se acarició satisfecho el bigote.
—Forma parte de los aires de conspirador —dijo.
Florián lanzó un suspiro de preocupación, pero no sonó muy auténtico.
—¡Sea como sea, *yo* soy quien paga los platos rotos!
—¿Y por qué, si se me permite la pregunta? —Mostbaumer acabó de beber y dio el vaso al posadero—. ¿Quizás aún por la ametralladora? Si hace tiempo que ha sido interrogado y los testigos confirmaron su declaración.
—Pero la realidad...
—¡No me venga ya más *con eso*! La realidad es lo que consta en el acta. Todo lo demás no le interesa a nadie.
—Anteayer habló usted de otro modo, incluso...
A espaldas del posadero, Florián hizo el gesto del que está contando dinero.
—Mientras tanto he leído las actas.
Florián miró de soslayo a Mostbaumer aún con cierto recelo.
—El Celestino ha querido darse pisto de nuevo, nada más. Por otra parte, no tiene nada que objetar, si me encierran o incluso me cuelgan lo encontrará muy bien.
—Hay que atenerse a ellas, no apartarse bajo ningún concepto de la primera declaración —les dijo a los dos, pero se dirigía a sí mismo—. ¡Eso es lo que importa, sólo eso!
Bebió.
—Bien —dijo el posadero— yo aún no lo veo claro, señor consejero.
—¿Que no lo ve claro? Pero si usted mismo dice que esa gente es de fiar. Según el relato que el jefe de los milicianos ha hecho «arriba» Schemnitzky tiene que hacer que sus policías estén ocupados aquí, en el lago, que haya alguien entre los juncos o no, importa un ble-

do. Además a nadie se le ocurre que nosotros, después del fracaso de la insurrección...

—Es que tampoco nos atrevemos. De todo eso se encarga el hombre de los juncos.

—Con su banda.

Mostbaumer y Florián rieron. El posadero exclamó:

—Demasiado pronto habrá pasado la ocasión. Apresurémonos.

—Sí, sí. ¿Y después la gente podrá quedarse con los fusiles?

—Uno cada cual, con doscientas cargas de munición. Carabinas del ejército, anteojos de puntería. Pronto no quedará ni una sola gamuza viva por toda la zona.

—¿Quién paga? —preguntó Florián mientras tanto.

Mostbaumer vaciló un segundo.

—Eso no tiene importancia —dijo.

—Bien, no tiene importancia, pero ¿quién paga?

Duras miradas. Mostbaumer miró a uno y a otro... Ninguno de los dos se dejaba engañar; él tendría que cambiar su actitud. Nervioso tamborileó en la mesa. Tal vez hubiera aún una posibilidad.

—Señores —dijo—, si se consigue desalojar el depósito...

—¡Claro, el depósito! Ya sabemos, tres mil fusiles, otras tantas cajas de municiones, probablemente también bombas de mano, lo sabemos todo.

—Así es —dijo el posadero—. Pero lo que aún no sabemos es: ¿quién paga a la gente?

Mostbaumer se dio cuenta de que tenía que ceder. Molesto sonrió:

—También con eso nos quedará algo para nosotros.

Encontró la palabra que los otros dos estaban buscando:

—Quienes me mandan se imaginan, bueno... doscientos chelines por persona.

El posadero balanceó la jarra de un lado a otro, parecía una enérgica sacudida de cabeza:

—Trescientos se los podemos cargar muy bien.
Mostbaumer decidió hacer desaparecer la última duda:
—¿Y cuánto daremos en realidad?
Florián y el posadero rieron irónicamente. Ahora había un aire puro en el que se podía hablar sin segundas intenciones.
—Cincuenta chelines —dijo Florián—. Al fin y al cabo la carabina es lo principal y en circunstancias normales nadie puede conseguirlo. Tú, Andrés, darás la cerveza gratis no un día sino dos, la segunda vez al cabo de dos semanas. Seis jarras cada uno. Además un gulasch, buenas raciones.
—Sólo la primera vez —dijo el posadero.
—La segunda también. Toma carne de caballo o dales también patatas. Si beben con el estómago vacío van a armar alboroto. Te conozco, Andrés...
El posadero levantó la mano en señal de advertencia.
—Por mí... —dijo.
—Bien, mañana por la noche. Ahora hazlos bajar —dijo Florián.
—Un momento —Mostbaumer, melancólico, reflexionó—. ¿He de estar presente yo?
El posadero se apresuró a decir:
—Y yo no quiero estar presente. Yo sólo los voy a buscar.
Florián parecía indeciso. Mostbaumer dijo con demasiada indiferencia:
—Ya tiene el arreglo, ya tiene a la gente en sus manos. Gente muy sencilla, tal vez se sientan intimidados si me ven. Pero si lo considera adecuado me quedaré, naturalmente.
—Váyase si quiere —dijo Florián haciendo un gesto negativo.
«Cochinos miserables», pensó Mostbaumer. Había estado contemplando a esos tipos que estaban esperando arriba en el comedor, cada cual con su copa de licor de

orujo. Flacos, todos lo son, encorvados y deformes debido al pesado trabajo prematuro, ninguno de ellos tenía presencia física. Con menos necesidades que el ganado; increíble su resistencia. La boca les apesta a todos, caries en todos los dientes, puntas negras. «Uno de verlo se pone malo, yo al menos. No puedo hablar con ellos —pensó aún al regresar a casa—, no los entiendo, ellos no me entienden a mí. ¿Cuántos va a necesitar el Florián? Treinta, cuarenta quizás. Pero dirá que son ciento cuarenta; es su negocio. De haberme quedado podría compartir las ganancias con él. Curioso... al Florián le creo cuando dice que esa gente está totalmente segura, no obstante no me gustaría tener nada que ver con ellos; *llorarles* es algo que no podría hacer. Mejor, no me ha visto ninguno. Al fin y al cabo uno es funcionario.»

Se metió en una cenagosa charca. «Maldita sea, no se ve ni a un palmo de distancia.» En realidad, favorable para mañana. No tenía nada de sueño, lo arrastraba una amplia corriente vivificadora. Sin querer puso los músculos del brazo en tensión. ¡El vino! Ahora el posadero tenía que sacarlo más a menudo. Cuando iba a pasar junto al banco de debajo del tilo surgió una sombra.

—Mis respetos, señor consejero, mis respetos.

Krejcirek tomó la mano que el otro tendía confuso en la oscuridad.

—Pero ¿qué hace usted aquí? ¿Estaba esperando tal vez?

—No intencionadamente, señor consejero. Pero cuando pienso que además he tenido la suerte de encontrarle me parece que es más que una pura casualidad.

—Tampoco es usted curioso, ¿eh? ¿Por qué no se ha ido sencillamente a casa?

En el interior de Motsbaumer se percibía un susurro, a su alrededor se percibía un susurro, eran los juncos. Un agradable balanceo, sin el menor esfuerzo fue nadando hacia allí, sin quererlo siguió su camino, respiró profundamente. La tibia noche ondulante penetró por completo en su interior, lo excitó como... Diablos, hoy debería tener a Hildegard a su lado en cama, no a Marie...

—Ilustre señor consejero...

¿Le gustaba el muchacho? Esa manera de ser sin vehemencia, ese no estar nunca de mal humor, una esponja, un trapo, un cubo lleno de agua reposada. De repente Mostbaumer sintió el loco deseo de hacerle algo, de intentar hasta dónde tenía que llegar para notar su resistencia, alguna protesta por fin.

—Usted, señor consejero, es quien me ha hecho madurar. ¡Sin la menor duda! No quisiera hablar ahora de sus cualidades en lo que respecta al servicio, los demás también las conocen. Pero lo que tengo que agradecerle en cuanto a lo humano y lo político...

¿Por qué no se lo había quitado de encima hacía tiempo? En la cancillería presidencial también habían estado contra él, el propio Leinweber había insinuado que quería expulsarlo. El padre ordenanza, la madre viuda de zapatero, aún hoy llevaba el taller. ¿Cómo es que él era en realidad pragmático?

—Parece usted de la opinión de que puede continuar en este tono. Hum, ¿tiene una segunda intención?

Uno podía tener sus sorpresas. De repente el muchacho dijo:

—Si lo permite el señor consejero, incluso varias.

Mostbaumer se detuvo. Curioso... no veía su rostro ni su mirada, la noche era demasiado oscura, ambos estaban envueltos por húmedos paños marrones, a pesar de ello *sabía de qué manera* el otro volvía la vista atrás. No, no era un don nadie, a pesar de que con su habitual modestia dijo:

—Al fin y al cabo todo el mundo quiere progresar. Hoy en día también en la carrera son decisivos los medios políticos.

El oído era el único órgano que la noche no eliminaba, sino que incluso lo fortalecía. Con mayor calma aún, de manera francamente insinuante, el muchacho dijo:

—Bajo *su* dirección podría llegar a hacer algo, señor consejero.

Mostbaumer sabía perfectamente que el otro tenía en cuenta que podía recibir un ofensivo desaire, lo sabía sólo por la manera como el muchacho retuvo el paso y al no suceder nada lo aceleró en seguida. Mostbaumer sintió vagamente que de este modo había hecho una confesión. ¿La primera? Curioso, no veía nada a dos palmos, y en aquel preciso momento, como con un tercer ojo, percibió algo que hasta entonces se le había escapado. El sobre gris, entonces, con la lista de nombres y con los lemas, había pensado que eso no se guarda en el despacho, pero ¿dónde estaría más seguro?, y había doblado los papeles de una determinada manera con la última página encima. Estaban atados con un hilo rojo y blanco cuyo cabo era demasiado largo. Ese cabo demasiado largo lo había arrollado dos veces al paquetito doblado. Al volver a sacar el sobre, las listas estaban dobladas en perfecto orden, con la primera página encima y el hilo ya no estaba atado a su alrededor. De repente le vino a la memoria que la llave de su escritorio a veces cerraba como si venciera una desacostumbrada resistencia. Eso sucede cuando alguien ha estado haciendo pruebas con la ganzúa o la lengüeta. La Ruzizka, Hildegard, entró en la habitación sin hacer ruido, como solía, él no debió oírla llamar a la puerta y dejó caer el sobre rápidamente en el cajón. La llave no quería moverse, pero al final lo hizo e Hildegard rió, lo miró de una manera especial, siguió insistente pero como si no tuviera importancia el procedimiento de dar la vuelta a la llave y agarrándole por el brazo dijo «venga». Casi nada, un error, una equivocación, nada en absoluto... y, sin embargo, la sospecha, la sobreexcitada conjetura, cierto temor, algo de celos de que Hildegard estuviera confabulada con Krejcirek... imposible, fuera como fuera Krejcirek no era el tipo de Hildegard. Su misma voz, que ahora decía:

—Comprendo demasiado bien que tenga dudas.

¿Dudas? ¡Maldita sea! ¿Cómo se le había ocurrido?

—¡Un hombre de sus exigencias! No dice nada, señor consejero. Para mí es muy amargo que precisamente usted no valore en más mis aptitudes.

«Como si no supiera que hace tiempo que está mirando mis cartas, que ya es hora de dejar de ponerme en sus manos.»

—Permítame que le recuerde, señor consejero, que una de las cualidades necesarias hoy en día en los asuntos políticos, o más bien, la primera de todas, es la confianza. Y esa formalidad a la que usted, por muy buenos motivos, concede tanta importancia, yo la poseo... Señor consejero, creo poder decir eso de mí. Se lo ruego, inténtelo...

De repente Mostbaumer rió, lanzó varias y sonoras carcajadas. La noche era cada vez más opresiva, dificultaba la respiración, era como una compresa caliente, pero de vez en cuando le daba a uno la idea adecuada, por insólita que pareciera a primera vista.

—Bien —dijo Mostbaumer—, amigo mío, está usted de suerte, de una zambullida puede llegar usted a donde quiera. Espere...

Krejcirek sintió los latidos de su corazón en el cuello, en las sienes, en las piernas, por todas partes. Se dio cuenta de que empezaba a sudar. Hildegard se quedaría pasmada. Lástima que no pueda contárselo al jefe, pequeño, debieran ascenderte. «Pequeño»... a pesar de que era algo más alto que él. Tal vez ella también diría: ¡Anda, ven acá! Entonces él permanecería allí sintiendo cómo palidecía. ¿Estás temblando? Me gusta, siento debilidad por los temperamentos dormidos. Y lentamente llevaría sus labios, pintados para besar, a los suyos. Ella levantaría la mandíbula, adelantaría la boca mientras él cerraba los ojos. Volvió a abrirlos en seguida.

—Señor consejero —dijo— eso es más de lo que esperaba. Conozco sus normas. ¿Cómo podría agradecérselo?

El gran espejo, con el ridículo marco dorado de los años setenta, estaba colgado exactamente enfrente de la puerta abierta, la habitación contigua le pertenecía a ella sola. Allí tenía la máquina de escribir y en el arca los vestidos, el abrigo, el delantal, y en el cajón de arriba el servicio de té y los cubiertos. Pero la mayor parte de las veces estaba en la habitación de Mostbaumer, probablemente porque entonces estaban preparando los contratos de exportación para Italia. Él, Krejcirek, entró, ni haciendo menos ruido ni de cualquier otra manera distinta de siempre. Sin embargo, ellos dos, en la habitación de Hildegard, no le habían oído llegar. Tampoco era de extrañar, sólo tenía que mirar al espejo. Motsbaumer la tenía sujeta, con una mano le abrazaba el cuello, con el otro brazo le rodeaba los hombros y la estrechaba contra sí. Su rostro estaba encarnado, la verdad es que se ruborizaba fácilmente, en realidad tenía bocio y su grueso cuello estaba amoratado. «¡Suelte!» Su voz estaba entre el gemido y el susurro. «¡No te he dicho que te...!» Mostbaumer era fuerte como un buey. «¿Está loco? ¡Hacer una cosa así!» «¡Grita! —se rió él—. ¡Anda, grita!» «Lo pagará», jadeó ella.

Él salió, volvió a entrar y cerró la puerta de manera perceptible, pero tuvo que volver a abrirla y entonces la cerró estrepitosamente. ¡Por fin! Aquella mañana él se atrevió a decirle atragantándose: «Hoy la he preservado de algo más». ¿Había estado escuchando? Él señaló aquel punto: no, entrando desprevenido y mirando el espejo. «Sí —jadeó ella—, él siempre crea esas situaciones

en las que yo tengo que quedarme quita. Gracias, amigo mío». El año pasado, el 4 de mayo, había dicho «amigo mío» por primera vez. «Sabe perfectamente que usted no puede correr ese riesgo.» Leinweber... «Claro que a mí —hizo un gesto como si tirara algo por la ventana— me las pagará», pensó él.
Entonces hubiera sido ridículo pronunciarlo, era ridículo incluso pensar así. «Pero hoy... ya puedo pensarlo y ¡quién sabe si también lo haré pronto! »
—Le estoy haciendo esperar demasiado —dijo Mostbaumer a su lado—. Discúlpeme.
Estaba a punto de decir, ¿qué importa? Se le subió a la cabeza, hubiera deseado decirlo a voz en grito. En vez de ello dijo en el tono más humilde, asombrándose de lo fácil que le resultaba ahora, mucho mejor que antes:
—Si aquí hay alguien que tenga que pedir disculpas... pero ya comprende, señor consejero, mi impaciencia... cierta excitación... De verdad... me veo, por así decir, a punto de alcanzar un deseo que albergaba hacía tiempo...
Esas palabras le salieron sin el menor esfuerzo, de la manera más natural posible. Habían llegado ya a la casa y por segunda vez pasaban por la guijarrosa explanada. El perro guardián pasó por su lado y les olfateó los zapatos. Motsbaumer dijo:
—Bien, el pacto sigue en vigor, de modo que mañana esté preparado, hacia las ocho más o menos. Cene bien, estará ocupado hasta bastante después de medianoche. Y antes venga a verme. Al fin y al cabo necesita instrucciones.
Él se inclinó sobre su mano. Si hubiera habido más luz, pero sólo estaba encendida la bombilla de la esquina de la casa, hubiera parecido que iba a besarle la mano. Fue en efecto una expresión impulsiva de agradecimiento de acuerdo con su rebosante sensación de felicidad. Hildegard se quedaría pasmada.

Ella era alta, más gruesa que flaca, de cabello más bien rubio claro que dorado, y aún jugaba al hockey, tal vez por esto sus movimientos eran tan enérgicos y decididos. No podía dejar de pensar que incluso Leinweber notaba que ella era superior. Ella no le hablaba como si fueran iguales, tampoco como a un señor mayor que ya no entra en consideración, sino como si no fuera un hombre. Al hacerlo, Hildegard arremangaba sus grandes y gruesos labios, dos pequeñas arrugas corrían nariz arriba; era la única del Ministerio con la boca de color rojo subido.
Bärlocher había indicado en seguida esta excepción. Los paisanos del ordenanza, con Mostbaumer, hicieron que intimara con todo el mundo que encontraba en el despacho de éste, siéndole a él indiferente que el otro contestara o se limitara a escuchar. Al principio había dado a entender a Bärlocher que no le gustaba su manera de hacer. Pero el ordenanza siguió tratándole como joven subordinado de Mostbaumer y lo toleró. Algo de bueno tenía ese tono casi de igualdad: Krejcirek se enteró de ciertos detalles de la vida de su superior. Los padres de Bärlocher trabajaban en la finca del hermano de Mostbaumer, rica hacienda cuadrada de la Alta Austria que contrastaba con el pequeño taller de zapatería que su madre tenía aquí. Pero sobre todo hizo que Bärlocher pidiera que le disminuyeran el trabajo, demandas insignificantes que naturalmente Mostbaumer también se las hubiera concedido si él se las hubiera presentado, pero que podían afectar su humilde y respetuosa mirada hacia lo alto, su incondicional lealtad.
No era sólo por Hildegard que la invitación de Mostbaumer adquiría un alto significado: eliminaba todas las humillaciones sufridas hasta el momento, dejando en su lugar algo fundamentalmente nuevo. Ese Leinweber (de la nobleza de Rauchenschlot)... su padre había poseído ya una hilandería de lino, ese Mostbaumer... de la

hacienda cuadrada procedían de un abolengo del que nunca se hablaba. Sólo permanecía constantemente en segundo lugar, como acusación, como defecto. Algo imposible de expresar con palabras y para lo cual no había medio de comunicación, una sonrisa, un irónico fruncimiento de cejas que aparecía en cuanto se atrevía a hacer una observación de carácter particular. Como si las personas como él no tuvieran derecho a juzgar ni a opinar, a tener ninguna particularidad personal. Lo que más adelante, al despertar el sentimiento de su propia dignidad, denominó su «estilo» procedía de un profundo respeto, para el que el hecho de pertenecer a su ambiente profesional parecía ser una insolente injusticia, un abuso que él no tenía la fuerza de abolir. Sí, estaba convencido de que ese estado fascinante debido a su singularidad acabaría un día por sí solo.

Y luego vio en su jefe, que apenas le dirigía una mirada y mucho menos aún le daba el más insignificante encargo, *el mismo* de un modo que no dejaba lugar a dudas, su propia conducta, que hacía tiempo consideraba inmutable en todo sentido, también despreciable para siempre. ¡La primera y única vez que se le permitió entrar en el despacho del ministro! Tenía que llevar un documento que habían olvidado y dejarlo en la mesa, debajo de todo lo demás. El ministro aún no estaba allí, pero la corriente de su llegada inundaba ya la habitación. De repente ÉL apareció en la puerta, Leinweber también tuvo que verlo. Leinweber estaba esperando delante de su silla, una silla barroca con volutas doradas y un grueso asiento de cuero pardo rojizo. A él le pareció más un trono que una silla. Él todavía no estaba sentado pero Leinweber ya estaba haciendo una profunda reverencia delante del trono con una expresión de respetuosa sumisión de la cual hasta aquel momento nunca había visto el menor indicio en su rostro, de la que incluso a ese rostro reservado, frío, superior, no hubiera creído capaz.

Leinweber se hundió en una nube tal de celo y renuncia que tuvo que verse *a sí mismo,* sin el menor esfuerzo se reconoció, unidos él y Leinweber por una fuerza misteriosa más allá de todo límite, íntimamente ligados y familiarizados el uno con el otro, sí, uno y él mismo de una manera inimaginable. Aún oyó cómo ÉL decía:
—Hola, Leinweber, ¿están ya ahí los italianos?
Al final se enteró por la señorita Ruzizka —pues Hildegard era entonces aún la señorita Ruzizka— que había una manera de hablar incluso del presidente como si él también procediera de... bueno, aprendió a comprender que un taller de zapatería es también algo muy relativo. La Ruzizka dijo: «La suerte de Leinweber es que ÉL aún le recuerda de sus años de colegio. De lo contrario, hace tiempo que Leinweber hubiera volado, ha estado al servicio de demasiados encubrimientos políticos. Poco a poco se va hablando de él como de un prototipo de diplomática acrobacia de convicciones. Ridículo, mi pobre pequeño inocente». El padre de Leinweber dejó la fábrica y se hizo funcionario, al hijo ya no le quedó más remedio que hacerse funcionario. Jamás ha hecho otra cosa que inclinarse delante de esa silla, ésas son todas sus convicciones. Aquel día se atrevió a coger la mano de la Ruzizka. Con cierta solemnidad estampó un beso en ella. La Ruzizka experimentó también su sensación, lo miró un momento con la boca entreabierta y claramente sorprendida.
Desde entonces sabía que podría vivir en aquel ambiente. Ahora, cada vez que le veía de lejos alzaba la vista y encontraba incluso que tenía cierto parecido con un comerciante de vinos de su calle. Cuando aquí en el pueblo pasaba por su lado el único coche ministerial que uno podía encontrarse, ya no se quitaba el sombrero, sino que pensaba que dentro iba el hermano del alcalde. Sí, tenía la esperanza de que conseguiría abrirse camino —cosa que hasta entonces nunca había tenido en

consideración—. Pero ella no era aún la barandilla a la cual pudiera sujetarse, aún no. Ella iba siempre —sólo porque le divertía— unos pasos delante de él, de modo que ella seguía cada vez con menos miedo. Aún era la señorita Ruzizka; sólo cuando se dio cuenta de que ella odiaba a muerte a Mostbaumer se transformó en Hildegard.

Vagamente, apagada al instante por su sentimiento, surgía una y otra vez la cuestión de la causa de este odio. Hoy hacía tiempo que su odio ya no era lo que la unía a ella, hoy había algo más entre los dos. No sólo *aquello* con lo que tenía que contentarse, que ella le había destinado. «Pequeño... —dijo Hildegard—, juraría que actúa contra el régimen, pero es demasiado prudente. Como todos los que son demasiado prudentes, algún día caerá en una burda trampa. Pero quisiera ser yo quien se la cierre, pequeño, si tú pudieras ayudarme a conseguirlo. Pero tú no puedes, no tienes pasta para ello. Mis posibilidades son más que escasas, no son más que un deseo, en realidad. Además, él está seguro de mí: yo reviento, pero a él no se le puede arrancar. ¿De dónde lo saca? ¿Qué es lo que tienen esa clase de hombres a los que tú no perteneces? Él está firmemente convencido porque a mí...». Se interrumpió, su mirada se dirigió por encima del hombro de él hacia la ventana. Sus mejillas adquirieron un ligerísimo rubor, un rubor tan fino que sólo él lo notó. ¿Odio o vergüenza?

Por otra parte, no tenía necesidad de terminar, no tenía necesidad ni siquiera de añadir: «¡No, no soy una de esas mujeres a las que se puede violar, yo no!». Pero Mostbaumer debió llevar a cabo algo parecido para que su odio llegara al punto máximo. Incluso delante de él se apasionaba y abandonaba todo escrúpulo: «Imagínate, mi pequeño, se atreve, vuelve, exige aquello a lo que tiene derecho —su propia risa casi la ahogaba—, cree que yo ahora me voy a derretir, ah, tú sí que eres fuerte, eres todo un hombre... hasta hecho lo tuyo, y sin embargo sin mí». Al recordarlo le derramó aún un cubo de destructivo sarcasmo. Él recordó a Mastbaumer saliendo del despacho de ella... descompuesto, la cara color violeta, empapado de sudor, sin ver nada. Seguro que había vuelto a intentar tocarla. Por lo visto la respuesta de ella hizo que le pareciera que el mayor triunfo sería volver a verla, costara lo que costara, en *aquella* situación. Cómo debía satisfacerle *eso* si era capaz de olvidarse hasta tal punto frente a él mientras cerraba la puerta de su despacho: « ¡Ésa es más que un manojo de pimientos, pero ya se amansará! ». Después él entró y por primera vez la llamó Hildegard. Con desaliento y amargura esperó su irónica respuesta negativa; en vano. Ahora le tocaba a ella decir Kurt, no mi pequeño, sino Kurt. Pero ese día aún tenía que llegar, aún estaba en puertas. ¡Cuando le lleve ese resultado! Kurt... se atragantó con su propio nombre.

Mientras hacía sus necesidades junto a un arbusto, Mostbaumer miró ausente las iluminadas ventanas de la escalera, que ahora volvieron a ensombrecerse porque Krejcirek había llegado arriba y había apagado la luz. Su habitación daba al otro lado. Las montañas estaban cubiertas por unos nubarrones transversales gris claro; tal vez al otro lado estaban las estrellas, el último cuarto de la luna. El heno despedía un olor aromático, un olor fuerte y cargado; tenía que haber muy cerca un seto de alheñas. Lanzando un suspiro Mostbaumer se dejó caer en el banco de delante de la casa. Era una verdadera liberación que Krejcirek ya no estuviera. Despedía algo imponderable, que no podía comprenderse con la razón, un suave y silencioso golpe en el cuello... Mostbaumer era escrofuloso, todo desagrado se manifestaba en él en forma de opresión y ahogo. Se quitó la corbata y la metió en el bolsillo y se desabrochó la camisa. A pesar de ello tuvo la desagradable sensación de que se encontraba comprometido, casi como si se hubiera puesto en manos de Krejcirek. Pero gracias a Dios al pensarlo con más calma el asunto no tenía tan mal aspecto.

Los fusiles, que se encontraban en un sótano aproximadamente a hora y media de distancia, eran milaneses. Quiénes eran en realidad los milaneses probablemente no lo sabían ni siquiera sus propios agentes. En cualquier caso simpatizaban con los milaneses, pero también tenía que haber alemanes en el grupo. ¿Para controlar o para adquirir influencia en el sentido del Reich? El hombre de confianza era un caballero de la embajada alemana en Budapest. La casa, que casi no tenía ya ventanas y estaba en parte en ruinas, y de la que nadie sospechaba que tuviera tan buenos sótanos, se encontraba casi junto a la carretera. Después del año 18, en aquella zona se habían llevado a cabo toda clase de expropiaciones; en la actualidad estaba rodeada de bosques federales. Las praderas a la derecha de la casa y a lo largo de la carretera... con las praderas empezaban las dificultades. Motsbaumer volvió a meditar sobre el proyecto tal como lo había planeado con el alcalde y encontró de nuevo que era un buen proyecto, a pesar de las praderas, que estaban arrendadas desde hacía un año. El arrendatario no se dejaba ver nunca, pero tenía ovejas. Al lado de la ruina habían construido ahora una valla y colocado una especie de barraca para los pastores. Mirándoles a ambos una sola vez sabía uno a qué atenerse con ellos. El mayor parecía estar allí efectivamente para las ovejas; no era difícil enviarle después de la jornada para el día siguiente a Salzburgo con un paquete. Pero el otro... treinta años a lo sumo, demasiado inteligente y atildado, a ese hombre no había quien lo alejara. Lo habían intentado con cinco o seis pretextos distintos, lo habían invitado incluso a una cacería de gamuzas. El hombre, bien afeitado, con una red sobre su embadurnada cabeza, con empastes de oro en la boca, lo había escuchado y sonreído. Sin duda se habían cometido faltas: culpa de Florián, que se pasaba la vida hablando de retroceder ante el último extremo. Curioso..., aunque esos campesinos eran tan brutales, del crimen intentaban escabullirse siempre con cualquier pretexto. Por lo visto el hombre sospechó, era de suponer incluso que se sintiera sobre aviso. En estos casos las imperfecciones siempre habían tomado su venganza. Lo más sencillo y seguro era dejar que lo creyera. Por otra parte el asunto iba como una seda.

Así pues, Krejcirek tenía que hacer salir al hombre, si es que estaba dentro, costara lo que costara. Probablemente entablaría conversación con un turista que necesitara consejo acerca del albergue más cercano. Lo esencial era que saliera. Luego Krejcirek tendría que arreglárselas para que el hombre permaneciera un rato al otro lado de la carretera de perfil al linde del bosque. Allí había una espesa maleza de ciruelos silvestres por la que saldría el disparo —pistola alemana con amortiguador— que lo liquidaría. Llegado este momento ya se encontraría cerca el coche que se llevaría al hombre para conducirlo al lugar del lado de los juncos donde debía ser encontrado. Naturalmente, su cadáver y sin anillos ni dinero; tal vez le arrancarían también los empastes de oro; había tipos empeñados en arreglar un caso como éste hasta el menor detalle para que pareciera auténtico.

El primer vehículo de transporte debería llegar aproximadamente al cabo de media hora. Siempre uno después de otro para evitar que los coches se acumularan. Al fin y al cabo tenían toda la noche para cargar. Krejcirek no podría perder mucho rato con su schock, tenía que anotar el número de fusiles, ayuda importante contra Florián, que estaría allí desde el principio. Krejcirek también tenía que anotar la cantidad de municiones y todo lo que se encontrara. Una vez allí ya no podía volverse atrás. El que había colaborado tenía que seguir haciéndolo, de lo contrario... Bien... Mostbaumer encendió un cigarrillo... y ahora que Krejcirek intentara darse pisto o soltarse de la lengua.

Tenía calor. La noche exhalaba húmedos y oscuros vapores, y los juncos susurraban en amplias y violentas oleadas. Al dar contra los troncos y contra los matorrales más fuertes de la orilla el estrépito se asemejaba al de la rompiente. Los nubarrones sobre el lago estaban bajos y cargados, dentro de una o dos horas llovería. Al final volvió a pensar en los magníficos motivos para la desaparición de los fusiles que el hombre de los juncos presentaba. Tal vez era realmente toda una banda. Por su existencia se interesaban sobre todo los milicianos, no les era posible reconocer que su gente se había matado a tiros mutuamente, si bien Mostbaumer era muy capaz de imaginárselo sin más. Allí el lago llegaba a la pradera formando profundos recodos, los bordes llenos de juncos, los matorrales altos como las personas... a lo largo de esos recodos estaban los soldados esperando nerviosos e impacientes. Hasta que en algún lugar se lanzó un disparo, los del otro lado empezaron a hacer fuego y se puso en marcha la más hermosa contienda nocturna.

Mostbaumer se levantó, estiró un poco los pies y escuchó atento en dirección a los juncos. Lo principal era que al hombre lo habían nombrado cabecilla, era de esperar que no lo apresaran vivo. Seguía sin tener sueño, era por el Föhn (1), todo brotaba a la vez, susurraba y golpeteaba, ascendía y descendía como en el lago; hoy habría que... Levantó los ojos hacia la ventana, Marie aún tenía luz. ¿Por qué no tomaba sus polvos? Ahora estaba allí, junto al armario... *ella* estaba junto a su ar-

(1) Viento del Sur. (N. de la T.)

mario, la puerta del armario estaba abierta pues el espejo estaba colgado en la parte interior. Por fin habían acabado con el trabajo y se estaba arreglando.

Mientras dictaba la había observado todo el rato de lado; ella estaba sentada a la máquina y ofrecía su perfil. Él buscó poros en su blanca piel mate, siguió las venas de sus sienes, la contracorriente ligeramente rosada de sus párpados. A esta distancia sus ojos no eran tan azules, los bordes del iris resplandecían con una tendencia el verde gris, sólo cuando se volvió hacia él lo alcanzaron dos focos ultramarinos. Su pecho se elevaba y se hundía, podía verse perfectamente por el movimiento de la ropa, sólo sus puntas permanecían casi inmóviles contra la seda. Qué amplia de espaldas era, igual que un hombre. También sus brazos hacían pensar que podían ser de hombre. Los de él eran naturalmente mucho más anchos, pero era carne blanda; los suyos debían ser como... como los de una jugadora de hockey, claro. ¡Que su labio superior fuera tan suave! Se inclinó hacia delante y repitió la media frase como si ella no lo hubiera entendido. Durante un segundo alzó asombrada los ojos, él se encontraba en el foco de las dos fuentes de energía azules de tal modo que olvidó su boca. Sin embargo fue la boca, roja, henchida, prendedora, amplia, chupadora, ante la cerca formada por sus magníficos y anchos dientes entre los cuales la distancia no era siempre igual, su boca, abombada irónicamente para acompañar la mirada, irónicamente vuelta para abajo, cerrada de nuevo, su boca fue lo que le hizo acabar de golpe con las muchas negativas, resarcirse de todo lo que había sufrido. Su boca tuvo la culpa de que de repente se acercara a ella por detrás, le sujetara los brazos por detrás, la empujara delante suyo a lo largo de la puerta del armario y se echara con ella en el sofá. Durante unos minutos ella lo sujetó con mofas y risas, luego le miró a la cara y tal vez se asustó de verdad. Lo

intentó aún clavándole los dientes en los hombros, pero pronto dejó de morder. Sí, hasta aquí podía comprenderse; también el hecho de que él se sintiera vencedor. Nunca más volvería a alzarse así tras estar con una mujer, ahora ella estaba amansada, la Brunilda pintada, la amazona en ropa interior, siempre y cuando no se la hubiera arrancado, efectivamente le quedaban puestos sólo jirones de ella. Pero había valido la pena, se demostró que superaba todas las imágenes de después. ¿Qué es lo que había esperado? Quizá sus suaves labios encima de los suyos o... demasiado fantástico, demasiado absurdo para pensarlo ni un segundo, aunque fuera sólo en el más inútil de los sueños... ¿sobre su mano? «¡Querido, mi Hércules!» Ella no le miró, era una columna de piedra, su NO procedía de cada una de sus fibras. Hasta más adelante no pensó: «¡Odio, ese odio! ¿Qué es lo que le he hecho?» Miles de mujeres no hubieran tenido nada que objetar, hubieran estado contentas. Al recoger él un zapato ella jadeó: «¡No lo toque!» Había terminado, se fue y antes... pero eso no era más que la fachada, era imposible que le saliera del corazón. Como al terminar un trabajo que les hubiera hecho seguir juntos, después de cerrarse el despacho hizo un ligero gesto con la cabeza para despedirse. «!Buenas noches!» Como si no hubiera pasado nada, exactamente...
Por eso era natural que la otra apareciera en seguida y le abrazara como el húmedo y oscuro vapor de la noche. Asombroso, incomprensible, absurdo lo que tenía por dar. Consiguió que casi olvidara a la primera y se llevaba un susto terrible cuando entraba por la puerta del despacho. Pues la primera vivía, sí, pero la otra estaba más viva que ella. Cada vez le resultaba más incomprensible que una fuera la causa de la existencia de la otra. Ah, la otra tenía todas las cualidades de la primera, hasta en lo más íntimo e inusitado las mismas, cada uno de los pelitos de sus espesas cejas doradas y la rigi-

dez de sus llenos muslos blancos. Gimiendo cedió a su furia agresiva, no podía agarrarla lo suficiente, en eso era igual que la Marie. Su cabeza caía de igual modo hacia atrás dejando libre su gruesa garganta. Igual que Marie torcía un poco el cuello para que él pudiera arremeter mejor con los dientes: para ambas el mismo juego que las hacía temblar de miedo, para ambas la misma tensa seducción al meter con avidez los dientes en la carne fuerte, al morder, un poco más fuerte... hasta que sus dientes notaban que la resistencia cedía, el cartílago de la garganta, un poco más, otro poco más... Sus labios ardientes, ahora tanto más voluptuosos, animales cual serpientes no sujetos ya a su voluntad, siguieron deslizándose tras el rastro que llevaba al botín, por sus hombros, se detuvieron en su pecho mientras seguía sujetándola en su abrazo y hacía correr sus musculados y algo cortos brazos bajo su duro trasero... como con Marie. Pero Marie ya no era Marie, por eso cada vez servía menos para ser Hildegard, la otra Hildegard. El hecho de que después se levantara y cogiera la toalla mojada de agua caliente que ya tenía preparada y lo limpiara fue lo único que le quedó de ella, lo último con que caracterizaba a Hildegard. La unión de las dos era la totalidad, el colmo de lo que podía desearse.
Pero ahora el cuello de Marie iba perdiendo, cada vez tenía más arrugas; sus pechos habían sido pequeños y llenos, cierto, había alimentado a dos niños, pero sus pechos habían sido siempre macizos. Hoy... La desgracia era que tenía que quitarse el sujetador, él no podía, le era imposible si no lo hacía. Su trasero también se estaba deformado, no, ya no le servía para lanzarse hacia Hildegard. Las azules varices de sus piernas sobresalían, se había vuelto llorona y se pasaba la vida refunfuñando. Desde que al ablandarse su trasero iba cayendo era por otra parte imposible negar que sus piernas eran demasiado cortas, sus muslos eran incluso sorpren-

dentemente cortos, cosa que hasta entonces se le había escapado por completo. Es posible que las largas y fuertes piernas de Hildegard —le gustaban sobre todo en verano, cuando estaban doradas— pusieran de manifiesto, sin piedad, esa vergonzosa imperfección de Marie.
Le ardía la cabeza, en su pecho sentía un asfixiante y amargo encogimiento, todo su cuerpo estaba embargado por ese asunto no solucionado, un calor seco, como un furor que tenía que exteriorizarse para volver a encontrarse relajado y más fuerte, con sus intenciones y sus planes y un futuro tranquilo creado por su voluntad. Tal vez incluso con Hildegard, que ahora le pertenecía sin el rodeo de Marie, transformada y tan completamente hija de sus deseos que la otra desapareció, un día se descompuso. Tal vez... Notó que tenía dolor de cabeza, su pulso, su interior subía y bajaba, eran esos malditos juncos, el viento entre las masas de junco, insoportable. Menos mal que arriba aún le quedaba una botella de licor de fruta. Tendría que subir, ella parecía haberse empeñado en aguardarle. Es de esperar que no empezaría con su afectada salud, que él estaba arruinando por completo con sus salidas nocturnas. Entonces él tendría que pegarle unos cuantos gritos para que se metiera en la cama llorando. Lo mejor era entrar ya con los polvos disueltos en el vaso. «Anda, bebe, tómate tu somnífero, vamos, ven ya.» Se lo sostenía en los labios. Si lo hacía con suficiente energía ella no se atrevía a contradecirle. Lloriqueaba otro poco y se quedaba dormida.
No había otro remedio, tenía que subir...

El atardecer aún no había llegado, sólo que faltaba el sol. Todo el resplandor era como lo que quedaba en el vaso, un residuo sin fuerzas. Al salir a una pradera Krejcirek notó esa lividez, la falta de renovación de la luz, de una manera casi alarmante. Permaneció en el bosque, sobre el sedoso suelo cubierto de hojas. A la derecha, mucho más allá, podía distinguirse bien la clara cinta de la carretera entre los troncos. Los pinos se hacían cada vez más finos, los árboles, transformados por atrofia en arbustos, tapaban toda la vista. Entonces empezaban las ciruelas silvestres y hacia el borde de la carretera se hacían impenetrables. Al otro lado oyó el ladrido de un perro y una corriente de agua fluyendo; pronto debería llegar al lugar.

«Comprometido —pensó—, te has comprometido, lo peor que puede hacer un funcionario.» No comprometerse era la ley de la inteligencia que, abierta o encubiertamente, les dictaban siempre a los chicos. El que estaba comprometido estaba listo si alguna vez el Gobierno dimitía. Pero mirándolo mejor se demostraba que la mayoría estaba más o menos comprometida. Leinweber, por ejemplo, permanecía y volaba con el régimen. Mostbaumer en cambio... probablemente era de los impenetrables que por principio iban siempre por vía doble. Examinando punto por punto... no, también él estaba comprometido, la piel se le ponía de gallina al pensar *hasta qué punto* estaba comprometido. Pero al exponer tanto por la carta alemana, Mostbaumer sabía lo que hacía. «¿Y yo mismo?» En cualquier caso no más comprometido que Mostbaumer, eso era francamente tranquilizador. Lo primero que preguntaría Hildegard era si había tenido que hacerlo.

Lo repasó todo de nuevo sin disimular nada: no le quedaba otra elección... de lo contrario no se hubiera enterado de nada. Ahora conocería a todo un grupo. Hacerle ver bien claro cuánto había pensado en ella también, sobre todo en ella al estar con Mostbaumer. De nuevo la situación que él continuaba tan a menudo en su fantasía, que estaba pidiendo a gritos que le pusiera ya un fin a la realidad. Mi pequeño... él no se atrevía a mirarla, no le resultaba difícil en absoluto ser pasivo si ésta era la condición para que ella se acercara tanto... hasta sentir junto a su camisa las puntas de sus pechos, dos clavos ardientes que le abrasaban la carne. Con gusto hubiera dado un paso atrás pero no podía, que sucediera. Ella lo contempló uno, dos segundos inquisitivamente, sorprendida. Luego, riendo, metió la mano entre sus piernas; una corriente de fuego, una caricia fluida que le invadió por completo y lo sacó. Pues como es natural sucedió, precisamente ahora...

Comprometido. Pero ¿y ella? ¿Qué cartas tenía, las marrones o las negras? Ella aún no era funcionaria, sólo tenía un contrato. Por lo visto estaba esperando a que su tío pudiera traspasar el aserradero. ¿A quién? Sobre ese punto reinaba la oscuridad de insinuaciones confusas. Hildegard no era una muchacha a la que su tío casara con un aserradero. ¿Estaba esperando el otro régimen? Eso significaba que en secreto Hildegard también estaba comprometida, ¡incluso ella! Pero también podía ser que fuera por vía doble, tal vez era necesario si quería matar a Mostbaumer. Su aureola creció, su papel como conocedora de muchos caminos. También encontraría solución para él, ¡qué alentador!, con unas posibilidades en las que jamás hubiera creído, no tenía por qué andar a golpes, oh, ella...

Y ahora se encontraba solo en la carretera, la casucha del otro lado con las ventanas cerradas parecía deshabitada. De repente su plan le pareció tan irreal... absurdo, vacío, automático...

—¡Eh! —gritó—. ¡Eh!

Nadie, nada; quisiera o no, tenía que abrir la verja y dirigirse a la casucha. Dio una vuelta a su alrededor. ¡Eh! Ventanas a cada lado... sucediera lo que sucediera, al hombre que estaba dentro no se le podía escapar ni el menor detalle. ¡Eh, eh!

Al golpear en la ventana apareció una cabeza; dos em-

pastes dorados delante, una red sobre el cabello peinado liso hacia atrás.
—¿Qué pasa? —preguntó sin abrir.
—¿No quisiera salir?
—No, no quisiera.
La cabeza desapareció.
Él llamó a la puerta.
—¡Qué tozudo es! —oyó que decía una voz detrás de ella. —¿He de abrir?
—Claro que sí. Quizás antes quiera charlar un poco.
El hombre de la red salió, pero no soltó el mango de la puerta. En la habitación había otro sentado en un sofá, también en mangas de camisa, con botas de cordones hasta más arriba de la pantorrilla y pantalones de montar de cuero. El del sofá gritó:
—¡Entre ya! Nos alegra mucho el amable visitante.
Tal vez a causa de su semblante —estaba realmente desconcertado— el de la red dijo:
—Sí, tengo visita, compañero. El pastor sustituto, ya sabe. Es que el viejo hoy tiene fiesta.
Santo Dios, todo era tan... como si supieran exactamente quién era y él supiera quiénes eran ellos. Quería sonreír pero al hacerlo le daba la sensación de que una mano helada le oprimía la garganta. Los dos perros estaban echados delante del sofá sin moverse. Ahora se levantaron al mismo tiempo que el hombre de los pantalones de montar y permanecieron detrás suyo esperando con la cabeza atenta.
—Vaya —dijo el hombre (cara angulosa, nariz ganchuda, ojos muy claros, tupé rubio sobre la frente)— está algo sorprendido, ¿eh? ¿Por qué tiene la mano en el bolsillo? —Él apretó nervioso la derecha en el bolsillo de la chaqueta—. ¿Tal vez hay algo dentro que tiene que sujetar?
Él sacó la mano del bolsillo.
—No —dijo—, sólo necesitaba que me ayudara. Allí

fuera, al otro lado, hay alguien, ha habido un accidente.

—¡Qué cosas dice! —rió el de los pantalones de montar—. ¿Qué clase de accidente?

Él estaba temblando y notó que empezaba a sudar. Tan inevitable... los tres sabían cuál era el fin. ¿Qué fin? Hizo un esfuerzo interior. De repente pensó que él no estaba saliendo airoso, por eso la cosa iba mal. Hildegard en el olvido, en el olvido la preocupación por estar comprometido. Sólo la sonrisa irónica de Mostbaumer, su desprecio. Tal vez por eso su voz resultó convincente y su rostro apareció desfigurado como si hubiera sufrido un shock.

—Vengan, ayúdenme, échenle al menos un vistazo. —Su turbación era evidente—. Es una mujer, no puede ser mayor aún. Tal vez sólo se ha encontrado mal.

Los dos se miraron. Él se dio cuenta de que había dicho lo adecuado y ahora tuvo otra buena idea.

—Allí, entre los arbustos de ciruelas silvestres. No se la puede dejar allí.

—Vamos a ver —dijo el de la red.

—No —dijo el de los pantalones de cuero retrocediendo y abriendo la ventana—. Vete tú, yo... —y sonrió irónicamente.

—¡Usted primero!

Él fue andando unos pasos delante suyo pensando agitadamente que debía ir al lado del hombre, en modo alguno debía cubrirlo. Mostbaumer no pudo hacer suficiente hincapié en ello. «¿Por qué tengo que fijarme en eso? Al menos medio metro de distancia, sí, sí, pero ¿por qué? Quieren verlo bien —Mostbaumer rió—. Tal vez haya que fotografiarlo.» Retrasó la marcha, ahora sus hombros se tocaban. También cuidó de la distancia, pero a pesar de ello tenía la torturante certeza de que había cometido alguna falta. Diez pasos más hasta llegar a la verja, el hombre miró atentamente al otro lado de la carretera; entre los arbustos no había nada que se moviera, nada, seguro que no había nada. De repente el hombre afiló los labios, se apartó a gran velocidad, detrás suyo. En aquel momento un silbido pasó volando junto a él, en realidad un resoplido que duró un segundo, como cuando la empleada del despacho ponía en marcha el aspirador. El hombre que iba a su lado cayó al suelo, él no se desplomó sino que se echó. Iba a inclinarse cuando... el golpe por detrás, un golpe penetrante a la izquierda debajo del omóplato... y nada más, adiós. El hombre de la red fue arrastrándose boca abajo, después de unos cincuenta pasos se levantó y fue corriendo encorvado hacia la cabaña. El rubio de la carabina desapareció de la ventana.

—Ya está allí —gritó el hombre desde el pequeño coche Steyr pintado de gris—. ¡Vamos ya con el saco!

El otro, que había conducido, le siguió:

—¡Maldita sea! ¡Se lo han olido! Ése es el otro, además aún se mueve.

Yacía con la cara en el polvo de la carretera. El hombre examinó el orificio de la bala.

—Me parece que pronto dejará ya de moverse.

—¿Qué hacemos? Excepto desaparecer.

—Llevárnoslo. Hay que llevárselo por fuerza. Decir que no sigan, no hay remedio. Se lo han olido.

—¿Hemos de hacerles desaparecer sus muertos?

—Es uno de los nuestros. Vamos, al saco...

Como es natural, Mostbaumer no se contentó con el informe de Florián, pasó un buen rato hablando detenidamente con el posadero. Al fin y al cabo el posadero había sonsacado a numerosos adeptos. Krejcirek? Probablemente se había comportado con torpeza. Nadie podía saber de qué servía. Sobre esto no había nada que discutir. Pero ¿por qué después pasaron por el aprisco cinco camiones cubiertos de lona, cinco coches distanciados que no se detuvieron en el lugar en el que se encontraba la granja en ruinas con su magnífico sótano? Camiones... lo convenido eran coches de campesinos, tenían que ir al desfiladero de Rauffersbach, a las montañas. En vez de ello bajaron a la llanura y sin la carga tomaron el camino que hubieran seguido con ella, que se les había facilitado: arreglo particular de Florián. ¿Renunciar? Los fusiles procedían de los milaneses y pertenecían a los alemanes. Si desaparecían... podía imputarse a la banda del de los juncos. Si los escondían en otra parte podrían volver a vendérselos a los alemanes. Probablemente surgirían otras cuantas dificultades pero la empresa tenía que seguir, renunciar sería absurdo, a pesar de Florián. Mostbaumer se proponía decirle luego amistosamente y como si no tuviera importancia:

—Ya ve, señor alcalde, el que juega contra mí pierde sea como sea. Espero que saque usted las consecuencias.

VIII

Mostbaumer parpadeó mirando la pared de la ventana, en la cual el nocturno amanecer resplandecía ya cual gris telaraña. «Las tres, como máximo, y gracias a Dios dormimos en dos camas separadas. Claro que Marie tampoco está durmiendo, sólo lo hace ver, igual que yo.» Se deslizó debajo de la manta, gimiendo dio vueltas con su carnoso cuerpo cubierto de grasa, cerró los ojos (aunque sabía que no se dormiría) y en seguida volvió a tener su mano ante los ojos. Una mano sensacionalmente grande, impresionante, muy nervuda, de color marrón oscuro, con gruesas venas oscuras en toda su superficie, debajo mismo de la piel. Pero no era la mano: sus anchas y redondeadas uñas que daban rigidez a sus yemas no le dejaban en paz. Uñas con profundas costras negras de suciedad. Ahora sus nudosos dedos se cerraron hasta formar el puño:

—Lo conozco, lo sé —dijo el hombre en desagradable tono como si no quisiera que nada ni nadie se le acercara—. Ah, ya le, ya le... puede estar seguro.

Mostbaumer se lo dijo a sí mismo —en la somnolencia matinal entre sueño y vela no había engaño—, había estado contemplando con verdadero desconcierto su mano: la única posibilidad de evitar el rostro. El hombre parecía un desgraciado, ni inteligente ni simpático, es probable que hubiera pasado años muy duros, no precisamente lo que se llama una juventud amparada. Perplejo y algo molesto, notó Mostbaumer que de repente su voz salía ronca:

—Bueno... todo se ha examinado a conciencia... ¿quién? —pensó de nuevo—. Ya entiende, tiene que ser así, no hay más remedio.

—Claro. ¡Para qué tantas ceremonias!

El hombre ladeó un poco la cabeza, parpadeó, rió con la astucia del que se siente superior de tal modo que dejó a Mostbaumer desconcertado: «¿Tal vez no hubiera debido trabar relaciones con él?». Que tontería, por su aspecto ese tipo parecía servir para eso y su manera de enfrentarse en seguida con las primeras insinuaciones de tanteo demostraba que él, Mostbaumer, no se había equivocado al juzgarle.

—De modo que tengo que matarle al capitán de caballería; magnífico, ¡ja, ja, ja, ja! ...

Como si se le estuviera riendo en sus propias narices. Apareció un día sentado a su mesa, dejó que los otros hablaran, él escuchó y dijo sólo algo acerca de la zona. Lo que en realidad le interesaba estaba bastante claro. Tras haberse puesto de acuerdo dirigió una mirada involuntaria, pero notable a su despacho:

—Traiga algo por escrito para que lo anteponga.

—Pero si no tiene quc anteponerlo a nadie.

—Cualquier papel, para guardarlo para después. La firma puede ser ilegible, con una de esas estampillas... ya sabe, sólo por si acaso...

Mostbaumer lo miró sin comprender, el otro sonrió con aire pedante, con mayor sarcasmo y no sin cierto tono despectivo:

—Es que yo... con mi experiencia... Santo Dios, ¿dónde no habré metido yo baza? Sin embargo, a uno siempre pueden atraparlo. Es posible que de un asunto así no se hable hasta dentro de varios años. En tal caso uno de esos papelitos es una coartada total.

—Pero no comprendo...

—Ya me doy cuenta, amigo mío, ya me doy cuenta...

Mostbaumer acababa de comprender que las sentencias de un tribunal secreto no eran el medio apropiado para conseguir una aureola especial a los ojos de este hombre. Cayó en un tono de jefe mayor de lo que pretendía:

—Pasado mañana, temprano, a las siete —eso era dentro de tres horas y media— lo traeré.

El hombre soltó una carcajada, pero de repente su voz había cambiado, su rostro era distinto, aún más desconsiderado, más ofensivo; parecía muy divertido:

—Si no me da el papel no me encargaré de él.

Mostbaumer replicó con energía:

—Creo que lo hemos discutido todo. Si ahora pone usted obstáculos voy a...

—¿Qué?

El tipo volvió a reír; era imposible encontrar una cara de aspecto más infame. Con no mucha firmeza Mostbaumer dijo:

—Tendría que dar parte de su comportamiento.

—¿A quién? ¿Y cómo?

Se levantó, bebió lo que le quedaba en el vaso y se puso ceremoniosamente el impermeable verde gris. Al llegar a la puerta se volvió:

—Bien, a las siete. Ya conoce el lugar. Y no se olvide del papel.

Del sobre que Mostbaumer tenía que llevar además, ni una sola palabra. Inseguro, y al mismo tiempo para consolarse, Mostbaumer intentó convencerse de que lo único que pasaba era que no encontraba el tono adecuado. Le hubiera gustado demostrarle a ese tipo en qué concepto le tenía. El sobre... ni una sola insinuación. Y no obstante estaba convencido de que era el único argumento que podía surtir efecto. ¿Por qué había dejado pasar la oportunidad de hacerle ver bien clara la diferencia entre ambos? Al meditar antes de levantarse, entre el «ya no» y el «aún no» era cuando hacía examen de conciencia y comprendía cuáles eran sus faltas y omisiones. Casi como si sólo viviera para esa media hora en la que se proponía no volver a cometerlas nunca más, *nunca más,* NUNCA MÁS. Para repetirlas después con tanta mayor seguridad, pensó de mal humor.

Ante sí tenía a aquel tipo igual que cuando estaba sentado allí a la mesa frente a él, con la cicatriz rojo pálido sobre el pómulo izquierdo y las rayas amarillo grisáceas con los agujeritos azules dentro. Al parecer una herida producida por el fuego o por el gas, pero formaba parte de la cara; ni por un segundo se sentía uno tentado a imaginársela sin esas heridas que uno ya no las consideraba como tales, sino como parte componente de esa cara. La parte en que se encontraban era curiosamente inexpresiva, algo mecánico e inhumano; a su alrededor las facciones pasaban de la burlona arrogancia al desprecio brutal cual insulto no manifestado, pero evidente, muy irritante, de tal suerte que despertaba en él una fuerza opuesta difícil de dominar... le hubiera gustado asestarle un buen puñetazo en la cara. En su lugar le entregaría el sobre con los cinco billetes de mil para que —después de liquidar al capitán— ese pillo «desapareciera a tiempo». ¡Como si para ello necesitara los cinco billetes de mil! La frontera se encontraba a media hora escasa de distancia. Ese sujeto le provocaba una resistencia interior, un odio y unas ansias de destrucción inmensas. Pasados los primeros momentos su cara descubría en seguida lo que había detrás, un rasgo, una cualidad esencial, sin querer, de manera inevitable y tal vez sólo sin palabras porque era en efecto algo imposible de expresar.

—Se... —interrumpiéndose en el acto— señor consejero —se interrumpió: «Mostbaumer» acabó de decirlo como si lo hubieran atrapado mientras en su rostro se extendía esa sonrisa despiadada. Ese tipo no dijo su nombre ni después tampoco, tal vez porque le parecía que para empezar no necesitaba ninguno, o porque no valía la pena decírselo a un personaje así.

Lo que más lejos estaba de él, lo más abismático y odioso que se permitía a uno como persona y que, sin embargo, le impulsaba a rivalizar con él. Aquél al que hoy le llevaría el capitán, que era de los suyos, pero que simpatizaba con el Gobierno o con los italianos o con ambos, que quería disolver sus organizaciones y enviar al Reich una descripción de la situación con alteraciones y subjetividades escalofriantes. Había que prohibir su actividad, y tenía que hacerlo precisamente el Reich, a causa de las consecuencias, de «los efectos destructores que al final llevaban al absurdo cualquier forma de conveniencia pública». El capitán anterior también estaba en contra del sabotaje; claro que no decía de qué otra manera quería echar abajo el Régimen. El mozo debía su éxito al disfraz de su correligionario, no se presentaba a ninguna autoridad del partido, no hacía caso de ninguna indicación; en resumen, estaba claro para quién trabajaba. Bien, él, Mostbaumer, les había demostrado que no consideraba las costumbres del tribunal secreto como leyenda romántica ante la cual, en realidad, no retrocedía espantado. Era indiscutible; su manera objetiva y enérgica —sí, podía decirse de este modo— con la que sin hablar mucho defendió la liquidación no disminuyó su fama ni su prestigio, al contrario. El hecho de declararse dispuesto a acompañar personalmente al condenado a la frontera donde debía entregar su documento —que como era natural no podía confiarse al servicio de correos—, un grueso legajo, para que se llevara a su destino, y donde aprovechando la ocasión debía ser liquidado, fue más bien un gesto de preocupación que no hacía falta poner de manifiesto. La naturalidad del hombre del impermeable verde y, no obstante..., su reflexión, su prudencia...; mientras tanto su desagradable voz «ya le, oh, puede estar completamente tranquilo, no es nada...».
En efecto, para él parecía carecer de importancia, él no

se esponjaba como por ejemplo... bueno, hoy la confesión amenazaba ser desagradable, pues él, Johann Mostbaumer, *él,* si no exageraba tenía al menos la sensación de lo extraordinario y especial; un asunto con el que no sólo a sí mismo se impresionaba como era debido.

Volvió a verse allí de pie, pues se había levantado al hacer su proposición, empujó su copa hacia atrás; por otra parte no todos habían pedido algo de beber; era fácil creer que muchos, teniendo en cuenta el tema que se estaba discutiendo, no lo consideraran adecuado. Así pues, apartó la copa después de llevársela a los labios, con aspecto pensativo, como si volviera a repasar cada uno de los puntos de vista, el pro y el contra de lo que estaba a punto de pedir, tomó un sorbo por distracción o para humedecerse la garganta, no por la bebida en sí. Ahora podía pasear la mirada alrededor de la mesa, reflexionando aún; tal vez diera incluso la impresión de que se estaba planteando el conflicto ante su conciencia —¡eso sería magnífico!— o al menos podía parecer prudencia, cierta escrupulosidad, como si fueran ellos quienes tuvieran que incitarle cuando la verdad es que él hacía tiempo que estaba decidido a no ceder hasta hacerles llegar a este punto. De momento aún faltaba algo; a pesar de que sus rostros mostraban un esfuerzo por contenerse —parecían estúpidos de tanto exhibir su indiferencia— vio el temor que había en todos los ojos; igual que la disposición de volverse atrás en seguida antes de asaltar un corral... hasta que se encontraran al otro lado. Los dos maestros ya estaban allí, en ellos iba creciendo un sentimiento brutal... no venganza o sed de represalia, sino más bien una especie de alegría apasionada porque por fin la política era como en su opinión hacía tiempo que debía ser; costaría trabajo refrenarlos. Arrugando la frente, no precisamente aburrido, pero sí como si se tratara de algo

cotidiano, fue recogiendo la admiración con que le estaban obsequiando todos y cada uno de ellos (todos creían que se la refrenaban, que no la mostraban). La sentencia de muerte les daba miedo, por eso habló de «liquidar» e hizo como si se tratara de una petición corriente que él suponía que aprobarían. De momento los únicos seguros eran los dos maestros. Los otros miraban vaga y tímidamente; parecía que ponían esas caras de tan forzado desinterés sólo porque querían aparecer en actitud digna. Todos los campesinos tenían una rigidez y falta de vida que parecía que estuvieran hechos de un material rajadizo difícil de trabajar, inútil intentarlo con la elocuencia. En cambio, con ella podía conseguirse de los empleados de las ciudades cualquier cosa: cuanto más afán de cultivarse tenían tanto más fácil era convencerles hablando de que hicieran lo que uno quería de ellos. El problema era precisamente que en el grupo había campesinos y veraneantes.
Suspirando sacó del bolsillo las cuatro páginas hectografiadas: «Documentos privados y órdenes especiales»... delante de esto tenían que sucumbir incluso los más fuertes escrúpulos. Bastaba con hacerles cómplices y revelar las disposiciones preparadas para tales casos. Levantando la voz: «Instrucciones oficiales secretas». Reprimiendo una sonrisa observó que los semblantes adquirían en seguida cierto brillo y color, cierta vitalidad, y que se relajaban. Sí, eso era una disposición impresa, una regla irrevocable de su conducta; oyó que decían:
—Si vaciláramos cometeríamos un delito; el caso está clarísimo, nos haríamos cómplices. A mí me sería imposible hacerme responsable. Pero vosotros, vosotros...
Sin lugar a equívocos lo leyó por toda la mesa: no querían ser cómplices. ¿Acaso no se encontraban ya en la ilegalidad? ¿Debían correr el riesgo de volver a ser considerados ilegales una vez constituido *su* Régimen, que antes tenían que producir? Nadie puede vivir fuera del

orden, aun cuando todavía no se tiene. Cuanto mayor es el sacrificio que ha de hacerse para obtenerlo, tanto más satisfacciones promete.

—Vivir entre dos organizaciones...

Al oeste descendió un rojo ardor por las laderas de las montañas con grandes sombras crepusculares violeta-azulado. A su lado el capitán señaló la otra parte del lago en la cual el último sol se evaporaba como líquido amarillo anaranjado.

—¡De modo que entre dos organizaciones! No me resulta difícil imaginar que ciertas personas se encuentran muy a gusto en tal situación.

El capitán lo miró solícito mas sin detener la vista en él. Estaba claro a quién se refería. Mostbaumer sonrió con ironía:

—¡Momentos de transición! ¿Por qué no quiere reconocer que de esta manera la moral anda un poco por mal camino?

Y con impaciente mordacidad:

—Usted debe tener sus motivos...

El otro lo miró por primera vez directamente a la cara. No parecía en modo alguno sorprendido ni malicioso, sino más bien pensativo, inquieto a causa de aquello en lo que no podía dejar de pensar.

—¡Por mí que derriben las bases! ¡Pero eso también tiene su medida, sus límites! Claro que los que quieren pescar en río revuelto no preguntan.

Mostbaumer hizo caso omiso de esta última observación y repuso gravemente:

—Desde el punto de vista histórico...

—Sí, sí; ahora eso lo oigo decir muy a menudo...

Se demostró que no era difícil sonsacarle; se olvidó de toda su prudencia y se puso incluso desagradable:

—En la política la falta de escrúpulos y la envergadura del delito es lo que lo transforma en acontecimiento histórico y lo que hace de la conquista la realización de una idea. Y no todas tienen tan gran poder de penetración popular... «Regresa al Reich».

La verdad, Mostbaumer había demostrado tener suficiente paciencia; aún seguía dando prueba de ello. Frío, con la distancia que le confería el saberse superior:

—Crimen o heroicidad... a partir de determinado significado lo que decide es precisamente cierta estabilidad. Y a menudo ni eso siquiera sino sencillamente el éxito; ni tan sólo es necesario que sea duradero.

Entonces se pronunció la frase que lo apremió a tomar una decisión, porque anunciaba el peligro. De manera solapada, y como si careciera de importancia, el capitán dijo con una maliciosa mirada de soslayo:

—La consecuencia de los fuegos artificiales que hizo usted la semana pasada son unos cuantos cientos de parados, en su mayor parte de familias humildes de los valles.

Mostbaumer sintió que su interior bullía amenazador y con fuerza: «¿Cómo sabe usted que se metió fuego? ¿Que yo tuviera nada que ver con la fábrica de papel? ¡Guárdese bien! ». Pero nada de eso, sino la burlona manifestación de una seguridad que no era casi ni superficial y que debía ocultar su miedo. Durante uno o dos segundos sintió las convulsiones de su rostro y estuvo a punto de dejarse llevar por el arrebato, pero en el último momento se contuvo y consiguió sonreír sarcásticamente:

—¿De modo que... crimen o heroicidad? Entre dos organizaciones que alternan, probablemente no es sólo cuestión de punto de vista, sino que significa en efecto ambas cosas. Por otra parte... comparado con lo que se está preparando por todas partes, el incendio de la fábrica fue menos que una bagatela.

De repente a Mostbaumer le dio la sensación de que el helado aliento que despedía la amabilidad del capitán le calaba hasta los huesos. «No hay nada que desee con tal vehemencia como abalanzarse sobre mí.» Le oyó decir:

—Tiene razón, el incendio fue una acción criminal y si lo heroico es el grado supremo de la moralidad incluso una acción de alto nivel moral. Tantos y tantos cientos de compatriotas a los que, como es natural, tiene que recibir en la organización para poder apoyarlos mejor antes de hacerles «regresar al Reich», y que ahora, como están sin trabajo, tienen tiempo suficiente para estar ocupados a la manera de usted. Hay que felicitarle.

«Quisiera saber el papel que me hace desempeñar, daría cualquier cosa por leer su informe.» Mostbaumer se detuvo, agarró al otro del brazo sin saber con qué energía lo mantenía sujeto y viendo sólo su semblante extrañado, asombrado y despectivo. Él quería hacérselo desaparecer:

—¿Qué es lo que busca usted aquí? ¿Cómo es que ha entrado?

—Por lo visto debido a un malentendido.

Mostbaumer soltó el brazo que tenía agarrado convulsivamente de una sacudida:

—¿Malentendido? Entonces hay que rectificarlo.

—Eso es precisamente lo que espero.

Se encontraban frente a frente, cada cual con un florete invisible. Mostbaumer notó el rubor que le subía por el cuello. El otro estaba pálido, de una palidez curiosamente verdosa, los ojos fuera de sus órbitas, dominado por la hostilidad. A pesar del vaho rojizo que con brusco movimiento ondeaba arriba y abajo y que él mismo despedía, Mostbaumer vio con una nitidez penetrante y al mismo tiempo paralizadora no sólo la cara, sino también sus intenciones, lo que el otro estaba pensando. Se asustó, había hablado con una claridad más que poco inteligente ante un adversario cuyos protectores desconocía, pero que los tenía, que tenía que tenerlos,

de lo contrario ese hombre no se comportaría de este modo... ni por un segundo dudaría en hacer uso sin consideración de sus recursos... ¿O sacó tal vez la consecuencia de que uno que no tiene el menor inconveniente en poner de este modo sus cartas sobre la mesa, al que no le importaba que el enemigo las viera, se sentía sin duda alguna superior a él y probablemente lo era?
Aquí se abrió paso en la conciencia de Mostbaumer algo que no tenía nada que ver con estar preparado ni con prudencia táctica; aquí no se trataba de ataque y contraataque, sino de algo más profundo. Era el momento de confesarse que lo había intimidado, que él estaba por debajo. Entre el sueño y el día lo único que podía hacerse era dar cuentas sin condiciones. Arropado por el grueso edredón con el que se tapaba también la cabeza, de modo que notaba por todas partes el calor de la cama, como si estuviera en el útero. Marie no podría hacerlo, por lo visto necesitaba aire, tenía miedo de morir asfixiada. Casi como si tuviera necesidad de estar envuelto... «Imposible engañarme a mí mismo ahora. Ayer perdí contra el capitán, eso no tiene arreglo. Repasando palabra por palabra: ¿cómo no se produjo una ruptura abierta? Por los reproches que le hice y sobre todo *por la manera cómo se los hice*... un capitán de caballería del real e imperial ejército hubiera tenido que reaccionar. Otra vez he sido demasiado grosero, siempre me paso de la raya. Eso les brinda la oportunidad de interpretarlo como algo grotesco, como mi estilo personal con el que han de conformarse si quieren tener tratos conmigo». De repente él... «no logro recordar cómo pudo llegar al paso escondido de la frontera adonde sólo enviamos a aquellos a quienes no debe pasarles nada bajo ningún concepto. Delante del hotel nos estrechamos la mano. El rostro del posadero: Bueno, a ti no te lo notará que hay que matarlo. Yo me enfurezco con mucha facilidad, por eso no soy el tipo adecuado

para discutir. Por lo visto es cosa de la constitución, no tiene nada que ver con la inteligencia. Tal vez sea, sin embargo, sólo la educación, el ejemplo, la costumbre. Si no fuera de una familia de campesinos, si después de la artritis mi madre no se hubiera empeñado en enviarme a estudiar al convento...».

Por encima del borde del edredón empezó a buscar con la vista; la telaraña gris de la mañana era un poco más clara. Con qué rapidez pasaban los pensamientos; en unos pocos minutos se repasaba toda una vida, todo lo importante... Era precisamente esa inteligencia práctica lo que le diferenciaba del tipo del impermeable verde, por eso ése no tenía ninguna posibilidad, si bien poseía como don natural lo que les faltaba a los demás: la valentía, la capacidad de hacerlo. Pero *él,* Johann Mostbaumer, poseía ambas cosas, era capaz *de ello* y dominaba el campo intelectual. Bajo su arrogancia, que a veces le parecía algo demasiado impertinente... siempre la misma pregunta que se elevaba de manera inesperada como la oculta agudeza de un fuego secreto: ¿podía hacerlo, lo estaba llevando a cabo *de verdad*? ¿De una manera natural y sencilla como el hombre del impermeable verde gris? ¿Una aptitud innata? Curioso... la claridad, aquí en la cama, envuelto por la manta caliente, con los párpados apretados, la certeza «de cuando tenía cinco años»... como si no hubiera podido ser cuando tenía cuatro o seis... «*entonces* era capaz de ello».

La casa baja y alargada, con las vigas ennegrecidas por el tiempo sobresaliendo bajo el tejado. Al otro lado, cara al patio, donde daban los establos, había siempre al menos una docena de nidos de golondrinas. Tenía que haber sido el mes de mayo. El pajarito aún no había empezado a volar, pero faltaban a lo sumo ocho o diez días. Redondo como una pelotita, fuerte y bien alimentado, con alas remeras y con las plumas de la cola ya.

Probablemente se había adelantado demasiado para salir al encuentro de sus padres, que le llevaban el alimento. Al caer había extendido las alas por instinto; dando un revuelo había caído en la piedra plana del borde. No se había herido, seguro que no se había herido, hubieran podido llevarlo a la habitación y prepararlo para volar. Cuando se le acercaba alguien aleteaba, extendía el cuello hacia adelante con el pico de borde amarillo abierto de par en par: su única reacción frente al mundo. Hasta entonces siempre había sido efectiva, no conocía ninguna más.

El gran adoquín que dejó caer encima suyo cuidó de que no conociera tampoco ninguna más. Su padre y su madre estaban mirándolo, era absolutamente necesario que lo observaran desde la ventana. Ventanas estrechas —la casa tenía tal vez, en efecto, más de doscientos años—, los dos tenían que apretarse para caber; quizá su padre había abrazado incluso a su madre. En seguida supo cómo era que el calor de la cama le hacía pensar en eso con la claridad que sólo es posible con los párpados cerrados: se trataba de un adorno. Sorprendente, la imagen, el recuerdo no eran nada nuevo, ni el rostro de los padres había faltado nunca. Pero ahora, de repente, de una manera inesperada estaba clarísimo, por encima de cualquier pretexto, que no se podían añadir o eliminar tan simplemente, porque su presencia es lo que causó o provocó la acción.

¿Y si sólo hubiera estado mirando su padre? ¿Si el lugar de la madre hubiera estado vacío? Con un sofoco sintió que la escena tenía que quedar inacabada para siempre a pesar de que él le había dado fin clarísimamente con el adoquín. Volvía de manera irrevocable a la seguridad de la que había salido, mientras él se inclinaba sobre el pájaro. «¡Déjalo, no lo toques!», gritó el padre. Tal vez los padres del pájaro estaban por allí cerca y el padre tenía miedo de que si le notaban el olor extraño dejaran de alimentarlo. En cualquier caso: ¡No lo toques! En el tono lacónico que de una manera incomprensible impulsada a obedecer en el acto y que, exceptuando al servicio, el padre sólo tenía para con él; para su hermana y más adelante, cuando vino, para el hermano menor, no.

Como es natural al pájaro lo dejó estar y en su lugar levantó una piedra del desaguadero que estaba suelta. Y ahí volvía a ver el momento que consideraba más incomprensible de todo el incidente. Aún lo veía hoy, y cuanto más a menudo pensaba en esta escena con tanto mayor claridad lo veía: su padre rodeó a su madre con el brazo, gesto que (de haberse hecho de verdad) sólo podía significar que la estrecha ventana le obligaba a ello. No fue una caricia, no fue una muestra de intimidad, por parte de su padre seguro que no. La reacción de la madre se basaba en una hipótesis falsa; él la rodeó con su brazo y ella puso en seguida su cara complaciente, la docilidad que acababa en sumisión, a su padre le gustaba ponerla al descubierto poco a poco hasta que se deshacía por completo en sus deseos. ¿Cuánto rato pensaba seguir acumulando actos de subordinación posteriores? Su padre no la había rodeado con el brazo en ninguno de los casos, tampoco lo necesitaba, bastaba con que la apretara un poco el antepecho con sus hombros, él se lo vio en la cara.

A pesar de que en realidad él no vio nada de eso; todo fue muy deprisa y él era demasiado joven para tales observaciones. Puras alteraciones, suposiciones más tardías, la sed de venganza de los años que iba ansiosa en busca de motivaciones. Sostuvo la piedra sobre el pájaro que, si es que vio algo, entonces sólo una mancha oscura sin profundidad, tal vez pensó que era algo que le llevaría alimentos o que podría comer; en cualquier caso le extendió el cuello hacia él con el pico muy abierto, sus dos triángulos de borde amarillo.

Sonriendo levantó la vista hacia sus padres; lo que tenía intención de hacer no le pareció que fuera en modo alguno un acto hostil dirigido, digamos, contra el padre sino que —con los años eso lo sabía con tanta mayor certeza— fue dedicado a la madre y pretendía ser una ovación. También ella comprendió en seguida, aún antes de que dejara caer la piedra, sus intenciones.
Después —la piedra reposaba ya sobre la otra plana y por debajo suyo salía un fino hilo de viscosa sangre que al día siguiente se secaría en seguida con el sol—, la miró esperanzado a los pies, dispuesto a que se realizara una cariñosa unión; era una afinidad bastante profunda que excluía a su padre. Imágenes a cámara lenta, se dijo gimiendo y bostezando y subiéndose la colcha, pero así era, exactamente. Ella tenía la boca abierta, como si estuviera a punto de gritar, cosa de la que ya no parecía capaz, cosa que no hizo porque su repugnancia y su consternación eran demasiado grandes. Él comprendió incluso que su padre salió con la mano en alto dispuesto a pegarle con el cinturón doblado, sólo por esto. No recordaba haber sentido antes nunca la correa con la que se le había amenazado ya varias veces. Era una escena nueva y completa hasta su más pequeño detalle, no faltaba nada, era como si la estuviera viviendo entonces, en aquel preciso momento. No se escapó como hubiera hecho en otra ocasión y como solía hacer después siempre, sino que permaneció allí esperando a su padre, dejó que le arrodillara sin replicar. Su padre le golpeó una, dos veces y como no se movía hizo asombrado con la correa un gesto inquisitivo dirigido a la madre. Pero él siguió en la misma posición a pesar de que la mano izquierda de su padre ya había dejado de pegarle y ya no le mantenía sujeto. Al final su padre lo puso de nuevo en pie. «¿Pero qué le pasa? —preguntó la madre—. La cara se le está poniendo toda verde.» «¿Qué pasa?», le dijo el padre en aquel tono im-

perioso ante el cual aún se había dado siempre una respuesta. Ahora él se apartó, dio media vuelta y despacio, sin decir aún ni palabra, se fue a lo largo de la pared baja hacia la puerta que llevaba a la casa. ¿Arrepentimiento? ¿Decepción? Pero de eso se acordaba con una exactitud que no dejaba lugar a dudas: no comprendió por qué lo castigaron, no entendía por qué su madre había vuelto los ojos indignada.

En cualquier caso había sido capaz *de eso,* igual que el hombre del impermeable lo había hecho, si bien el objeto, de acuerdo con los años y la edad, era distinto. Pasándolo a las proporciones actuales, en el fondo el capitán no podía tener para él mucha más importancia que entonces el pajarito para el niño de cinco años. En el acto vio ante sí de nuevo al hombre con sus manos de buitre que acababan en uñas de nudosas puntas, cogiendo el abrigo y contrayendo el párpado izquierdo por encima de su ancha cicatriz rojo pálido. Tal vez era sólo por la mala luz, la polvorienta lámpara de gas al lado del mostrador bastaba sólo para llenar el local de una penumbra amarillo grisácea, tal vez por eso su párpado parecía en constante oscilación. Probablemente era sólo la sombra lo que hacía que el rasgo irónico y despectivo de su rostro fuera también tan provocador; terriblemente insultante, el hombre no hacía el menor cumplido. Era imposible que ese tipo lo hubiera mirado con esa sonrisa sardónica... y no obstante: no pudo evitarlo, se apresuró a cogerle la mano y tocársela ligeramente para despedirse. Sencillamente inaguantable, eso hacía crecer hasta el máximo la cólera y la sed de venganza. Ya se lo enseñaría a ese pillo... el momento adecuado para que le viniera a las mientes la voz de Marie: ¿Tienes que aceptar realmente todo eso? ¿De verdad? Otros no lo hacen y también ascienden. ¿Adónde quieres llegar? Él sabía dominarse muy bien: «Cuantas veces te he dicho ya que no hace falta que te molestes en decir nada sobre eso». Su voz llorona; a ella las glándulas lagrimales y la membrana pituitaria le funcionaban siempre con mucho mayor facilidad. Sollozó, no encontró el pañuelo y al final sacó de no se sabe dónde un trapo arrugado con el cual se secó la cara. Si papá viviera aún, no se quedaría sencillamente mirándolo. Hija de un consejero de la Corte. Su novio había caído en el último mes de la guerra. Él levantó la voz: «Seguro que estaría tranquilísimo porque en la situación actual aún estaría más desorientado que tú». Muchacha con cierto pasado, así era, pero entonces con la monarquía estaban todos fuera de quicio. Él era el único que no; su parte de la finca paterna constaba en el catastro y acababa de tomar posesión de su cargo en el Ministerio, tenía una carrera por delante. ¡Si quisieras acabar ya de una vez *con eso*! Dios quiera que no tenga razón. Cuando era una muchacha su voz cautivaba por su claridad, su risa ascendía de las profundidades, nunca se hacía aguda y permanecía en un vibrante término medio. Tal vez no se la escuchaba siempre cuando hablaba, pero cuando reía se le prestaba siempre atención. Al reír enseñaba sus anchos y cortos dientes tan separados unos de los otros; ahora tenía dientes de perlas de verdad, estrechos y bien colocados. «Nena —balbució él—, nena...» Y como le vio en la cara que ya tenía preparada la próxima objeción le cortó la palabra: «Si yo me manifestara con esa perseverancia sobre cosas de las que no tengo ni la menor idea...». A él le desconcertaba ver lo que había cambiado desde que no se servía de ella. En otro tiempo había estado enamorado de verdad, le había pasado la lengua por el labio superior, por su oscuro vello, que era tan suave que sólo de cerca se notaba lo espeso que era. Le oprimía su carnosa garganta contra su boca; «Lucas», susurraba ella. Ella se negaba a decir «Hans»; decía que ése era el único nombre que no quería salir de sus labios; gracias a Dios su segundo nombre era Lucas. Pero a Hildegard era del todo imposible hacerle pronunciar uno de sus nombres. No sentía más que indiferencia y desprecio: «Buenas tardes», incluso la tarde en que por fin la había violado. «La violación no existe. Cuando sucede es que ella de alguna manera lo ha querido.» El que afirmaba eso era evidente que no había conocido a Hildegard. *Eso* había sucedido entonces única y exclusivamente por él, por desgracia sólo por él. Desde entonces dejó a Marie abandonada a sí misma; entonces ella se pasaba la mitad del día arrodillada en las iglesias; cuanto más definitiva era la desaparición de *eso,* cuanto menos significaba realmente para ella, con tanto más fervor alzaba su vuelo. Todas sus normas de conducta las sacaba del cielo, con cuyos habitantes conversaba como si fueran personas más importantes e influyentes de lo que jamás pudieran serlo las de carne y huesos. Poco a poco logró ajustar toda su vida a sus mandamientos. Suponiendo que él se acostara con ella, no se le ocurría negarse; él había provocado esas situaciones una y otra vez, no había duda; también para eso tenía sus prescripciones, de tal modo que a pesar de ello seguía de acuerdo con sus prototipos ascéticos. Sí, el creador de billones de sistemas solares y vías lácteas estaba ahora allí arriba, a unos cuantos años luz detrás de la luna atento a que Marie Mostbaumer, nacida Leitenberger, mantuviera las necesidades sexuales de su esposo en los límites de cuanto tiene efecto en el matrimonio.

Probablemente esas necesidades, no sólo las suyas sino las de la mayoría, eran la causa de los conflictos de ellas con su progenitor en la tierra y al final también con el *otro.* Quizás era sólo la vehemencia de esos deseos lo que le había apartado de ambos. Poco a poco había desistido de reflexionar sobre el *otro.* O bien era lo indefinible e incognoscible mismo o una especie de espejo todopoderoso que reflejaba su imagen aumentada

con todas las cualidades posibles, imaginadas o aunque sólo fueran imaginables.
Se dio cuenta de que empezaba a sudar, alzó ligeramente la colcha y el helado amanecer, en suspenso aún entre la oscuridad y la luz del día, le hizo estremecer. Pero ahora no quería perderse en consideraciones generales, sino que prefería intentar descubrir las cualidades que le faltaban, que *su* espejo todopoderoso no podía reflejar porque él mismo no las poseía y no era ni capaz de pensarlas. Como es natural estaban relacionadas con el hombre del impermeable verde gris: ése las poseía, tenía que poseerlas puesto que... y ése era el agravante, temor y prueba juntos... segurísimo que Hildegard estaría dispuesta desde el primer momento, tal vez incluso después de hablar un poco, a llamarle por su nombre. Lo que más le torturaba y la prueba segura de la fácil y sugestiva confirmación de ese hombre fue que en seguida tuvo que imaginárselo en relación con ella, su polo opuesto y rival que conseguía de ella, como si fuera lo más natural, lo que a él, aun ahora, le parecía inútil esperar para sí.
Y debajo de todo eso se ocultaba, siendo cada vez más difícil negarlo, la certeza de que era *eso,* la capacidad *de hacerlo,* lo que constituía aquella cualidad del hombre del abrigo verde gris en la que, por otra parte, *él* se sentía como su igual: su característica común, el rasgo más importante de su carácter que prevalecía sobre todos los demás, la resplandeciente esencia que todo el mundo podía notar y que para los que estaban dotados para ello —como demostraba la conducta de Hildegard— era incluso más que palpable.
¿Cuándo había dado esta escena? ¿De dónde procedía esa convicción que se lo sacaba todo con líneas tan claras, sin titubeos, como si su fantasía fuera guiada por la misma fuerza hacia un rumbo determinado con anterioridad? *¿De qué manera* lo hacía ese hombre? ¿Eran

una vez más sus manos, lo que tenían de garras, esas manos de buitre lo que la hacía sucumbir aún antes de tocarla, apenas les había echado la primera ojeada? Pues ella las miró, no cabe duda de que las curvadas puntas de sus uñas no la soltaban, siguió con la vista fija en ellas y después el hombre murmuró algo que él, Mostbaumer, no entendió, una grosería, algo directo que tenía que liquidarlo al instante, él conocía bien la cara de ella. Mientras ese triunfo bullía en su interior el hombre se acercó a ella y la agarró por los hombros. ¡Qué ojos, qué aspecto el de ella! Lo revelaba cada uno de sus poros: un asombro glacial. El busto lanzado hacia atrás como para evitar un contacto repugnante, su boca apretada hasta el punto de que sus labios desaparecieron cual repulsa para la que holgaba todo comentario. En aquel momento su mirada recayó sobre la mano de él, que estaba arrugando la ropa que le cubría el pecho. Su cabeza se adelantó en seguida con los ojos impacientísimos dirigidos hacia la mano que no podía acabar de cerrarse con lo que tenía sujeto. Miró las puntas de sus uñas de negros bordes que estaban hundiéndose en su carne, las miró con curiosidad y atención, con una entrega y una resignación que aumentó involuntariamente a medida que él fue acercándose... él volvió a susurrar lo que acababa de decir hacía dos o tres minutos, unas pocas palabras cuyo significado estaba en cualquier caso fuera de toda duda, sólo que *ella* ya no retrocedió lo más mínimo y ni remotamente se le ocurrió huir de él.
Gimiendo un poco bajo su opresión se volvió a un lado y a otro de modo que él tuvo que recurrir a la otra mano y la agarró por detrás con la derecha. Ella esa mano no la vio, pero notó sus duras uñas y eso fue suficiente e hizo que siguiera con la vista fija en la otra mano, que le estaba agarrando el pecho. De repente ella sonrió solícita como si con su ligera carcajada le

diera las gracias por un cumplido del que le era tan difícil escapar como su busto de las manos de él.
En realidad ahora a él no le quedaba más remedio que atraérsela del todo a sí. No la aturdió con un movimiento súbito, sino que con tranquilidad y firmeza la obligó a internarse en sus inflexibles garras. No fue necesario prepararle la cabeza por la fuerza, ella misma cayó por sí sola en sus brazos arqueados y su boca con los labios entreabiertos esperaba...
Una vez más sus manos... como si existiera una misteriosa relación entre ellas y aquello para lo que ese hombre, sin miedo y de una manera natural, las utilizaba, como si *eso* fuera una ocupación normal que formara parte de su vida diaria, algo así como el comer, beber, leer el periódico, que uno hacía o dejaba de hacer según quisiera. Como si en ellas, en esas manos de nudosas yemas, en esas redondeadas puntas de sus uñas, pudiera leerse *esa capacidad,* deletrearse como si fueran una especie de letra.
En la cama hacía demasiado calor, demasiada humedad; en ese entumecedor amanecer gris era imposible hacer este tipo de reflexiones. A pesar de ello se miró las manos en busca de su semejanza con las del hombre del impermeable verde-gris, como si por la forma de sus dedos tuviera que procurarse la garantía de que también él poseía características visibles, que todo el mundo pudiera distinguir, que pusieran de manifiesto sin que cupiera la menor duda *esa capacidad,* de tal forma que ahora Hildegard se entregara a él de una manera frente a la cual su conducta para con el de verde gris pudiera considerarse a lo sumo como aproximación externa.
Así pues, fue tocándose los dedos, palpándoselos y diciéndose en vano que en él, en su cuerpo, era distinto, que sus blandos dedos gordezuelos de casi delicadas puntas tenían, sin embargo, *el mismo* significado que

las redondeadas puntas de las uñas del de verde gris; la aptitud *para hacerlo,* la seguridad de llevarlo a cabo sin miedo, sin sentimiento de culpabilidad, sin remordimientos. Se asombró dc encontrar tales palabras en su examen matinal, avergonzado, casi atrapado incluso engañando, engañándose a sí mismo, intentando engañar a Hildegard, que sólo replicaba con la mirada. Es mucho más difícil revelar la actitud interior por medio de palabras, las palabras son perífrasis burdas e insuficientes de aquello que un gesto, que la mímica expresan de manera absoluta sin envilecerse con aquello contra lo que va dirigida. Por eso Hildegard no diría ni una palabra, su rostro le decía de una manera suficientemente humillante lo que hacía tiempo que se temía: el de verde gris había presentado las pruebas, tal vez él no sabía cuántas eran, no las había contado nunca porque jamás se le ocurrió a nadie poner en duda que él tuviera *esa capacidad* que él, Johann Mostbaumer, poseía igual que aquél..., claro que sin pruebas, incluso sin la autoridad ante la cual podía presentarlas. Y, sin embargo, era como si *eso,* aun cuando sólo lo hubiera hecho una vez, tuviera que transformar su ser y como si todo el mundo tuviera que notar una fuerza inconcebible y una superioridad que sin el menor esfuerzo llevaba la batuta y que él esparcía; pero quien se le sometería de una manera más clara y concluyente sería Hildegard. Ya jadeaba un poco, respiraba de una manera entrecortada mientras él le doblaba el brazo hacia arriba dejando libre su exuberante axila. Su axila estaba cuidadosamente afeitada, una hondonada elástica y pardusca con un tono anacarado en cuyo borde él saboreó unas diminutas gotitas, su cuerpo y... no era el perfume que le había dejado en la mesa por Navidad, él lo encontró... para evitarle la última duda aún envuelto como regalo y con la cinta dorada... aquella misma mañana junto a la bolsa de la compra de la mujer de la limpieza, que estaba en la silla de la antesala. Había cerrado la puerta detrás suyo haciendo cierto ruido como si de esta manera pudiera escapar a ese descubrimiento. También ahora prefería volver a sus hombros, a su axila, pues la segunda Hildegard estaba con él cubierta por su manta por la noche y presente en sus meditaciones matinales y con una extraordinaria docilidad venía o desaparecía según él deseara, y tenía la particularidad de que podía agarrarla como quería, también ahora estaba estrechando su pecho y acariciándola por todas las partes de las que se prometía un éxito hasta que ella... bien, con él el éxito llegó antes sea como fuera...

—Marie, nena, ¿estás despierta?

Dando un brinco saltó de la cama y se quitó el pantalón del pijama. El helado aire de la mañana le puso al instante la piel de los muslos de gallina. Las medias elásticas de ella estaban sobre la silla, él levantó la manta para meterse. Entonces... ella con su llorosa voz de sueño, pura resistencia, tolerante irritación que no llegaba nunca a convertirse en ataque:

—¿También yo tengo que salir ya? Aún no hay nadie despierto en toda la casa. Voy a hacerte el desayuno en seguida. A la chica no se le puede pedir que lo haga tan temprano.

Pero a ella sí que podía exigírselo, él comprendió que *ella* tenía que estar dispuesta. Santo cielo, ella no tenía idea de por qué la había despertado. Por fin le llamó la atención verle sólo con la chaqueta del pijama, pero siguió aún sin comprender:

—¡Sólo para resfriarte! Sabes que no lo aguantas, al primer vientecillo ya estás acatarrado.

Él se inclinó en seguida hacia delante, Dios nos librara de que diera en lo que la chaqueta no acababa de tapar. Se volvió y cogiendo los pantalones se los puso.

—Pero yo también sería quizás así si tuviera como tú alguien que me cuidara.

Miró las medias, una de las cuales colgaba del borde de la silla, y sintió un súbito alivio, como si acabara de escapar a una situación vergonzosa, a un acto deshonroso que lo ensuciaba y que dejaba únicamente ese tirón, el ardiente dolor seco en el cogote, la lánguida pesadez en hombros y miembros, sobre todo en las piernas, un agotamiento que al principio intentó ocultarse a sí mismo a pesar de que sabía que duraría hasta... bien, al cabo de uno o dos días habría pasado pero dejando algo que le hacía envejecer, que lo consumía, o al menos eso le parecía a él. También tenía que parecérselo a Hildegard, en cuyas manos estaba el despertar de repente, decidiendo y accediendo, de nuevo su antigua fuerza, pero que en vez de ello se apartaba con una risa burlona. Sí, cada vez caía más bajo hundiéndose en un vacío que sólo podía llenar con sus inútiles deseos, con dos imágenes clarísimas en todos sus detalles, que estaban relacionadas entre sí como las dos caras de una moneda demasiado costosa que él jamás podría conseguir: poder hacer *eso* que el de verde gris llevaría a cabo con el capitán dentro de unas horas con casi inconsciente tranquilidad (más o menos como cuando se encendía un cigarrillo) y *eso* que tenía intención de hacer con Hildegard —si estuviera enterado de su vida— indudablemente sin esa tranquilidad, lo cual probablemente no fracasaría a causa de Hildegard, sino de su estado de ánimo. También Marie contribuía a que ese vacío lo devorara; hacía lo que estaba de su mano, también ahora... dentro de nada iría a... ¿por qué hoy tenía que esperar?

—¿Qué es lo que quieres? Si tienes el camino perfectamente trazado. ¡Todas esas excitaciones! Como si por eso fueran a darte cinco céntimos más cuando te jubiles.

De repente se puso a temblar de cólera, ya no le importaba estallar:

—¿De verdad esperas que conteste *a esa pregunta*?

Ahora, al hablar ella, dejó de lloriquear:

—Claro que no. Sólo pienso...

—¡En «*su cara*», en lo que «*él*» dice a eso! —la interrumpió con una maliciosa carcajada, con un despecho demasiado sarcástico... su espantajo, el primer Hans, su novio, la verdadera causa por la que ella no pronunciaba ese nombre y le llamaba «Lucas».

Sólo había estado prometida un año, que él había pasado sobre todo en campaña; oficial de infantería. Desde que se había descubierto que ella guardaba las postales que él le enviaba y él la descubrió leyéndolas... entonces, cuando aún no le importaba —ahora apenas se fijaría— ese hombre alto resultaba bastante molesto. En efecto: sus hombros rígidos, su aplomada espalda eran su única característica personal, por así decir una cualidad de su oficio, que sin embargo parecía haber alcanzado un grado ejemplar y general, casi abstracto; de él no podía decirse nada más. De qué manera había llegado a ser el único poseedor de la cara positiva del balance vital de ella, que no tenía quizás tanta palidez de presentimiento, sino que era más bien consciente, mientras que él, «Lucas», incorporaba su contraposición claramente negativa, era algo que seguía sin poder comprender. Eso él lo acogía con una sonrisa, pero el mozo era la máscara que ella se ponía cuando quería criticarlo. Aquello a lo que ella por su parte jamás se había atrevido lo intentaba ahora cada vez con mayor ahínco y detenimiento a través del muerto, y precisamente en el terreno de la política podía suponer que con su ayuda no le escatimaría a él, a Lucas, ninguna objeción. Y eso que el mozo había encontrado su muerte de héroe de una manera todo menos heroica, sí, desagradablemente grotesca. Estaban en el puesto de reserva sentándose a la mesa, en la terraza de una villa abandonada toda la plana mayor —él era ayudante de batallón— tal vez es-

tuvieran también admirando la colorida intensidad lumínica, la luz de mediodía en las nevadas rocas de las no muy lejanas Dolomitas, cuando los italianos les enviaron el bien disparado 32 que, de los platos de sopa, se los llevó directamente al otro mundo.
¿Qué aspecto presentaría después? Varios lo tenían horrible. Se lo imaginó, pensó dónde podría tener las heridas. ¿En su cara singularmente alargada, en sus arqueadas cejas rubio oscuro, como si estuvieran pintadas con un lápiz, en sus finísimos labios semejantes a una línea horizontal que servía de base a su demasiado suave y delicadamente estúpido bigote? ¿Qué otra cosa sabía de él? Para *él* permanecía envuelto en despreciable comicidad. Durante años, durante décadas no se había hablado de él, *él* había olvidado que existía. ¿Cómo pudo ir creciendo hasta transformarse en esa autoridad? ¿Qué es lo que lo había resucitado dándole una existencia que estaba por encima de la *suya* y podía juzgarle, imperturbable en la seguridad de *sus* faltas y errores? Él... no, era ella, por su boca sabía incluso de qué manera podía *él* arreglarlo.
Poco a poco ella fue acercándose sin orden ni concierto, cosa que pareció a propósito para su transfiguración. «Caído ante el enemigo.» Como es natural eso al principio tuvo que ser objeto de burlas. Ahora bien, *él,* Mostbaumer, había descubierto pronto ese tipo anónimo y casual de muerte en masa y se había retirado a tiempo. El primer sargento de su regimiento, casi todos italianos de Istria, había sabido qué hacer. Había hecho su entrada en Pola, en la flor de la edad. Como aspirantes a oficiales eran ascendidos a ritmo acelerado, se procuraba que conocieran el placer de dar órdenes lo antes posible. Así pues, para la mayoría la entrada en la edad adulta se realizaba de una manera gloriosa, entre arranques de ruidoso optimismo, que desde luego al marchar al frente se acababa. Tal vez es que su regi-

miento había tenido especial mala suerte. En cualquier caso él se decidió a tiempo por los remedios caseros del sargento primero, el cual vendía gonococos y un líquido que sabía a chocolate y producía los síntomas de la disentería. Él eligió la disentería o lo que los médicos castrenses —sin inspección especial— consideraron que lo era. Entonces, durante su permiso de recuperación se dieron suficientes posibilidades que llevaban de la muerte heroica a la seguridad.

—¿Para qué has vuelto a preparar eso?

Ella se había reclinado un poco en la cama y miraba la mesa en la que se encontraba su cartera sobre la funda plana de color gris en la que llevaba su Browning. Él se dio prisa con los zapatos y metió ambas cosas en los bolsillos de los pantalones.

—Si no supiera perfectamente que sólo lo llevas por... por... —no encontraba la palabra. ¿Por qué no dijo «por alardear»?— tendría que enfadarme. ¡Déjalo en casa! Dado el caso nunca te servirías de él, tú no. Sí —ahora era el momento, ahora pensó en su abstracto masculino que había sido sorprendido por una muerte heroica mientras estaba comiendo la sopa; pero ella no dijo nada. ¿Por su mirada?—; sólo lo llevas por tus colegas del Ministerio, para que crean que realmente lo necesitas.

Era un arrastrado tono lacrimoso para amortiguar la malicia; nunca arriesgaba demasiado; con un instinto asombroso se mantenía siempre en los límites. Él se fue presuroso a la cocina y puso la cafetera en el fuego. De repente volvió y por el resquicio de la puerta gritó:

—Tienes razón, sólo lo llevo para divertirme, de modo que no digas nada.

La única manera de provocar en ella una cierta inseguridad, de fomentarle la duda, quién sabe si él al fin y al cabo... No podía decidirse a más. « ¡Sin cómplices! » no era una divisa nueva para él. Pero como siempre

sentía la necesidad de acercarse a ella y decirle... Tal vez de esta manera: «*Cómo y gracias a quién* crees tú que papá —el padre de ella; igual que ella se servía de esa palabra para denominar al esqueleto paralizado que durante nueve años permaneció yacente en la habitación de su casa de Viena, a la cual sólo se podía entrar por la cocina, recibiendo su renta de consejero de la corte—, gracias a quién, pues...».
Primero no entendería absolutamente nada, tendría que recordarle muchos detalles antes de que tal vez comprendiera. Pero ¿le creería entonces? Derramó la leche, bebió de un trago toda la taza de fuerte y humeante café y se la volvió a llenar. Tenía que contenerse: entrar, decírselo a la cara con palabras secas, la realidad desnuda, sencillamente. De repente, con una claridad que no dejaba lugar a dudas, se encontraba con la oportunidad dc salir airoso ante una autoridad de la cual nadie podría sospechar buena voluntad o simpatía. Oh, ella tendría que confirmarle que era capaz de *hacerlo*. Claro que antes era necesario recordarle que *no* había sido ella sino *él* quien en aquella época le había dosificado la medicina que le produjo el ataque de apoplejía. La morada cara de beodo del consejero de sanidad con su manchada barba blanco grisácea, la cargada atmósfera de somnolienta indiferencia que le rodeaba, el significativo frunce de cejas, el ángulo de los labios algo caído, la mímica de un exceso de fatiga que hacía como si intentara más bien ocultar su interés. El gesto de resignación era necesario, otra rutina mecánica, debilidad rebelde frente a una providencia inescrutable contra la que él arremetía como podía con los medios de la ciencia. Tenía ya en la mano esos medios, tabletas enrolladas en un tubo de cristal de etiqueta de colores y la botellita de líquido amarillo pardusco, diez, como máximo quince gotas bastaban para estimular la circulación, para dilatar un poco las venas. El consejero de sanidad

dirigió una oculta mirada de dolor a la cama que estaba en el rincón, en la cual, respirando con dificultad y tieso como un palo yacía el objeto de su preocupación. Por lo visto ese palo adquiriría un significado superior, algo así como una aureola metafísica, gracias a esa conciencia de que todos nos encontramos bajo la divina protección, conocimiento que a él, a Mostbaumer, le parecía manifestado con demasiada claridad. Pero eso salió del consejero de sanidad, probablemente fue la causa de su influencia; quizás consolidaba su fama de médico de tal modo que ni un caso de defunción ponía en duda su éxito médico: los métodos terrenales habían sido útiles hasta llegar al último extremo; en el punto en que, por así decir, chocaban con la irrevocable decisión del Todopoderoso se había puesto de manifiesto su infructuosidad. Él no quería ser injusto con el consejero de sanidad, cuarenta, cincuenta años transforman incluso a otro menos dotado en un perfecto y curtido comediante de oficio.

—Bien, señor consejero, ¿cuánto tiempo cree usted que nuestro pobre desgraciado aún...?

Él habló con voz cubierta, en un tono de contenida emoción en que se insinuaba aún su compasión por el suegro. Los dos tenían una capacidad extraordinaria para no dejar descubrir ni sus más vehementes sentimientos. Después, al presentarse la embolia, porque en vez de diez gotas le había dado al palo toda una cuchara sopera, el consejero de sanidad consideró que su papel había acabado: no apareció personalmente, sino que envió el certificado de defunción relleno. Al principio ni se encogió de hombros, parecía afligido, casi asqueado por la debilidad de todo lo humano. ¿Se *lo* parecía sólo o era realmente innegable que el consejero de sanidad sabía perfectamente que la información «Oh, esté tranquilo, puede durar aún años» no servía de consuelo? Pero *él* quería a toda costa cierta esperanza fundada, quería saber hasta qué punto podía hacer conjeturas. De modo que preguntó:

—¿Dos, tres años...?

A pesar de que no lo creía y lo consideraba poco probable francamente imposible.

—Dar un plazo en este caso —el consejero de sanidad hizo un expresivo y amplio gesto que interrumpió de repente dejando caer la mano pesadamente sobre el muslo— no, en este caso... pero por otra parte... es posible, *es posible*...

Precisamente esta palabra —o quizá la manera de decirlo más aún que la ambigüedad que no comprometía a nada— le hizo tomar en seguida su decisión: ¡Ahora; si ha de ser, entonces ahora! El consejero de sanidad se fue hacia las tres; a las cuatro y media el viejo había muerto. Por otra parte se dio cuenta, y no le asombró lo más mínimo, de que todo lo teórico, pensamientos, estados de ánimo, los detalles exactos y todo lo que formaba parte de la ejecución, lo había realizado hacía tiempo y pertenecía ya al pasado. Sí, en el fondo hacía años que quería hacerlo, y cada día, aunque no sucediera nada, iba acercándolo a la acción. De la manera más ingenua posible entró en la habitación porque ella lo apremiaba sonriendo: «¡Ve, está pidiendo por ti!», preparado ya el tono inferior de preocupación en la voz. El palo tenía una manera de decir «por favor» que transformaba su deseo en mandato, sólo se componía de estas palabras; significaba que *él* —inclinado ya hacia delante con un aspecto de inquebrantable paciencia y sabiendo de antemano lo inevitable— le llevaba la manta que no quería, la lámpara que no quería, la tableta que no quería, y le daba la respuesta errónea. ¿Quién era el que odiaba más aquí?

Era como el amor, lo sometió por completo al palo, lo llenó de un ardiente deseo de estar junto a él, *él* tenía que entrar a verle. Dentro esperaba su mirada, que se hacía cada semana más impersonal, puro odio químico, *él,* en cambio, estaba demasiado lleno de vida para contestarle con la misma exclusividad. Ah, la botella con la que había llenado el vaso, agarrarlo por el cuello y… en medio de la frente, no, la sien… la cabeza cayó en seguida hacia un lado, los párpados casi se cerraron dejando libre el borde inferior de la vidriosa pupila. ¡Demasiado poco, demasiado súbito! El atizador también —cada deseo precedido de la orden de ese «por favor»— el atizador con que hurgaba el fuego también cumpliría su cometido a la velocidad del rayo, eso era lo malo, que todo iba demasiado deprisa, mientras el palo se transformaba en palo muy poco a poco, cada día se ponía más rígido y huraño, pero de manera apenas perceptible.

Y entonces el palo se cayó al instante. Lo que pasó antes, ese temblor de los párpados, la boca entreabierta sin lanzar el grito, la horripilante mirada fija, el no querer creerlo estando sin embargo convencido de que iba a suceder, de que se estaba acercando inexorablemente, bajo *su* lento movimiento que le dejaba tiempo suficiente para contemplar las angustias mortales que *él* le estaba causando y dependientes en su duración… todo eso era pura fantasía, no existía. Lo único que existía era el odio concreto, lo único de lo que el palo aún era capaz y que tal vez iba dirigido a *él* porque no había nadie más contra él, que pudiera dirigirse la mirada. *Su* automutilación; sólo pensaba en ese odio, y le odiaba porque al hacerlo todo mal pensaba en él.

También la botellita la había abierto mal. ¿Cuántas gotas? ¡Léelo! *Él* deletreó: una cucharada sopera tres veces al día. *Él* no lo olvidaría nunca porque anulaba su acción, la abolía de tal modo que resultaba del todo ilusoria. *Él* había querido decir «dos cucharadas soperas», pero no había podido ni siquiera eso, sino que de repente había balbuceado «¡Una cucharada!» ofreciéndole la botellita al palo: ¡Léelo tú mismo! En la congestionada penumbra el palo a lo sumo podía hacer ver que leía. Luego cogió *él* la cuchara que había en la bandeja, una cuchara de sopa, y la llenó con cuidado. «No es bastante», dijo el palo antes de tragar. ¿*Le* odiaba el palo al menos con un odio parecido? ¿O era sencillamente la sed de venganza de aquel que no puede realizar ningún movimiento vital y que tenía que descargar en todas las personas que se le acercaban? «Está durmiendo», le dijo después a ella, y como que a pesar de ello ella quería entrar y ya tenía el pomo de la puerta en la mano... «Ya sabes que tiene un sueño muy ligero. ¿Por qué quieres sobresaltarlo? ¿Precisamente ahora?» Ella lo miró con un gesto característico; sus ojos se dilataron e intentaron clavarse en él. *Él* hubiera debido apartarse tranquilamente, que entrara si quería. Pero ni de eso fue capaz *él*. «Hoy es la última función, me parece que tú también vienes.» Insoportable, desenmascarador, la atormentadora certeza de que ella no le creía. Al mismo tiempo estaba convencido de que allí dentro todo había terminado.

Sin pensarlo fue por ella de puntillas, la apartó y con excitado pesar habló de su existencia de víctima desagradecida. ¿Era obligación, castigo o culpa desolar su propia persona de una manera tan degradante? Ese rebajarse ¿era algo distinto a la automutilación? Esa palabra que primero y en secreto se refería a él era también adecuada para ella, tenía una funda de caucho que podía extenderse a placer y que encerraba todas las deficiencias, todas las posibilidades no realizadas jamás, de modo que hasta este momento lo había evitado por temor, como si fuera a mostrar todo su desvalimiento, ese vergonzoso y miserable estado que él no quería confesar no sólo ante sí mismo, sino sobre todo frente a ella. Fue como la salvación inesperada: «Automutilación...»; le daba la sensación de que ella estaba adivi-

nando sus intenciones, que sabía perfectamente qué había sucedido en la lóbrega habitación de detrás de la cocina. Y cosa curiosa... eso fue precisamente lo que le obligó a seguir conduciéndose como antes, hablando de esa manera rápida y compasiva, el repentino interés por su vida monótona entre la cocina y la habitación del enfermo, su nervioso deseo de distraerla y hacerla olvidar mientras que ella —para torturarle— hizo como si creyera de verdad que el palo que había dentro estaba durmiendo y él estuviera procurando distraerla.
Hasta que pronunció la palabra «Automutilación». De repente la cara de ella cambió, su mirada y su boca adquirieron nueva vida y vibraron al aumentar su disposición a confiarse a él ya que él le había puesto de manifiesto lo que ella le ocultaba y tal vez se ocultaba aún más a sí misma. Su verbosidad se agotó, se sintió seguro y telefoneó para reservar las entradas del cine. Ella estaba delante del espejo cuando él abrió otra vez la puerta del palo y volvió a salir en seguida. «Quiere un vaso de vino, que le lleve la botella. Bueno, no hay más de dos vasos, no puede hacerle daño.» La habitual máscara de preocupación desapareció del rostro de ella, en aquel momento se volvió fría, observadora, vengativa. Él se encargó de decirle al cadáver «buenas noches» en nombre de ella al llevarle la bandeja con el vaso lleno y la botella.
¿Creía de verdad que el palo había muerto durante su ausencia, durante las tres o cuatro horas que pasaron en el cine y en el café? «¿No le has dado unas cuantas gotas después de comer?» Ella alzó velozmente la vista, algo asombrada; por lo visto no valía la pena contradecir. En el mismo entierro y después, durante las visitas de los parientes, él entrelazaba siempre en la conversación: «ella fue la última que le vio vivo... no, no notó nada especial». Al decir esto hacía como si ella no escuchara, pero sin dejar de mirarla. Sólo una vez le

pareció notar en ella un movimiento, idea aún, algo inexpresable alrededor de la boca y la barbilla: ahora... pero no pasó nada. A pesar de los testigos —el hecho de que en secreto y para sí los tratara de «testigos» le reveló el miedo, la cobarde y prudente debilidad con que le curaba la salud—, a pesar de que les resbaló él se sintió como si hubiera eliminado de golpe un aislamiento impenetrable. Un suspiro, casi una tímida familiaridad. Cuando alguna que otra vez, antes de pronunciar la primera palabra, les acariciaba a ambos el hálito de una comprensión común... recordaba que él entonces la miraba extrañado, casi asustado; no tenía necesidad de defenderse contra la observación como había sucedido entonces, cuando juntos aún...

En realidad no tenía otra elección; tenía que entrar, decírselo, incluso corriendo el riesgo de que ella protestara de que no quisiera admitirlo de ninguna de las maneras. Medio dormida, con hostil desconfianza, lo examinó; lloriqueando:

—Seguro que no indica nada bueno eso de que te vayas así.

—Oye, intenta escucharme...

—Prefiero que no me cuentes adónde vas en vez de esas historias que después resultan ser mentiras.

—En aquella época en que papá... ¿te acuerdas aún del día en que murió?

—¿No fui yo la última que le vio vivo?

Como si supiera que de este modo le liberaba de la acción. No es que lo que él había hecho pasara a ella, no, su acción se volvía ilusoria porque Marie destruía su sentido y la transformaba en algo no realizado. De repente su acción dejaba sencillamente de existir.

—Sí —dijo él—, tú fuiste la última. No fue difícil convencerte de ello.

Ella se incorporó; el pelo, sin cubrir las arrugas, le caía por la frente, la raíz era blanquecina, luego gris y por fin de un rubio tizianesco tirando a verdoso. Después, una vez fuera, él se dijo que en la glacial penumbra del amanecer era imposible que lo hubiera visto con tanta claridad. Imágenes vistas a menudo, ideas sabidas de memoria, parecían haber aparecido corporalmente. Como si se manifestaran los espíritus o algo parecido, pensó. Curioso cómo se estaba desmoronando el rostro de ella, él hubiera podido seguir las líneas donde estaban colocadas las mejillas, pequeños y macizos almohadones de grasa, también las bolsas de sus ojos parecían estar pegadas. Los restos de la crema o del maquillaje daban la impresión de ser una especie de engrudo con el que todo parecía encolado. Sólo la boca... mientras él estaba desayunándose en la cocina se había puesto la dentadura: dejados al descubierto por sus marchitos labios, esos brillantes dientes de perla que parecían de porcelana. En aquel momento sintió el vivo deseo de pegarle en la cara para que los trozos le cayeran de la boca, ella los escupiría delante suyo en la alfombra. Al mismo tiempo se veía ya en la fase posterior, apoyándole la cabeza mientras con la otra mano sacaba el orinal; murmurando mecánicamente los consuelos de veintiocho años de matrimonio, palabras tiernas sin alma transformadas en un parloteo del todo absurdo, el idiota intercambio de aquello que él daba sin pensar y ella recibía sin pensar. De repente una animación especial despertó en ella, sus ojos centellearon y lo examinaron con malicia, juzgándole:

—De modo que quieres decir que tú... ¡ja, ja, ja, ja! ¿Y por qué me lo encasquetaste?, ¿por qué?

Lo miró a la expectativa. Tal vez ella había participado en ese juego —en muda confabulación— porque él había tomado a su cargo y acelerado lo que ella no reconocía y probablemente no se confesaría ni a sí misma. Él se colocó delante suyo con la intención de propinarle una bofetada en el lugar adecuado:

—¿Quién le odiaba más, yo o... tú?
Lo que a él le parecía que sería una bofetada no lo fue. Titubeando, como si hiciera tiempo que estuviera atareada con esas ideas:
—Jamás le perdonaré que fuera principalmente él quien me preparó para...ti o para uno de tu clase. ¿Qué otra posibilidad me quedaba para escapar de la familia que el matrimonio? Pero luego... se hizo mi aliado, pues tú sentías respeto por él, él te impresionaba aun cuando ya no lo entendías. Jamás hubiera sido lo que probablemente tampoco tú llegarás a ser, pero incluso como político o como ministro hubiera seguido siendo aquello para lo que fue educado: funcionario.
Lo miró con ironía.
—Cuanto más le odiabas y deseabas su muerte tanto más a conciencia te ocupaste de él. No hubiéramos podido permitirnos una asistencia cara —dijo en tono práctico—; tú me ahorraste mucho trabajo.
—¿Tan segura estás de ello?
Él rió sarcásticamente. Acercarse a ella, agarrarla, por la garganta, para que no dijera nada más.
—Estoy asombrado, se ha de... —prueba de su astucia, de su prudencia no decir: «ser tan tonto como infame», sino que dijo— ser aún más irreflexivo de lo que tú sueles ser para hablar así.
De repente se dio cuenta de que no estaba encolerizado; sentía un profundo asombro, como si hasta en ese momento no la hubiera conocido y lo estuviera haciendo ahora. De modo que era así, también era así. Ella le miró sin detenerse o miró a la pared a través de él como si allí viera las imágenes y los fragmentos de recuerdos despertados de manera inesperada, como si estuviera leyendo allí lo que decía:
—Él jamás me pegó, para castigarme siempre me encerró. De niña estaba medio día o días enteros encerrada. Cuando iba con él por la calle y él saludaba a un

conocido yo sólo necesitaba sacar la lengua, entonces él me llevaba a casa y me encerraba.

Él la miró sorprendido:

—Eso no me lo dijiste nunca, no me lo insinuaste ni con una sola palabra.

Ella sintió que su prudencia desaparecía y lo examinó con mirada crítica. «Ha engordado tan deprisa en estos últimos tiempos, los mofletes, grises y fofos, y sus enrojecidas pupilas; también él se está volviendo viejo. De una manera cada vez más triunfal: no entiende ni palabra, no tiene idea de qué hacer con ello.» Un deseo frenético de seguir hablando se apoderó de ella, tenía que ceder a ese ímpetu. Sin darle importancia, con cierta ductilidad, lloriqueando, como si le manifestara algo igual para ella que para todas las demás personas:

—Sí, sencillamente me desplomé, me eché boca abajo en el centro de la habitación y recé. Horas y horas. Docenas de veces dije todas las oraciones que sabía. Iban dirigidas contra él y fueron eficaces. Ni él ni nadie podía prohibírmelo o castigarme por ello. Ja, ja, ja, ja,... —miró su desconcertado rostro—. Entonces noté... Dios está aquí, a mi alrededor, dándome la fuerza contra él, cuidando de que acabe bien...

Él seguía asombrado, pero hizo un esfuerzo y al hablar su voz parecía incluso un poco sarcástica y despectiva:

—Vaya, y eso es lo que hizo.

Ella se incorporó en la cama, enardecida. Por primera vez le estaba viendo titubear, veía que le estaba dejando perplejo al hablar, que no permanecía en silencio como hasta entonces, que no dejaba que se le acercase.

—En realidad, sí. *Él* hizo que nuestro matrimonio se fuera a pique. Y ese matrimonio era obra del palo, tú mismo eras obra del palo. Tú reparaste en él, él no era lo que tú debías llegar a ser. Más adelante, cuando estuvo descontento de mí, no dejó de recordarme nunca qué buen partido me había conseguido. Tú tenías incluso un pequeño capital. No había otra manera de anular su voluntad que hacer fracasar nuestro matrimonio. ¡Ah!, fue tan fácil, no me hizo falta hacer nada. Lo peor...

Se interrumpió como si no pudiera continuar. Él esperó uno, dos minutos, luego su tensión se aplacó. «Qué absurdo, no hubiera valido la pena disuadirla.» De nuevo volvió a sentir que el vacío se abría ante él, aspirando, con el monótono ruido del torbellino. De una manera entumecedora e inexorable... algo que sabía pero que permanecía oculto desde hacía tiempo, algo que se presiente, que uno no quiere ver, de lo que uno prescinde para no tener que confesarlo y que sin que uno se dé cuenta arremete contra él y le derriba con toda su evidencia, en toda su insolubilidad.

—Lo peor —repitió ella— fue, naturalmente, que tú no te diste cuenta de nada, ni de lo más mínimo.

Y con destacada objetividad añadió:

—Todavía me pregunto si tanta ignorancia no es un defecto intelectual.

Demasiado preocupada, bajó los ojos:

—Y no pequeño, por cierto.

Lo peor era naturalmente lo de los niños, pero de eso prefería no hablar, pues sería una confesión. No quería hacerle ver nada que después él transformara en victoria. En su segundo y tercer año de matrimonio había traído al mundo a dos niñas que murieron al cabo de unas semanas. Demasiado tarde se enteró de que algo raro había en su leche. Ahora pensaba cada vez menos que las niñas se hubieran podido transformar en una sustitución, en un equivalente de él que podía contrapesar todos los yerros, incluso las más amargas decepciones. Entonces se alegraba de que también eso hubiera salido *contra* él. Como a través de un nubarrón oyó su voz, que no resultó muy convincente:

—¡Ah, qué astuta eres! El que disimula demuestra con ello que efectivamente no se ha dado cuenta de nada. Muy astuta...

Él notó su fracasada mueca de seguridad en sí mismo, la ironía mal interpretada. Ni siquiera a Marie podía engañar. Como si lo hubiera apartado muy lejos de aquello que él denominaba su acción. De repente la divisa «¡Sin cómplices!», resultaba ridícula, aún cuando hubiera vertido en la cuchara unas cuantas gotas más de lo que le sentaba bien al palo, a esos tres cuartos de cadáver. Ese era un episodio que había perdido su importancia hacía tiempo. Por él nadie podría probar que al igual que el de verde-gris era capaz de...

Consciente de su culpabilidad se miró las manos, movió mecánicamente las puntiagudas, casi delicadas yemas de sus dedos y ante sí vio con toda claridad al de verde-gris, las redondas y arqueadas puntas de sus uñas con el borde lleno de suciedad, cual señal externa de una capacidad que él intentaba una y otra vez en vano poner de manifiesto a pesar de que nadie creía que la poseyera. Hasta que *lo hiciera* por exigírselo la situación y su carrera. Al final dijo:

—Ya es hora de que desaparezca.

Haciendo un esfuerzo, de una manera poco natural, como si estuviera muy afónico. No se dio cuenta de que ella, ausente, se había dejado caer sobre el almohadón, como si estuviera enfrascada en pensamientos que sólo le pertenecían a ella.

X

¡Un cristal gigantesco que centelleaba en innumerables superficies inclinadas una frente a otra! Por donde el suelo se hundía, Félix patinaba por la sedosa y fina alfombra formada por hojas de abeto secas; encima las oscuras y planas ramas de las copas, a lo largo del linde del bosque en la estrecha senda junto a la cuneta. A cada paso se desperezaba en una sensación de bienestar que se extendía por todo el cuerpo, y respiraba profundamente apoderándose con los ojos y con todos sus poros del indescriptible frescor de la falda de la pradera, las redondas y frondosas cimas, el elevado, inmóvil y tenso azul que cubría el lago La mañana le invadió produciéndole una sensación de agrado, hacía que todo resultara fácil, un juego que podía dominarse sin esfuerzo. A pesar de ello cada vez era más difícil pensar en aquel tipo. «¡Está bien, capitán! Está bien, está bien...» Durante uno o dos segundos Félix apretó los párpados como si pudiera detener una ola de molestia y desagrado que se hubiera levantado súbitamente, impedir que penetrara en la conciencia. Pero la ola era más fuerte. ¿Quién le ha dado la orden? El tipo dijo bruscamente y a la expectativa de una manera muy particular: «¡Al que da la orden no se le nombra!». Al instante se dio cuenta Félix de que había ido demasiado lejos; también se dio cuenta de que el tipo interpretó la pregunta como prueba de su formalidad. Lo miró enérgicamente a los ojos. Qué nervioso se había sentido. Le dio realmente la impresión de haber notado un movimiento brusco en la cara del tipo, dentro de un momento le sonreiría con ironía. Hizo muy serio un gesto afirmativo con la cabeza: «¿Cuándo ha recibido la orden?». «Anteayer, mi capitán.» «¿Y desde cuándo...?» «¡Fui a ver al muchacho ayer!» Curioso, casi cómico oír que a Mostbaumer se le denominaba muchacho. Su mirada no debió ser mal entendida, pues el sujeto anunció con aire militar: «Siguiendo las instrucciones, mi capitán. Aquél al que hay que matar se le ha de pasar revista a conciencia. Sin que se note, claro. No pueden cometerse errores». Félix era incapaz de oponer resistencia, quizá tampoco quería hacerlo; cayó en el patrón del superior satisfecho, sonrió con cierto aire de desprecio, con lo que le pareció que su rostro hacía una mueca quedando desfigurado y molesto, y le dio la impresión de que era la víctima pasiva de la escena en vez de ser quien determinara su transcurso. Ahora que ya había pasado y que el asunto tenía que seguir su camino lo veía todo mucho más claro; anteayer sólo había notado su resistencia interior, algo así como náuseas estomacales que le daban suficiente trabajo. Ahora, incluso en un arrebato, hizo una observación chistosa que era de esperar que estaría al nivel del sujeto: «Pero tales errores suceden, ¿no?». El sujeto comprendió que tenía que sonreír: «Yo no sé nada de eso, mi capitán». Se comportaba como si llevara puesto el uniforme. Por otra parte su vestimenta hacía pensar en él... botas, pantalones de montar, también la chaqueta deportiva de pana marrón con cremallera en todos los bolsillos; el impermeable verde gris, finalmente, era una pieza declaradamente militar, sólo había que meter la charretera por la cinta de los hombros.

Félix se detuvo y constató que el cristal que los rodeaba perdía el color y se deshacía en algo nebuloso y sombrío que cayó de manera indefinible sobre su pecho. Había imaginado el asunto muy distinto. El señor de Milán seguro que no era alemán, a pesar de que dominaba perfectamente el idioma; tal vez hablaba con excesiva corrección, tal como lo hacen los extranjeros, pero tampoco era italiano. Félix había empleado con las más clara amabilidad los pocos vocablos y giros que creía olvidados hacía tiempo: el rostro de su opositor había permanecido inmutable. Al final, como si por casualidad sucumbiera a una ocurrencia que se disipó al instante preguntó: «Ah, ¿es usted italiano?». El hombre parecía tan ocupado en sus responsables decisiones que por lo visto no oyó la pregunta; o tal vez la había oído, pero no había penetrado en su conciencia. Al cabo de un rato y con un silencio en el que realmente no podía perderse ni una palabra, Félix la repitió. Era evidente que el hombre volvía a estar ocupado con sus pensamientos. Sólo al cabo de unos minutos dijo como si contestara: «Sí, claro, tengo pasaporte italiano». Como si sólo por cortesía hiciera caso de una pregunta tan indiferente que en el fondo no había por qué contestar. Félix se confesó que había pensado en una especie de tribunal, al menos en un interrogatorio en el que se examinara a los testigos y se revisara el cargo. Pero el hombre era un experto en el ademán negativo: «Lo sabemos, lo conocemos, claro. Ah, deje que nos ocupemos nosotros de eso». La gente o bien tenía unas fuentes de información inimaginables o era omnisciente. Pero es probable que sus medidas se basaran en determinados cálculos casuales, y fascinaban sobre todo por el misterioso anonimato del lugar del que había salido la orden y por su carácter categórico, de manera que no era demasiado difícil tranquilizarse con el argumento de la más profunda sagacidad del superior, incluso en órdenes cuyo lado criminal sólo a subalternos como el hombre del impermeable verde gris no les resultaba penoso recordar. «¡Está bien, está bien!», de esta manera achacaban el sentido y la responsabilidad a sus superiores mientras que a ellos les correspondía una modesta obligación que había que cumplir con exactitud y prontitud, una parte minúscula de la larga cadena que llevaba de una nebulosidad a otra. Sí, sí, también los señores del Gobierno encuentran que ya es hora de manifestarse terminantemente a favor nuestro. No es mala señal teniendo en cuenta que en realidad desconocen las relaciones con la política exterior. Un hombre cuidado, de sienes plateadas y comienzo de calvicie que no parecía italiano ni siquiera de Europa Central (los anillos, ¡cuatro anillos tan compactos! ; o la tabaquera, oro con incrustaciones de brillantes, con una corona de cinco puntas y armas profusamente adornadas), pero probablemente el hombre era austriaco. ¿Un diplomático de origen oriental arrancado de su medio debido a los acontecimientos políticos? ¿Colocado en su lugar por estar casado con una extranjera? Muy probablemente austriaco.

—La hora está perfectamente elegida.

Entonces Félix habló sin rodeos:

—¿De modo que usted es el tribunal? ¿Se hace usted responsable de la condena y hace que se lleve a cabo?

—En eso opino como usted —dijo el hombre—, es la mejor oportunidad para mostrar, con un ejemplo por demás evidente, que el andar por la vía doble tiene las más desagradables consecuencias.

¿Estaba solo? ¿Se mantenían los demás al fondo? O ¿es que ese ademán negativo formaba parte de su método de discusión? No es que lo hiciera de una manera descortés, no interrumpió la frase, sino que en el momento oportuno levantó su mano morena llena de anillos... «moreno» es lo primero que se le ocurría a uno pensar al verle, aun cuando las circunstancias no le obligaran a ocuparse especialmente de él. Así pues, hizo con su potente mano de uñas planas y de mate resplandor un gesto negativo, más bien negligente, y sin embargo en el preciso momento en que Félix empezaba a dar unas explicaciones de las que el hombre aún no podía ni tan sólo suponer que serían en efecto demasiado prolijas, insinuó de este modo que sabía de qué iba el asunto. Algo hubo en su rostro que subrayó con firmeza su movimiento mientras la mano volvía a reposar en el canto de la mesa, de oscuro color oliváceo, con el dorso de cada una de sus falanges cubierto de pelos negros, una mano de poco corriente expresión sensual que resultaba tan simpática que uno se sentía inclinado a encontrarla también inteligente. En su corta barba a lo cepillo había zonas blancas y sus ojos eran tan grises que en su tez, morena, y oscura, parecían azul claro. No era el color moreno del deportista, sino el típico de los países del sur. De haber practicado algún deporte alguna vez, podría ser la esgrima: «Florete más bien que sable», pensó Félix.

—¡Ah, la doble vía de los austriacos! Típico de Austria, forma parte, por así decir, de la tradición.

Y como tranquilizadora alusión a lo inevitable:

—Debe de ser culpa del sistema; en él quedan demasiadas cosas a merced del capricho personal de los cargos bastantes y muy importantes. Sí, el sistema favorece la ambivalencia psíquica, la crea directamente.

No dijo qué clase de sistema era, en qué consistía ni por qué producía esos fenómenos. Y fue probablemente por la cara de Félix, un gesto de indecisión que él mismo sintió, casi una pregunta, por lo que añadió:

—Esas ambivalencias anímicas igual que a veces un fanatismo sorprendente.

Félix repuso con amargura:

—De momento, desde luego, seguimos siendo el montón de desperdicios que ha quedado de la antigua monarquía.

Sin confesárselo esperaba una oposición decidida y tal vez temperamental incluso. Era la ocasión oportuna para mostrarle algo contra lo cual no existía ninguna objeción admisible. Félix se hubiera contentado incluso con algunos nombres de los museos, con cierto alivio se hubiera retractado de la mitad de su demoledor juicio, tal vez de incluso más de la mitad. En vez de ello el hombre sonrió:

—Claro, los señores pueden hacer intervenir a los bancos y al ejército para llevar a cabo sus negocios en cualquier momento. No todos los Gobiernos lo tienen tan fácil.

Fácil lo tenía también la oposición: no sólo los profetas del conocimiento científico incondicional que no se cansaban de hacer observar los hechos y relaciones históricas: no sólo los industriales, que en el insoluble estancamiento económico se embriagaban imaginando ganancias insospechadas producidas por la unión al Imperio. Ese Reich era ya el Tercer Reich, pero todavía poseía todo el prestigio material y casi también el moral del Segundo. No se daban cuenta de que todos estaban destruyendo sistemáticamente este prestigio, e incluso los elementos no aventureros, de haberse preocupado por ello, hubieran estado convencidos de que los futuros éxitos militares compensarían de la manera más impresionante toda pérdida de prestigio.

Pero quienes más fácil lo tenían eran los representantes de antaño de la Administración, de la Política o de las Finanzas despedidos o desprestigiados, antiguos oficiales, diplomáticos y propietarios que gracias a los llamados puestos de observación, misiones secretas, trabajos de espionaje encubiertos con mayor o menor habilidad, volvían a encontrarse en condiciones de presentarse con el mayor lujo. Con toda claridad iba surgiendo un enrejado de funciones, que parecían importantes, cada día más difícil de abarcar y de cuya proyección ideológica cuidaban una cierta prensa y unos cuantos catedráticos de Universidad bastante jóvenes. Actrices incapaces ya de hacer olvidar sus dotes por su juventud, cansadas de fracasar siempre al intentar contraer matrimonio en el mundo de la burguesía, sí, cocotes declaradas a las cuales síntomas infalibles les recordaban ahora más a menudo sus años y que para la transición consideraban las posibilidades de crear un «círculo cerrado de juego», tenían de repente un salón político. En los candidatos de un movimiento clandestino que apenas podía ya ocultarse, gente de mediana edad, pero equipada con las impresionantes cualidades de la sociedad burguesa, encontraron con creces una compensación de los profesionales que habían tenido hasta ahora, cuya insaciable codicia, por otra parte, ya no podían satisfacer. Esos nuevos hombres eran exigencias más modestas, estaban deseosos de mantenerse en una actitud «caballeresca» y a menudo inclinados con una acentuada corrección a confirmar el hecho de ser aguantados por medio del matrimonio, con lo cual el pasado de la esposa se hundía también en la oscura turbulencia del derrumbamiento general de la posguerra. Además la gente se había vuelto prudente y tolerante: lo que por fin, al menos desde el punto de vista económico, se había estabilizado de una manera bastante auténtica no podía pensar durante un tiempo allanarse el terreno mutuamente con los medios tradicionales de las rencillas y de las habladurías, terreno en cuya firmeza por otra parte nadie tenía demasiada confianza... Ésos eran, pues, los actores de los que se decía que estaban levantando una época nueva. En este punto no podía refutarse la objeción de que él, Félix, también formaba parte... por su propia culpa y, sin embargo, por así decir, por fuerza. Pero sencillamente, colaborando todos ellos realizaban sus deseos y fantasías y además al mismo tiempo conseguían sus ventajas. Las decisiones se las dejaban gustosos a las autoridades cuya residencia se encontraba literalmente en la ambigüedad, por encima de ellos y tras el nebuloso cerco del secreto y la intangibilidad: su capacidad de adivinar y sus posibilidades materiales —en favor de ello hablaban las cantidades que hacían circular— parecían, en efecto, ilimitadas. Cierto, él tenía remordimientos de ser de la partida, pues la comparación con el Ejército, para él tan evidente, no servía, se basaba en la equiparación falsa de dos campos que no tenían nada que ver el uno con el otro. En el Ejército el plan y la relación estaban completamente separados, pero quien daba la orden y quien la recibía eran miembros del mismo organismo; esta homogeneidad hacía posible que en ese campo tan bien delimitado, es decir en el militar, sucediera algo a lo que el adversario se oponía con su actuación, que era también de carácter absolutamente militar. Pero en la política las medidas de todo tipo de procedencias se entrelazaban condicionándose y completándose.

Pensó en su opositor de nombre doble alemán-istriano y de nuevo no pudo librarse de la sospecha de que ese hombre hablaba el francés a la perfección, lo cual significaba que era imposible imaginar que el señor Von Keullen-Gariony pudiera pronunciar frases como: «el dominio... —aquí casi inmediatamente el rollizo rostro de Mostbaumer, con sus mejillas de rojas venas y el producto híbrido formado por su papada y el redondo bulto de un cuello que estaba en ligero movimiento constante, apareció ante las facciones poco carnososa del otro—, el dominio aún no se ha establecido nunca a través del humanitarismo sino, desde el punto de vista burgués, siempre a través del crimen. Nuestra misión consiste precisamente en establecer un orden antihistórico completamente nuevo en el lugar del antiguo. Sólo un loco puede creer que algo así puede conseguirse sin violencia.

Con la voz del hermano, ante el cual estaban palideciendo ya las dos caras opuestas, llegó la réplica de Félix. En voz siempre baja y meditabunda, como si examinara cada una de sus palabras antes de pronunciarlas, dijo Robert:

—El que al recibir una orden pregunta por los motivos, o sea por el derecho y la moral, ya es de los del otro lado.

Y ante la mirada de Félix:

—Sí, probablemente tampoco es la persona adecuada para llevarla a cabo. La élite no la forma sólo el que formula las ideas, sino también el que se sabe responsable hasta la última realidad.

Al decir eso Robert había sonreído. Una sonrisa difícil de aguantar (Félix la calificó para sí de impertinente) que adelantó el labio superior, pero que no transformó casi nada en su rostro, apareciendo sólo en los ojos.

Él nunca había tenido la facultad de sentir un particular intelectualismo ni se había servido de él como algo natural y característico. Con ello se relacionaba una observación muy esencial que, en opinión de Félix, los separaba: para él lo más importante era la idea especulativa y lo que de ella resultaba; ahí nacía el verdadero peligro de su confusión, en cambio para el hermano lo moral se encontraba siempre en primer plano. Como motivo original o como última consecuencia... era la vía a través de la cual se movía todo lo pensado, que determinaba la meta y decidía los medios para conseguirla. No, el nuevo presunto orden tenía que extinguir a Robert y a los que eran como él, en caso de que se realizara del todo. Si no sucumbía sencillamente a su fuerza se iría consumiendo como la llama que no puede sacar ya más oxígeno del aire. Pero tampoco él, Félix, prosperaría, claro que por otro motivo que el hermano; él permanecía al margen en escéptica semipasividad, pues hacía tiempo que le dominaba la idea de que probablemente jamás había existido ni existiría nunca un mundo que le impulsara a dar con cierto agrado una respuesta afirmativa. Si alguien hubiera afirmado que él, Félix, era por completo el tipo de oficial arrancado de su órbita que no era admitido ya en ningún plano profesional civil, es probable que Robert no hubiera protestado aunque tampoco él —Félix lo sabía— consideraba esa apreciación como completa. Y eso incluso era falso: a Félix nunca le había gustado de verdad su profesión, sí, a veces la había incluso odiado y en lo más profundo de su alma se había sentido algo así como avergonzado de ella.

En el acto volvió a tener presente la escena de su investidura. Estaban en fila junto a la pared, enfrente de las altas y desnudas ventanas que de un modo vago daban una impresión ilimitada de opaca luz caliza. Como si estuvieran abandonados, muertos de frío, a una atmósfera penetrante de la que ya no escaparían. Tal vez entre ellos los había ya de dieciséis años, en cualquier caso él era de los más jóvenes. Con afectada rigidez permanecían erguidos arrimados a la pared con la mirada baja, ajena y en una tensión incomprensible, fija en el camarada de la izquierda o de la derecha, con la sensación de que el uniforme que llevaban por primera vez, que acababan de ponerse hacía una hora, no les iba bien; a pesar de que el viejo suboficial les había repartido con todo cuidado cada una de las piezas, si bien algunas mangas eran demasiado largas y algunos pantalones demasiado anchos. Por lo demás a él le había quedado esa sensación: probarse un uniforme nuevo resultaba ser hasta el final algo particularmente complicado y en cierto modo incluso excitante, en lo cual toda inexactitud, el más mínimo defecto revelaba y ponía de manifiesto en público de una manera muy molesta algo demasiado personal que contrastaba atrozmente con todo su ser.

Como si nunca hubiera sido de otro modo, eso había empezado el primer día, en aquella época le había sobrevenido a él y a todos los demás con unas oleadas invisibles. Tal vez el uniforme era lo decisivo del ejército, de lo cual se desprendían de una manera natural todas las demás consecuencias, tal vez un militar sin

uniforme sería una meta inalcanzable que en la realidad no podía existir porque engendraría una milicia que podría cumplir todo el mundo y que precisamente por eso ni tan siquiera se intentaría.
Éste fue su último pensamiento referente a su persona al acabar de recibir la investidura militar porque el hombre del impermeable verde gris, como si hubiera estado esperando justo detrás de ese recuerdo, se encontraba en primer plano, con grandes dimensiones y todo menos extintor; igual que hacía dos días: «Diga —Félix volvió a notar en seguida cómo su mirada, sin querer y oponiendo una resistencia quizá no del todo comprensible, se posaba en el de verde gris—, diga, ¿por qué lleva en realidad un abrigo así? A la primera se ve en seguida que es un abrigo militar alemán. Y aunque se guarden bien de relacionarlo con alguien a quien encuentren muerto a tiros es aconsejable que…».
Lo miró a los ojos y de repente se dio cuenta de que el sujeto clavaba los suyos en él con un miedo y un desconcierto que no se le ocurría ni ocultar, de modo que sin el menor escrúpulo se dejó vencer por él. Félix seguía mirándolo con insistencia y poniendo reparos a su abrigo, al corte, al color, las cintas de los hombros, como si llevaran hombreras invisibles que no obstante él, Félix, podía ver perfectamente y que en cualquier caso no podían dejar de verse.
—Es del todo imposible que lleve ese abrigo cuando… cuando cumpla con su deber… ¡Ya entiende! Precisamente al hacerlo… —el sujeto cambió de color, no, no era un error, una excusa posterior, un argumento evidente creado por él mismo que diera la razón a Félix; el sujeto palideció en la medida de lo que permitía su morena cara. Se interrumpió, quedó a media frase porque no sabía seguir, no se atrevía, le miró de abajo arriba con aquella mirada que Félix conocía tan bien, con la que el soldado subordinado que se sabe a merced

del antojo y del criterio personal de su superior pide... no, no pide compasión, pero sí que se le conceda, que se tenga en cuenta su deseo. Ésa es la mirada que puso, y eso era algo nuevo, pues no había nada que hiciera sospechar que ese sujeto fuera capaz de mostrar una conducta tan humilde y sumisa. Por otra parte, no duró mucho rato, pues en seguida comprendió que así no conseguiría nada. Es posible conseguir algo de un superior que le necesita a uno, al que uno puede dejar incluso plantado en un asunto oficial por una falta aparentemente involuntaria y que nunca pueda demostrarse que lo es, pero frente a un superior con el que tiene que tratar temporalmente con motivo de una determinada orden...

Su semblante pasó de la súplica a una hostil reserva, con marcada extrañeza miró a Félix: «El abrigo... ¿una pieza de uniforme? ¿Cómo se le ha ocurrido?» Félix no comprendió en seguida adónde quería ir a parar: «Pero es un abrigo de uniforme. Usted mismo lo ve». En cuanto a la incomprensión el rostro del sujeto disponía aún de un grado superior: «Es la primera vez que lo oigo. Ese abrigo me lo enviaron totalmente de acuerdo con las prescripciones». Y para terminar con gran energía: «¿Tiene otras instrucciones mi capitán? Si mi capitán quiere preguntar algo más... respecto a la realización...». Como si por la profundamente íntima repulsa por ambas partes supiera que podía hacer irrupción de una manera muy peligrosa y que por eso se mantuviera haciendo tanto mayores esfuerzos en la vía segura en la que permanecía sujeta. A Félix le sorprendió lo poco que se dominaba delante de ese hombre: hubiera bastado sencillamente un movimiento de su mano para despedirlo, pero a pesar de ello dijo casi como si hiciera una seña amistosa:

—Tiene que evitar todos los indicios y alusiones y no dar motivo directo a rumores... no es que eso signifique nada, pero al fin y al cabo trabajamos dentro de la ilegalidad.

El sujeto demostró tener sentido del matiz:

—Por otra parte la ilegalidad ofrece también ciertas ventajas.

Parpadeó con un ligero indicio mímico de astucia, pero eso pasó en seguida, y entonces —por eso Félix no lo evitó, él podía darle el giro que quisiera— el sujeto levantó un pedacito de su superficie, que estaba del todo automatizada y llena de costras, e hizo una confesión:

—Mi capitán... la cosa es que... —entonces volvió a titubear tal vez sólo porque no encontraba las palabras adecuadas o porque temía no poder expresarse de manera suficientemente comprensible—, es decir... trabajo con más facilidad si... bien, si llevo puesto el abrigo.

Dejó de tener en cuenta el límite que Félix había trazado, dejó incluso la actitud militar y gesticuló con ambas manos moviéndolas con ímpetu de arriba abajo, por lo visto para que su afirmación produjera una impresión mucho mayor. También Félix había extendido la cabeza hacia delante, parecían dos personas confiándose sus secretos. «Pues mire usted —dijo ahora en voz baja; ese susurro era del todo necesario, desde un punto de vista puramente externo daba al asunto casi un rasgo amistoso—, me cuesta menos trabajar en uniforme. Por eso necesito el abrigo; es que él tiene que sustituirme el uniforme.» Acto seguido dijo para atenuar: «Ya sé que es imposible. Pero sin uniforme —su voz descendió hasta el punto de hacerse apenas perceptible—, entonces tal vez es que no podría ser de ningún modo. Conocí a uno al que le pasaba lo mismo. Hay gente así».

De modo que no era la justicia y la ley lo que importaba, no era el poder supremo, que se presentaba con la más aparatosa autoridad, sino el uniforme, lo que el sujeto llevaba sobre su brazo como si fuera una cáscara, una funda impenetrable que sólo permitía unas actitudes previstas muy concretas. Ya no se pertenecía a sí mismo, sino al uniforme que le devolvía su inocencia, su honradez al liberarle de la responsabilidad e incluso de la unidad de su persona, no sólo en sentido moral, sino en todo el desnudo significado de la realidad.

Pero en él, en Félix, era distinto... Aquí el uniforme era como una mancha, casi como algo vergonzoso, en cualquier caso inspiraba constante sospecha de que no funcionaba como debía, de que mostraba, revelaba lo que debía cubrir y ocultar. Sólo durante un breve período de tiempo al principio, tal vez durante aquella hora en que después de su investidura permanecieron junto al muro del pasillo del colegio de cadetes aún no era como llegó a ser después...

El muchacho del cuarto año —dentro de diez meses escasos sería alférez, nadie se hubiera atrevido a denominar de camarada a ese semidiós— tenía sobre el labio superior unos cuantos pelos, no sólo vello como la mayoría, sino pelos de verdad que una pomada mantenía estirados y en posición horizontal. Éste gritó: «¡A la izquierda!». Y ésta fue la primera orden militar a la que Félix obedeció vestido de uniforme. Se dirigieron al dormitorio y se colocaron en fila delante de las camas. Entonces empezó aquello que Félix —de habérsele preguntado, tanto entonces como hoy y como siempre— hubiera denominado una de las impresiones más desmoralizadoras de su vida. No la muerte en combate, a la que exageradamente se le daba la importancia de un hecho, eso no era nada, a pesar de que no quería negar que comportaba una buena dosis de dominio de uno mismo, de lucha contra el dolor y el miedo; la semiparalizada capacidad de pensar, el excitado estado de enajenación que generalmente se denomina arrojo, con el que uno se dirige a una situación sin darse cuenta equilibradamente de que con toda probabilidad será la última. Todos los riesgos del oficio militar carecían de importancia frente a lo que había sucedido el día de su investidura.

—¿Pero qué aspecto tenéis? —dijo asombrado el muchacho en un tono de desagradable preocupación—. Si os habéis llevado media pared.

Se acercó por detrás al primero que se había apoyado demasiado en la pared del pasillo de tal modo que sus hombros y espalda mostraban vestigios de ello, agitó unas cuantas veces la fina caña que por lo visto en otras ocasiones usaba como fusta, y con todas sus fuerzas le dio al mozo un golpe en la espalda que le hizo proferir un grito.

—¿Así me agradeces que te sacuda la cal? Espera, aún no estás listo.

Era un fornido muchacho rubio cuyo cabello le crecía desde la misma frente, en medio de la cual se adelantaba un mechón rebelde formando un extraño triángulo con la línea recta del comienzo de su cabello. Tenía pobladas cejas y unas curiosas bolsas bajo los ojos, de modo que parecía algo hinchado. Esos ojos hinchados, las azuladas miradas que salían de la estrecha hendidura, que producían una impresión de impersonal perfidia, a Félix le llamaron en seguida la atención, los miró fijamente y desde aquel momento tuvo un enemigo.

El muchacho tomó impulso y una vez más dejó que la caña silbara primero cortando el viento antes de dar el golpe. Esa sacudida de silbante ruido era para los demás, para aquellos a quienes no les tocaba. Todos lo miraron perplejos mientras la espalda del mozo se curvaba y se agitaba de un lado a otro; él se mordió los labios, hubiera preferido que no se le hubiera notado nada. Era uno de los más bajos, Félix se acordaba perfectamente; tampoco después, de mayor, llamó la atención por su altura, pero era bastante ancho, en realidad

no tenía cuello y su cabeza parecía muy grande; en conjunto ya entonces daba una impresión más de robustez que de debilidad.
Era evidente que el muchacho sólo estaba pegando para divertirse (eso pensó Félix entonces) y probablemente todos pensaron que sobre todo quería mostrar su fuerza. Pero tal vez algunos sospecharon ya que había algo más: Ah, por primera vez, con toda claridad… ¡sentirse subordinado, tener que soportar lo que otro le infligiera! Como si aquí notaran la finísima sonda que en lo más interior tocaba el lugar en el que surgía aquello ante lo cual más adelante —teóricamente, sobre todo teóricamente— podía elegir rebelarse contra ello cubriéndose de oprobio o someterse a ello siendo premiados con condecoraciones. Así pues, permanecieron mirándolo fijamente y en silencio y cuando después de un golpe muy fuerte gritó, a otros varios se les escapó casi al mismo tiempo de los labios… espanto, compasión, indignación…
Tal vez las miradas del muchacho sólo parecían la maldad personificada porque el resto de su cara permanecía inmóvil, sin colaborar en su aborrecible satisfacción. Félix no era de los que habían gritado con el que recibía los golpes; sin embargo, al recorrer la fila, la mirada del muchacho quedó fija en él. El rostro de Félix no expresó ni rebelión ni compasión, ni cólera ni desprecio. Lo notó por el esfuerzo que estaba haciendo por permanecer rígido e inmóvil. Tal vez sus cejas se movieron un poco, es decir, en realidad no las cejas, sino la arruga que había entre ellas. Él no pudo dominarla y se movía nerviosa arriba y abajo aun cuando él permaneciera del todo inmóvil. Es probable que fuera la arruga o bien sus ojos, él no sabía qué es lo que estaban expresando, pero que no tuvieran contenido alguno, eso era desde luego un inocente engaño de sí mismo. Todo el incidente tenía algo de irreal, algo francamente fan-

tástico; probablemente todos ellos deseaban con vehemencia que lo que estaban experimentando no fuera verdad, no fuera real; se habían imaginado el ambiente de su futura profesión muy distinto. Y fuera lo que fuere lo que se habían imaginado, seguro es que la fuerte mano roja con la caña silbando al aire no aparecía en la fantasía de ninguno de ellos. Tampoco los ojos, que no dejaban de mirar a Félix: «¡Date media vuelta!». La orden, la disposición a obedecer, a subordinarse, determinada idea de la disciplina... Félix dio media vuelta.

Al cabo de un segundo notó un golpe fino, agudo y ardiente, y sin querer lanzó un grito. «¡Con todo lo que lleva ése! Anda, espera, que te voy a sacudir el polvo.» Primero el golpe vacío en el aire, la manifestación de su habilidad, poder producir ese silbido de una manera tan impresionante, después volvió a tocarle a la espalda el turno. Esta vez a Félix no se le escapó ni el más ligero sonido de dolor. Dio media vuelta sabiendo sólo que tenía los dientes apretados, lo notó al separar ahora los labios como por fuerza.

—Yo no me he apoyado en la pared. Para pegarme tendrá que buscar otro pretexto.

¡Las miradas y nada más! No sabía cómo eran las suyas, pero las del otro resultaban muy impersonales, ranuras azul grisáceo entre los gruesos párpados que de repente parecían aún más hinchados. Notó que la arruga en sus cejas se contraía. De repente, contra todo lo que podía preverse, notó que el otro se ruborizaba. Un espumoso rubor, no simétrico sino como distribuido en diversas manchas que reforzaban la falta de nitidez y de silueta, la malignidad de medusa de su rostro. Una fuerza misteriosa, una corriente que salió de Félix de modo que el muchacho se quedó perplejo, tal vez incluso sintió miedo, pues exprimiendo una carcajada se dirigió entonces a los demás como si intentara atraerlos

para que se pusieran de su parte, conseguir que expresaran su apoyo: «¿Pegar? ¿Quién ha pegado a nadie aquí?». Algunos dándose cuenta de que eso les beneficiaba, se adhirieron a su risa. «¿Es pegar sacudirle un poco de cal de la espalda?» El humorismo de la escena se había apoderado de ellos de tal modo que chillaban a voz en grito. Y con la aprobación de todos: «¡Y un tipo así quiere ser soldado!». Sencillamente vergonzoso. No hizo falta seguir con la campaña; cogió la caña bajo el brazo. Todos permanecieron junto a su cama, al lado de la mesita de noche.
—Vamos a ver si la habéis ordenado bien —Félix sintió ya que iba para él, pero aún no sabía de qué manera llegaría. Fue así—: ¿Pero cómo está eso ahí? —El muchacho dio una fuerte patada a la mesita de noche—. ¡Levántala otra vez! ¡Pero como es debido, que quede en la misma línea que el borde de la cama! —Entonces ordenó a Félix que la abriera. Como es natural, al rodar había quedado todo en desorden. Se puso en jarras—: ¡Qué cantidad de porquería! Pero poner en circulación mentiras sobre mí, decir que yo pego... eso sí que sabe hacerlo, ese futuro camarada, eso sí que lo intenta. ¡Al parte! Por desorden sin precedentes. ¡Entendido!
Por fin, Félix balbució:
—Pero si con la patada usted mismo... —rostros de irónica sonrisa, maliciosas carcajadas. ¡No comprendían todos la infamia, la arbitrariedad! Súbitamente sintió que crecía en su interior, con una convulsión seca que lo asfixiaba hasta el punto de que creyó que se ahogaba... entonces a aquella escena fueron a parar muchas cosas que él jamás sería capaz de separar y de examinar en particular. El frente en contra suyo, los enemigos, los camaradas, ninguno de los cuales tuvo presente que mañana podía ser él la víctima. La aplastante certeza de estar solo, derrotado, sin culpa en un asunto de jus-

ticia. Imposible de expresar con palabras, ni tan sólo de imaginar: que para él no hubiera ningún camino que llevara a su derecho. Y lo más terrible de todo: que no se le ocurriera, ni como remotísima posibilidad, considerada en seguida inútil, la idea de ir a casa, de abandonar ese ambiente de humillación y de injusticia. Pues en casa su puesto estaba ocupado por Robert, el niño que causando gran sorpresa había nacido mucho más tarde, a cuyos caprichos de bebé tenía que acomodarse por ser más de diez años mayor que él; en casa esperaba aquel rostro extraño, odiado con rencor, con su severa boca llena de breves órdenes, impacientes enseñanzas, reproches frustrados y hostiles previsiones de sus fracasos en todo lo que hiciera. Escuela y juego... ni más ni menos que el campo de batalla del egotismo paterno al que ahora se añadiría otro más importante: el profesional. Lo insoportable que era mirar el rostro huraño y maligno hasta que se abrían los labios para decir lo que él, Félix, sabía hacía tiempo y lo que su padre —después— ni más ni menos había estado esperando cada vez. No, ni por un segundo pensó en regresar, ni tuvo en cuenta la posibilidad de hacerlo.

¿No se había ido casi con la sensación de que se estaba cumpliendo el deseo de su vida? Escapando a la pendantería de su padre, a su constante refunfuñar que —fuera como fuere— siempre lo había visto venir por no haberle escuchado a él, al padre. Escapando a las lágrimas maternas, a los secretos consuelos contra el padre, a los deseos y órdenes de éste eludidos con malicia y alevosía, huyendo de la suave y cálida mano sobre sus ojos, sobre su boca para notar sus besos, besos que en el fondo iban dirigidos a los labios que una fuerza abismal en lo más profundo de su ser le prohibían. ¡Ah, tantas cosas que no se le podían decir porque ella ya las sabía igual que él! Hasta el odio, hasta la frontera más allá de la cual sus protestas no eran más que fallidas tentativas de engaño que, sin embargo, a él le incitaban una y otra vez a no ver a quién pertenecía en el fondo y por amor de quien le abandonaba siempre.

Todo eso pertenecía al pasado, por eso se encontraba aquí, donde reinaban la severidad, el honor y la justicia y donde los méritos y la habilidad hallaban su recompensa. Bien, había aprendido qué significaba la severidad, cómo eran el honor y la justicia. Al atardecer examinó la carabina que le habían dado junto con el uniforme y de haber tenido un cartucho... recordaba la situación con especial claridad, volvió a verse levantando la carabina y abriendo el cerrojo. Hoy lo veía perfectamente, entonces se dejó llevar con tan animado y resignado detenimiento por la idea de acabar sólo porque no se podía realizar... no tenía el cartucho que necesitaba para hacerlo, eso trasladó su deseo de la nebulosa esfera de la venganza indeterminada al campo de la decisión tomada tras madura reflexión. Y aún mucho tiempo después, cuando ya adivinaba que si lo hacía no mataría a nadie más, el hecho del obstáculo real estaba en un punto tan central que se transformó en un giro decisivo en el que pensaba una y otra vez. Una y otra vez, de una manera opresora, irrecusable... ¡De haber tenido el cartucho...! Y jamás llegaría a saber, jamás llegaría a ver del todo claro si lo habría hecho de no habérselo impedido una circunstancia externa.

Desde entonces el cierre abierto de la carabina y el cartucho que faltaba formaban parte de determinadas experiencias; el graznido que se acercó a toda prisa, la voz asmática del gordo capitán de reserva en la trinchera en donde estaban cumpliendo el servicio de infantería y que en realidad era una hondonada plana abierta en la arena con la pala. El nuevo alférez se acercó deslizándose y agachado para anunciar su llegada al capitán. El atardecer trazaba anchas y estridentes rayas sobre el horizonte; esas rayas de color amarillo ardiente parecían incluso lo único firme en este ilimitado vacío, real no había nada más, a excepción hecha tal vez de la figura que se movía dando torpes saltitos con los hombros hacia delante, los cuales se contraían de una manera muy particular... seguro que era un movimiento nervioso, a primera vista tampoco parecía que temblara de miedo. Llevaba el saco de provisiones con las dos correas colgándole del hombro y probablemente pretendía impedir que se le cayera resbalando. Por otra parte, tenían un buen número de muertos, al menos dos docenas yacían en el último extremo de la trinchera. Quizá la culpa de todo la tenía esta hilera de muertos tan pulcramente ordenada, al acercarse el alférez pudo contemplarlos con todo detenimiento. Tal vez era la comida, hacía días que vivían de gulasch en conserva, que comían a cucharadas, frío, de las mismas latas, y de ron, que todos bebían por litros. Sea como fuere estaban agachados detrás del montón de arena esperando al alférez, que se arrastraba literalmente boca abajo, pero —como si creyera que de este modo ellos no notarían que estaba demasiado preocupado por cubrirse— con la cabeza, cayéndole el casco casi por encima de los ojos, rígidamente en alto, y de repente todos ellos se echaron a reír. Una reacción en cadena de carcajadas con lo que se quitaron del cuerpo la tensión que tenían acumulada; cuando el alférez se levantó, rojo como un tomate, aún seguían vociferando. Su pecho sobresalía de la llamada trinchera, ahora iba al mismo paso que en el campo de ejercicios. El disparo en la cabeza al que provocó a uno de los tiradores de Siberia, le llegó a mitad de camino. Después, en el refugio, hizo todo tipo de confusas observaciones sobre la histeria de los jóvenes y Félix pensó: «Si en aquella época... entonces hoy no hubiera tenido que estar mirándolo». Casi como si su destino y el del alférez desconocido se mezclaran en un curioso trueque y él, Félix, lamentara por él que el otro, por faltarle un solo y afilado cartucho no hubiera llevado a la práctica su decisión y al menos no se hubiera ahorrado las carcajadas que sólo su muerte redujo al silencio.

En cambio entonces, en el Dniéster, Félix no había pensado en la carabina. Los acontecimientos puramente militares y, por así decir, sólo profesionales, no podían hacerle recordar lo que había pretendido llevar a cabo con ayuda de la carabina y del único y afilado cartucho de haber existido.

«Lluvia» no era en absoluto la palabra adecuada. Estaban echados en el frío de la mañana sobre la tierra amarillo grisácea; encima suyo y a su alrededor algo indefinible, más denso que el aire, más fino que las nubes, que llenaba la atmósfera de manera proporcionada, la cual entonces no estaba en efecto formada por otra cosa que la materia gris azulada que segregaba una humedad que nunca llegaba a formar un grumo unívoco. Hablando sin propiedad podía calificarse de lluvia; lo penetraba todo, probablemente le reblandecería a uno los huesos y no dejaría en todo el cuerpo más que unos pocos cordones nerviosos que al realizar cualquier movimiento producirían un intenso dolor. Las seis de la mañana, la última lata de ron se había bautizado por cuarta vez con el agua del río, que sabía a desinfectante, y la patrulla que debía establecer un enlace con el regimiento llevaba horas de retraso. Nada, ni siquiera la raya naranja de siempre en el lugar en que uno imaginaba el horizonte.

De repente allí estaban los cosacos, probablemente habían divisado el miserable campamento hacía rato, se habían dado tiempo, primero se habían desayunado y dado de comer a los caballos para estar en forma. Por otra parte nadie sabía cuántos eran, a los dos sotnios los vio después, al contar los cadáveres. Al acercarse estrepitosamente, el pataleo del ataque y los ruidos de su correaje, de los resoplidos y del jadear humano, incluso sus gritos a lo lejos, cubiertos por la infinita alfombra de fieltro que en otras ocasiones se denominaba atmósfera, él había fallado de la manera más radical y ridícula. Hoy se acordaba, ya no avergonzado, sino con una grotesca animación, tal como se recuerda una situación en la que uno se ha comportado de una manera tan evidentemente equivocada que desde un principio queda excluido todo intento de justificación.

Así pues, sacó el sable, movió los labios, y resolló, no sabía qué. Más adelante comprendió que pretendía ser una orden, se había comportado como lo exigían las prescripciones y los arquetipos. Al principio ni siquiera se dio cuenta de que estaba balbuceando un sonido inarticulado. De ese ruido particularmente estridente podía acordarse tan bien como de que de repente sintió latir su corazón en los pies, por el tobillo. El latido allí abajo era muy violento y, sin embargo, inexplicablemente agradable. Durante dos, tres minutos no tuvo la menor idea de lo que estaba sucediendo, de lo que estaban provocando aquel estúpido gesto, el brazo con el sable en alto y su voz intermitente ronca y gutural. Probablemente sólo que uno u otro dirigiera la mirada hacia él, pero sólo en los primeros segundos, después... Estaba tan preocupado por lo que —no a ellos, pues no era fácil que los cosacos mataran a toda la tropa— pero sí le estaba esperando a él, que no se dio cuenta de que los suyos, con el pequeño esloveno, moreno y flaquísimo, agilísimamente a la cabeza, estaban armando las ametralladoras; no se dio cuenta de ello hasta que ya estuvieron introducidas las cartucheras, en la ametralladora que tenía más cerca. La cartuchera estaba fija y no se podía seguir tirando de ella. Seiscientos, cuatrocientos cincuenta pasos; no irá bien por culpa del encasquillamiento; trescientos cincuenta, el estrépito, el humo de las narices de los caballos, el éxito seguro, treinta y seis hombres y un teniente... allí... tactac, tacatacatacatacatac...

Lo dicho, dos sotnios; había empezado a contar los muertos, pero al ver que eran dos sotnios lo dejó estar. Tal vez en la más estúpida situación de su vida en la que nadie oyó su orden, y aun cuando alguien le hubiera hecho caso no la hubiera entendido porque no era orden alguna sino un estertor, un suspiro de miedo y debilidad, la anticipación de su último segundo, mientras que su gente sabía por propia iniciativa qué es lo que tenía que hacer. Entonces, al levantar el sable y sentir su corazón latiendo allá abajo como si quisiera saltar del tobillo, ¿no había *tal vez* pensado o al menos intentado pensar en la carabina y en el puntiagudo cartucho que faltaba? Qué tontería, seguro que no, esa representación era demasiado amplia, se tardaba demasiado en producirla y después lo encontró todo tal como debía ser: un riesgo del oficio que se producía de un modo o de otro, y una de las partes, o la de aquí o la de allí, tenía que perder. Pero ¿por qué estando con Irene había pensado en la carabina? Por sutiles que fueran las formas adoptadas por los métodos para engañarse a sí mismo, él no quería dejar de adivinarlos. Y aquí se sintió inseguro, apartó algo para no tener que examinarlo, aquí tembló ante la confesión. También su matrimonio, cuando llegue y quizá llegue este mismo año, lo dejará solo. Tal vez la razón más comprensible de su distribución era fruto de los años: el período en que la vida en común parece especialmente intensa, incluso definitiva, aquel clímax anímico que probablemente se da una sola vez. Después una época en que la compañía sirve para eliminar las incomodidades sociales transformándose en una ventaja externa y por fin en obligación moral. Se acababa de llegar a

ese significado inútil; al principio no tuvo nada que ver con el rostro de Irene, cuando Ginebra entró del brazo del torpe muchacho de Vorarlberg, que luego resultó ser su prometido.
Los brazos morenos y algo delgados de Irene reposaban en la mesa, sus manos eran lo más hermoso en ella. Su rostro permanecía en general inmóvil, toda la fuerza y diversidad de expresiones procedía de su boca. Al mirar hacia allí su boca se hizo en seguida «perfecta», como él decía. «Mírala a esa pequeña. ¡Qué sorpresa!» Y después de pedirle a la patrona que le informara: «Al mirarla una podría desear ser hombre. Naturalmente no ése con el que está, su prometido. Tejidos, él los produce y su tío los vende; por lo visto es un arreglo más que nada comercial.» Su corazón aún... ¿Lo recordaba realmente con tanta exactitud o era sólo la transformación que sufría el suceso a través de Irene? A pesar de sus sospechas respecto a sí mismo, a sus propios deseos... no se dejó contradecir: en el fondo era sobre todo Irene quien se había encargado de que él recibiera lo que ella llamaba el corazón de Ginebra. Al mismo tiempo él adquirió para ella una fascinación nueva que le unió a él de una manera fuerte e inesperada. Su reproche parecía una amenaza: «¿No ves cómo te mira? ¿Qué estás esperando? Si quieres esta misma noche puedes alcanzar tu meta. —Ahora mismo me acuerdo de que estoy prácticamente prometido contigo. —Ah, a mí me tienes segura. Por Dios, no seas tan aburrido. ¡Con qué ojos está mirando! Demuéstrale al menos que te das cuenta de ello...».
Irene aún se contenía; el inquieto resplandor de sus miradas se deslizó por su rostro, por sus hombros, y negligentemente dejó caer en el sofá el pañuelo de colores que se había recogido delante, como si estuviera temblando de frío, y con el que sus manos estaban ocupadas sin cesar —¿fuga automática desde hacia tiempo

hacia la distanciación y la compostura?—. Sus hombros mantenían la morenez del sol durante todo el invierno. Sus claros ojos ambarinos tenían ya el brillo ligeramente anaranjado, la señal más segura de que estaba excitada, al dirigirse al fofo y rubio muchacho de Vorarlberg con exagerado entusiasmo. Había calculado bien: ¡Claro, también para ella el esquí era un mediano placer y su pasión era igualmente la caza!

Así, de grado o por fuerza, Félix tuvo que ocuparse de Ginebra. Ella no era de ninguna de las familias de Vorarlberg que desde hace generaciones fusionan sus telares y negocios de tejidos por medio de matrimonios, ella en realidad era de Livorno y los dos se habían conocido en Venecia. Lo primero fue la impresión de un reservado y disimulado olfato, con sus redondas narices, la sospecha de que su cuerpo parecía muy liso, como hecho de topacio pardusco, la vio confirmada más adelante. El cabello le brotaba con increíble exuberancia de la cabeza y de debajo de sus axilas. La boca, grande, recordaba de una manera más determinada una esponja de color estridente completamente empapada. Irene encontraba siempre la ocasión de decirle susurrando: «¿Te alegras de ser hombre? Todas sus miradas, todos sus movimientos, todo lo que hace es una invitación para que se la viole, una muda súplica para que eso suceda».

Tal vez lo que más llamaba la atención en su cara eran sus ojos, colocados un poco demasiado hacia delante, de color gris claro debajo de espesas cejas negras unidas; párpados muy sombreados, tirando a lila. «Qué lástima —él notó los labios de Irene húmedos y temblorosos junto a su oído—, que tenga que ser por fuerza un hombre, ¿quién sino entra en consideración? ¡Pero tú sí, oh, tú claro que sí! Tú eres mucho más persuasivo que su prometido, pero tampoco eres su más recia perspectiva.» «Últimamente has insistido tanto en la boda.» «Está bien, está bien, no tengas miedo, no te me voy a escapar, pero ahora es mejor que le mires los ojos. ¿No crees tú también que tiene complicaciones? ¡Oh, fácil, seguro que no lo tiene, con esa excitabilidad! Aún no sé si para ella "inteligente" significa lo que ha de significar.» Irene estaba enardecida; los señores volvieron la cabeza hacia la mesa. Saliendo de ella se apoderó de él, sin consideraciones y olvidándose del propio ser se sirvió de él para Ginebra, la cual súbitamente dio a sus relaciones otro sentido, un colorido sorprendente, un apasionado y revelador significado, de modo que dejó de notarse la firme decisión de casarse y la costumbre y resignación algo paralizadora que de esa decisión se desprendía.

Sin embargo, podían notarse al aproximarse al impulso, que hoy ni siquiera parecía ya una vergonzosa reminiscencia por no haberse podido conseguir aquel cartucho único que le hacía falta... aquella idea para cuya realización nunca había faltado tanto como entonces: justamente el trocito de metal del tamaño de un dedo meñique, sólo aquel cartucho, no se le había presentado ninguna ocasión de apoderarse de él, de modo que ahora tenía que hacerse cargo de Irene casi de la misma manera como se hacía cargo del asunto Mostbaumer, poniéndole el fin que él consideraba bueno y adecuado. Que precisamente entonces volviera a recordar la carabina y el cartucho que faltaba...

Se arremangó, miró el reloj y constató que faltaba a lo sumo un cuarto de hora para la «Becada». De repente una vez más, quizá con un poco más de claridad que de costumbre, esa inseguridad... casi inexplicable y, sin embargo, imposible de disipar, casi sofocante: había sido demasiado fácil persuadir a Mostbaumer para que viniera. ¿Sólo una «maniobra de la conciencia limpia» realmente? ¿La sincera y algo exagerada honradez que debía demostrar que en el campo que de él dependía todo marchaba perfectamente? Las quejas y las proposiciones se transmitían sin pérdida de tiempo a las autoridades que podían mandar hacer cambios importantes. ¿O...? Entonces vio al posadero que estaba preparando unas cuantas mesas para el desayuno en el jardín. La cólera, la indignación se apoderaron de él: ¿Por qué seguir esperando en vez de impedir que el pillo continuara con sus maquinaciones? De tener el cargo el posadero sería tan malo como Mostbaumer. Era de Gottschee, aún había gente que recordaba cómo había aparecido por allí, con su cesta de vendedor ambulante con un hule cosido envolviéndola. Bajo y gordo, extraordinariamente desproporcionado; hombros muy altos, que llegaban hasta el comienzo del cuello, eso el derecho; la sajadura de las correas que sostenían el cesto aún podía verse hoy vagamente. Curioso que fuera pulcramente afeitado, tal vez era una costumbre típica del pueblo donde había nacido, es decir, en realidad Félix no lo había visto nunca del todo afeitado, sino siempre con una barba dura blanco grisácea de dos semanas como mínimo. Tenía la nariz arremangada, redonda, con una fisura en el cartílago que separaba los dos orificios. En el último tiroteo —fracasado asalto a un depósito de armas de los rojos— había colaborado de manera sorprendente como cabecilla. Poseía una habilidad especial, el truco para hacerle saltar los ojos al adversario con los dos pulgares colocándolos convenientemente. A la víctima de ese incidente le caían los ojos a derecha e izquierda en la yerba. Pero el posadero había dado la prueba indudable, por así decir, un ejemplo público de su rudeza. Probablemente después se dio cuenta de que el hombre sin ojos aún podía hablar demasiado, que su estado era un testimonio bastante elocuente. Mientras lo metían en la ambulancia le dio a escondidas el revólver al ayudante sanitario (que era de los suyos y relató el hecho; apreciaba los méritos del posadero, pero sin olvidar los suyos) y al llegar al hospital tras penoso viaje resultó que el hombre que iba en la ambulancia se había suicidado delante mismo del ayudante sanitario.

Este estado de cosas se había ido desarrollando muy poco a poco, ahora eran la norma, la costumbre de cada día. A pesar de ello, a cada paso resplandecía más el lago y los manteles a cuadros de colores bajo los tilos de la «Becada» a través de los setos de boj y ciruelas silvestres parecían parterres de flores. Félix echó una ojeada al jardín vacío de la posada; en un banco rodeado de verdes arbustos descubrió la gruesa figura de colorada cara. Mostbaumer se levantó en el acto y desapareció dando la vuelta a la casa.

—¡Eh! ¡Eh!

Pero Mostbaumer tenía prisa, apareció por fin abajo, por el lado del bosque e hizo en dirección contraria el camino por el que Félix había venido.

—¡Oiga!

El posadero salió e intervino:

—¡Señor consejero!

Por fin Félix comprendió que el hecho de que no se le viera con Mostbaumer sólo podía ser favorable. Pero con el posadero tenía que hablar ahora un par de cosas. Una mezcla de repugnancia y de ira se apoderó de él al instante: encontraba esa cara inaguantable... servil, a todas luces estúpida y muy astuta, pero más que nada brutal. El gesto de Félix fue más negativo de lo que él mismo sabía, a pesar de ello el posadero sonrió confidencialmente:

—Está regresando al pueblo, el señor Consejero, probablemente a casa.

Y con un desagradable parpadeo:

—Podría jurarlo, podría jurarlo en cualquier momento.

Nada más que presunción; a Félix le molestó su mueca, que pretendía ser una sonrisa, lo que de marioneta tenía su mano al saludar. A toda prisa prosiguió su camino; dentro de unos diez minutos tenía que encontrar a Mostbaumer atravesando el bosque, en la bifurcación del paseo.

Mostbaumer gritó ya desde lejos:

—Despacio, despacio. Presenta usted sus quejas suficientemente pronto. Además es usted puntual.

Con una sardónica mirada de soslayo a la mochila de Félix:

—Su obra la lleva probablemente ahí dentro. También el peso de la responsabilidad es más cómodo de llevar cuando se reparte convenientemente.

Félix encontró que el tono era provocador, esa intrepidez de buen humor y en apariencia inofensiva, denigrante para ambos; en cualquier caso, del todo inapropiada al asunto de que se trataba.

—Caballero —dijo—, en estos últimos dos años se ha comportado como si para usted la responsabilidad no existiera.

Desde el abismo, sin parar, pidiendo cuentas, cuentas que hasta entonces nadie había sido capaz de comprender: el afán de abolir el sumario, la anonimidad del procedimiento, de suplir por así decir el interrogatorio ahora al ir al lugar del suplicio, de conseguir que Mostbaumer se diera cuenta de que no sólo le declaraba culpable una autoridad desconocida sino que en efecto era culpable. Como un muro… la defensa que tenía que erigir a toda costa contra esa sonrisa, contra la sarcástica presunción del que cree adivinar las intenciones del otro. Mostbaumer se detuvo y dio una deliciosa aspiración con su puro:

—Ah, muy bien… responsabilidad… ¿De modo que para usted eso existe?

—Por supuesto.

—En caso de que tuviera usted el monopolio... se lo ruego, eso es asunto suyo. Pero si es usted de los que no tienen bastante con su propia responsabilidad, sino que han de controlar también la de los demás... porque se sienten llamados a hacerlo... bien, entonces...

—¿Entonces?...

Entonces Félix se detuvo y miró a Mostbaumer directamente a los ojos, muy decidido, como si por fin quisiera ir ya al grano de la situación, tal vez de una manera demasiado desconsiderada. Mostbaumer arrugó asombrado la frente, la risa que tenía preparada le salió oprimida y sardónica y se interrumpió súbitamente.

—Sabe, mi buen amigo —dijo en otro tono, entre divertido y molesto, probablemente con la intención de tomar la conversación como si no ofreciera ningún peligro—, para mí la mayor parte de las cosas tienen ante todo una importancia práctica...

—¿También eso de lo que estamos hablando, aunque todavía no lo hayamos llamado por su nombre?

—Así es. También eso. Falta saber si puede llevarse a cabo en la realidad o si al menos es posible.

El camino se iba estrechando, pero podían ir uno al lado del otro. Lisos troncos de haya, las copas muy por encima de ellos atravesadas de dorados rayos, todo sumergido en el resplandor, una vez más la mañana. Casi como si se llevara el aguijón de su enemistad e hiciera que todos los actos y planes humanos aparecieran problemáticos, profundamente inútiles. La mirada de Félix, que seguía enojada y fija en Mostbaumer, cedió, mostrando algo semejante a una disposición a escucharle; por fin dijo:

—Ya he esperado demasiado. Si se tratara de alguna teoría... Dios sabe que no seguiría ocupándome de ello. Pero aquí se trata de política, de... bien se ha tratado siempre y sigue tratándose de la vida humana.

En el fondo, desde hacía rato sin el modo como se

soporta una dura diferencia de opiniones. Cada cual hablaba con la seguridad de la decisión tomada: el juez y, por desagradable que fuera, un poco también el verdugo del otro. Félix, enojado, agresivo y exigente; Mostbaumer, con malicioso sentimiento de superioridad, con una sed de venganza apenas oculta.

—De mi paciencia tiene una opinión francamente fantástica. Diga ya de una vez adónde quiere ir a parar.

—Esa insurrección...

—Para la insurrección sólo he proporcionado unos pocos documentos, que por cierto estaban conforme. Además los planos de orientación de determinados departamentos. No sé quién hubiera sido más apropiado.

Todos esos Mostbaumer estaban convencidos de que todos los incendios, liquidaciones y sabotajes, de que cualquier tipo de destrucción en el fondo eran obras positivas. «Tendría que hacerle comprender algo de mi manera de ver las cosas...» Félix miró en línea recta de la manera más indiferente posible al decir:

—Nuestra exposición, nuestro informe es lo que les da a los de arriba una imagen según la cual actúan o más bien hacen actuar.

—Es nuestro modo de participar... de momento al menos. Somos los indirectos, la antesala, con lo cual no quiero decir nada contra el hecho de que seamos absolutamente necesarios.

—El que transmite a la superioridad ideas falsas que no corresponden a la realidad, es decir, que provoca una actuación equivocada... bien, ése tiene que pagar las consecuencias.

—¿Podría preguntarle qué quiere decir eso de «actuación equivocada»? ¿Dónde se encuentra en realidad ese lugar desde el que puede dominarlo todo con tanta claridad? Mi interés, el de los rivales, el interés de la mayor autoridad y los diversos intereses que resultan de cada uno de los asuntos...

—En una palabra: motivos suficientes para ir por una vía doble, ¿eh? Porque desgraciadamente no tenemos más de dos vías.
—¡Vaya, vaya! Dígame... ya que está usted abriéndome su corazón... ¿de dónde ha sacado el permiso para llevar a cabo un control así? O...
Mostbaumer agarró a Félix por los hombros. Parecía que quisiera sacudirlo, pero su movimiento incluía otras cosas más: dominándose esta vez todavía, tomando un rumbo burlón y tosco, la intención, detenida al comenzar, de dar el golpe, de hacerle callar de una vez para siempre.
—O... ¡Ja, ja! ¡Ja, ja ja! ¿Se hace cargo también del castigo de los... culpables?
Félix seguía con la vista en línea recta, sin mirar a Mostbaumer.
—Puede ser —dijo.
Mostbaumer soltó un silbido:
—¡Y yo que lo consideraba inofensivo!
De modo que aun encima ese tipo le pasaba por las narices la prueba de que desde el principio le había juzgado como se merecía. Hubiera tenido que ser liquidado hacía tiempo, *ése* ya sabía demasiado. Subordinado hasta la médula... a la larga a éstos no se les puede usar ni como cómplices, se pasan la vida criticando cuando el asunto no se atiene pedantemente a las normas morales que se les ha inculcado. ¡Claro, subordinados...!
Y entonces, como si hubiera estado esperando detrás de una puerta caediza... no, de repente no, sino sencillamente como si no pudiera ya reprimirse, como si fuera urgente, apareció el de verdegris, a Mostbaumer le pareció casi que iba a su lado; sin querer Mostbaumer olfateó el olor a goma del impermeable. ¿Subordinado...? El de verde gris seguro que no lo era. ¿Él, en cambio, Mostbaumer...? Una sensación desagradable, asfixiante y paralizadora al mismo tiempo: apartarlo, no querer

reconocerlo. No se dio cuenta de que el capitán permanecía en obstinado silencio.
El camino era cada vez más estrecho, sus hombros, sus brazos se rozaban al andar. Sus manos se contrajeron como si ambas desearan reprimir el deseo de cogerse mutuamente. De repente se le ocurrió pensar que tendría que decir algo, continuar la conversación; al capitán ni le miró de soslayo al decir:
—Por otra parte, con esas arbitrariedades no llegaría usted muy lejos. Es de suponer que lo sabe.
Era innegable que desde el principio el hombre del impermeable verde gris había causado una impresión especial, si bien él, Mostbaumer, no se lo confesó hasta que la posibilidad de negarlo ante sí mismo hacía rato que había dejado de entrar en consideración. En seguida había sentido que le adivinaba sus intenciones de un modo muy inquietante para el cual al principio no existían palabras, pero que no obstante daba en la llaga, se refería a su punto flaco. Tal vez por eso le dijo al de verde-gris a la cara para qué podría necesitarlo. El hombre se hizo el extrañado, parecía incluso divertido:
—De modo que se ha erigido usted en tribunal por su propia cuenta... ¿el capitán tiene que desaparecer?
Rió.
—Naturalmente aquí también hay gente de confianza... con que dijera una sola palabra...
—¡Vaya, vaya! —sonrió el hombre de una manera tan desagradable como solía.
La causa de todo eso era que el de verde-gris vio al instante qué tipo de persona era, y él, Mostbaumer, a pesar de ello o precisamente por ello no desistía de darse pisto.
—Bien, si necesita ayuda...
—¿Acaso parece que la necesite?
Mostbaumer dejó de negarse ante sí mismo que tampoco para él había duda alguna de quién necesitaba

ayuda. Y no obstante esa oposición, esa resistencia le producía casi dolor físico, le llegaba a lo más profundo de su ser. Al mismo tiempo pensar que daba la prueba que incluso el de verde gris admitiría, darse cuenta por primera vez: si *yo* lo hiciera, si a ese muchacho *yo* lo...
Además, entonces Mostbaumer oyó que el muchacho, el capitán decía:

—Tengo que poder fusionarme con algo superior, común.

Con un curioso titubeo, en voz baja, pero en la que podía notarse algo así como una fuerza, una especie de superioridad. Mostbaumer procuró mostrar sonriente atención; le daba la sensación de que ese muchacho tenía en él menos confianza de lo que deseaba; luego dijo, con aire despectivo:

—Ah, renuncia de uno mismo... como última finalidad —con apenas disimulada ironía—, por así decir como estado final de la personalidad. No hay duda... hay personas para las que es lo mejor que pueden hacer en estas circunstancias.

Para Félix fue como si, sin habérselo propuesto, hubiera quedado en una desnudez de la que sentía vergüenza; de prisa, casi desconcertado, añadió:

—En cualquier caso no como víctima.

«Ni tan sólo llega a la mitad de lo que ha de ser una persona», pensó Mostbaumer. «Ése sólo ve el naufragio, el desorden general, se ha reunido con nosotros porque necesita una ordenación, si está ávido de autoridad, quiere transformarse en su favorito con sus soplos; lamentable.» Mostbaumer notó cómo se elevaba por encima del otro. Y a pesar de ello, detrás ese apocamiento... como si *él* no se atreviera, nunca fuera capaz de ello... ¡y lo supiera! Como algo que quedara al descubierto, imposible de ocultar y aún menos de hacer ver que era impresionante o al menos inocuo, porque la cara sonriente del de verde gris lo había notado desde

el primer momento. Pero salió, Mostbaumer hizo un gesto de comprensión:
—Bueno, hay que felicitarle. Hoy encuentra un trabajo tras otro. Por ejemplo, lo que aquí pretendemos...
—¡Eso querrá decir: lo que *usted* pretende!
Mostbaumer se detuvo y examinó al otro con atenta mirada. Félix dijo:
—No sólo tengo que verle un sentido, necesito además una justificación moral.
Mostbaumer se puso en jarras, examinó al capitán de pies a cabeza y soltó una sonora carcajada:
—¿Y usted lo ve siempre en seguida... si existe esa justificación?
Félix repuso:
—De lo contrario no estaríamos aquí.
En el muchacho había algo que cada vez irritaba más a Mostbaumer, que se le hacía insoportable. ¿El método, la inflexibilidad, el límite más allá del cual ya no existía compromiso alguno? Qué tontería... sólo una alevosía, una intención secreta de la que alardeaba. Mostbaumer olvidó toda prudencia:
—¡Actuar, hacer... eso es lo que importa! Todas las acciones tienen sentido, decir eso no es abusar de la razón. Para mí no existe más injusticia que la oposición, más inmoralidad que el antagonismo, si es que puede usted entenderlo. Y —mirando al capitán con sorna desde abajo y haciendo con el puño un gesto como si fuera a derribarle— ¡ésa es la única manera de acabar con ello! No... —concluyó burlón— redactando informes.
—Disculpe, dejando aparte sus... intereses personales, nosotros dependemos de... —Félix volvió a interrumpirse y movió los labios como si buscara la palabra adecuada y no la encontrara— de determinados conceptos morales... —miró a Mostbaumer a la cara en busca de una burla, pero también de una señal de aprobación

por pequeña que fuera— actuar en contra de ellos acarrea tarde o temprano sus consecuencias... precisamente en el individuo.
Hubiera debido decirlo de otro modo, no en un tono tan doctrinal, tal vez entonces lo hubiera admitido. Pero Mostbaumer ya estaba riéndose:
—Vaya, me lo presenta usted de la forma más atenuada posible, de una manera tan abstracta que de ÉL ya no queda nada más, excepto nosotros. ¡Y esto ya basta, claro! Porque al fin y al cabo hasta ahora LE hemos dotado de nuestras mejores y más hermosas características.
—Pero ÉL ha cuidado de que usted no se le parezca demasiado...
Félix se interrumpió como si fuera inútil o como si desistiera de llegar a entenderse con Mostbaumer.
«Ni materia prima —pensó Mostbaumer—. La masa, el estiércol de que el mundo está formado desde que empezó a existir. ¿Debo insinuarle al menos lo cómico que encuentro a ese su Dios que está engalanado con todos los superlativos humanos? Mejor no hacerlo, el muchacho sólo se volvería más obstinado. Seguro que tiene miedo del infierno.»
La bifurcación del camino; Mostbaumer se apartó hacia el carril lleno de agua sucia. Su rudo y colorado rostro parecía en la mayor inmovilidad, concentrado al mismo tiempo hacia dentro; curioso... ahora que incluso la autoridad suprema con la que se podía rivalizar se había eliminado, de repente también *eso* parecía reducido a una medida soportable y en todo caso realizable, y por primera vez sintió, no como si lo deseara —pues impregnado de esa idea lo estaba siempre—, sino como si creyera de verdad que lo haría.
—Por favor —dejó que el capitán fuera delante—. ¿No vamos por...?
—No, venga; por aquí acortamos mucho.

Mostbaumer lo siguió en silencio. ¿Cuándo? Miró la espalda que se movía regularmente delante suyo. Lo mejor era hacerlo en seguida, pues para la necesidad interna... y para la ventaja política, ahora llegaba el momento apropiado. No había nada planeado, incluso el de verde gris parecía cuando más un visitante habitual esperando delante de la puerta, una puerta de un material maravillosamente transparente de tal modo que Mostbaumer podía observarlo muy bien. Como es natural, el de verde gris seguía con su cara desagradabilísima, su mirada despiadadamente penetrante y esa sonrisa irónica del que, insidioso, está al corriente. Pero desde que Mostbaumer se había enfrentado con la autoridad suprema que se encontraba también por encima del de verde gris, la había desenmascarado: «Nuestra propia proyección en la omnisciencia y en la omnipotencia, si tuviera objeto filosofar con ese descarriado héroe militar de ahí delante», se sentía como arrastrado por una seguridad flotante, de modo que el de verde gris ya no le intimidaba ni le hacía sentir culpable o derrotado o todo eso junto: le divertía devolverle la sonrisa irónica, también imitó el parpadeo de su ojo izquierdo, de repente se dio incluso cuenta de que ese parpadeo era nervioso, colocó al de verde gris en el campo humano y comprensible, lo bajó de su pedestal, y a Mostbaumer le pareció casi que era un igual. Sin embargo... en vez de *hacerlo* para que hubiera pasado ya de una vez, dijo, sintiendo remordimientos... titubeo consciente, tímido engaño de sí mismo:

—No hace falta que hablemos de la muerte, a la que usted ha aludido antes —convencido de aportar un argumento fulminante—, ja, ja... ¿no es cierto? También podemos hablar de... bueno, por ejemplo, del hombre de los juncos, que en su informe desempeña con toda seguridad su papel.

Como si de este modo se hubiera tocado, hubiera sali-

do a la luz algo que formaba parte del asunto o al menos de la ocasión favorable. El capitán iba delante, podía pensarse que no estaba escuchando. Al cabo de un rato volvió la cabeza ligeramente:
—A ése no le hace falta liquidarlo, ese morirá por sí solo, ¿no es cierto? Pues tiene que desaparecer. Vivo o muerto... a los «deiformes» les está prestando unos servicios magníficos.
¿Para qué seguir teniendo consideraciones? A Mostbaumer le extrañó como si fuera algo para él incomprensible:
—¡Mira que no poder librarse de su abuelo celestial de la infancia! Aunque no lo entienda... es que hay personas para las que ellas mismas son la autoridad suprema...
El capitán se volvió otra vez:
—¿Por esas pocas décadas en que dura?
—En efecto. Por así decir, Dios dentro de los límites reconocidos por las ciencias naturales, ¡ja, ja, ja, ja!
Uno que ve perfectamente de dónde saca el de verde gris su superioridad y que también posee esa cualidad que tal vez no es ni esencial. Porque no es nada, casi nada... al de verde gris lo miró complacido a la cara, que vio con más claridad que nunca; se olvidó por completo de que no era real. Al sacar y amartillar el Browning constató con aire triunfal un diminuto movimiento de su boca, sus labios se abrieron inquisitivos. Entonces se dio cuenta también de que sólo sus ojos sonreían irónicamente y de que esa sonrisa cedía paso a un abierto asombro, a un respetuoso reconocimiento. Fue sólo complacencia, ni titubeo ni vacilación, seguro, como si la acción hubiera dejado de serlo hacía tiempo, pero que en la imaginación y en la voluntad se hubiera realizado ya ese placer de sostener el Browning sólo apenas a uno o dos centímetros del cogote del que iba avanzando... y un poco de satisfacción: «De manera que eso...

no me daba miedo, pero me encontraba en un estado que yo en mi interior parecía creer que era miedo mientras que, sin embargo, lo sabía y ahora estoy experimentando que en realidad...».

Iban andando al lado de la pequeña corriente que llenaba la rodera. ¿Es que el capitán quería decir algo; resbaló con una piedra mojada? Por un momento se tambaleó hacia un lado y vio lo que Mostbaumer tenía en la mano. Con notable rapidez se hizo cargo de la situación y el golpe que asestó fue tan fuerte que Mostbaumer dejó caer el arma. El puñetazo, el segundo de aturdimiento... el capitán lo había arrancado todo del mundo de la imaginación al de la acción a la velocidad del rayo. Y sin duda alguna el asunto hubiera tenido otro fin de haber recogido rápidamente el Browning. Pero él echó la mano atrás; la bolsa en donde llevaba el revólver no estaba sólo abrochada, sino que además el revólver estaba metido en un estuche de cuero marrón claro que iba cerrado con dos pequeñas hebillas. El botón y las hebillas fueron decisivos: Mostbaumer ya se había agachado y le disparó al otro todo el depósito en el cuerpo.

Involuntariamente corrió unos cuantos pasos, de repente se detuvo y miró sorprendido la mano que aún sujetaba con firmeza el Browning. Para ser uno que hacía apenas media hora se había declarado autoridad suprema de sí mismo, no responsable ante nadie, tenía un aspecto sorprendentemente pálido y alterado. Al final volvió lentamente hacia atrás.

El capitán yacía boca arriba, su pecho y vientre sangraban copiosamente. Mostbaumer lo contempló con incrédulo asombro, casi perplejo, pero se repuso pronto. El estuche estaba flotando en una charca, el revólver brillaba junto al muerto sobre la yerba, de modo que no podía haberle resbalado al caer. Había sido cuestión de segundos, de no ser así el especialista militar hubiera

vencido al aficionado civil. «De haber ocurrido lo contrario... el efecto hubiera sido el mismo. ¿Quién hubiera podido ser sino el hombre de los juncos?» Al pensar eso se sintió algo aliviado; a toda prisa cuidó de que todo pareciera un atraco a mano armada de verdad. Sin abrirla se guardó la cartera del capitán, «lo suficientemente gruesa, seguro que contiene más de una pensión, a Hildegard le vendrá bien, tal vez quede algo para...». Pero Hildegard cedió... con curiosos breves movimientos bruscos y oponiendo enérgica resistencia sus facciones se transformaron en las del de verde gris. Mostbaumer sacó la bolsa de debajo del capitán, buscó alguna marca y se dio cuenta de que sólo la correa estaba un poco ensangrentada; podía colgársela incluso al hombro. Entonces Hildegard desapareció y volvió a encontrarse sólo con el de verde-gris que sonreía infamemente desde siempre, enterado exactamente de todo.
Empezó a temblarle todo el cuerpo, profirió un curioso sonido gutural, una carcajada frustrada: «Defensa propia... ja, ja, ja, nada de *eso,* sino simple defensa propia. Cualquier tribunal tendría que absolverme. ¡Defensa propia! ¿Por qué hubiera tenido que dejarme matar?». Fulminante... y, sin embargo, no dejaba de ser consolador... aún era posible demostrárselo, presentarle la la prueba desnuda y clara de que él, Mostbaumer, podía a pesar de ello, y de que era capaz de hacerlo, a pesar de...
Salirle al encuentro, mirarle a los ojos, eso lo conseguiría al menos, eso sí, y sonriendo con desprecio diría: «Mire, de repente el muchacho no quiso seguir adelante. Nada a hacer... no quería. Entonces tuve que liquidarlo yo mismo...». Mostbaumer no miró ya más al que allí yacía (un malentendido, algo que no era de su incumbencia), haciendo un esfuerzo, inseguro, casi tambaleándose, echó a andar por el camino que atravesaba el bosque.

Hasta ayer había estado convencido, en efecto, de tener su vida en sus manos, de determinar su forma y transcurso. ¿De cuántas maneras se lo había explicado a Hanna?

—¿Dificultades? ¡Sí! Derroche absurdo e inútil que el que tiene un punto de partida más favorable, se ahorra... ¡Mil veces, sí! Pero al final, aunque a veces un poco demasiado tarde, lo consigo. ¿Fue distinto en el caso de nosotros dos?

Robert miró afuera: la pendiente exuberante con las manchas del sol de estridente resplandor... la misma orgía en un verde sólido, vivo como el bosque, como todo lo que había alrededor. Sólo el cielo, azul oscuro, tenso, como satén, hubiera podido ser acaso el cielo del sur, de Creta, en vez de ser un cielo de montaña a fines de verano. Allí fuera no se estaba apagando ninguna costa rojiza, los bloques de piedra que se elevaban por los aires desde la cumbre cual restos de arcaicos tronos griegos eran un granito bueno, casi negro. Y aquí dentro los muebles eran de roble o de haya, no de bambú o metal, las paredes no eran de color ocre ni estaban cubiertas de fantásticos tapices, obra de los aldeanos del asombroso gusto de la época helénica, irónico cálculo de época de Robert que hacía alusión a sus infructuosas excavaciones, cálculo que Sir Gerald pasó por alto mientras que Loraine contestó a él con una clara y agresiva carcajada frente a la cual a Sir Gerald no le quedó más remedio que pasarla también por alto.

En las paredes brillaban horribles cuernos de ciervo, incluso la araña era de cornamenta, un espeso lío de astas entremezcladas con manchas un poco amarillentas de tanto lavarlas.

Y Hanna no estaba allí, entonces no estaba allí, y hoy ya no estaba...
La mano de Sir Gerald reposaba en la mesa cual argumento de lo irrevocable, mientras que Loraine permanecía quieta, a la expectativa, con un aire de triunfo apenas contenido. La punta de su lengua apareció entre sus labios, desapareció al cabo de unos momentos, una expresión como de asombrada atención... examinando una y otra vez un estado de cosas ya seguro que había comprendido hacía tiempo. Sus ojos absorbían, preguntaban, con aire de superioridad, como si conocieran la respuesta por adelantado. Parecía que fueran a saltar, pero ella vaciló.
—¿Debo...? —dijo dirigiéndose a Robert.
Sir Gerald se miró la mano, concentrándose, haciendo un curioso esfuerzo, como si estuviera hipnotizándola, la ancha mano de cortos dedos que permanecía inmóvil sobre la mesa y tenía un aspecto verdaderamente fofo; a nadie se le ocurriría pensar que el puño era muy fuerte. También Robert estaba sentado en silencio esforzándose por... no pasar por alto a Loraine, pero de todos modos no detener la vista en ella, para darle a entender que ella no era lo principal. Mientras que sabía, lo vio en el minúsculo comienzo de su movimiento y estuvo esperándolo como si fuera un golpe, que ella se levantaría, con rapidez y energía, porque a Sir Gerald ya le había dedicado más paciencia de la que él podía exigir. Por eso se levantó y dirigiéndose a Robert, como si no hubiera nadie allí y Sir Gerald no existiera en absoluto, dijo:
—¿Debo...?
Robert hizo un ademán negativo, un gesto enérgico, breve y descortés, con el que le dio a entender que no debía, propusiérase lo que se propusiera. Y ella comprendió, no concluyó su pregunta sino que se fue —irremediable ya que su negativa procediera de una intimi-

dad que en este preciso momento no deseaba acentuar—, ella cerró la puerta como si tuviera la intención de terminar su pregunta por medio de su acción en vez de hacerlo con palabras, de modo que lo que a Robert más le hubiera gustado hubiera sido lanzarse tras ella y cogerla del brazo. «¡Espera, ya basta, lo único que nos queda por hacer es despedirnos!», pero permaneció sentado mientras que por lo visto Sir Gerald se había decidido a hablar y se entregó incluso al tema de la política sólo para apartarle de lo que le tenía del todo poseído, como antes de un arranque o de un ataque que hubiera sido tan absurdo e inútil como cada una de las palabras que uno aún iba perdiendo.

—Um, supremacía... ¡Qué barbarismo romántico! Bueno, *ese* hombre al principio no tenía idea de *todo lo que* era capaz de hacer, «pisotea la despreciable clase de bienestar en la que sueñan los cristianos mercenarios, las vacas, las mujeres, los ingleses y otros demócratas». ¡Y con qué facilidad inventa giros como los que tanto le impresionan de Nietzsche! Por eso no hace caso de nada: la justicia y la ley salen de él. Claro que no en el sentido de un tipo arcaico que hace su aparición como portador de la voluntad de algún dios superior y justifica explícitamente su conducta haciéndose responsable ante su jefe metafísico... ¡Eso a *él* no le hace ninguna falta! La idea que suele tenerse de Dios, todo nuestro cristianismo, está ahogado en parte por toda la sarta de fórmulas, en parte su pensamiento está demasiado gastado, por eso el culto a la personalidad (cuanto más primitivo mejor) resulta un sustituto tan magnífico de la religión. *Él* no empieza con promesas, eso es algo nuevo, es incluso de una astucia demagógica y muy efectiva, aunque como es natural promete de todo, pero en primer lugar él pide, sí señor, exige...

Robert examinó la expresión de ensimismamiento de Sir Gerald, sus ojos sin mirada. De todos modos hizo como si el tema le interesara, como si Sir Gerald consiguiera apartarle de lo que en realidad estaba ocupando su mente:

—¡Sacrificio y heroísmo, de acuerdo! Pero todo dentro de los límites que puede permitirse cada cual. Se le paga incluso, directamente, o por medio de determinadas ventajas, aunque sean pequeñas, se entiende; hoy en día no es que se tengan muchas exigencias.

Esperó. ¿Había terminado ya Sir Gerald? Robert no se fiaba de él, por eso, arrugando la frente, prosiguió mientras comprendía aun con desagrado que si se comportaba como si le excitaran las ideas que Sir Gerald estaba expresando tal vez sólo por él, realmente —¡tampoco eso!— era algo que estaba relacionado con Loraine.

—Y luego la identificación interna. ¡No olvidemos *eso*! Cada uno de ellos —los residuos de la educación la segunda y tercera selección, ¡ciertamente!— es capaz de identificarse sin más con *él* en su imaginación. Probablemente no podemos imaginarnos *lo que* eso equilibra.

El silencio de Sir Gerald, el hecho de que permaneciera allí sentado, tenía una fuerza especial, casi como si obligara a Robert a comportarse de manera semejante; sea como fuera enmudeció. Era absurdo querer establecer de este modo algo así como contacto o engañar a Sir Gerald. No había otra manera de sostenerse contra este avasallamiento, que no era consecuencia ni de acciones ni siquiera de palabras, que ocupándose del propio Sir Gerald, «reducirlo», como decía Loraine.

—Por desgracia —solía decir Loraine con maliciosa y reveladora risa— tus llamadas reducciones no son suficientes. Llegará un día en que no habrán sido más que expresiones. Para eso ahora a Robert le costaría más que nunca encontrar otras... expresiones que le justificarán durante un tiempo. En realidad sin Loraine, Sir

Gerald no existía. Esa relación era el colmo de lo que entendía y no entendía de Sir Gerald, pero que intentaba una y otra vez explicarse de tal modo que también hoy se dijo la máxima de Loraine; sin querer cayó en su voz baja y algo arrastrada que resultaba tan persuasiva:

—En el fondo ya entonces vivía sobre todo con la figura que no existía, que tal vez no existió jamás, no conmigo... Probablemente juzgas lo que he hecho, así como él...

De nuevo vióse Robert fuera, de pie delante de la ventana, contemplando con atención a Loraine y al hombre que debía proporcionar la figura (los ademanes que habían arraigado en ellos allí abajo no eran apropiados para ser ni tan siquiera trasplantados aquí). Las finas y frágiles manos del hombre se deslizaron a lo largo de una superficie redondeada invisible. Loraine lo miró y se abismó en su paciente y expectante disimulo. Ella sacó el cheque como si fuera una vergüenza el hecho de que no aportara más que el dinero. Más adelante confesó a Robert que al hacerlo había notado que con cada palabra, con cada gesto, su plan perdía importancia y tenía apenas algo de sacrificio y de símbolo, «se volvía tanto más insignificante cuanto más se acercaba a él...» hasta que «se deshacía convirtiéndose en nada, como el mismo Gerald». Cuando por fin, una vez todo preparado, le hicieron entrar para ver la figura y sus ojos rozaron al instante la rojiza y encogida falda de la montaña con el arroyo seco, y como que tenía que decir algo, dijo claramente enfadado...

—Ja, ja, ja... Siempre que hablaba de eso al llegar a ese punto se echaba a reír, de una manera afectada y, sin embargo, como si sintiera una necesidad interior de hacerlo. ¡Lo máximo que podía hacer por él! Con eso llegué al límite... lo consideré como la prueba más importante de mi renuncia propia. ¿Acaso tú no?

Como si quisiera invadirle: sus ojos se dilataron, parecían percibir algo que sólo ella podía ver, que tal vez sólo existía para ella.

—Sí —dijo Robert—, tú le llevaste la figura. Al poseerla de verdad debía dejar de vivir con ella, volver a ti...

Por un momento ella pareció atrapada. Su sonrisa hizo que su boca perdiera sensualidad, la transformó en un órgano del recuerdo. Con la mano le rozó suavemente la frente:

—¿He de intentar explicarte otra vez que las cosas avanzaron un poco en torno a sí mismas y que ofrecen un punto de vista nuevo e insospechado? No vayas a pensar que creo que ahora todo es más fácil porque está allí en la capilla. Por otra parte, he estado allí esta mañana; está completamente cubierta de flores. Las mejillas hundidas, como de cal gris, los párpados y la boca ya negros... no como una estatua sino como una que está literalmente desangrada. La muerte de Hanna, ese disparo, sabe Dios que no entraba en mis cálculos...

«¡Que eso no siga! ¡Afuera!», pensó atormentado, y tal vez hizo también el gesto pertinente; ella se interrumpió en seguida y por su rostro se deslizó un rápido trazo de prudencia, de preocupación. Cambió de tema, adoptó otra actitud, tranquilizadora:

—Ya ves, ése es tu atractivo, probablemente también la causa de que me seas tan necesario... Tú nunca intentas ensartar en un hilo razonablemente común esas contradicciones, las aceptas, sencillamente.

Habían dependido demasiado uno del otro, allí, en la isla. Ahora había muchas cosas de las que sabía lo que él pensaba. Por eso consiguió explicar sin ironía ni sarcasmo:

—Ese... afán de apartarme de mí y de ir hacia él hubiera tenido que estimularte, que hacerte tomar alguna decisión. Probablemente forma parte de los fenómenos a los que por lo visto nosotras, las mujeres, damos tanta mayor importancia que vosotros, los hombres. Lo común en todas las maneras de amar, por lo que algunas se vengan de un modo tan implacable de aquél que lo ha provocado, que fue capaz de apagarlo o llámale como quieras... bien... la renuncia de la cual tú tienes tus dudas, en mi caso, pues, esa figura que yo mandé buscar... por medio de ningún otro acto podía ponerme tanto en su lugar, tampoco hoy sabría algo mejor...

Esperó un rato; como absorta en sus pensamientos especiales le miró sin detener la vista en él: al final dijo («otro globo de ensayo», pensó él antes de que empezara):

—Por otra parte, tenemos que marcharnos; tú también...

Robert se levantó y realizó con la mano un movimiento significativo que abarcaba su figura:

—Ahora que ha rechazado la de piedra quizás hayan aumentado las probabilidades de éxito de la viva.

Lo sabía, fue un error. Pues la viva lo había recibido todo... «en los días y horas que él fijaba, había recibido lo que para otras muchas hubiera sido una prueba incondicional de amor».

—No se puede estar celoso de una estatua.

¿Una maníaca de lo total y exclusivo? Su insatisfacción procedía de un campo en el que no eran válidas ni las motivaciones ni las excusas:

—Oh, se puede estar celoso de todo lo que tiene demasiado ocupado a un cónyuge, que no le deja en paz.

La examinó atentamente, sus largas piernas, sus muslos, la falda y la blusa y no lo impedían, sus pequeños y salientes pechos, que desnudos ya decaían un poco, el esbelto cuello, la boca, que seguía y probablemente seguiría siendo lo más importante de su cara para él. Sólo por unos segundos, concretada en una sensación, no en una imagen formada por muchas caricias... llegando a su fin, dejando de ser efectiva, trasladada de manera irrevocable al terreno cerrado del recuerdo. Y por lo visto, como que Hanna yacía en la capilla, pensó que la antigua situación podía renovarse. Él quería explicárselo:

—Hasta ahora he sido entre vosotros una especie de pararrayos, no importa de qué lado venían los rayos.

Había querido decir «ya estoy harto», pero dijo:

—Ya no voy a serlo más, ¿me oyes? ¡Se acabó!

¿Su voz, su semblante? *Qué manera* de no reaccionar. En ello notó él que causaba impresión. Como si fuera la respuesta que él estaba esperando, dijo ella:

—Mañana por la mañana es el entierro.

Arrugando la frente levantó la nariz como si se dirigiera a un olor que acabara de percibir: en la ventana había un ramo de rosas de los Alpes. En el ataúd ya no cabían; él había comprado toda una parada, esta mañana, en el mercado. Las flores no eran necesarias, no eran ni siquiera una ayuda externa, pero traían a la luz lo que le tenía tan agobiado bajo la capa de insensible dominio... insoportable verla aquí, en la habitación, en esa silla en la que anteayer aún había estado sentada Hanna. Y precisamente ahora que él estaba viviendo el final de Loraine para él y su final para Loraine imaginando un hastío provocado por una excesiva interdependencia, en este momento tan desfavorable para cualquier forma de continuación de sus relaciones, ella fue capaz de decir:

—¿Debo...?

Como que su mirada deseosa de aprobación, de complicidad o al menos de afirmación quedó sin respuesta, al marcharse ya, por encima del hombro:

—Tu billete... ¿no es cierto? Tomaremos el tren de la noche.

Entre pregunta y notificación. ¿Para qué provocar una y otra vez la situación para proveerla de nuevos detalles del recuerdo? Lo que poco antes no hubiera podido creer posible: se quedó sentado, ni con un simple parpadeo reveló su actitud ante ello. A última hora de la tarde, apenas el autobús de correos se había detenido junto a la entrada dejando a oscuras dos de las ventanas del comedor, entró ella, lo examinó con disimulada y escrutadora mirada, casi perpleja, mas en cualquier caso segura de sí misma. De repente le dejó en la mesa, delante suyo, el billete. Él no se movió. Ni siquiera levantó la vista. Una sonrisa se deslizó un segundo por su rostro. En seguida dio media vuelta y salió como para no darle la oportunidad de rechazarlo.

«Hanna... esa dócil unión contra la constante oscilación de Loraine hacia dos lados: hacia mí y hacia Sir Gerald; un estado que probablemente sólo gracias a un movimiento constante aparece como una especie de equilibrio porque en él es imposible la quietud.»
Estaban sentados a la mesa y formaban dos parejas. Loraine ponía claramente de manifiesto que Robert y Hanna eran una pareja; Sir Gerald los observaba mientras se marchaba. En el acto Loraine le habló con vehemencia, sin apenas darse cuenta en realidad de que ambos estaban marchándose. El asombro aumentó en la mirada de Sir Gerald; ahora examinó también a Loraine y, alterarse ella por lo que fuere, al parecer no tenía intención de replicar. Tal vez Loraine no lo esperaba tampoco, y se marchó apenas había cerrado la puerta. Al cabo de un rato, dijo:
—Nuestra familiaridad consiste probablemente en encontrar natural que cada cual se encuentre solo en presencia del otro.
A pesar de ello el paso al oscilante y silencioso atardecer representaba para Robert algo del intento de po-

nerse a salvo, de arrancar una parte del propio yo o al menos de olvidarla, porque aún no era seguro que perteneciera del todo al pasado. Alrededor cerróse un gigantesco abanico azul violeta, se cerró lentamente con brusco deslizamiento, de modo que la vista entre las negras ramas de los pinos fue apagándose de manera apenas perceptible en el sedoso lago.
—Ah, como en una ininterrumpida línea culminante... ¿«felicidad»? —con cierta desconfianza Robert añadió—: ¡Probablemente para eso no hay más prueba que no desearse ya nada más!
¿Sujetó Hanna su brazo con más fuerza y él el de ella? Y a pesar de ello, en él, la voz de Loraine:
—Adaptarse al otro, llegar a ser algo que no se había sido hasta entonces, pero que se será en adelante. Una ha de ir por mí, comprometerse con él...
Confusa y pensativa se mordió el labio inferior:
—Bien, ya que ella —Loraine evitó decir «Hanna», por lo visto quería indicar con una pequeña mueca de ironía que se encontraba en una posición superior, pero no le salió bien, resultó demasiado forzado—, ya que *ella* ha aparecido, todo volverá a tener la vida de antes. Me asombra ver que ofrece tan pocas facetas nuevas. En el fondo ni una sola, no son más que cosas archiconocidas. Pero poco a poco voy comprendiendo cómo fue posible y se confirmó allá abajo: tú eres un complemento magnífico para él, sí, tú y él... eso me hace inatacable por ambos lados. Por eso soy también dos veces más desgraciada ahora que el compañero compuesto artificialmente se despliega en dos hombres antagónicos.
Pero el brazo de Hanna era el más real de los dos. Ella señaló las mesas del otro lado bajo las copas de impenetrabilidad ya vespertina; sólo el bar de al lado estaba convertido en una cascada de estridente luz multicolor.
—¿Otro vaso de vino?
—¡Otra botella!

—Quien nos vea no dudará ni un segundo...
No, entre ellos no había nada que se interpusiera de manera grave y que les amenazara constantemente, para lo que fueran necesarias cada vez nuevas disposiciones. Pensó en Loraine con sorprendente despreocupación pero le asustó un pequeño indicio de despectiva compasión.
Con una última sacudida el atardecer ahogó los resplandecientes colores allí fuera en el lago; la otra orilla o el horizonte... el mismo oleaje oscuro y pálido, como debajo de los árboles. Allí empezó, en aquel momento dio comienzo después y no fue posible pararlo... el estúpido e inevitable intento de hacer volver atrás lo sucedido, el juego, imaginado con diligencia, de las posibilidades que no se presentaron. Si... ¿qué hubiera sucedido si se hubieran quedado sentados a la mesa con Sir Gerald y Loraine? ¿Si en vez de encaminarse al lago hubieran subido monte arriba? Todo encajaba con tan clara exactitud, un miembro con el otro... y él hizo como si lo que importara fuera el trueque de unas cuantas escenas superficiales...
La montaña, que en el crepúsculo ascendía de una manera tan brusca y cercana, era lo que hacía que la noche descendiera sobre ellos tan repentina; su corriente les estaba uniendo ya con la muchedumbre que se agolpaba allí abajo junto a los botes, a *aquel* bote. Las escurridizas rayas de dos o tres focos de establo, la negrura que lo diluía todo, Hanna... sin querer Robert hizo un movimiento como si quisiera soltar su brazo, del suyo, pero ella lo trajo aún más hacia sí, se precipitó ladera abajo para mezclarse obstinada con la aglomeración que iba retrocediendo.
Mientras corrían hacia allí él se sintió como si ya lo supieran todo; no hacía falta que Hanna cogiera el foco más próximo e iluminara la cara del muerto. El viento que se había levantado por la tarde había llevado el bote

desde el esponjoso juncal, en donde probablemente estaba encallado, al lago abierto. La pared del lado izquierdo, madera vieja y podrida, estaba atravesada por unas cuantas balas, pero él también había sido herido desde arriba. Él yacía en una charca salobre que iba elevándose poco a poco; tenía los pantalones algo bajados y, como si quisiera protegerla, el puño en una parte de la cadera, del tamaño de la mano, ensangrentada y gangrenada.

—¿Quién lo ha apresado? —se encontraba de pie ante los suyos, gritando, y con el foco oscilando sobre su cabeza—. ¡Que se escriban los nombres! Se repartirá el premio. Nadie saldrá perdiendo, no habrá más que justicia. ¿Entendido?

La voz de ronco graznido o de asmático falsete; Robert se apartó, también él conocía esa cara. Como una variante que no se distinguía de las demás, que continuaría sin que nadie preguntara ni cuántas veces ni cuánto tiempo, porque formaba parte de la vida de aquí, porque era por así decir una forma corriente de la convivencia. «Ese hombre» probablemente sólo tropezó con Hanna porque ella fue la única en salirle al encuentro...

—...señora, un asunto puramente militar —malhumorado e intentando levantar la voz dijo dirigiéndose al lugar donde se encontraba Robert— por desgracia tengo que pedirles... ya entienden, mis instrucciones... bien, por favor... ¡márchense!

Incluso con la oscura mancha de aceite de la luz del farol, Robert se dio cuenta de que ella estaba en una tensión que estallaría de un momento a otro; con una violenta descarga acometería a «ese hombre...», para eso ya no había ningún inconveniente, ni el menor límite, la aniquilación, que, como iba dirigida a una persona, aquí necesitaba también de una persona en la que pudiera tener su origen... o tal vez Hanna sólo se desmayaría. En vez de ello preguntó:

—¿Cuántos son ya?
Aun cuando la iluminación hubiera sido mejor habría resultado difícil decir qué es lo que le daba ese aire de gravedad. Ni siquiera levantó la voz, más bien la había bajado; sin embargo, ese aire punzante, una dureza y una rudeza imposible de esquivar. «Ese hombre» dejó en el acto de balancear su foco de un lado a otro. Tal vez era sólo la oscuridad que, cual amarillenta llama retorciéndose en su enorme tribulación, aparecía por detrás del tiznado cristal, de la mirada de Hanna o de cualquier otra parte de su rostro, de su presencia inmóvil. «Ese hombre» dijo:
—Diecisiete.
Cubierto en el acto por la noche y la negrura. Y, extinguido al mismo tiempo y como si no se hubiera pensado nunca, la idea que Robert tenía de su armonía, la unidad, el acoplamiento. Entonces, por fin, se dio cuenta: también «lo que se interponía» entre ellos, aquello con lo que todo se hacía pedazos hasta el punto de que los deseos profundos se transformaban en renuncia e incluso lo que podía examinarse a fondo permanecía mudo, era un tercero al que además ni siquiera conocían. Ese hombre se encontraba fuera, en alguna parte del lago, flotando sobre un disco de madera, un haz de juncos o el tronco de un árbol, pero tal vez no existiera en absoluto o hubiera dejado ya de existir.
Al regresar a casa todo eso era un engaño, peor que el error y el vacío. De manera torturante, segura, sin dudas posibles: la imposibilidad de entenderse con ella en lo último y en lo más íntimo. Al encontrarse reunidos los cuatro fue como un nuevo revestimiento de la escena que volvía sin cambio alguno. Sir Gerald levantó pensativo la cabeza:
—Te preguntarás —dijo Loraine dirigiéndose a Robert sin bajar demasiado la voz— cómo es que ese ritmo retardado no me vuelve loca, supongo. Pero no es tan

sencillo, esa tan clara intensidad con que todo aquello de lo que él se apodera adquiere en seguida una importancia especial. Ah, poco a poco va comprendiendo de qué se está hablando, enhorabuena...

Esperó y buscó en el rostro de Robert el momento en que pudiera atreverse a mostrar la sonrisa burlona e irónica que tenía preparada bajo la fina capa de asombro y prepotente sorpresa. En efecto, entonces fue Loraine quien lo provocó todo en la mente de Hanna... no porque Hanna le importara lo más mínimo, sino sencillamente porque se había decidido por Robert.

Pero al principio Hanna creyó sin duda, sí, al menos tuvo que considerarlo posible, que estaba llevando a Loraine de su lado.

—Probablemente es usted mi única oportunidad —le gritó a Loraine descubriendo como de golpe su exaltación—. ¡Una mujer! No como los hombres, que, por absurdas que sean sus ideas, lo que más desearían es imponerlas matando a todo el que se manifiesta en contra de ellas.

Se levantó bruscamente, se dirigió al sillón donde estaba hundido Sir Gerald y bajó la vista para dirigirla a la pipa redonda que tenía en la mano. No es que sus miradas se cruzasen, todavía no, pero él salió de su ensimismamiento y sus ojos adquirieron brillo y profundidad. Y como que eso era una discusión ante dos espectadores o un diálogo a cuatro del que podía suponer que los otros dos participarían sobre todo con su punto de vista sentimental y que, sin embargo, serían de una importancia decisiva, señalando a Robert le dijo a Sir Gerald a la cara que él lo había iniciado, y pidió su aprobación.

Pero no esperó la respuesta, del mismo modo que al parecer no se dio cuenta de que de este modo acudía en ayuda de Robert, el cual estaba intentando tragar un tímido pretexto mientras que las semiinsinuaciones y los desafíos atascados que había intentado con Sir Gerald aparecían de repente a la luz de una fuerza persuasiva que hasta entonces le había pasado inadvertida. Como si hasta ahora que Hanna estuvo alejándose de él debido a su absurda conducta no hubiera comprendido hasta qué punto ella hacía tiempo que le había arrastrado a su estado. No hubiera habido nada más fácil que esta empresa, nada más sencillo que ganarse a Sir Gerald. Robert tuvo que mirarle a los labios, a la boca apretada en un asombro lleno de contradicciones, para no oírle decir: «¿Ese pequeño paseo en barco? ¡Con mucho gusto». Y como que nadie debía poner en duda que por así decir quería darle un carácter simbólico, añadiría algo así como: «Nos purificará a todos un poco la atmósfera». Pero ahora era demasiado tarde, incluso su disposición, si es que al principio había existido, ya no tenía validez, pues Hanna estaba estropeándolo todo. Imposible decir cómo y con qué había empezado, se encontraba en plena verborrea, una fuente saltando hacia lo alto que los envolvía a todos en su nube. Pero ya al principio Robert encontró que en realidad recordaba a una locomotora bajo una presión demasiado alta y, respecto a la nube encubridora, era más un deseo irrealizable que una esperanza, por modesta que fuera. Al menos a Sir Gerald, Robert lo consideró excluido y a Loraine, en lo que hace a la influencia de la «nube», no la tomó en cuenta en absoluto. Lo que oyó le dio la razón: «Santo cielo, ¿a qué vienen todas esas digresiones sacadas de todas partes?». Si lo único que tenía que hacer era explicar lo que había sucedido y por lo visto iba a continuar. ¿Por qué no decía sencillamente «diecisiete muertos»? El caso de hoy, el bote y el hombre muerto a tiros, ni los mencionó. En vez de ello evocó el pasado —cosas que había leído y que en su excitación transmitía equivocadamente—, habló de «argumentos históricos...», lo que llamaba misión cultural de los alemanes en el norte y el este, la causa del resentimiento de los que habían alcanzado la mayoría de edad. «Tal vez todo sea más plausible cuanto más se aleje de los hechos», pensó Robert, pues la historia es apropiadísima para apoyar ampliamente con razones las ambigüedades y deseos a medias. Con eso podían llenarse bibliotecas enteras sin cambiar la realidad ni en lo más insignificante. Verdad es que la alusión al «abstracto Minotauro» que estaba devorando a la juventud (sin duda alguna por el deseo de encontrar para Sir Gerald una imagen con la que se hubiera familiarizado en Creta), esa comparación producía el crujiente ruido del papel, muy al contrario de los planes de ella, que rebosaban sangrienta vida. Robert se preguntó si tolerándolo se había hecho cómplice de varias cosas; no comprendió la expresión de extrañeza de Loraine, la cual sin querer extendió la mano como si quisiera sujetarle la suya para consolarle.

Pero entonces se demostró que también esta vez Sir Gerald era aquel por quien Robert en general le tenía, pues mientras la excitación de Hanna se cegaba de un modo tan penoso, y la inutilidad de su plan la rodeaba de una manera casi ostensible, y como que se había realizado una especie de estancamiento incluso que se lo hizo más fácil, Sir Gerald levantó de repente la voz, miró a su alrededor y sin apartar la vista de Hanna ni un momento dijo, con voz clara, que compartía sus razones —no que las aprobaba o admitía, dijo que las «compartía» e hizo con la cabeza un gesto afirmativo, manera no muy corriente en él de subrayar su opinión— y tal vez para salirle al encuentro también por su parte con una imagen cretense habló del laberinto de la justicia, en el que en este momento nadie sabía ya si lo que hacía era realmente justo.

—Sí, cada giro, por así decir un paso hacia adelante o hacia atrás o hacia el lado hace aparecer lo que hasta este momento aún era justo como lo contrario. En una situación como ésta ¿cómo iba yo o cualquier otro de fuera a encontrar el valor para convencerla, para instruirla o incluso para persuadirla?

Y probablemente porque ya estaba hablando y no —cosa que después Robert tuvo una y otra vez en consideración—, no porque quisiera ayudarla, si bien esa sonrisa de sus ojos, su semblante, no expresaban en absoluto lo contrario, se aferró a los argumentos de ella, que ella denominaba, con suficiente falta de claridad, lo «verdadero y esencial»:

—Que hacía tiempo que existía, denominado, antes de esa forma tardía de la comunidad histórica, nación en la que tenemos que vivir. (Robert encontró que había demasiada armonía, que era una verdadera consonancia anímica. Además, Sir Gerald asintió con demasiada candidez, se lo había ganado demasiado pronto.) Bien, ella, la nación, esa abstracción maravillosa en la que caben los más diversos intereses, hace pagar inflexible y con una lógica aplastante a aquellos que son suyos y que aguantan y dejan que ella, es decir, no las personas, sino la nación, sea herida brutalmente o tiranizada, se venga, derramando sangre o sin hacerlo, por todas las ofensas... Y como que este continente se ha hecho grande con el nacionalismo no hay nada que se oponga a la hipótesis de que se derrumbará también por causa del nacionalismo.

Aunque el comienzo no era del todo inequívoco, esta frase sí que lo era, pero Hanna no estaba en condiciones de adoptar tonos sarcásticos, ni tan sólo de replicar. Parte del engranaje de malentendidos y conclusiones equivocadas de esta noche, engranaje que rayaba en lo grotesco, fue el hecho de que Sir Gerald creara para Hanna —¿contra su voluntad?— una nueva plataforma, una rampa ascendente desde la cual ella venció el estancamiento y cobró nuevo ímpetu.

—Sí, los «maltratados y desintegrados»... ¡de los que todos abusan! Las víctimas de la «propaganda desde una perspectiva infantil»...
Al impetuoso ritmo del entusiasmo un desbordamiento dirigido a una finalidad con el que les señaló lo que un sistema político, que contaba sólo con unas cuantas ilusiones respecto al futuro, podía hacer de las fuerzas de fondo, que en la mayoría de las personas tan poco acceso tienen a la razón.
Y ahora ella era de verdad la justicia pisoteada que hay que volver a establecer, la inmoral venganza del ojo por ojo que no había que llevar a cabo. Permanecía muy erguida debajo de la lámpara rojiza de bombilla potente que, sin embargo, no era capaz de llenar la habitación de una claridad igual de intensa en todas partes. Su sombra, desfigurada hasta lo gigantesco, oscilaba por encima de la pared de la entrada, y con cada gesto movía los brazos de arriba abajo como si fueran dos vigas, y tenía el mismo colorido rosa grisáceo que la penumbra acumulada en los rincones. Lanzada de un lado a otro por una fuerza no humana... cuanto más rato pasaba, Robert la contemplaba cada vez más fascinado por lo que de impersonal y mecánico tenía, con tanta mayor fuerza adquiría una realidad, que superaba a Hanna, la oscura figura reflejada en el techo y en el suelo, y que de una manera intermitente hacía retroceder la pared. Sólo hacía falta mirar la cabeza de Loraine extendida hacia adelante para tener la certeza de que ella estaba igualmente impresionada. Lo que Hanna decía era también como algo inmaterial que oscilara al mismo ritmo, que no salía de sus labios sino de la quimera que gesticulaba con vehemencia, para la cual ella misma parecía no ser más que el pretexto:
—¡Los desintegrados y aquéllos de los que la propia madre patria abusa, incitados una y otra vez a cometer actos de violencia y a destruirse a sí mismos!... ¿Para

qué? ¿Con qué fin? ¿Y bajo la responsabilidad de quién?
Su expresión, su voz, demostraron que ya estaba previendo algunos de los horrores de este fin, que sabía quiénes eran los autores que se escondían detrás del anonimato de esa responsabilidad. Estaba como en una red sin salida, en un apuro que hacía que su ser, lo que éste tenía de sensato e insensato, lo que no podía explicarse y tenía que aceptarse, centelleara desde un lado sorprendente. Robert se inclinó hacia adelante, esforzándose por seguir la huella, escuchando como si estuviera abierto incondicionalmente a su excitación, mientras que lo que intentaba era sondear un abismo abierto de repente; no, no sospechaba en absoluto que daba la impresión de que conocía la meta a la que ella se dirigía, de que incluso la precedía en el camino.
A Loraine le costó encontrar esa meta en lo concreto, el semblante de Robert era demasiado ambiguo y lo que Hanna decía demasiado enfático y vago. En cambio, Gerald, eso fue lo único que ella vio perfectamente, estaba entregado muy complacido a su arrebato, a sus palabras que se sucedían a toda velocidad, y hacía como si por un segundo hubiera notado que él se encontraba en el centro y que aquí se estaba practicando algo así como persuasión. Pero poco a poco Loraine llegó a la cumbre; ella consiguió dejar atrás a Robert; como es natural primero a Robert y poco después a Hanna. Le bastó el sarcástico rasgo de reconocimiento en el rostro de Gerald, la sonrisa de simpatía de sus ojos entreabiertos, la boca, que ahora parecía obstinada en encontrar un descanso sin conseguirlo.
—Dios mío…
A Loraine le pareció que el contraste de su tono arrastrado y aburrido y su intensidad eran suficientemente desagradables. Era de esperar que sonara como si no se atreviera a expresar lo que estaba más claro que el agua,

sólo que los demás no lo veían; lo que más la desconcertaba era que Hanna no se diera cuenta.

—Dios mío... —como si, sencillamente, no pudiera comprenderlo— ¿a qué tanto hablar...? —una mirada que sólo con grandes dificultades ocultaba su triunfo mientras daba la vuelta a su alrededor y se detenía en Robert como si deseara ayuda—. ¿Puede hacerse algo más que sacar a ese hombre de entre los juncos? ¡Y eso pronto, mañana mismo! Si Gerald se encarga del asunto... Y como es natural, Robert se ocupará de los detalles.

Robert encontró que la mirada que ella dirigió a Sir Gerald era algo vacía a causa de su inseguridad. Tanto más asombroso fue el hecho de que Hanna se interrumpiera, sorprendida, incrédula y confusa, como si tuviera que oírlo otra vez para entenderlo literalmente. Loraine vio ese desconcierto dominado y casi emocionado, vio la poco más o menos automática aprobación de Robert y vio que por parte de Gerald no amenazaba ninguna objeción. «Él ya ha intervenido —se dijo Robert—; en el momento oportuno ha conducido a Hanna al lugar donde deseaba tenerla.» Sólo que Loraine no se daba cuenta, no tenía idea de que él ahora le dejaba a ella las últimas disposiciones. Bien, ella hizo que su voz fuera de una amabilidad máxima, algo aburrida y terminantemente preocupada... ya no era una decisión, sino sencillamente la indicación pensada en voz alta de lo que había que hacer:

—¡Claro que sí, le sacaremos! Aun cuando alguien... —el negligente gesto de su mano con los dedos extendidos y en dirección a Hanna, lo que indicó que en ninguno de los casos se tomaría nota de ninguna protesta ni oposición, glorioso añadido a su salida —¡aun cuando alguien no esté de acuerdo con todo! Robert va a...— (también Gerald va a..., su semblante, su manera de estar sentado hizo innecesarias sus palabras).

Mientras recogía la manta y las bolsitas, reprimiendo un bostezo y dirigiéndose ya a la puerta—: Realmente lo mejor es pasar las últimas horas antes de partir haciendo algo útil.

El frío le atravesaba la piel, sus mejillas y su frente húmeda y pegajosa estaban ardiendo. « ¡Y todo esta misma noche! » Se detuvo indeciso delante de la entrada lateral y contempló cómo las montañas y el lago se confundían cada vez más en la oscuridad. «Ni más ni menos que una especie de confusión...» Tenía que hacer algo... intentarlo al menos... Al abrir la puerta volvió a tener la fatal sensación, « ¡Volverse atrás, mejor es volverse atrás! ». Pero ¿a quién iba a dirigirse? Robert pensó en la juventud que había en el comedor... ¿a quién confiarse y *cómo* empezar?
Empezar no fue difícil.
—¡Oh, doctor! ¿Qué es lo que me proporciona...?
Detrás de la gigantesca mesa, pesado mueble de roble, en cuyo lado ancho había simétricamente colocada una serie de archivadores que llamaban la atención porque estaban enroscados a la mesa y podían cerrarse con llave. La habitación se parecía mucho más a un despacho que al comedor extra de una posada. En el armario, de puertas muy burdamente decoradas, que estaba entreabierto detrás de la espalda de Mosbaumer, había folletos y paquetes de papeles escritos atados con una cuerda roja, en la división más baja una antigua arca de hierro que probablemente servía de caja.
—Bueno... vengo —Robert intentó, también esta vez con ligeros remordimientos, adoptar su «tono de bon vivant» al que Hanna había denominado de este modo y que había suprimido con fuertes burlas por considerarlo su método menos apropiado—. En realidad vengo

por consejo y con... —Robert no había visto a Félix desde aquella ocasión en Salzburgo. A veces le parecía que sólo tenía que trasladarse a la situación correspondiente para hacer lo más adecuado, de modo que dijo—: con una recomendación de mi hermano...

—¿De su her...?

Por unos momentos el aspecto de Mostbaumer fue realmente extraño. Luego soltó unas sonoras y fuertes carcajadas.

«Probablemente ha bebido.» Sin querer los ojos de Robert buscaron la botella.

—Sí, vino conmigo a... a esta zona. Ese lugar tan cercano a la frontera tiene hoy en día decididamente algo atractivo.

Robert sonrió confiado.

Dio la impresión de que Mostbaumer se arrimaba a la mesa para apoyarse. Parecía fofo e hinchado; las mejillas le colgaban, unas mejillas altas y carnosas. Su boca estaba algo abierta mientras se protegía los ojos con las manos, si bien no podía molestarle ni la lámpara del techo ni la luz de la de pie con su pantalla verde. Se inclinó aún más hacia adelante.

—Ah, su hermano... ¡Ja, ja, ja, ja!, pero ¿por qué no ha...?; por poco hubiera venido seguramente, ja, ja, ja, ¿se lo impidió algo en el último momento? Magnífico, ¡ja, ja, ja!...

Robert volvió a buscar la botella en la mesa. Detrás o en la misma risa de Mostbaumer se elevaba no tanto una advertencia, sino la impresión, la evidencia de la inutilidad que estaba coagulándose de manera visible, que flotaba con el humo del cigarro sobre la mesa y alrededor de la esponjada cara que había detrás. De nuevo aquella risa, en cierto modo estúpida y maliciosa, a Robert no se le ocurrieron otros calificativos, tal vez sorprendida y perpleja como si contra todo lo que podía preverse se hubiera visto liberado de un paralizador so-

brepeso. Absurdo abrigar esperanzas viendo esa risa, esperar consejos útiles de una persona que se reía así.
De repente Mostbaumer se interrumpió:
—¿Tiene usted algún deseo, alguna petición?
Prestó atención, casi asustado, un poco como un borracho se abandona a una nueva ocurrencia, colocado desde fuera, por un segundo, en otra vía.
—Bien, usted dirá.
La nube formada por el humo del tabaco o por la ilusión infundada o por ambas cosas perdió sustancia, el rostro colorado de Mostbaumer se transformó en lo más importante. Sus labios se cerraron, su mirada, que aún no se mantenía firme, reveló que estaba haciendo cálculos y combinaciones con la persona de Robert mientras decía dándole ánimos:
—O sea... tengo a su hermano en gran estima... por desgracia no pertenezco directamente a... a su círculo íntimo. Ah, si tuviéramos más de *esta* clase...
—Señor consejero, está hablando usted en plural... eso facilita el asunto enormemente...
Mostbaumer se reclinó, dejó dos grandes y peludos puños en la mesa y esperó. Estaba claro que ese hombre era capaz de cualquier cosa. Robert se vio sacudido no por un presentimiento, algo que se teme sin que se pueda impedir o evitar, sino por la posibilidad de tenerle como adversario. No parecía oportuno retirarse, pretextar cualquier asunto sin importancia en el que pudiera aceptar su consejo. Ambas cosas, la retirada que quizás era peligrosa y el miedo de la enemistad de Mostbaumer que invadió a Robert como un rayo consiguieron aquello que a él mismo es lo que más le hubiera sorprendido de haber tenido tiempo para ello... un ataque por sorpresa sin reservas y sin reflexionar y no obstante llevado a cabo con la máxima prudencia:
—Dígame... entre los juncos, bueno... ese hombre... ya entiende, ¿no?

Robert pestañeó uno, dos segundos, su papel salía sólo, él se escurrió en ese papel como en un guante que le fuera bien, sonrió enterado y divertido, como si estuviera al corriente de las rivalidades más personales y supiera bien de qué iba; lanzó un suspiro con la agradable sensación de que había hecho lo que había que hacer en este caso. Si Mostbaumer había tenido la intención de hacer ver que no sabía nada para que su contrario hablara... en vista de esta desconsideración que parecía más altiva de lo que Robert sospechaba, incluso de lo que podía suponer, abandonó esa idea. Robert estaba sentado allí como uno que está perfectamente enterado y que no deja su meta de vista. Pero ¿qué quería del hombre de los juncos? ¿Y por encargo de quién? ¡Diablos! ¿Por encargo de quién?

—Bueno —sonrió Mostbaumer significativamente—, ya lo ha visto... los milicianos, los gendarmes...

—Los gendarmes se han marchado.

Mostbaumer levantó un poco las cejas, apenas un matiz, pero tal como si recibiera una noticia ignorada.

—¡Y los milicianos!

Robert sonrió como si no valiera la pena burlarse de ellos.

Mostbaumer balanceó, preocupado, la cabeza:

—En cualquier caso están armados. Bien... y usted —de repente se inclinó hacia adelante y miró a Robert con energía en la cara—. Usted tiene sus instrucciones, ¿eh? ¡Diablos! ¿Por encargo de quién? Robert no reveló ni con el más ligero movimiento que lo había interpretado como pregunta. La actitud de Mostbaumer cambiaba por momentos. «Si ha bebido ahora se está desembriagando. Es asombrosa la cantidad de energía y... sí, también de inteligencia que se esconde en él.» Robert sintió las miradas de Mostbaumer efectivamente con más fuerza de lo que las percibió, penetrantes, encaprichadas en cada diminuta fracción de su rostro.

—Claro —recomendó Mostbaumer, como si confirmara algo que Robert le hubiera notificado—. Usted estaba trabajando en el extranjero, le guían desde el Reich...

Esperó; Robert permaneció inmóvil, decidido a superar esa prueba de sus nervios. Mostbaumer siguió esperando mientras Robert, con la cabeza algo inclinada hacia adelante, atento y cortés, no se daba cuenta de tan extraño silencio. «¿Quién le ha dado la orden? ¡Maldita sea! Si no se lo sonsaco...».

—Puedo comprender —dijo por fin Mostbaumer algo nervioso— que el deseo de su hermano... como he dicho, esa herencia...

—¿Herencia?

Daba la impresión de que esa réplica sin importancia lo desconcertó.

—Quiero decir... la misión de que se ha hecho cargo... porque usted se ha hecho cargo de una misión... ¿o no?

Al no tener lugar la menor transformación de carácter mímico en la cara de Robert, continuó:

—Bien, considero que... casi quisiera decir que es mi obligación... Ya entiende, las relaciones con el hermano hacen que esa, digamos seña íntima, quede más que justificada. Sí, quisiera que se hiciera usted cargo de que las órdenes del Reich y las que... —volvió a esperar y miró inquisitivamente a Robert a los ojos pidiendo su aprobación— que proceden tal vez de un grupo de aquí no tienen ni mucho menos la misma importancia.

Bueno, no podía expresarse con mayor claridad. Él se esforzó por hacerle a Robert con la cabeza una seña de afecto y de cordialidad. Si ese muchacho no se quitaba la máscara tenía que achacarse las consecuencias a sí mismo.

—Demasiado bondadoso, señor consejero. De modo que sabe en qué parte del juncal ese hombre...

—Um, parece que crea de verdad que sólo hay uno... mientras que las indagaciones...

Levantando un poco la voz, Robert dijo:
—Se trata de uno sólo.
De repente pareció que los ojos de Mostbaumer quedaban cubiertos por un curioso velo; no duró más de cuatro o cinco segundos, como si la fuerza hostil y expectante que Robert estaba palpando se volviera hacia atrás... una expresión reflexiva y astuta que le hacía algo peligroso, de impersonal desconsideración, y que siguió surtiendo su efecto a lo largo de la sonrisa que puso de manifiesto inmediatamente.
—Ah —dijo Mostbaumer casi como de paso, como si se tratara de algo que en el fondo le era más indiferente de lo que quería mostrar—, ¡realmente no he tenido tiempo de ocuparme de eso! Por otra parte, joven —y ahora sonrió con una ironía cada vez mayor, en la que sucumbió por completo la brutal energía de antes, y de buen humor le amenazó haciendo con el dedo un gesto de reproche—, ¿no es un poco imprudente? ¿Cómo sabe usted que yo soy la persona indicada para hacerle una pregunta así? ¡Ah, claro! —con toda claridad mostró qué se le ocurría de repente—. ¡Claro, su hermano!
Pero en este momento Robert cometió su más profundo fallo. Aquí hubiera sido indispensable una reacción inequívoca, no importa en qué sentido. ¿Pero a qué hubiera conducido y qué consecuencias hubiera reducido o impedido? Haciendo un esfuerzo, Robert le mostró un semblante demasiado poco afectado. Él no sabía qué era lo que le oponía, pero de repente comprendió cuánta hostilidad le estaba invadiendo procedente de la mirada y del semblante de Mostbaumer. Ahora también él sintió que se estaban mirando como adversarios. Mostbaumer preguntó lacónico:
—¿De modo que quiere ir a buscarlo? ¿Quién le ha dado la orden?
Todo lo que Robert se reprimía en otras ocasiones es-

talló. Como un acto de autodestrucción, pensó después (aunque todavía no veía claro que, sin sospecharlo, de este modo destruía también a Hanna y la parte de su propio futuro que estaba acelerando tan de acuerdo con su voluntad). Pero en aquel momento lo arrastró, el odio y una fuerza desconocida que casi nunca había supuesto que tenía, y hasta mucho más tarde no se dio cuenta de la superioridad con que le conducía. No podía ni imaginar qué burla tan segura de sí misma le mandó con su risa a Mostbaumer, ni que ésa fue su única respuesta que causó impresión.

Mostbaumer movió los labios; al pensar en esta escena, al recordar cada frase con la mayor fidelidad posible, a Robert le venían cada vez a las mientes antes que nada esos labios que se habían quedado a punto de exclamar algo, decididos a sonreír, costara lo que costara. Robert estaba más que nunca en su papel:

—Debe creer usted que no es probable que se tropiece nunca con otro más fuerte, ¿no?

Mostbaumer lo miró con los ojos semiabiertos y estuvo un buen rato reflexionando. «Es menos de lo que pensaba; teniendo en cuenta todos los factores, sólo su hermano puede haberle inducido a meterse en esa historia.» De repente Mostbaumer sonrió porque se sentía superior; al recordarlo, a Robert le pareció que entonces él bajó también la voz:

—Por lo visto todavía no ha comprendido usted que la violencia subjetiva... —titubeó apenas un segundo—, es decir, el terror en cualquiera de sus formas, es totalmente indispensable para el establecimiento de un nuevo poder.

Hasta entonces no se dio cuenta Robert de que sólo estaba haciendo comedia. Se había dejado ir de la manera más irresponsable; ya no era posible una salida.

—Sí, en eso la moral es menos importante que el sentido de la realidad.

—¡Así es! —Mostbaumer volvía a mostrar aquella sonrisa—. Pero aún más importante es a veces tener cierto sentido de la fanfarronada.

Y ahora volvía a encontrarse delante de la entrada lateral, empapado en sudor y sin saber qué hacer; lo sintió en su interior, cedió y se hundió en ello... se dio cuenta de que no estaba a la altura del plan y de que fracasaba por su propia deficiencia. En lo más profundo de su ser una inevitable indiferencia, porque el hombre que habían sacado de entre los juncos ya no era en este mundo cerrado, sin costuras, apenas un signo de protesta o de una moralidad que se confirmaba a sí misma, ni siquiera era ya un símbolo, sino que probablemente quedaba reservado con otros desconocidos para un violento final posterior.

¡Desistir de ello! Con un poco demasiado de ironía de sí mismo proponerle a Sir Gerald: volvamos al fondo, a las profundidades de la moral donde podamos volver a decir «bueno» o «malo» sin darnos la impresión de que somos unos farsantes, donde volvamos a encontrarnos a la altura de la razón y nuestras decisiones ya no sondeen las alturas de las ideas... ¡Apartarse de este asunto y hacer salir a Hanna de él! De repente se acordó del comandante de gendarmería, de ese Schemnitzky. «Nadie tiene la sensación de estar haciendo algo, todos se escabullen del asunto. Y no se dan cuenta ni siquiera de si lo han conseguido.»

¿Fue *esto* lo que le hizo volver al comedor sin dar la vuelta a la casa sino por dentro, atravesándola por el pasillo que pasaba por el vestíbulo y llevaba al lavabo? El mozo del labio partido casi chocó con él. Le dio la impresión de que era bajo, su cara parecía más colorada y todo él más joven e imberbe, no como si pudiera esperarse ayuda de él. Su cicatriz mal repartida, su labio superior aún deformado que ocultaba bajo un bigote rubio rojizo poco poblado, volvieron a traer al instante aquella escena nocturna, al serbio con los fusiles en el saco, los dos disparos, la linterna que Robert encendió sin consideraciones. Robert lo agarró del brazo y lo sujetó como si quisiera volver a soltarlo.

—Oiga, haga el favor de escuchar con atención...

¿*Cómo* lo había dicho? ¿Qué palabras había elegido? No preguntó qué había sido lo sugestivo. Cuando el muchacho abrió la boca él se esperaba cualquier cosa, desconfianza, denegación, incluso groserías; eso era lo único que no esperaba... ninguna pregunta por el porqué, por la persona que le hubiera dado la orden o por los motivos personales, sino sencillamente:

—¿Aquí? ¡Y dentro por supuesto que no! —en un lento alemán literario, parecía que le costara—. Ya conoce la casa baja, la primera de la calle viniendo de abajo... con las matas secas sobre la puerta. Seguro que ya ha pasado por allí. Espere allí en la estancia. Puede tardar una hora.

Luego Robert se encontró fuera, con la vista levantada fija en el vacío que parecía fuera del espacio esforzándose por creer que tenía motivos para abrigar esperanzas. La luna colgaba humeante por encima de los árboles cual lámpara de petróleo, la pálida calle parecía estrecharse cada vez más entre las paredes blanqueadas como si quisiera aplastarle al llegar abajo, al final del pueblo. Le invadió la irresistible certeza de que básicamente ya estaba todo estropeado y fracasado. ¿Tenía miedo de Sir Gerald y de Loraine? ¿Era el temor de que el fracaso afectara no sólo a Hanna, sino también los planes e intenciones que él tenía para su futuro próximo?

Era el único huésped en la solitaria posada y bebió dos cuartos del vino agrio que sabía a estaño, tal vez porque

Robert estaba viendo todo el rato el sucio mostrador de gruesos refuerzos de estaño. El grifo del barril goteaba a intervalos regulares, lo único que había era su miedo incierto y el estaño gris que rodeaba el mostrador formando un elevado canto; lejanas e irreales existían aún las gotas que caían produciendo un extraño sonido. Hasta que, una vez en el hotel, se disponía a explicar la historia que había ido arreglando una y otra vez mientras regresaba, y Loraine le interrumpió en seguida diciendo:

—¡Mañana por la mañana! Tenemos el bote grande que pertenece al posadero. No ha sido nada difícil...

No se le ocurrió que también en su proyecto ese bote desempeñaba el papel principal. El muchacho del labio partido le había propuesto en seguida que lo alquilara. ¿Cómo es que no llegó a describírselo con más detalle, a darle una información completa del acuerdo que había salido bien? ¿La actitud de Sir Gerald como frente a un asunto cuya motivación humana significaba una divertida excursión en barca? ¿La mirada febril de Loraine atenta a cada matiz de un cambio en él? ¿La muda firmeza de Hanna?

Yacía despierto pintándose los detalles: ¿y si fuera a ver a Hanna y le apartara la manta? ¡Qué reservado asombro! Ahora estaba con sus sentimientos en alguna otra parte, pero comprendió hacia dónde huía. En una ocasión —¿cuánto tiempo hacía?— le había dado a entender que tal vez, había dicho «tal vez», de eso se acordaba perfectamente, preferiría que en tales situaciones agarrara la botella. Él se abalanzó furioso en su excitación una vez más con la intención de transformar su frío consentimiento en activo olvido de sí misma. Ahora imaginó que lo conseguía y que eso significaba la entrada en un campo que hasta ahora había permanecido oculto y que de una manera inesperada descubrió a su propia confianza un aspecto apenas vislumbrado de la rareza de ella. Detrás de esa apasionada imagen se encontraba como realidad más sólida y normativa en la que pudo penetrar al instante renunciando a sus deseos y a los productos de su imaginación con los párpados secos de fiebre y disponiéndose a actuar. Pero permaneció echado, volvió a tapar con la manta sus muslos helados sin saber aún que estaba dotando a la idea de la inutilidad —el intento de poner fuego a lo que no quería arder— de los ansiados rasgos de la realización.

No la sensación de arrepentimiento, vergüenza y venganza que se presenta cuando la más profunda renuncia se mide con las convenciones humanas, para ellos eso nunca había existido. Estaban acostumbrados a presentar cada cual delante del otro sin la menor turbación su montoncito miserable de ambición y éxtasis despótico. Ese consciente y atormentado sucumbir contra la propia voluntad, el incentivo para hacerla arder para que ella —no con palabras sino con cada movimiento, con cada contracción, suplicara que la apagara—, ah, para levantarse con fuerzas jóvenes, frío e irónico y de repente muy consciente de sí mismo. Ella no se perdió ni una sílaba de lo que decía, ni el menor pensamiento… y no le hacía falta perdérselo porque sabían que les separaba una traba menos, que había otra afinidad que les unía más profundamente. Tensaron el vibrante arco de sus diferencias, cada cual seguro de sí mismo; su confianza era tan grande como la huella que la yema de un dedo podía dejar en el cuerpo del otro, y no obstante esa vinculación no la había tenido con ninguna otra, y él se decía que sería posible que tuviera lugar con otra, mientras esa esperanza se hacía cada vez menor y más indeseable. Su rostro apagado, la pena inútil de la interesada que ya no desea nada; ah, su voz:

—¡Nuestro último gesto teórico de perdón! Es que nos parece que siempre tenemos algo que ocultarnos y que somos capaces de hacerlo, que podría ser…

Escena que conocía en múltiples variantes y que, sin embargo, siempre era la misma. Entonces pensó —lanzando un suspiro, casi como una especie de liberación—, en el desconocido que mañana sacarían de entre los juncos, como si también esto formara parte de Hanna, de su punto más inmutable y cuyos impulsos más profundos él nunca comprendería del todo.
Retorciéndose en un calor insustancial como si no hubiera ninguna situación, ninguna manera de estirarse que satisfaciera, ningún descanso. Tal vez por eso pensó en los dos muchachos con los que había discutido los detalles en el helado comedor, en el más bajo, pelirrojo y con el labio partido mal cosido, y en su compañero. Tendrían ambos unos veinte años, quizá más, pero seguro que no llegaban a los veinticinco. El del labio partido, de cara angulosa y plana y ojos vivos siempre buscando algo, dos animales redondos de jaspeado verde pardusco que tenían allí su madriguera, que podían salir y llegar adónde quisieran, que de la menor observación, de cada señal sacaban alimento, confirmación o advertencia..., el del labio partido era sin duda el más fuerte, hablaba y decidía, pero daba la impresión de que lo hiciera para su camarada, cuya aprobación esperaba siempre. El otro, un buen palmo más alto, parecía ser el jefe; piel y huesos, y en medio finos y duros músculos, como el resultado de un trabajo pesado. En efecto, pronto se descubrió que por lo visto ese trabajo lo habían realizado las generaciones que le precedían. En realidad los dos sólo habían hablado de partir leña en media frase, insinuándolo; sin embargo, creyó que al menos el más alto trabajaba en el bosque hasta que le vio con una especie de uniforme de bombero y se enteró de que era el policía local. Su pelo blanquecino, de tan rubio, aquí podía llamar la atención; de día sus ojos azules parecían aún más claros que a la luz de la lámpara de la estancia.

Al principio mismo el del labio partido dio la idea del bote del posadero, nadie protestaría si la pareja extranjera lo alquilaba —pestañeando y con una expresión de singular rigidez— y lo antes posible, lo mejor sería, por supuesto, dar un paseo en barco al día siguiente por la mañana.

—¿Cómo piensa hacer desaparecer después al hombre del bote? —había preguntado Robert. El del pelo rubio claro levantó los ojos para mirar a Robert como si éste acabara de decir lo que también a él le parecía que era el mayor obstáculo.

El del labio partido volvió a sonreír a modo de máscara, que sin embargo podía interpretarse como astucia, incluso como ligero desprecio, y de la que Robert intentó una y otra vez averiguar hasta qué punto estaba relacionada con cierta inmovilidad de su desfigurado labio superior. Dirigiéndose al más alto, pero viéndose claramente que hablaba para Robert, dijo:

—Antes de desembarcar bajaremos la gran vela y la enrollaremos, él estará dentro.

Los dos marineros —uno de ellos el del labio partido— habían de abrirse camino a través de las calmadas aguas para colocar en el coche, que estaría esperando en la carretera junto a la orilla, el rollo, que tendría sus buenos dos metros de largo. Luego el coche subiría el kilómetro y medio hasta el linde del bosque donde sólo tendría que detenerse unos segundos para que el hombre pudiera salir de la vela y desaparecer entre los matorrales de espinos y los avellanedos. Después el coche regresaría y dejaría la vela junto a la puerta del hotel como si estuviera deteriorada.

—Sencillo, ¿no?

Al mismo tiempo el muchacho hizo una mueca de la que debía tenerse en cuenta que pretendía ser una sonrisa, la astucia de la zona de los ojos, incluida también la nariz, el efecto yesífero de una arrogancia casi inerte.

—¿Cuánto tiempo durará la diversión? ¿Cuándo regresaremos, más o menos? —preguntó Robert.

—Usted no —dijo el muchacho—, usted estará en el coche; cuando hayamos colocado la vela enrollada con nuestro hombre sube usted hacia el bosque.

El muchacho parecía tener dispuestas ya todas las fases, como si hubiera organizado ya varias veces eso mismo o algo parecido, cosa muy improbable, o como si no fuera la primera vez que colaboraba en algo así, lo cual era igualmente improbable. A Robert le gustaba cada vez más, pero a la mañana siguiente, al encontrarse en la baldeada pasarela junto al bote dejó de gustarle. Fuera una empresa arriesgada o no... Robert la había asociado a cierto fondo de aventura, tal vez incluso de peligro —¿por Hanna?; ¿por amor a Hanna?— en el que la verdad es que no creía. En eso se parecía a Sir Gerald, al que era imposible hacerle ver en ese proyecto más que un sugestivo paseo en barca, si bien no dejaba de mirar a Hanna disimuladamente con aire de preocupación, según le pareció a Robert. Su forzada calma, la afectada ausencia de su rostro, parecía como si anticipara un acontecimiento imprevisto, como si se encontrara metida ya en su excitante efecto que afectaba también a los demás y que a pesar de que se contenía todos lo podían notar. La nerviosa vehemencia con que arrugó el pañuelo, lo estiró, inútilmente atareada doblándolo cada vez de una manera distinta; Robert no estaba en condiciones de apartarse, la inquietud que le rodeaba le arrastró en el torbellino de ella, hacia algo que los unía y al mismo tiempo los separaba de una manera dolorosa. Los ojos burlones de Loraine ocultaban cada vez menos su satisfacción, con segura sagacidad aceptaron la actitud de Sir Gerald mientras que maliciosos pasaban por alto la serenidad que Robert afectaba de manera demasiado ostensible.

Por suerte sobre la cuestión de si haría un día magnífico aun cuando el sol no saliera del todo y de si la bandera inglesa que Loraine había traído por deseo de Hanna era mejor atarla sobre el camarote en la popa o al mastil, podía discutirse tanto como se quisiera. De repente se encontraron allí los dos marineros, nadie los había visto venir. Robert hizo señas con la mano y Hanna agitó en seguida el pañuelo que había arrugado y alisado de nuevo, como si tuviera que prestar apoyo al gesto de él; rió sin motivo, quedando casi desfigurada, cosa que resultó tanto más sorprendente cuando el del labio partido llamó a Robert gritando:

—¡Eh, usted... venga para acá!

Los dos estaban esperando en el prado; el del labio partido no hizo caso de la mano que Robert le tendía. ¿Fue por Robert, fue por el muchacho por lo que Hanna había ido detrás de él? Sir Gerald y Loraine se quedaron en la pasarela delante del bote.

—Bueno... ¿qué dice usted *a eso*?

Al acecho, con clara hostilidad, Robert vio la oscura ola que dominó el rostro del muchacho subiendo lentamente por la mandíbula.

El muchacho señaló la elevación en forma de vallado con el ancho seto, las hayas enanas y los ciruelos silvestres cortados en forma de baja pared que a una distancia proporcionada de unos tres metros acompañaba el curso de la carretera. Por donde el terraplén descendía de una manera más abrupta había además una barrera, troncos de abeto del grosor de un brazo con tablas de la altura de una persona clavadas entre ellos, para detener los aludes. Detrás del seto y de la empalizada había dos milicianos apostados aproximadamente a cada cien pasos. Por lo visto les habían dado la orden de que se escondieran todo lo posible, pero una vez que se había descubierto al primero, era, por así decir, de cajón que se vieran los demás.

El rubio claro aún estaba fuera de sí:

—Pero ¿cómo es posible? —y dirigiéndose a Robert desconcertado—: ¿Acaso ha hablado con alguien?
Robert dijo en seguida:
—Mostbaumer.
El del labio partido apartó con violencia a su camarada, pero éste dijo, indulgente y apresurándose a calmarlo:
—¡Que se dé contraorden, que se pare todo!
—Quisiera evitarle otra noche a la intemperie.
Dijo «le» y Hanna estaba pendiente de sus labios. Reflexionando, frunciendo las cejas, pero como si Robert no estuviera allí:
—Es que ya no lo va a aguantar mucho más tiempo.
Y señalando con la barbilla en dirección a los centinelas:
—De que *ésos* estarán aquí me he enterado esta noche, me lo han comunicado en seguida; él —un hombre que Robert no entendió— se ha ocupado de que sean todos de los nuestros.
Sus ojos buscaron algo en el lago, en la orilla de este lado de la pasarela. ¿Cómo iba a suponer Robert que se trataba de una disposición que habían tomado ya ayer? Incluso aún ahora a Robert no le parecía indicado decirle a la cara lo que el muchacho estaba temiendo. Al fin y al cabo no se trataba sólo del hombre de los juncos, sino ante todo de él mismo y de su compañero. En el lugar hacia el que el muchacho estaba mirando había aparecido un bote que se acercó a toda velocidad; a cierta distancia de la pasarela había un embarcadero.
—¿Quién puede conducir el coche en su lugar?
Robert lo miró sorprendido; Hanna dijo:
—Yo.
—¡*Usted* se meterá en el bote! —eso iba para Robert—, pues si ha hecho trampas...
Su risa no era risa, era un sonido bronco y breve. Sin querer, Robert pensó en un perro guardián que se está asfixiando por estirar la cadena, de modo que frente al

enemigo inalcanzable sólo puede soltar un débil hipido cual encolerizado graznido. Nada podía mostrar con mayor claridad su disposición de ánimo que esa comparación —precisamente en aquella situación en que se entregaba incondicionalmente al muchacho, consciente—, pues lo sabía, no por una imagen patente derivada de lo sucedido, y sin embargo con una claridad que no daba lugar a dudas y que no sólo a él le llenaba por completo, sino que procedía también de Hanna. Se miraron mutuamente sabiendo lo que sucedería e incapaces de remediarlo.

Robert esperó entonces durante aquellos dos, tres minutos que tan a menudo recordó más tarde, en los que hubiera debido negarse. Si se le hubiera obligado, viendo la fila de milicianos armados, el del labio partido hubiera renunciado. Pero Robert no vio claramente lo que le estaba destinado hasta que se encontró en el bote. La mirada de ella seguía siendo lo decisivo, la despedida de Hanna, que no era ninguna despedida, ni para él ni para ella, así de confiados siguieron hasta el final, tan lejos de todo presentimiento. La mirada de ella era como una pared que le hacía avanzar, que le hacía descender al bote, siendo imposible penetrar en ella, dar impulso al menor eco de resistencia por parte suya; exactamente en el polo opuesto de «aquella renuncia de uno mismo», pensó con amargura, que desempeña un papel tan importante en las explicaciones de Loraine. Incluso una vez en el bote tardó un buen rato en familiarizarse con la idea de que sus dos acompañantes le derribarían sencillamente, o le echarían al agua. No, eso no… ¿para qué habían traído al fin y al cabo la cuerda y el raíl? Es que en el bote había un trozo de raíl, más o menos de un metro; por los dos agujeros para los tornillos con que se sujetaban a las traviesas de madera pasaba el cabo de un cable de alambre del grosor de un dedo que estaba enrollado debajo del asiento del timo-

nel. El cuerpo que atado con eso se echaba a las profundidades junto con el raíl prácticamente no tenía ninguna posibilidad de asomar a la superficie nunca más.
Robert estaba en cuclillas en el suelo mojado, delante suyo el remero, detrás el timonel. Salieron rápidamente lago adentro como si quisieran atravesarlo. Luego dieron un brusco giro hacia los juncos, pero permanecieron en su extremo sólo mientras podía cubrirles y quitaba la visualidad a alguien que estuviera observando el bote desde la orilla. Detrás de unos haces de cañas medio amarillentos lo suficientemente tupidos encogieron los remos. El hombre que estaba delante suyo sacó de la mochila unos gemelos de campaña y no perdió de vista el bote grande.
En el bolsillo lateral de la mochila se distinguía una silueta que difícilmente podía considerarse como algo que no fuera la de una pistola... el comienzo de unas reflexiones que a Robert no le pareció que pudieran aún registrarse como creadoras de impresiones inmejorables. Miró el pesado cuchillo —«cuchillo de mango largo», un intermedio entre cuchillo y azada— que el hombre de delante llevaba detrás en sus pantalones de cuero. A Robert le hubiera gustado saber si el que estaba en el timón también tenía un cuchillo como éste. Deseaba apartarse de aquellos hombros macizos e inmóviles que tenía delante, esa posición invariable, sin ladear ni siquiera un poco la cabeza, le irritaba en grado sumo, transformaba al hombre en algo impersonal, en un aparato que en el momento indicado se pondría en movimiento para aniquilarlo a él.
Al otro lado el bote grande desapareció en silencio entre las primeras cañas del juncal. Entonces bajaron la vela. En vez de fijarse en si habían llegado ya a su meta hizo como si le interesara la línea del horizonte que humeaba en un vapor verde gris, las grandes nu-

bes blancas que permanecían inmóviles oblicuamente delante del sol. Sólo contemplándolas con atención pudo darse cuenta de que se movían con infinita lentitud hacia las montañas. También eso era un intento de fuga, desvalidos recursos de una actitud, conseguida a base de un esfuerzo supremo, para no pensar que con el bote grande podría suceder algo que se pudiera interpretar como golpe en falso, como «trampa». Estaba sentado entre dos cuchillos —de los cuales el de la espalda era sólo una conjetura— y por fin se confesó a sí mismo que no solamente esos dos le resultaban incomprensibles, del todo desconcertantes, sino la conducta en general de todo el mundo aquí. La situación y los móviles por los que combatían unos contra otros, se defendían o traicionaban, se mataban o se dejaban matar, era algo que él no pudo ni prever ni más adelante justificar. Pero lo más fantástico de todo era que ellos consideraban todo eso como irremediable y universal. Él volvió a darse a la fuga, también esta vez hizo lo suyo para que no le llevara a Hanna. ¡El bote! Buscó el lugar en donde había desaparecido sin poder encontrarlo. El sol ardía sobre el agua estancada de color verde pardusco y de putrefacto olor en la que flotaban díticos del tamaño de una nuez; libélulas de brillantes y cristalinas alas grises se deslizaban por encima, como si las echaran allí, y descansaban en la superficie. De repente sintió las picaduras de los mosquitos. Fijó la vista en la espalda que tenía delante, en la mano que ahora sostenía los gemelos en la rodilla. Su observación acerca del calor y la suposición de que con el bote grande todo iba bien no fue interpretada ni por el de delante ni por el muchacho que iba detrás suyo como motivo de respuesta alguna.

Se sentía como si sobre su cabeza hubiera una pesada cubierta ardiente que una fuerza invisible empujara por minutos hacia abajo. Un prolongado y adormecedor movimiento en el que se balanceaba fatigado y casi inconsciente a pesar de que aún notaba que estaba sentado en el bote, erguido, e incluso que no estaba solo. Pero eso se lo pareció solamente al principio, después estuvo sólo como *en aquella época,* el arco se había cerrado, no faltaba nada, la idea de que en este bote estaba resumiendo un período de tiempo de unos veinte años apenas resultaba molesta y desapareció en seguida. La cúpula de la catedral y el puerto, la playa con el faro y el muelle que iba estrechándose cada vez más al alejarse no eran una sensación, sino un sabor en su boca, un sabor aromático, fuerte, delicioso, que dio en seguida motivación suficiente para su plan. Sólo un segundo, fugaz, sin reflexionar, comprobó que en toda la ancha cinta de arena no había nadie.

Él se arrojó al salado y amargo frescor de modo que al echarse al agua tuvo que haber tragado un poco. Este salado amargor le acompañó al salir, le llevó, radiante y vital, al olvido, de modo que el muro, nebuloso conglomerado que iba llegando sorprendentemente cerca, perdió toda su importancia. Hasta que de súbito oscureció a su alrededor y el primer relámpago, rasgón en forma de zigzag tan blanco que deslumbraba, atravesó la espumosa bola hueca que le cubría. Aun antes de darse cuenta de que las encrespadas olas no le dejaban ver nada hizo un esfuerzo supremo por regresar. ¿Cuánto tiempo pasó luchando así? Más adelante calculó que podrían haber sido unos veinte minutos escasos, mientras que el cerco de negrura a su alrededor era cada vez más estrecho, de modo que al final lo único que notó fue el movimiento del que él mismo formaba parte y que le parecía ya que era una parte de esa negrura.

Había olvidado por completo que estaba esperando sentado en el bote; de nuevo se sintió invadido por el desfallecimiento y por una desaparición casi agradable de sus fuerzas, una relajación, ay, demasiado lenta. Se daba cuenta de que estaba ahogándose y el reconoci-

miento de este hecho —de eso se acordaba con toda claridad— no tenía nada de excitante ni de amenazador, ni la más diminuta chispa de miedo o de dolor por esa interrupción de su vida tan prematura y debida a causas externas. Más bien se parecía a un profundo asombro que penetraba a través de su cuerpo, de la cabeza a los pies. Y ese silencioso asombro se había manifestado a un compañero, a un semblante que había surgido de repente y que se encontraba tan cerca del suyo que sus mejillas se rozaban— un rostro completamente anónimo que no expresaba nada, nada en absoluto, ni en sueños ni en el recuerdo se le apareció nunca con la claridad de una imagen perceptible. Hacía tiempo que había desistido de enterarse de quién era aquel ser con el que, pasivo y contra toda esperanza, se estaba fusionando. Pero ahora, en ese estado que era como el de entonces, ese rostro volvió a rozar el suyo y sin duda alguna era el de Hanna. Casi como si ella hubiera causado y provocado lo que le estaba esperando hoy a él para que por fin confundiera los tiempos y experimentara *cómo* se extinguía en unión con ella y con ella, empezaba de nuevo a arder (ese ardor vehemente en el pecho y la penetrante acidez en la garganta con que despertó mientras el vigía del faro intentaba volverle a la vida).
La exclamación del muchacho que iba al timón le llevó de nuevo al borde más bajo del bote, que se deslizaba casi sin hacer ruido por la plúmbea inmovilidad. Pensó aún, que hoy estaría igual de solo que entonces, que los dos cuchillos pesados cuidarían de que hubiera otros síntomas corporales y de que no despertara; sólo entonces vio la mano indicadora y el bote grande que pasaba al remo a unos cuantos centenares de metros de ellos y que se dirigía a aquel lugar de la pasarela desde el cual el camino hasta el coche que estaba esperando era más corto.

Robert lanzó un suspiro. Una imponente efusión de agradecimiento que desembocaba en un estado de profundo recogimiento —casi no era posible denominarlo de otro modo; como con la más íntima convicción de que no podía pasar nada más, de que era imposible una desgracia—, de modo que estaban a salvo, exactamente igual que si estuvieran con Dios, en el cual tiene su lugar todo lo existente, de modo que recíprocamente se transforma en el límite y en la negación de donde surge todo el mal del mundo. Su muerte tampoco sería más que una pequeña transformación en la imperecedera caducidad de la que todos participaban por igual. Tal vez aquel punto en el que se producía el traslado hacia la muerte no era medido en absoluto por el DIOS INIMAGINABLE, por el carácter impersonal de Dios que los incluía a todos. Mientras que en el estrecho transcurso de la vida terrena era de una importancia decisiva, la fuente de todos los fracasos y la esencia de la tragedia humana, porque, si bien hacía posible la comprensión, excluía la repetición.

Es probable que eso correspondiera a consideraciones más tardías respecto a las cuales Robert encontraba que no era seguro hasta qué punto procedían del deseo de romper el inquebrantable círculo de la existencia y la religiosidad y de aplacar el imperativo de la responsabilidad. Aquí comenzó su más maligna esperanza, que se refería a Loraine y que ésta no cumplía. Fue lo suficientemente miserable para preguntarse si Loraine no lo pensaba o si es que sólo no lo manifestaba delante suyo, prefiriendo guardárselo para ella. En cualquier caso nunca, ni en la más elemental agresión de sus recriminaciones contra Hanna, había rebajado tanto a Dios a las bajezas humanas, como para decir que si en esa empresa había que pagar con la muerte sólo podía ser la muerte de Hanna. No; aquí Loraine no había dado con ninguna fuerza mayor ni visto algo así como un acto de sabiduría y justicia superiores que por suerte para ÉL coincidía con las de ella.

Pero de momento Robert seguía sentado en su lugar al lado del raíl y del cable de alambre y, al ver arribar el bote dejó de pensar en los dos cuchillos. Los dos marineros llevaron a tierra la vela enrollada; Loraine hizo, fatigada, unas señas —cierto triunfo o ironía, ¿ineficaz a causa del bochorno?—; Sir Gerald estaba arrimado al mástil y parecía tan ocupado con su pesca que le pasó completamente por alto que la empresa se desarrollaba sin contratiempos. En la orilla, Hanna había abierto por completo la portezuela del coche; si la colocación resultaba algo complicada era sólo por las dimensiones de ese rollo. En seguida se dirigió hacia el bosque. Ni por la más paradójica huida al contraste total se podía ni tan sólo vislumbrar la posibilidad de que media hora después el compañero del labio partido ejercería su cargo con su uniforme de bombero y el sable de caballería en el lugar del suceso, pues el coche sería precisamente el lugar del suceso.

El coche pasó a lo largo del vallado, junto a los milicianos, y junto al hotel. Más vallado, el grito «¡Alto, alto, aal-to!», inesperado extraño en el ardiente y seco calor, al principio Robert no comprendió a quién iba dirigido, ni siquiera que significara algo. Dos disparos, el coche se detuvo bruscamente casi en el linde del bosque, se colocó de través; el extremo de la vela enrollada salía de la portezuela que se había abierto. ¿Había desobedecido uno de los milicianos? ¿Se había destinado a formar parte de la guardia a uno poco digno de confianza en el último momento por no habérsele dado el puesto, fuera por el motivo que fuera, a uno digno de confianza? Robert dejó de pensar en el cuchillo; al saltar a la orilla había tenido la intención de asegurarse de si el muchacho del timón llevaba también uno. En vez de hacerlo corrió con los demás, adelantando a la mayoría. Y entonces —la vela enrollada en la que cabía perfectamente un hombre, estaba vacía, ¡al menos eso! — Hanna yacía con la cara sobre el volante, parecía que le hubieran echado sangre encima, nadie comprendió cómo había podido ser capaz de detener el coche. Una de las dos balas le había abierto la arteria carótida.